苏东坡传

SU DONGPO ZHUAN

申维◎著

北京燕山出版社
BEIJING YANSHAN PRESS

图书在版编目(CIP)数据

苏东坡传 / 申维著 . -- 北京：北京燕山出版社，2023.2(2024.6 重印)

ISBN 978-7-5402-6822-0

Ⅰ . ①苏… Ⅱ . ①申… Ⅲ . ①传记小说－中国－当代 Ⅳ . ① I247.5

中国国家版本馆 CIP 数据核字(2023)第 024492 号

苏东坡传

著　　者	申　维
责任编辑	金贝伦
装帧设计	尚世视觉
出版发行	北京燕山出版社有限公司
社　　址	北京市西城区椿树街道琉璃厂西街 20 号
电　　话	010-65240430
邮　　编	100052
印　　刷	德富泰(唐山)印务有限公司
开　　本	880mm × 1230mm　1/32
字　　数	240 千字
印　　张	10
版　　次	2023 年 2 月第 1 版
印　　次	2024 年 6 月第 3 次印刷
定　　价	39.80 元

序

诗人余光中说："如果要我选一位诗人一起旅行，我应该不会选李白，李白没有现实感，不太负责任；我也不会选杜甫，杜甫太苦，恐怕太过严肃。我会选苏东坡，他应该是一个很好的朋友，一个非常有趣的人。"

如果要列一个"最受欢迎十大文人"榜，苏轼一定榜上有名。千百年来，历朝历代都有人热爱这位大文豪。这种热爱，不仅仅是对其才华的仰慕，因为这些人在谈论到苏轼的时候眼中会发出神奇的光彩，犹如年轻小伙子谈到深爱的女孩一样。更像是一种精神上的认同，一谈到苏轼，这些人就会如看到理想的灯塔一样，感叹道："读苏东坡的文章，让人豁然开朗。"

即使不了解苏轼，只要读过他的诗文，也会立刻喜欢上他。世人常常感叹："逝者如斯夫，不舍昼夜。"苏轼却说："门前流水尚能西，休将白发唱黄鸡。"偶遇暴雨，泥水飞溅到衣服上，同行都觉得狼狈，唯独苏轼不以为然，唱道："一蓑烟雨任平生。"半夜归家，敲门不应，僮仆鼻声如雷，苏轼索性"倚杖听江声"。

苏轼到底是一个什么样的人呢？他是一个天才，这是毋庸置疑的。不仅仅是诗、词，他在散文、书法、绘画方面也取得了很高的成就。苏轼一生写过大量诗词文章，但他从未"为赋新词强说愁"，所有作品都是由心而发，用他自己的话来说就是"行云流水"。苏轼这个人没有太多规矩，有时喝酒喝得开心了，就拿起笔将诗词、文章写在扇子或披肩上。他写文章很少经过反复斟酌、细细思量，大部分时候都是提笔挥就，得到的作品如一块美玉，令人珍爱。

如果苏轼傲气一点儿、难相处一点儿，人们大概也会予以理解。可苏轼偏偏平易近人、温和宽厚。他曾说："吾上可陪玉皇大帝，下可以陪卑田院乞儿，眼前见天下无一不好人。"这是他的真心话。即使与人刚认识没多久，苏轼也能袒露肺腑之言，为对方遇到的困境而忧心。

被贬到偏僻荒凉的黄州，苏轼就和古道热肠的农夫古某、擅长酿酒的落第书生潘丙交朋友。他觉得这些人质朴得可爱，写下了不少有趣的诗。来到儋州，他又和传闻中不好相处的黎民交朋友。他写了一篇两千多字的文章，劝告当地官员："黎民都是规矩老实的百姓，并非故意反抗官府，只是不满官府处事不公。如果想让各民族和睦相处，官府就必须公正客观地对待黎民，而不是一味地用武力使其屈服。"

苏轼不喜欢摆大文豪的架子，被贬黄州的时候，他经常穿着农民的短褂子去东坡耕种。遇上喝醉酒的粗鲁大汉对他破口大骂，他却"自喜渐不为人识"。他常常去溪边散步，和孩子们比赛打水漂。有一次，一个孩子指着苏轼大叫："苏先生，你返老还童了！"苏轼摸了摸脸，笑着说："因为我喝了酒啊。"

苏轼性格比较急，写字时多用行书或草书，而很少用小楷。然而，离开黄州的时候，乡亲请他手抄《前赤壁赋》《后赤壁赋》和《归去来兮辞》，这几篇文章都需要用蝇头小楷才好看，他想都没想就答应了。他白天忙着和朋友道别，只能在筵席中或晚上写，但依旧精心书写，还为此推迟了启程日期。

这样的人，怎么可能不被大家喜爱呢？当然，也有很多人厌恶他、嫉恨他，甚至欲除之而后快。对于这些人，苏轼从来不掩饰自己的厌恶。他曾说，自己看到不公正的事情和一味钻营的小人，就像看到饭菜里有一只苍蝇，非吐出来不可。对于迫害自己的章惇，苏轼说："我曾去过阴曹地府，但一看到那里有章惇，就马上返回人间了。"但是苏轼从来没有真正怨恨过一个人。章惇被贬岭南后，其子章援写信给苏轼示好，苏轼回信道："你的父亲年事已高，前不久听说他被贬岭南，不知情况如何？那些事情已经过去，再提也没有意义了。"

读苏轼的诗词文章，听有关他的故事，人们总能感受到人性中的光辉和温暖。在黄州时，他听说当地贫困人家会把养不活的女婴溺死，就立刻写信请当地官府立即禁止这种违法行为，同时和邻居古某、安国寺的一位善良僧人成立了一个救儿会。苏轼到处为救儿会募捐，还捐出自己微薄的积蓄。这位善良的文豪对救儿会的期盼是每年救一百个婴儿。

他常常在诗文中描写百姓的疾苦，如农人三个月都吃不上盐，衣衫褴褛的百姓像猪狗一样在泥沙中服役。他深深同情这些生活在社会底层的百姓，并尽其所能改善他们的生活条件。在徐州做官时，苏轼专门派医者去诊治重病的犯人，并要求狱卒多生炭火，以驱散牢狱中的湿气，他对待犯人就像对待普通的百姓一样。

苏轼一生宦游，担任过有"内相"之称的翰林学士，也曾被贬到遥远偏僻的儋州。他欣赏过江南胜景、感受过汴京的富饶繁华，也曾见过儋州的贫穷和落后。他体验过人生百味，看透世间苦难，却从未失去对生活的信心。在密州时，因为俸禄很少，他便去荒芜的园圃中找野生的枸杞和菊花来吃。对于这种落魄之举，苏轼说："枸杞和菊花都能滋养明目，若春夏秋冬都吃，也许我还能长命百岁呢！"被贬儋州，苏轼给友人写信："我很好，现将《谪居三适》寄给你。要不是被贬儋州，我还无法发现这三种事情的乐趣。"所谓"三适"，其实就是晨起梳头、午睡和睡前泡脚。

苏轼到底是一个什么样的人呢？不同的人有不同的答案：文学

家、画家、书法家、政治家、美食家、乐天派、佛教徒……但我想，他是一个可爱的人，一个永远都给人带来快乐的人，就连给他写传记都令人愉快。如果你也喜欢苏轼，就和我一起翻开书，追寻这位传奇人物一生的轨迹吧。

目　录

苏洵还立刻派人向父亲苏序报告这个好消息。不一会儿，一个爽朗的声音从门外传来："我的孙子在哪里？"这个精神矍铄的老人就是苏轼的爷爷。

苏序是个非常普通的老头，他的个头很高，说话的嗓门很大，常常发出爽朗的笑声；最爱喝酒，经常在家酿造美酒，脸上永远飘着红晕。很多人都认为，苏轼不像沉默寡言的父亲，而更像豁达、率真的爷爷。

在眉山，苏序的名声远播。不是因为他的二儿子苏焕在京城做官，而是因为他乐善好施、慷慨大方。苏家有自己的田产，能够以此维持生计。每年水稻丰收，苏序都要将一部分米换成稻谷储藏在粮仓里，最多时竟储藏了三四万石。

有一年，眉山遭遇自然灾害，农民颗粒无收，贫困的百姓只能上街乞讨。苏序立刻让家里人开仓放粮，救济灾民。看到苏家发的竟然是稻谷，灾民们称赞道："稻谷能够储藏数年，苏老大智慧啊！"空闲的时候，苏序还会在自己家的空地上种植芋头，荒年歉收时再熬煮芋头汤，分发给没有米粮的穷人。

苏序性格豪放不羁，在他身上发生过不少趣事。有一次，苏序正在和亲友喝酒，一个小厮跑进来，兴奋地说："老爷，二少爷高中了！程家的少爷也高中了！"程家是苏轼母亲的娘家。众人都过来恭喜苏序，这位醉醺醺的老人似乎还没有反应过来，指着小厮手里的东西问："这是什么？"小厮回答道："这是少爷专门从京城寄来的喜报，还有官服、官帽、上朝用的笏板。""很好，很好。"老人喜笑颜开，他为儿子感到高兴。他将手中的酒一饮而尽，接过东西，大声地向乡亲们念诵儿子的喜报。

念完后，苏序将官服、官帽、笏板扔进了一个布袋里，还顺手将吃剩的牛肉也扔了进去。这个可爱的老头指着一个挺拔的小伙子说："你愿意替我背这个布袋吗？"获得对方肯定的回答后，苏序大声地说："我们走！"他翻身骑上一头毛驴，摇摇晃晃地往城里走去，快活极了。

不过，他的亲家、当地大户程家听说后非常生气，骂道："亲家为什么要做出这么丢脸的事情？"哎，他们怎么能理解这种朴实无华的快乐呢？

次子当官后，苏序也拥有了一个官职：大理评事，人称"苏廷评"。有了一个正经的职务——虽然是虚的，按说苏序应该摆出为官者的架势，或让人感受到官僚家庭的气势。可苏序照旧和亲友一起坐在大树下喝酒，喝醉了就高声唱歌。看到苏廷评这副模样，乡亲惊讶得说不出话来。

据说，苏序还曾力阻邪门歪道在当地行骗。不知道从什么时候开始，眉山人开始信奉一个叫茅将军的神灵。传说这位将军法力无边，能够满足世人的任何愿望。这当然是假的，但也免不了有人病急乱投医，也有愚昧迷信的百姓前去祭拜。

心术不正的阴阳先生从中发现了"商机"，他们对前来拜祭的百姓说："想要获得神灵的保佑也不难：心诚则灵！"什么是心诚呢？自然是多多供奉茅将军。不过，这些供奉的钱财最后都进了阴阳先生的腰包。苏序对这种现象深恶痛绝。有一天晚上，酩酊大醉的苏序拿着铁锤走进将军庙中，将那尊令人惧怕的雕像砸得粉碎。

爷爷人格的光辉一直照耀着苏轼，多年后，苏轼深情地回忆道："他老人家身上的自然朴实之美让人感动。"值得一提的是，因为爷爷的名字中有个"序"字，所以苏轼写序时都会用"引"或"叙"代替。

让我们再回到那座温馨简朴的房子，看看家中的其他人。那位略显严肃的年轻男子就是苏轼的父亲苏洵，他是一个思想独立、颇有性格的人。苏洵年幼时也曾去书院接受过教育，但是这位有反叛意识的学子似乎不喜欢书院的规矩，没过多久就辍学了。

苏洵绝不是一个只会玩乐的败家子，他应该很早就展现过自己的才华，不然豪门大户程家不会将宝贝女儿嫁给他。程家也曾对苏洵寄予厚望，多次劝他考取功名，但苏洵都不曾放在心上。程家转而去劝说苏序，没想到那位豁达的老人笑着说："我不担心这个儿子，没事，没事。"程家气结，只能作罢。

知子莫若父，苏洵后来的确发生了转变。次子苏轼出生的这一年，苏洵决心发奋读书，成就一番事业。虽然苏洵并没有得到功名利禄，但最终成为千古文章大家，并培养出了两个优秀的儿子。苏洵从二十七岁发奋，没有经过名师指点，却能够取得这样的成就，让人不禁感叹他的天赋和勤奋。

苏轼的母亲程氏是当地名门望族的小姐，为人温柔和蔼。程氏的父亲是眉山大理寺丞，哥哥们也都有功名在身，然而，生活在富贵家庭的程氏不喜欢张扬奢华，母亲父亲给她挑选的绫罗绸缎，她看也不看，每天都素衣淡妆。程氏的父亲感叹道："孩子，你不需要这样节俭，好好享受富贵生活吧！"程氏回答："父亲，这种朴素的生活更让我感到幸福。"

程氏平时最爱读书，崇拜那些能够写出一手好文章的人。因此，当她知道自己已经许配给苏洵时，心中快乐不已。在这位蕙质兰心的女子看来，富贵荣华怎比得上诗书文章？程家是当地望族，而苏家三代不显，无论怎么看，都是苏洵高攀程氏。苏家人也曾以为从高门大户走出来的程氏会摆出大小姐的架子，对苏家人颐指气使，没想到程氏不仅谦恭，还换上粗布衣服，亲自操持起家中大小事务。

更让苏家人佩服的是，程氏对苏洵的祖母非常孝顺。这位七十多岁的老太太性格乖张，一有不如意就数落下人，而且非常挑剔，婢女办的事情很少能够让她满意。但是程氏却轻轻松松地获得了祖母的欢心，大概是她的一片赤忱感动了对方。家里其他人见了老太太都绕着走，就算过来问候也都一副大难临头的模样，唯有程氏日日问候，还帮老人捶背，陪老人聊天说话，这怎么能不获得对方的认同呢？看到这位千金大小姐如此懂礼知礼，苏家上下更加佩服。

有一天，程氏的好友来苏家拜访，看见程氏竟然穿着粗布衣服打扫卫生，心中惊讶，对程氏说：“你的娘家富裕，父母又对你那么关爱，你为何不告诉他们你现在的生活状况，让他们资助你一点钱财呢？”程氏说：“向父母张口并不难，但我担心程家会因此讥笑我的丈夫。”苏洵知道后感动不已。

豁达乐观的爷爷，聪明、个性强烈的父亲，安贫乐道、温柔和善的母亲，这些亲人都给苏轼带来了重要的影响。两年后，苏轼还会迎来一位非常重要的亲人、朋友、知己：苏辙。

苏轼出生于宋仁宗景祐三年，在北宋最仁慈的皇帝治下长大。林语堂先生称仁宗为“北宋最好的皇帝”，这是有根据的。宋仁宗宽厚仁慈，不愿将繁重的赋税加在贫苦的百姓身上，也不愿挑起与邻国的战争，让百姓流离失所。他在位期间，宋朝的经济得到了较大的发展，百姓安居乐业。

对有才能的臣子来说，能遇见宋仁宗这样的君主是一件幸事。据说，包拯有一次激动地向仁宗提出自己的建议，口水都飞溅到仁宗的脸上。没想到仁宗不仅没有生气，自己擦干脸上的口水，最后还接受了包拯的建议。

还有一次，仁宗任命宠妃张氏的伯父张尧佐为宣威使，包拯知道后强烈反对。仁宗只能将张尧佐改任为节度使，没想到包拯的反对更加强烈，甚至带领七名言官来与仁宗辩论。仁宗不耐烦地说：“节度使就是个粗官，你们就别管了吧。”其中一位言官说：“太祖和太宗都做过节度使，怎么能说这个职位是粗官呢？”仁宗叹了口气，说：“好吧，就如各位爱卿所说。”回到后宫，张氏找仁宗哭诉：“我不过是想让伯父当一个小小的宣威使，竟也不能吗？”仁宗说：“你就知道要宣威使，难道不知道包拯是御史吗？”

在有容人之量的仁宗身边，出现了包拯、欧阳修、富弼、蔡襄、范仲淹等名臣。这些臣子革新弊政，力图改变北宋朝廷积贫积弱的局面。欧阳修、梅尧臣、范仲淹等文学家还根据自己多年的经验为北宋文坛开辟了一条更加广阔的道路。苏轼就生长在这样的时代里，长大后他站在巨人的肩膀上，比自己的前辈看得更远。不过，现在苏轼还不知道这些，他安静地躺在襁褓之中，享受着亲人关爱的目光。

慈母仁心

在外人眼中，苏洵是个浪荡子。明明少有才名，两位哥哥也有功名在身，但就是不愿意求取功名。少年时代，苏洵常常和友人外出游历，寻访祖国大好山河，直到十八岁时和程家女儿成亲，才将心收回来一点儿。大儿子出生后，苏洵也没有太大的改变。其他人都对程氏说："哎，你怎么嫁给这样一个不思进取的夫君。"程氏总是回答："我相信他一定会有一番作为。"

后来，在程氏的劝勉下，二十五岁的苏洵终于开始读与科举考试有关的书。两年后，程氏生下苏轼。苏洵终于意识到自己肩上的责任，他决心发奋读书，求取功名。他对妻子说："我很后悔没有早点意识到这些道理，以至于浪费了那么多时间。如今我很想认真读书，但是家里的情况你也知道，如果我不外出挣钱，家里的生计又该如何维持呢？"程氏欣慰于丈夫的改变，立刻回答道："你知道我等这一天等了多久吗？只要你愿意成就一番事业，那么家中的事务不需要你担心，我一定会打理得很好。如果你为了维持生计而放弃读书，才会让我失望。"

程氏的话给了苏洵信心。从此，他闭门谢客，发奋苦读。程氏将自己陪嫁的金银首饰全部变卖，然后在眉州城中开了一家卖丝织品的小铺子。程氏颇有经营头脑，铺子的生意一天比一天好，家里的生活条件也越来越好。

苏洵读书期间，程氏负责教育年幼的孩子。这位蕙质兰心的母亲非常注重对孩子道德品质的培养，从孩子两三岁起，她就教孩子们读书识字。为了方便理解，她把史书中仁人志士的故事摘取出来，编撰成册，念给孩子们听。她经常对孩子们说：“我教你们读书识字，并不是为了让你们长大后求取功名，而是让你们明白做人的道理，学会分辨善恶。”

《后汉书》中有这样一个故事：东汉时期的名士范滂刚正不阿，对贪官污吏铁面无私，深得百姓敬重。当时奸臣当道，宦官弄权，仁人志士纷纷反抗。范滂上书弹劾奸臣，没想到反被诬陷，最后被判处死刑。赴死前，范滂与母亲诀别，说：“我对不起您，但是幸好弟弟孝顺，能让您安享晚年。跟随父亲去九泉之下也是一种归宿，希望母亲不要为我悲伤。”范滂的老母亲说：“既想有好的名声，又想拥有长寿和财富，怎么会有这么好的事情呢？如今你坚守气节而舍弃生命，我感到非常欣慰。”

听完这个故事后，年幼的苏轼激动地说：“母亲，如果我想成为像范滂一样的人，您同意吗？”程氏摸了摸儿子的头，说：“孩子，你如果愿意效仿范滂，我又为什么不能效仿范滂的母亲呢？”

如果一个人在童年时已经感受到了足够的爱，或被人播种下了仁爱的种子，那么长大后就算遭遇再大的挫折，也能用这份温暖的记忆抚慰自己，让自己不至于走入绝境。千百年来，苏轼的诗文之所以被人热爱，他这个人总能引起人亲切而温暖的微笑，主要是因为人们能从苏轼的诗词文章中感受到博爱、热情和温暖，从有关苏轼的故事中看到这位文豪博大、仁厚的胸怀。苏轼的仁爱之心始于程氏。

程氏善良宽厚，又信奉佛教，对世间一切有情众生都抱有一颗慈悲之心。程氏认为，如果一个人没有爱心，不会善待身边的人、事、物，那么就算这个人以后取得再大的成就，获得再高的官职，也不可能真正把百姓放在心中，为天下苍生谋福祉。在程氏看来，仅仅爱兄弟、父母远远不够，对于小动物、花草树木都应该抱有仁爱之心。

苏轼家里有个院子，里面种着果树、花卉和一些应季蔬菜，常常能引来小鸟和昆虫。邻居家想出各种各样的办法捕捉这些不速之客，程氏却告诫仆人不要伤害它们，也不要随意摘花折树。久而久之，苏家就成为小动物们的聚会宝地。每到春暖花开之际，鸟儿就飞到他家院子里去筑巢哺育幼崽，花朵吐露新芽，这里的一切都富有生机。苏轼最喜欢带着苏辙去院子里探险。两个四五岁的孩子小心翼翼地绕开杂草，来到一棵小树下，只见鸟窝把树枝都压弯了。个头儿高一点的苏轼兴奋地对苏辙说："我能看见幼鸟呢！"长大后，苏轼写了一首名为《异鹊》的诗，形象地描述了当时的情景：

昔我先君子，仁孝行于家。
家有五亩园，幺凤集桐花。
是时乌与鹊，巢觳可俯拏。
忆我与诸儿，饲食观群呀。
里人惊瑞异，野老笑而嗟。
云此方乳哺，甚畏鸢与蛇。
手足之所及，二物不敢加。
主人若可信，众鸟不我遐。
故知中孚化，可及鱼与豭。
柯侯古循吏，悃愊真无华。
临漳所全活，数等江干沙。
仁心格异族，两鹊栖其衙。
但恨不能言，相对空楂楂。
善恶以类应，古语良非夸。
君看彼酷吏，所至号鬼车。

眉山有一种叫桐花凤的鸟儿，它的羽毛艳丽，警惕性非常强，很少出现在人类居住的地方。神奇的是，这种鸟每年都要去苏轼家的院子里筑巢。邻居们看到这一情景后，都感到特别惊讶。有一次，邻居家的一只小花猫跳进了苏轼家的院子里，敏捷地爬上树，伸出利爪去捕捉美丽的桐花凤鸟。苏轼和苏辙两兄弟看见后，立刻采取各种措施去帮助桐花凤鸟，如大声地呼喊、用棍子去驱赶花猫，等等。然而，无论兄弟俩做什么，这只饿了很多天的花猫都不愿意放过桐花凤鸟。可怜的桐花凤鸟就这样死在了花猫的尖牙利爪之下。

最后，苏轼终于将花猫赶走了。看着满身是血的桐花凤鸟，苏轼难过极了。邻居家的几个孩子跑了过来，兴奋地说："太好了，我们有鸟肉吃了！快把这只鸟儿烤了吃吧，我爸爸说，这种鸟儿肉质特别鲜美。"苏轼没有说话，他有点儿犹豫。这时，程氏走了过来，问明情况后说："和仲，所有的小动物都是有生命的，它们和你我没有什么不同，我们应该善待它。它在我们家院子里筑巢下崽，就是我们的朋友。"苏轼说："母亲，我知道了，我会好好地安葬它。"苏轼将这只可爱的小鸟埋在了院子里。后来，苏轼在《记先夫人不残鸟雀》中谈到了母亲对鸟雀的仁爱之心，以及自己从这些事情中获得的感悟：

少时所居书堂前，有竹柏杂花丛生满庭，众鸟巢其上。武阳君恶杀生，儿童婢仆，皆不得捕取鸟雀。数年间，皆巢于低枝，其鷇可俯而窥也。又有桐花凤，四五日翔集其间，此鸟羽毛至为珍异难见，而能驯扰，殊不畏人。闾里间见之，以为异事。此无他，不忮之诚信于异类也。有野老言，鸟巢去人太远，则其子有蛇鼠狐狸鸱鸢之忧，人既不杀，则自近人者，欲免此患。由是观之，异时鸟雀巢不敢近人者，以人为甚于蛇鼠之类也。苛政猛于虎，信哉！

程氏将丝织品店经营得非常好，家中的积蓄越来越多。有人对程氏说："你真是有福气！"程氏问："为什么？"那人回答："你看，现在你越来越富有，这就是上天赐予你的财富。相信再过几年，苏家就会成为一个富庶的家庭。”程氏说：“这就是所谓的福气吗？如果这种情况不停止的话，我们子孙都会被钱财蒙蔽。”

程氏发现苏家有很多生活困窘的族人，就拿出钱来救济他们，帮助他们置办产业。如果遇上有急难的乡人，程氏也会拿钱帮助他们。丫环问程氏：“夫人，这样做不会让日子变得更加艰苦吗？”程氏笑着说：“表面上看是这样，但实际上这才是一种福气。”苏轼将母亲的话记在心中，长大后，这位真诚热情的文人经常拿钱周济患难的朋友，帮助贫困的百姓。

苏轼和苏辙在学院读书时，因为家离学院较远，所以中午都是从家里带饭吃。吃饭的时候，同学们纷纷打开食盒展示自己家厨子的好手艺：“我家的大饼非常好吃！”“我母亲还给我准备了精美的小菜呢！”有人好奇地问苏轼：“你带的饭菜是什么？”苏轼得意扬扬地说：“三白饭。”“三白饭？”其他同学也没有听过这种菜肴，都好奇地围了过来。苏轼压低声音说：“你们看好了，这就是苏家独有的三白饭。”饭盒打开了，只见里面只有一碗白米饭，一碗清汤和一盘白萝卜。“切，这有什么好吃的。”同学们立刻散开。苏轼和苏辙却拿起筷子，吃得津津有味。

读书人就应该待在屋子里，两耳不闻窗外事吗？对于这个问题，苏轼的答案一定是否定的。这位大文豪曾不止一次地强调过，为了写作而写作非常不可取，只有深入生活，得到最真实的体会，才能有感而发，写出优秀的文章来。苏轼的这种观点也源自于母亲程氏。

空闲的时候，程氏会叫孩子们带上锄头，拿上树苗去先人的坟地上栽种松树。种树很辛苦，但是苏轼和苏辙却从中体会到了劳动的快乐，感受到了大自然之美。蔚蓝色的天空、婉转动听的鸟鸣和母亲温柔的笑容，成为两兄弟心中最美的童年记忆。为了让劳动变得有趣，程氏还会带领孩子们做游戏，如比赛讲故事、念诗。渐渐地，种树成了苏轼的一个习惯，而那片黄土漫天的山坡也穿上了绿色的衣裳。长大后，苏轼、苏辙两兄弟都保留了种树这个习惯。到地方任职时，他们总不忘记为当地种植树木，改善环境。

程氏显然不是那种对孩子严加管教的母亲，忙碌的时候，她会将两兄弟带到自家的小店铺里。淘气的苏轼会在店铺后面的小巷子里面玩耍，他时而和小伙伴们一起挖小沟，往里面倒水，想象那是大江大河；时而堆一个小土包，在上面修筑“烽火台”。

每次苏轼说想去山林里玩，程氏总是笑着同意，她希望孩子能尽情感受自然之美。苏轼和表弟程之元最顽皮，总是满山野地乱跑，寻找味道鲜美的野果。有时苏轼还会变身放牛娃，他坐在牛背上，一边放牛，一边自在地看书。程之元好奇地问：“你这样看得进去吗？”苏轼回答道：“我坐在牛背上，就像在水波不兴的湖面上，驾一叶扁舟！”长大后，苏轼看到晁说之的《考牧图》后，回忆起童年情景，便在图后面写道：

我昔在田间，但知羊与牛。川平牛背稳，如驾百斛舟。舟行无人岸自移，我卧读书牛不知。前有百尾羊，听我鞭声如鼓鼙。我鞭不妄发，视其后者而鞭之。

泽中草木长，草长病牛羊。寻山跨坑谷，腾趠筋骨强。烟蓑雨笠长林下，老去而今空见画。世间马耳射东风，悔不长作多牛翁。

——《书晁说之考牧图后》

苏家也没有那么多规矩。有一次，省城的一位官员突然来苏家拜访，程氏吩咐婢女：“快去院子里采摘应季的瓜果！”不一会儿，婢女回来了，但是因为太着急，竟然赤着脚就走进屋，弄得房子里到处都是泥巴。众人哈哈大笑，没有一个人责怪婢女。

苏洵夫妻最宝贝的不是钱财，而是家中藏书。虽然苏家只是一个普通的百姓之家，但藏书数量竟胜过乡绅土豪。苏轼和弟弟还曾感叹，家里的藏书实在太多，自己肯定看不完。学习累了的时候，苏轼就趴在窗边，欣赏院子里的荷花和屋旁的梨花。生活在这样一个安贫乐道、文化气息浓郁的家庭中，苏轼是快乐、幸福的。长大后，苏轼深情地回忆起年幼时的情景：

先君昔未仕，杜门皇祐初。道德无贫贱，风采照乡闾。
何尝疏小人，小人自阔疏。出门无所诣，老史在郊墟。
门前万竿竹，堂上四库书。高树红消梨，小池白芙蕖。
常呼赤脚婢，雨中撷园蔬。矫矫任夫子，罢官还旧庐。
是时里中儿，始识长者车。烹鸡酌白酒，相对欢有馀。
有如庞德公，往还葛与徐。妻子走堂下，主人竟谁欤。
我时年尚幼，作赋慕相如。侍立看君谈，精悍实起予。
岁月曾几何，耆老逝不居。史侯最先没，孤坟拱桑樗。
我亦涉万里，清血满襟袪。漂流二十年，始悟万缘虚。
独喜任夫子，老佩刺史鱼。威行乌白蛮，解辫请冠裾。
方当入奏事，清庙陈璠玙。胡为厌轩冕，归意不少纾。
上蔡有良田，黄沙走清渠。罢亚百顷稻，雍容十年储。
闲随李丞相，搏射鹿与猪。苍鹰十斤重，猛犬如黄驴。
岂比陶渊明，穷苦自把锄。我今四十二，衰发不满梳。
彭城古名郡，乏人偶见除。头颅已可知，几何不樵渔。
会当相从去，芒鞋老菑畬。念子瘴江边，怀抱向谁摅。
赖我同年友，相欢出同舆。冰盘荐文鲔，玉斝倾浮蛆。
醉中忽思我，清诗缀琼琚。知我少谈谐，教我时卷舒。
世事日反覆，翩如风中旟。雀罗吊廷尉，秋扇悲婕妤。
升沉一何速，喜怒纷众狙。作诗谢二子，我师宁与蘧。

——《答任师中家汉公》

早岁读书

小时候，苏轼经常看到父亲读书写字，而且有时候在书房一待就是一整天。渐渐地，苏轼也爱上了学习。四岁时，苏轼拿起毛笔模仿父亲的字，苏洵看见后很高兴，开始教他读书写字。天资聪颖的苏轼学得非常快，很快就能认出上千字，并流利地背出诗文。遇到不懂的字，苏轼会请教父亲，并追着苏洵问："父亲，你什么时候送我上私塾啊？"苏洵总是笑着说："快了，快了。"

6岁那年，苏轼被父母送进天庆观的北极院学习。私塾中一共有一百多名学生，但老师只有一个：道士张易简。对于这位道士，相关的史料很少。但我们能知道的是，他非常看重苏轼，还经常将苏轼作为自己的得意弟子介绍给朋友。有一次，道士李伯祥来找张易简，张易简指着苏轼对朋友说："这个孩子以后一定大有可为。"李伯祥不相信，问苏轼："你有什么本领吗？"机灵的苏轼眼珠一转，回答道："听说您喜欢写诗，我觉得您的'夜过修竹寺，醉打老僧门'之句非常可爱。"这么小的孩子竟然能够领略自己诗作中的意趣，这个矮个子道士对张易简感叹道："这个孩子一定能成为一个贵人。"

也许是因为接受了道家的启蒙教育，长大后苏轼对道教非常感兴趣，他不仅学习道家养生术，还在诗文中多次提到"仙人""道士"，如在《后赤壁赋》中以梦见道士为结局。苏轼晚年谪居海南，经常和道士何德顺书信往来。有一次，苏轼梦见自己回到了故乡眉山，见到了儿时恩师张易简。不久后，苏轼收到何德顺的来信，对方请他为一座庙堂写一篇记，苏轼欣然应允，将这次梦也记录了下来。我们能从这篇《众妙堂记》中读到苏轼对张易简、对道家的看法：

眉山道士张易简教小学，常百人，予幼时亦与焉。居天庆观北极院，予盖从之三年。谪居海南，一日梦至其处，见张道士如平昔，汛治庭宇，若有所待者，曰："老先生且至。"其徒有诵《老子》者曰："玄之又玄，众妙之门。"予曰："妙一而已，容有众乎？"道士笑曰："一已陋矣，何妙之有。若审妙也，虽众可也。"因指洒水薙草者曰："是各一妙也。"予复视之，则二人者手若风雨，而步中规矩，盖焕然雾除，霍然云散。予惊叹曰："妙盖至此乎！庖丁之理解，郢人之鼻斫，信矣。"二人者释技而上，曰："子未睹真妙，庖、郢非其人也。是技与道相半，习与空相会，非无挟而径造者也。子亦见夫蜩与鸡乎？夫蜩登木而号，不知止也。夫鸡俯首而啄，不知仰也。其固也如此。然至蜕与伏也，则无视无听，无饥无渴，默化于荒忽之中，候伺于毫发之间，虽圣知不及也。是岂技与习之助乎？"二人者出。道士曰："子少安，须老先生至而问焉。"二人者顾曰："老先生未必知也。子往见蜩与鸡而问之，可以养生，可以长年。"广州道士崇道大师何德顺，学道而至于妙者也。作堂榜曰"众妙"。以书来海南，求文以记之。予不暇作也，独书梦中语以示之。戊寅三月十五日，蜀人苏轼书。

苏轼和苏辙两兄弟或多或少都受到了道家思想的影响——苏辙在《龙川略志》中也谈到了自己曾梦见在北极院的往事，但他们最终还是选择成为济世救民的士大夫，将"致君尧舜"当作自己的理想。有趣的是，苏轼的同学，备受张易简青睐的陈太初最后成了宋朝有名的道士，并被载入道教经典《仙鉴》。

陈太初出身于一个贫民家庭，长大后也参加过科举考试，但没有考中，先在州郡府衙中当小吏，后来成了一名道士。苏轼谪居黄州时，友人来信，告诉他童年好友陈太初已经羽化登仙。

传说，有一年，陈太初去汉州拜访太守吴师道。因为正好是大年初一，吴师道送给同乡陈太初一些钱财和衣物。陈太初走出太守府，惊讶地发现城中完全没有过年的气氛。寒风瑟瑟，贫困的百姓即使裹紧自己的衣服，也无法抵御寒冷。路边的小孩低声哭泣："哪一位好心人能给我一口吃的，我已经三天没吃饭了。"

陈太初不忍，就将自己身上的衣服、钱财都分发给老百姓，自己则坐在府衙门口羽化了。太守吴师道听说这件事后，对手下的小吏说："把陈道长的尸首拿到郊外火化吧。"小吏一点儿都不喜欢这个差事，只觉得晦气，于是一边走一边骂："这个道士是个什么东西？大过年的就让我抬死人。"没想到陈太初突然站了起来，说："不用麻烦你。"说完，自己走到城外的金雁桥下羽化。

有学者认为，苏轼曾经想向同学陈太初学习。他在给友人的信中说："某龆龀好道，本不欲婚宦，为父兄所强，一落世网，不能自逭，然未尝一念忘此心也。"（《与刘宜翁书》）不过，这到底是大文豪的真心话，还是他突然生起的一个念头，我们就不得而知了。

值得一提的是，张易简并没有将北极院当成未来道士培养基地，而常常在这里分享优秀的文章。苏轼在《范文正公文集叙》中记录了这么一件事：

庆历三年，轼始总角入乡校，士有自京师来者，以鲁人石守道所作《庆历圣德诗》示乡先生。轼从旁窥观，则能诵习其辞，问先生以所颂十一人者何人也？先生曰："童子何用知之？"轼曰："此天人也耶？则不敢知；若亦人耳，何为其不可？"先生奇轼言，尽以告之。且曰："韩、范、富、欧阳，此四人者，人杰也。"时虽未尽了，则已私识之矣。

国子监直讲石介写了一篇《庆历圣德诗》，以颂扬庆历新政。有人从京城带来这首诗给张易简看。当时苏轼不过八岁，但有一颗好学上进的心，就踮着脚看老师手中的诗作，并反复地吟诵整首诗。苏轼从没有听过诗中提及的人名，也不知道这十一个人做过什么事情，便问张易简:“老师，你能给我解释一下这首诗吗？诗中提到的人都是干什么的？”张易简看着还不到自己肩膀高的苏轼，笑着说:“你一个小孩子就别关心这些事情了。”

苏轼不服气，反驳道:“难道这十一人都是天上的神仙，像我们这样的凡人不能打听他们的情况吗？如果他们和我一样都是人，为什么我不能知道呢？”看到学生如此好学，张易简非常欣慰，于是把这十一个人的情况都介绍给苏轼。最后，张易简说:“韩琦、范仲淹、富弼、欧阳修都是人中豪杰。”从此，这四个人的名字便刻在了苏轼心中。以后读到这四个人的文章时，苏轼都会认真研读，细细揣摩。后来，苏轼进京赶考，不仅见到了这些名臣，还与其相谈甚欢——除了范仲淹，那时这位忧国忧民的政治家已经去世了。

在太极院学习五年后，苏轼和苏辙两兄弟被送到寿昌书院接受系统的儒家教育。兄弟俩不分昼夜地苦读:“我家亦多书，早岁尝窃叩。晨耕挂牛角，夜烛借邻牖。经年谢宾客，饥坐失昏昼。”(苏辙《张恕寺丞益斋》)他们的学问越来越高，苏轼的才华也渐渐展现出来。

有一天，学院的老师刘微之写了一首《鹭鸶诗》:鹭鸟窥遥浪，寒风掠岸沙。渔人忽惊起，雪片逐风斜。刘微之将这首诗念给学生们听，念的时候摇头晃脑，一副十分得意的样子。学生们纷纷说:“这首诗绝妙！”“写得太好了。”苏轼却站起来说:“先生好诗，只是诗中有一处不妥。”

刘微之愣住了，没想到这个年幼的学生竟然出来挑自己的毛病，心下不悦，问:“哪里不妥？”苏轼说:“这首诗最后一句‘雪片逐风斜’不太恰当，鹭鸶的羽毛怎么会在风中飘扬呢？鹭鸶归巢时，它们的羽毛通常会落在不远处的蒹葭上。先生，不如改成‘渔人忽惊起，雪片落蒹葭’，如何？”刘微之听后又愣住，欣慰地说:“改得真好，你应该来做我的老师啊。”

更多的时候，苏轼喜欢和同学用诗文打趣。有一天放学时突然下起了暴雨，无法立刻回家，苏轼觉得无聊，便对同学说："让我们根据此情此景作诗吧！"

一个叫程建的同学先说："庭松偃仰如醉。"杨尧咨立刻接："夏雨凄凉似秋。"苏轼说："有客高吟拥鼻。"说完向苏辙挤眉弄眼。苏辙立刻明白了哥哥的意思，笑着说："无人共吃馒头。"众人听后哈哈大笑。

苏轼很早就展现出了自己的天赋和才华，经常被老师和家人夸赞，所以不免有点儿飘飘然。有一天，苏轼取过笔墨纸砚，写了一副对联："识遍天下事，读尽人间书"。然后将这副对联贴在书房门后。

几天后，一位老人来拜访苏洵，不经意间看到了那副对联。老人皱着眉头摇了摇头，但没有说话。又过了几天，老人再次拜访苏家，还带来了一本古籍。他对苏轼说："本人才疏学浅，想向小苏公子请教。"苏轼立刻答应，得意扬扬地接过书。结果打开一看，发现书中大部分故事都没读过，甚至有些字还不认识。苏轼的脸一下子变得通红，低着头把书递给老人，说："才疏学浅的应该是我，感谢您的教导。"老人赞许地点点头，说："孩子，学无止境啊。"老人走后，苏轼拿起笔给对联加了四个字："发奋识遍天下事，立志读尽人间书。"

那些在蜀地广为流传的传奇故事也给了苏轼文化启蒙。七岁那年，苏轼和小伙伴一起在寺庙附近玩，寺庙中有一位九十岁的老尼姑。小伙伴对苏轼说："听说这位师傅年轻时曾到蜀主孟昶的宫里做法事呢。"好奇心极强的苏轼立刻跑到老尼姑面前，问："听说您曾经去过孟昶的宫殿里，是吗？"老尼姑点头，说："是啊，那段经历就像一个梦。"苏轼兴奋地问："您能给我讲一讲蜀宫旧事吗？"

老尼姑向远处望去，好像在回忆梦中的情景，说："我还记得那座建在水边的水晶宫殿，通透的琉璃，站在宫殿里也能看见外面随风飞舞的杨柳，听到潺潺的流水声。最让人印象深刻的是袅袅婷婷、我见犹怜的花蕊夫人。那时正是盛夏，花蕊夫人和孟昶坐在摩诃池边乘凉，犹如一对神仙眷侣。花蕊夫人还即兴填词，到现在我还记得那首词：

冰肌玉骨，自清凉无汗。水殿风来暗香满……”

尼姑缓缓吟诵，苏轼心中感动，虽然他那时还没有进私塾学习，但是对美的感受力却生来就有。他沉浸在这种文字之美、音律之美中，似乎看到了碧玉为户、楠木为柱的水晶宫殿，看到了坐拥星辰的花蕊夫人和孟昶。

这首词在苏轼心中留下了深刻的印象。四十年后的一个夏夜，苏轼和家人在江边散步，突然想起了这首词。但是因为年代已久，苏轼只记得这首词的前两句。彼时，苏轼已经成为文坛领袖，诗词歌赋无一不通。他反复地吟诵这两句词，判断这首词的词牌名应该是《洞仙歌》。于是，苏轼以这两句为开头，将这首佚失的词补充完整：

（余七岁时，见眉州老尼，姓朱，忘其名，年九十岁。自言尝随其师入蜀主孟昶宫中。一日大热，蜀主与花蕊夫人夜纳凉摩诃池上，作一词。朱具能记之。今四十年，朱已死久矣，人无知此词者。但记其首两句。暇日寻味，岂洞仙歌令乎，乃为足之云。）

冰肌玉骨，自清凉无汗。水殿风来暗香满。绣帘开，一点明月窥人，人未寝，攲枕钗横鬓乱。

起来携素手，庭户无声，时见疏星渡河汉。试问夜如何，夜已三更，金波淡，玉绳低转。但屈指西风几时来，又不道流年暗中偷换。

——《洞仙歌·冰肌玉骨》

父教其子

宋仁宗曾经称赞：“天下读书人尽在眉州。”据记载，两宋期间，眉州一共走出了八百八十六位进士。然而，唐宋八大家之一的苏洵却不在其中。苏轼的一位学生曾说：“其实苏洵的天资高过苏轼，只是思想深度却不如自己的儿子。”可以肯定的是，苏洵是一个非常聪明的人，以至于别人劝苏序，让他叫自己的小儿子发奋读书时，这位性格豁达的老人笑着说：“我的这个儿子，还要担心他不学习吗？”

苏洵年幼时不喜欢科举考试，大概是不喜欢死记硬背，也不赞同将文章放进一个固定的模子中。如今人们提到苏洵，都会说：“他二十七岁才读书，后来却成了千古文章大家。”将其当作大器晚成的典型。其实，苏洵只是从二十七岁才读与科举考试有关的书籍。此前，他阅读了大量“闲书”，而这些书籍极大地丰富了他的知识。

苏洵十八岁时成亲，取了温柔贤淑的程氏。程家是眉山的大户人家，有钱有势，但是苏洵从未故意讨好自己的岳丈，他不愿意因此降低自己的人格。二十七岁时，这位孤傲的文人决定奋发苦读，挑起家里的重担。

关于苏洵苦读，民间还流传着这样一个故事。有一年端午节，苏洵在书房里背诵文章。程氏走进书房，将粽子和白糖放在书桌上，然后悄悄地退了出来。过了一会儿，程氏走进书房，发现苏洵满嘴墨汁。程氏低头一看，发现粽子已经被吃完了，而糖碟一点儿都没有动。原来苏洵读书认真，竟没有发现自己将墨碟当成了糖碟。

一年后，苏洵去参加乡里的举人考试。回到家后，苏洵开心地对妻子说：“一定能考中！”看着开始学走路的苏轼，苏洵还说：“以后我要向孩子传授经验。”不久后，消息传来：苏洵名落孙山。苏洵一下子愣住了，他没有想到一个小小的举人考试竟成为自己的拦路虎。苏洵感叹道：“吾今之学，乃犹未之学也。”他走进书房，将自己之前写的诗文付之一炬，然后对妻子说：“我要继续苦读，读书不成，不写一字。”

转眼间，苏轼已经八岁。这一天早上，母亲将他带到父亲面前。苏轼抬头看着严肃的父亲，觉得气氛有点奇怪。苏洵考问了苏轼的功课，然后说：“不错，以后要听母亲的话。”程氏帮苏洵穿上外套，又递给他一个包袱，嘱咐道：“路上小心。”苏洵弯下腰摸了摸孩子的头，说："我走了！"不一会儿，苏洵的身影消失在篱笆外。

这是苏洵的背水一战。这时，苏洵自认为学问已成，能够参加竞争残酷的科举考试了。如果长子没有夭折，家中幼子也不需要照顾，也许他在几年前就外出考试了。苏洵对这次考试志在必得，但是可惜的是，这位能写出锦绣文章的文人再次名落孙山了。

这到底是为什么？有人推测苏洵没有考试技巧，过多的创作反而让他的文章变成了下等；也有人认为是因为当时流行浮华的文风，而苏洵喜欢写朴实、言之有物的文章。不管怎么样，苏洵只能承认：自己和那张官场通行证没有缘分。这次考试还给他带来了一个后遗症：苏洵从此拒绝参加任何考试。后来，在欧阳修的推荐下，朝廷打算让苏洵在朝中当一个小官，但前提是参加一个简单的考试，苏洵知道后立刻以年老多病为由推辞掉了。

落榜后，苏洵在江淮一带游历，排遣心中抑郁。苏轼和苏辙刚刚进入寿昌书院时，落魄的苏洵归来。外出多年的丈夫终于归家，程氏喜不自胜。看到丈夫难过的模样，程氏什么也没有说，只是拿出苏轼和苏辙新作的诗文给他看。苏洵仔细阅读了二人的诗文，惊讶地问："这是我那两个儿子写的吗？"程氏点点头。苏洵感叹道："雏凤清于老凤声！"苏洵决定好好教两个孩子念书。

很多父母年轻时没有实现自己的理想，年老时就将所有的期望都放在孩子身上。苏洵也成了这种父母。但庆幸的是，他的这两个孩子是值得期待的。

苏家常常被老鼠侵扰，这些狡猾的小动物总是到苏家偷东西。苏家人想了无数办法，最后甚至养了一只猫，也不能将其驱赶。十一岁那年，一位邻居送了苏轼一把却鼠刀。却鼠刀不是用来砍杀老鼠的工具，而是一种民间习俗，据说放在家中可以辟邪。苏轼死马当活马医，熏香祈祷后将其放在了几案上。没想到自从有了却鼠刀，家里就再也没有来过老鼠。苏轼感叹："都说老鼠最怕猫，但猫都没能阻止这些猖獗的老鼠。如今我不过是放了把一尺多长的却鼠刀在家里，老鼠就不敢来了，真是神奇！”苏轼据此写了《却鼠刀铭》：

野人有刀，不爱遗余。长不满尺，剑钺之馀。
文如连环，上下相缪。错之则见，或漫如无。
昔所从得，戒以自随。畜之无害，暴鼠是除。
有穴于垣，侵堂及室。跳床撼幕，终夕窣窣。
叱诃不去，啖啮枣栗。掀杯舐缶，去不遗粒。
不择道路，仰行蹑壁。家为两门，窘则旁出。
轻趫捷猾，忽不可执。吾刀入门，是去无迹。
又有甚者，聚为怪妖。昼出群斗，相视睢盱。
舞于端门，与主杂居。猫见不噬，又乳于家。
狃于永氏，谓世皆然。亟磨吾刀，盘水致前。
炊未及熟，肃然无踪。物岂有是，以为不诚。
试之弥旬，凛然以惊。夫猫鸷禽，昼巡夜伺。
拳腰弭耳，目不及顾。须摇乎穴，走赴如雾。
碎首屠肠，终不能去。是独何为，宛然尺刀。
匣而不用，无有爪牙。彼孰为畏，相率以逃。
呜呼嗟夫！吾苟有之。不言而谕，是亦何劳。

苏序看完后称赞不已，说：“这个孩子像我！”还让人将这篇文章裱起来，挂在自己的房间里。苏洵看后非常欣慰，虽然这篇文章稍显稚嫩，但是其中的才思妙想让人印象深刻。而且苏洵还发现，这个天资聪颖的孩子十分刻苦。

有一天，苏轼正在抄史书，苏洵见后惊讶地问：“你为什么要抄写史书？”苏轼回答道：“先生要我们背诵这一篇文章，但我没有过目不忘的本领，所以只能抄写一遍，以巩固记忆。”苏洵感叹道：“我不如你用功啊！”正因为在幼年时打下了坚实的基础，苏轼长大后才能将典故应用得得心应手。后来，苏轼被任命为翰林学士，为皇帝起草了上千封诏书，据伺候过他的宫人回忆，这位学富五车的文豪从未查阅过典籍。

对孩子期望高，要求自然会严格一些。苏轼晚年流落儋州时，曾写过这样一首诗：

七月十三日，至儋州十馀日矣，澹然无一事。学道未至，静极生愁，夜梦如此，不免以书自怡。

夜梦嬉游童子如，父师检责惊走书。
计功当毕《春秋》馀，今乃粗及桓庄初。
怛然悸寤心不舒，起坐有如挂钩鱼。
我生纷纷婴百缘，气固多习独此偏。
弃书事君四十年，仕不顾留书绕缠。
自视汝与丘孰贤，《易》韦三绝丘犹然，如我当以犀革编。

——《夜梦（并引）》

那时，苏轼已经六十多岁，却清晰地记得父亲对自己的严格管教。父亲让他们在规定时间里读完《春秋》，可到了限定的日子，苏轼只读到齐桓公的部分，连一半都没有读完。一想起这件事情，已经成为文坛领袖的苏轼依旧心有余悸：“我就像咬住鱼饵的鱼一样害怕啊！”

苏洵还要求苏轼和苏辙两兄弟大量阅读史书、文选，而不是只将注意力放在科举考试的指定教材上。这种读书方法极大地丰富了两兄弟的知识库，让他们学会从多个角度思考问题。在这个时期，苏轼第一次接触到《庄子》，他很快就被书中优美而富有深意的故事吸引住了。《庄子》中自由、达观的精神理念和苏轼豁达、乐观的天性相契合，苏轼感叹道："吾昔有见，口未能言，今见是书，得吾心矣。"

当时朝野上下偏好浮华晦涩的文风，这些文章多用华丽的辞藻堆砌，所用典故甚多，但与文章内容无关。读这类文章，虽然会使人感叹文字之美，但是很少能让人从中得到启发。苏洵非常厌恶这类文章，他主张写文章应该化繁为简、言之有物，让读者从文章中看到作者的态度和观点。于是，苏洵教孩子们写散文，关心国家大事，并不止一次地告诫他们："文章应该由心而发，为赋新词强说愁是不可取的。"苏洵的教育观念深深地影响了苏轼和苏辙的创造理念，这两位年轻的学子将韩愈、柳宗元等人当作楷模，并逐渐形成了平易流畅、言之有物的文风。

无独有偶，远在京城的欧阳修也在计划开展一场古文运动，将文字从华丽无实的文风中解放出来。当这位大文学家取得话语权，并奉命担任科举考试的主考官后，他决心将没有实际情感和观点的酸腐文章全部罢黜，只录取平易动人的"古文"。而在那一年，苏轼两兄弟进京赶考。

苏洵是个好老师，这不仅仅表现在他对诗词文章的准确理解，还表现在他对学生（即儿子）性格的把握。在11岁之前，苏轼名"和仲"，因为他是家中的第二个儿子，苏辙名"同叔"。苏洵归家后，苏轼和苏辙终于有了正式的名字。对于为什么要取这两个名字，苏洵如此解释：

> 轮辐盖轸，皆有职乎车，而轼独无所为者。虽然，去轼则吾未见其完车也。轼乎，吾惧汝之不外饰也。天下之车，莫不由辙，而言车之功者，辙不与焉。虽然，车仆马毙，而患不及辙，是辙者，善处祸福之间也。辙乎，吾知免矣。
>
> ——苏洵《名二子说》

苏洵说，一辆车子有很多重要的组成部分，如车轮、车盖和车辐，而轼，即车前用作搭手的横木，看上去没有什么实际的作用。但是没有轼，就不是一辆完整的车子。我为大儿子取名“轼”，就是担心他不知道世间险恶，凡事太过直接，而不知道外饰。天下的车辆没有不沿着车辙走的，但是若论功劳，车辙大概没有名字。不过，如果车翻马毙，也和车辙没有太大关系。而小儿子取名“辙”，是希望他能够避免灾祸。

苏辙性格平和沉稳，凡事谋定后动，避免了很多灾祸。但是苏轼终归不懂得外饰，和人交往时，不论亲疏远近都吐露真心话，结果被小人抓住把柄，一生宦游。苏辙曾为哥哥不平道：“东坡何罪？独以名太高！”不过，苏轼的这种性格正是他的魅力所在。直到今天，说起这位坦率天真的大文豪，人们脸上还会浮现出亲切的笑容。

所谓名师出高徒，在苏洵的教导下，苏轼两兄弟的知识学问日益增长。有一次，苏洵让苏轼以三国时期魏国的重臣夏侯太初为题写一篇文章。史书记载，夏侯太初平日处事镇定，有一次他站在柱子旁看书，突然电闪雷鸣，闪电将柱子劈开，他的衣服发出了阵阵煳味，夏侯太初却镇定自若，像什么也没发生一样。夏侯太初曾密谋推翻大将军司马师，后来泄密被捕，行刑时仍面色不改。

苏轼很快就写了一篇《夏侯太初论》，其中有“人能碎千金之璧，不能无失声于破釜；能搏猛虎，不能无变色于蜂虿”这样形象而精彩的比喻，苏洵读后连连称赞。苏轼也很喜欢这两句话，后来在写《黠鼠赋》和《颜乐亭诗序》时又用了进去：

颜子之故居所谓陋巷者，有井存焉，而不在颜氏久矣。胶西太守孔君宗翰，始得其地，浚治其井，作亭于其上，命之曰颜乐。昔夫子以箪瓢陋巷贤哉颜子，而韩子乃以为哲人之细事，何哉？苏子曰：君子之于人也，必于小者观之，自其大者容有伪焉。人能碎千金之璧，不能无声于破釜，能搏猛虎，不能无变色于蜂虿。孰知箪食瓢饮之为哲人之大事乎？乃作《颜乐亭记》以遗孔君，正韩子之说，且以自警云。

——《颜乐亭诗序》

还有一次，苏洵读到欧阳修的《谢宣诏赴学士院，仍谢赐对衣、金带及马表》时，觉得写得极好，便将苏轼叫过来，让他认真读诵，然后仿写一篇。不久后，苏轼交给了苏洵一份满意的答卷。苏洵看着眼前雏鹰一般的儿子，又想起自己屡试不中的经历，感慨地说："好，好！希望你以后能用得上这篇文章。"后来，苏轼被任命为翰林院学士，拥有对衣、金带和马表等御赐之物，曾多次撰写这类谢表，也用到过文章中的句子。不过，苏轼当时的心情却和苏洵期望的完全不同。

苏轼十二岁时，曾挖到一块晶莹剔透、形状酷似小鱼的浅绿色石头。石头上面点缀着细小的银星，击打时发出铿锵悦耳的声音。苏轼想将其当作砚台，但是石头形状奇怪，没有储水的地方。苏洵知道后说："这就是一块宝砚，只是形状不太完整。"苏洵将石头还给苏轼，说："这就是你在文学方面有所建树的吉兆。"苏洵还特意请人按照石头的形状做了一个匣子，亲手雕刻图案。

苏轼非常喜欢这方砚台，经常用它来研墨。那时，苏轼经常临摹王羲之、王献之、李邕、颜真卿等人的字帖。每天练完字，就去书房旁边的小池塘里清洗砚台，这方池塘后来被称为"东坡洗砚池"。长大后，苏轼打破学习古人的固有思维，勇于创新，创造了潇洒自如、外柔内刚的"苏体"。这方凝聚着父亲对孩子深切期望的天石砚，后来被苏轼当作传家宝，传给了苏迨和苏过。

唤鱼姻缘

传说，苏轼有个妹妹叫苏小妹，其才华胜于二位哥哥，最后嫁给了苏轼的学生秦观。如今，民间还流传着“苏小妹三难秦观”的故事。遗憾的是，这样具有传奇色彩的女子并不存在，苏轼或许曾经真的有个妹妹，但也早就夭折了。

苏轼没有妹妹，倒是有个姐姐，名唤八娘，比苏轼大一岁。她和苏轼一起长大，姐弟俩常常一起出去玩，感情非常好。宋仁宗皇祐二年（1050 年），八娘嫁给程之才。程之才是苏轼的表兄，程家和苏家的关系一直非常亲密。苏轼的母亲认为，女儿嫁过去后一定能过得非常幸福。

可程氏错了。八娘一直都不同意这门亲事，因为她和程之才没有感情。最后，不愿意违抗父母之命的八娘勉强嫁了过去。八娘和丈夫没有共同话题，加上程之才常年在外做官，二人聚少离多，感情更加淡薄。但是更让八娘难过的是，公公和婆婆也不喜欢她，还经常刁难她。两年后，八娘生下了一个孩子，但是她因产后失调而患上了严重的疾病。程家怠慢八娘，生病了也不给她医治，致使八娘的身体越来越差。

有一次，程氏去探望八娘，才发现八娘的处境竟然如此艰难，回家后就和丈夫商量将八娘接回家医治。苏洵非常疼爱这个女儿，便立刻派人将八娘和外孙接了回来。八娘的病刚刚好转，公婆就来苏家兴师问罪，指责八娘不尽孝道，还抢走了她的孩子。八娘伤心欲绝，旧病复发，不久去世。

苏轼、苏辙两兄弟失去了姐姐，一怒之下和程之才绝交。程氏失去了自己的爱女，整日以泪洗面。爱憎分明的苏洵怎么能咽下这口气，他写了无数抨击程家的诗作，还自费修了一座“苏氏族谱亭”。在亭子落成之日，苏洵将所有的苏家人请来，当中掀开了一块石碑，只见上面写着：

乡中某人恶行贯豪门，道德尽沦丧；逐幼侄独霸家产，宠侍妾欺压正妻。父子同饮纵情淫乐，家中女子丑名远播；全家势力小人欺下媚上，本人嫌贫爱富使人侧目；以金钱勾官府欺压良善；是三十里之大盗也。吾不敢以告乡人，而私以戒族人焉。

这段话的大意是：乡里有一户人家（暗指程家），道德沦丧！他不仅将侄子赶走，霸占了全部的家产，还宠妾灭妻。父子在宴会上纵情玩乐，家中女子丑名远扬。全家都是势利小人，欺上媚下，嫌贫爱富。贿赂官府，勾结贪赃枉法的官吏来欺压良善的百姓。他们就是这方圆三十里的大盗贼，我不敢告诉乡亲这件事，只能在这里警告族人。

看见石碑上的文字，众人都傻了眼：苏洵骂得太狠太毒，一副要和程家断绝关系的模样。站在人群中的程氏脸色很难看。哎，苏洵骂得倒是痛快，但难道他没有想起程家是妻子的娘家？他骂程家女子尽是丑女，不是当众打妻子的脸吗？

女儿早逝，程氏心中非常悲痛，她也无法原谅程家的所作所为，但是苏洵如此举动，就是逼着她和自己的娘家划清界限。这位温和善良的女子因此生出心病，身体迅速地坏下去。看到伤心的父母，苏轼在心里告诉自己：婚姻一定要慎重。

两年后，苏洵夫妻准备为苏轼迎娶一位知书达理的小姐为妻。但是和哪一家结亲呢？苏洵犹豫不决。那时，苏轼还不到十八岁，就已经是眉山远近闻名的大才子了。聪明的人都能看出来：此子前途不可限量。来苏家说亲的人很多，但是苏洵一直没有拿定主意：这两个儿子以后肯定要上京赶考，求取功名的。要是能考中进士，在京城的富贵人家中挑一个高门贵女也很不错。

最后，还是程氏说："要是遇上了难缠的富家小姐怎么办？不如在本地选一个知根知底的人家，能够好好陪着孩子过日子就行。"于是，苏洵打消了原来的念头，选中了乡贡生王方的女儿王弗。

民间传说，苏轼和王弗的姻缘来源于一泓碧水。青峰中岩寺岩壁下有一个池塘，池水清澈见底。有一天，中岩寺的僧人来中岩书院，请在此执教的乡贡生王方为池塘取一个名字。王方回答道："我才华有限，不如让我将附近的青年才子都请过来，大家集思广益，可好？"僧人点头。

其实王方别有目的。他的女儿王弗已经长成了一个大姑娘，找婆家也应该提上日程。在他看来，女儿知书达理、温柔谦谨，只有才貌双全的青年才能配得上。他此次在池塘举办宴会，一来是为完成中岩寺僧人的委托，二来是为了找到一个理想的女婿。

附近的才俊纷纷应邀而来，其中就包括苏轼。来到池塘后，苏轼既没有去恭维王方，也没有吟诵诗词歌赋以显示自己的才华，而是在池边徘徊，欣赏这一泓绿水。看了很久，苏轼抚掌感叹："这里景色极美，可惜没有一条游鱼。"苏轼的话音刚落，水池里的鱼儿闻声而出，在池塘中嬉戏游乐，众人皆以为奇。

王方笑着说："各位都是附近有名的才俊，请为这一泓碧水取个名字吧。"众人七嘴八舌地说个不停，但是取的名字不是太俗气，就是不适合当下情景。王方看向沉默不语的苏轼，他早对这位才名远扬的青年学生抱有好感，便问："苏轼，你有什么好主意吗？"苏轼说："池子里的鱼儿听见人声就跳跃起来，如此通人性，不如就取名'唤鱼池'吧！""合情合景，又颇有意趣，好！好！"王方连连称赞。

这时，一位小厮来到王方身边，呈上一个纸条，低声说："小姐刚刚也为这方池水取了一个名字，请老爷看一看。"王方展开纸条，只见上面写着：唤鱼池。王方哈哈大笑，对小厮说："你去告诉中岩寺的僧人，以后这方池水就叫唤鱼池了！"几日后，王方请人做媒，想将王弗许配给苏轼。

成亲后，十八岁的苏轼立刻喜欢上了这位楚楚动人的十六岁少女。更可贵的是，王弗不仅美丽，还非常聪明。虽然没有进过学堂读书，但在父亲的影响下，王弗饱读诗书，对世事有着自己的见解。

刚刚嫁给苏轼的时候，王弗没有告诉丈夫自己能通诗文。每次丈夫读书写字时，她就安静地坐在一边绣花。有一天，苏轼写文章时想运用一个典故，但就是想不起这个典故的出处。正当苏轼苦思冥想之际，王弗微微一笑，解答了丈夫的疑惑。苏轼惊讶地问："你读过书吗？"王弗谦虚地说："略懂一些。"苏轼起了玩儿心，说："那我来考一考你。"说完，苏轼随手拿起一本书考问妻子，没想到妻子竟对答如流。苏轼又换了好几本书，王弗都能轻松应答。苏轼惊讶极了，没想到自己的娇妻竟这样有学识，又如此冷静自持。从此，他对王弗的爱意又增添了几分。

苏轼直率天真，行事不拘小节，像个孩子；王弗沉稳内敛，聪明能干，和苏轼正好互补。苏轼这样洒脱不羁的人，最不喜欢受人约束，也不喜欢和照本宣科的迂腐之人交往，但是每次王弗用书中典故规劝他，他都虚心接受，还屡次称赞妻子的行为。这是因为苏轼待人赤诚，从来不防备别人，但有时免不了遇上一些别有用心的小人。而聪明的王弗善于分辨善恶，常常给丈夫有价值的建议。苏轼称赞王弗"有识"，即有见识，能够准确地认识和判断事物。在苏轼心中，自己的妻子是非常有才干的。这一对夫妻互相爱慕，感情甚笃。

蜀地的读书气氛非常浓厚。走在乡间小路上，琅琅的读书声会从一排排挺拔的竹子中飘进行人耳中。蜀地的人都以"致君尧舜"为理想，苏轼也不例外。受父亲和儒家教育的影响，他早就将国家和百姓放在心中。但要实现自己远大的理想，苏轼就必须要去京城参加被喻为"千军万马过独木桥"的科举考试，获得皇帝的赏识。

宋仁宗嘉祐元年（1056 年）三月，苏洵带着苏轼和苏辙上京赶考。这一年，苏轼十九岁。他们先去成都拜访名臣张方平，苏洵此行有自己的目的，这个我们以后再说。不过值得注意的是，这一次拜访，是张方平和苏家兄弟友情的缘起。

苏轼早就听说过张方平的大名，他记得这位聪明沉稳的大臣曾经使蜀地避免了一场骚乱。有一次，蜀地谣言纷起，据说广西少数民族的首领侬智高藏在南诏，正准备侵犯益州。百姓们听后忧心忡忡，很多人因此离乡背井，远离蜀地。朝廷听后非常着急，马上从广西调遣军队前往蜀地，益州的代理太守更是立刻召集民工加固城墙。

当时张方平被任命为益州太守，只是还没有到任。听说这个消息后，张方平一边上书告诉朝廷这一定是谣言，一边安抚受惊的百姓，遇上出逃的蜀地百姓便劝告对方早日归家。抵达益州后，他立刻停止劳役，让百姓回家好好休息。不久后就是上元节，代理太守原本下令停止一切娱乐活动，枕戈以待，张方平却命人大开城门，照例举办庆祝活动，商铺也都重新开门。上元节那天，城中灯火辉煌，百姓们四处游乐，心中的不安和胆怯减少了很多。

几天后，张方平发布告示，说已经找到了造谣惑众的谍者，准备将他斩首示众，百姓们终于将心放了下来。后来有人问张方平为什么知道此事是谣言，这位聪明冷静的官员说："广西和蜀地相隔千里，其间夹杂着多个部落，侬智高怎么能越过这些部落攻打到蜀地呢？"

让苏轼更加佩服的是张方平的志节。张方平在贡举当太守时，曾呈上过一篇有关国家兴衰的表章，宋仁宗看后非常开心，将表章传给众臣欣赏。宰相贾昌朝和参政吴育看后产生了争执，还在朝堂上展开了辩论。仁宗说："既然你们争执不下，就让张方平来评判吧。我已经传令让张方平入朝。"贾昌朝立刻派遣心腹找到张方平，说要是他能站在自己这一边，自己一定会给他更高的职位。张方平愤怒地赶走了贾昌朝的下人，来到朝堂后，他客观地评价二人的观点，没有一丝偏袒。

苏轼希望能够和这位正直的名臣畅谈一番。苏洵拜访张方平归来后，告诉儿子一个好消息："张大人想见见你们兄弟俩。"苏轼喜不自胜，第二天，他见到了这位沉稳冷静的高官，而对方似乎比他想象得还要平易近人。面对苏轼两兄弟时，这位“以忠义气冠天下”的前辈永远都是一副笑脸，因为这位善良的长者最乐于提携有才华的晚辈。

张方平问苏轼：“你平常读什么书？”苏轼说：“正在重读《汉书》。”张方平听后不解，因为幼年家中贫困，买不起书，只能向别人借阅，所以他一本书一般只能看一遍。好在张方平天资聪颖，能够过目不忘，所以即使只读一遍也可以记住全部内容。张方平认为苏轼的读书方法太过浪费时间，说：“认真地读一遍就能明白其中的道理，何必读第二遍呢？”苏轼解释道：“大人，我认为还是多读几遍好。因为人的精力有限，每次读书，往往只会注重一个问题。比如，第一次读书，可以关注朝代更迭等内容；第二次读书，则可以关注文化风貌等内容。读的次数越多，了解的知识就越全面。”张方平称赞道：“我第一次听到这样的见解，子瞻，你果然不凡啊。”

为了进一步考察兄弟俩的学问，张方平出了几道往年的科考试题，让他们限时答题，自己则躲在窗外观察二人的举动。考试途中，苏辙有一个典故想不起出处，向哥哥求助。苏轼没有说话，只是把笔倒过来，用笔管敲了敲桌子。苏辙马上就明白了，该典故出自于《管子》。看过兄弟俩的文章后，张方平对他们大加赞赏，说他们二人有“国士”之才。临别时，张方平对苏洵说出了自己对苏轼兄弟的评价：“二子皆天才，长者明敏尤可爱。然少者谨重，成就或过之。”

从此，苏轼兄弟和张方平结为忘年交。二人经常给张方平写信，与他诗歌唱和。而在苏轼被小人构陷，周围亲友全被牵连，朝中其他人避之不及的时候，只有张方平不畏强权，上书为苏轼澄清。他们的友情持续终身，张方平去世前对家人说：“我的后事就托付给苏家兄弟吧。”苏轼、苏辙俩兄弟也没有辜负张方平的信任，他们不仅将张方平的葬礼操办得非常得体，苏轼还撰写了《张文定公墓志铭》，高度评价了这位惜才、爱才的前辈。

第二章　孤帆南去如飞鸟

名动京城

宋仁宗嘉祐元年（1056年）五月，苏洵父子抵达汴京。汴京是个富饶繁华的都市，街上人来人往，华贵的马车如梭，时而出现一顶官轿，路人纷纷回避。街道两旁有绸缎店、珠宝店、古玩店、字画店，各色幌子密密麻麻，迎风飘扬。苏轼和弟弟是第一次看见这样繁华的街市，他们很想去有名的饭馆小酌一杯，去城外看盛开的石榴花，或站在大街上看官员的车驾，不过苏洵叮嘱他们："好好准备秋天的考试！"

秋天的考试只是初试，只有过了初试的考生才能参加次年春天的殿试。古代的科举考试比现代的高考要激烈、残酷很多，当年眉山有资格来汴京参加考试的仅有四十五人，而初试就刷掉了三十二人。当然，苏轼和苏辙也在考中的名单之内。

殿试很快就到了。宋仁宗让时任礼部侍郎、翰林院侍读学士的欧阳修担任主考官，梅尧臣等大儒担任副主考官。欧阳修一直很厌恶当时流行的矫揉造作、言之无物的文风，还联合一批有志向的文人发起了诗文革新运动。这次担任科举考试的主考官，欧阳修决定，空虚浮华的文章一律不录取。当然，欧阳修的这个决定不会影响到苏轼和苏辙，在父亲苏洵的影响下，兄弟俩从小就厌恶奇诡艰涩的文章，并以韩愈和柳宗元为学习楷模，逐渐形成了朴实真挚、言而有物的文风。

考试那天，苏轼和弟弟很早就来到了皇宫外面，身上带着干粮。苏轼环顾四周，发现身边的学子都非常紧张——毕竟对读书人来说，科考是能决定一生命运的大事。苏轼在考场中坐好，仔细思考自己的试题：《刑赏忠厚之至论》。在父亲的影响下，苏轼一直非常关注国家大事、百姓民生，也常常和父亲、弟弟一起讨论时政，所以稍加斟酌就有了思路。正当其他考生苦思冥想之际，苏轼已写下了这篇满含报国热情的文章：

尧、舜、禹、汤、文、武、成、康之际，何其爱民之深，忧民之切，而待天下以君子长者之道也。有一善，从而赏之，又从而咏歌嗟叹之，所以乐其始而勉其终。有一不善，从而罚之，又从而哀矜惩创之，所以弃其旧而开其新。故其吁俞之声，欢休惨戚，见于虞、夏、商、周之书。成、康既没，穆王立，而周道始衰，然犹命其臣吕侯，而告之以祥刑。其言忧而不伤，威而不怒，慈爱而能断，恻然有哀怜无辜之心，故孔子犹有取焉。

《传》曰："赏疑从与，所以广恩也；罚疑从去，所以慎刑也。"当尧之时，皋陶为士。将杀人，皋陶曰"杀之"三，尧曰"宥之"三。故天下畏皋陶执法之坚，而乐尧用刑之宽。四岳曰"鲧可用"，尧曰"不可，鲧方命圮族"，既而曰"试之"。何尧之不听皋陶之杀人，而从四岳之用鲧也？然则圣人之意，盖亦可见矣。

《书》曰："罪疑惟轻，功疑惟重。与其杀不辜，宁失不经。"呜呼，尽之矣。可以赏，可以无赏，赏之过乎仁；可以罚，可以无罚，罚之过乎义。过乎仁，不失为君子；过乎义，则流而入于忍人。故仁可过也，义不可过也。古者赏不以爵禄，刑不以刀锯。赏之以爵禄，是赏之道行于爵禄之所加，而不行于爵禄之所不加也。刑之以刀锯，是刑之威施于刀锯之所及，而不施于刀锯之所不及也。先王知天下之善不胜赏，而爵禄不足以劝也；知天下之恶不胜刑，而刀锯不足以裁也。是故疑则举而归之于仁，以君子长者之道待天下，使天下相率而归于君子长者之道。故曰：忠厚之至也。

《诗》曰："君子如祉，乱庶遄已。君子如怒，乱庶遄沮。"夫君子之已乱，岂有异术哉？时其喜怒，而无失乎仁而已矣。《春秋》之义，立法贵严，而责人贵宽。因其褒贬之义，以制赏罚，亦忠厚之至也。

苏轼和苏辙的文章被选为优等，苏轼的更是被评为第二名，但是这其中有一个小插曲。梅尧臣最先读到苏轼的文章，他一边读一边感叹："大才！大才！"欧阳修听后觉得奇怪："到底是什么样的好文章，能令你如此称赞？"梅尧臣立刻把苏轼的文章递给欧阳修，欧阳修看后连连夸赞："写得真好！"欧阳修又把文章传给其他的考官看，众人看后都说："这篇文章应该评为第一！"

欧阳修也这样想，但在最后确定名次的时候，这位大文学家改变了主意。宋朝对科举考试有非常严格的规定，考生的试卷要由书记重新誊写一遍，并隐去考生的名字。这样一来，考官们认不出考生的字迹，也就无法徇私舞弊了。欧阳修不知道这篇文章是苏轼写的，就算他胡乱猜想，也猜不到苏轼头上。那时，苏轼不过是一个二十岁的年轻人，他刚刚从四川来到京城，也没写过几篇有影响力的诗文。

因此，欧阳修在确定名次之前，一个念头出现在了他脑子里："这篇文章难道是曾巩写的？"曾巩是欧阳修的得意门生，比苏轼大十八岁，早以诗文而闻名天下，只是因为要在家乡照顾年老的父母才迟迟没有参加考试。欧阳修猜想文章出自曾巩之手，合情合理。随后，欧阳修又想："如果确是曾巩所写，那么我就不能将这篇文章定为第一名。"世人都知道，曾巩是欧阳修最喜欢的学生，如果他当了第一，会不会有徇私舞弊之嫌呢？人言可畏，于是欧阳修把这篇文章评为第二名。

金榜一发，众考官大吃一惊：让他们称赞不已的文章竟出自一个名不见经传的毛头小子之手！来自偏僻西蜀的苏轼拿到了第二名，这让其他考生非常不服气，他们纷纷要求考官们再看一次试卷。后来，欧阳修出来说："这篇文章经我和其他考官反复品评，精彩绝伦，担得起第二名。"考生们才平静下来。不久后，苏轼参加礼部的复试，写了一篇《春秋对义》。欧阳修反复读诵这篇文章，还传给其他考官看，众人纷纷称赞，并评为第一。公布榜单后，人们惊讶地发现这篇文章又是苏轼写的。很快，苏轼之名传遍了京城。

宋仁宗嘉祐二年（1057 年）三月，苏轼和其他合格的考生一起参加了由仁宗皇帝亲自主持的殿试。仁宗皇帝特别重视为国家选拔人才，每次殿试都会认真地出题，而且为了防止作弊，他常常在殿试开始的前一秒改变题目。二十岁的苏轼和十八岁的苏辙给仁宗留下了非常深刻的印象，回到后宫，仁宗激动地对皇后说："我今天为子孙选拔了两位太平宰相！"

在古代，主考官和考中的学子是约定俗成的师生关系。苏轼年少时就读诵过欧阳修的文章，十分仰慕这位文坛领袖。如今成为欧阳修的学生，苏轼自然喜不自胜。他还特意写了一篇《谢欧阳内翰书》，以表达自己的感谢和激动：

轼窃以天下之事，难于改为。自昔五代之余，文教衰落，风俗靡靡，日以涂地。圣上慨然太息，思有以澄其源，疏其流，明诏天下，晓谕厥旨。于是招来雄俊魁伟敦厚朴直之士，罢去浮巧轻媚丛错采绣之文，将以追两汉之余，而渐复三代之故。士大夫不深明天子之心，用意过当，求深者或至于迂，务奇者怪僻而不可读，余风未殄，新弊复作。大者镂之金石，以传久远；小者转相摹写，号称古文。纷纷肆行，莫之或禁。盖唐之古文，自韩愈始。其后学韩而不至者为皇甫湜。

学皇甫湜而不至者为孙樵。自樵以降，无足观矣。伏惟内翰执事，天之所付以收拾先王之遗文，天下之所待以觉悟学者。恭承王命，亲执文柄，意其必得天下之奇士以塞明诏。轼也远方之鄙人，家居碌碌，无所称道，及来京师，久不知名，将治行西归，不意执事擢在第二。惟其素所蓄积，无以慰士大夫之心，是以群嘲而聚骂者，动满千百。亦惟恃有执事之知，与众君子之议论，故恬然不以动其心。犹幸御试不为有司之所排，使得搢笏跪起，谢恩于门下。闻之古人，士无贤愚，惟其所遇。盖乐毅去燕，不复一战，而范蠡去越，亦终不能有所为。轼愿长在下风，与宾客之末，使其区区之心，长有所发。夫岂惟轼之幸，亦执事将有取一二焉。不宣。

欧阳修也非常欣赏苏轼，在给梅尧臣的信中，欧阳修说："读轼书，不觉汗出，快哉快哉！老夫当避路，放他出一头地也。"这位五十多岁的文坛领袖不仅没有轻看初出茅庐的苏轼，还说要为他让路，让他能够出人头地。爱才之心，可见一斑。

苏轼去拜访欧阳修时，还发生了这样一件趣事。欧阳修问："你在《刑赏忠厚之至论》中引用了这样一个典故：上古尧帝时代，司法官皋陶连续三次要杀掉一个罪犯，尧帝三次赦免他。所以天下人都害怕执法严苛的皋陶，而敬爱宽仁的尧帝。可是我记得皋陶是舜帝时期的司法官，还曾被舜推荐为继承人，怎么变成尧帝的司法官了？虽然我读过一些书，但从没有看过这样的典故。子瞻，请你告诉我这个典故出自哪本书。"

苏轼说："老师，我是从《三国志·孔融传》中引用过来的。"欧阳修非常好学，性格又严谨，所以苏轼一走，他就去翻《三国志》，可将孔融的故事仔仔细细地读了两三遍，也没有找到那个典故。几天后，苏轼又来拜访欧阳修。这位严肃认真的学者问："子瞻，那个典故到底出自哪本书？"

苏轼回答道："灭掉袁绍后，曹操将袁绍的儿媳妇送给了自己的儿子曹丕。孔融对此不满，就对曹操说：'周武王曾将妲己送给周公。'曹操立刻问：'这件事出自哪本书呢？'孔融回答：'并没有什么根据，不过我想今天能发生这么荒唐的事情，那古代肯定也有。'我想，尧帝为人宽厚，司法官执法严苛，所以我个人推测可能会发生这样的事情。”

欧阳修听后大笑，说：“好！你这样善于读书，善于运用知识，以后文章一定能独步天下。”苏轼走后，欧阳修对儿子说：“三十年后，不会有人再提我的名字。”欧阳修名扬天下，又身居高位，能够得到他的赏识，苏轼一跃成为备受关注的新星。苏轼的新作一出，就立刻被人传诵。

苏轼是幸运的，他第一次参加科举考试就遇上了欧阳修。这位大文豪从来不害怕有才华的后辈会取代自己的地位，总是竭力推荐那些默默无名的青年才俊。欧阳修从众多空洞浮华的文章中发现了苏轼的才华，真诚地称赞这位青年，还把他引荐给了文彦博、富弼等重臣。除苏轼、苏辙、曾巩之外，那一年进士中还有张载、程颢、吕大钧等大儒，这些人就像闪亮的星星一样，照亮了北宋文坛。

欧阳修还挖掘了苏洵。由于科考屡次不中，苏洵已经失去了对科举考试的信心。之前在四川成都时，苏洵特意拜访了名臣张方平，希望能够在他的帮助下谋求一官半职。苏洵将自己的文章呈给张方平，张方平看了以后非常欣赏，还邀请对方在自己的成都书院当老师。不过苏洵心在官场，便拒绝了张方平的邀请。

张方平说：“在文章方面，我远远没有欧阳修有影响力。要是有了他的推荐，你一定能心想事成。”随后，张方平写了一封言辞恳切的推荐信给欧阳修，让苏洵带着信去拜访欧阳修。在信中，张方平称赞苏洵才华横溢，是个不可多得的人才，能够委以重任。其实，张方平和欧阳修的关系并不亲密，二人还曾因为政见不合闹过矛盾。但是在读过苏洵的文章之后，欧阳修不仅没有赶走这个备受政敌赏识的学子，还大声称赞道：“后来文章当在此！”后来，欧阳修不仅写了一篇表章来推荐苏洵，还将其介绍给韩琦等重臣，说苏洵能与贾谊相提并论。

在那段时间里，“三苏”变成了京城的流行词汇。一说到书香门第，人们就会说：“要是能有眉山三苏那样有才华就好了。”人人争着和苏家父子交往，苏轼的故乡眉山也因此名声远播。就在苏家父子名动京城，受世人追捧的时候，一个噩耗传来：苏母程氏于四月初八病故。

举家迁京

苏母程氏对苏家的重要性是不言而喻的。出身书香门第的程氏不仅教苏轼、苏辙两兄弟读书写字，还用自己的行动告诉他们什么是善良和仁厚。遗憾的是，苏母去世时，兄弟俩高中的消息还没有传回家中。

苏家父子接到消息后如五雷轰顶，立刻收拾行囊往家中赶去。赶到家中，只见家中乱成一团，篱笆倒在地上，部分屋子倒塌。下人告诉苏洵，苏夫人已经卧床一年之久，但是不愿意告诉在京城赶考的父子。

苏洵听后泪水涟涟，他和程氏相濡以沫多年，感情甚笃。在他的心里，程氏不仅是妻子，还是朋友、知己。这位出身书香门第的女子，不仅没有嫌弃苏家贫寒简陋，还和丈夫一起耕田种地。即使生活贫寒，她也不愿意向娘家要一针一线。人人都说苏洵游手好闲，没什么出息，程氏却一直都非常相信丈夫，从不在言语上侮辱他。

二十七岁那年，苏洵决心奋发图强，谋求一个功名，他担忧地对妻子说："现在开始读书是不是太晚了？"程氏说："怎么会呢？你就放心读书吧，家里的琐事我会打理好的。"苏洵屡试不中，到处游山玩水、排解惆怅，程氏也从不抱怨，只是在背后默默支持丈夫。

这次上京赶考，两个儿子高中进士，自己也获得了重臣的赏识，前途一片光明。苏洵迫不及待和妻子分享这个喜讯，没想到妻子竟在这时离开了人世。苏洵悲痛异常，一下子老了几岁，他在给亡妻的祭文中说：

呜呼！

与子相好，相期百年。不知中道，弃我而先。

我徂京师，不远当还。嗟子之去，曾不须臾。

子去不返，我怀永哀。反复求思，意子复回。

人亦有言，死生短长。苟皆不欲，尔避谁当？

我独悲子，生逢百殃。有子六人，今谁在堂？

唯轼与辙，仅存不亡。咻呴抚摩，既冠既昏。

教以学问，畏其无闻。昼夜孜孜，孰知子勤？

提携东去，出门迟迟。今往不捷，后何以归？

二子告我：母氏劳苦。今不汲汲，奈后将悔。

大寒酷热，崎岖在外。亦既荐名，试于南宫。

文字炜炜，叹惊群公。二子喜跃，我知母心。

非官实好，要以文称。我今西归，有以藉口。

故乡千里，期母寿考。归来空堂，哭不见人。

伤心故物，感涕殷勤。嗟予老矣，四海一身。

自子之逝，内失良朋。孤居终日，有过谁箴？

昔予少年，游荡不学。子虽不言，耿耿不乐。

我知子心，忧我泯没。感叹折节，以至今日。

呜呼死矣，不可再得！安镇之乡，里名可龙。

隶武阳县，在州北东。有蟠其丘，惟子之坟。

凿为二室，期与子同。骨肉归土，魂无不之。

我归旧庐，无不改移。魂兮未泯，不日来归。

苏氏父子将程氏埋葬在老翁泉边。传说，月圆之夜，泉边会出现一位须发皆白的老翁，但人一靠近，他就会消失于水中。九年后，苏洵也在此长眠，并得号“老泉”。

从宋仁宗嘉祐二年（1057 年）六月开始，苏轼和苏辙两兄弟在家丁忧。所谓丁忧，就是父母等直系亲属去世后，子女在家依礼居丧二十七个月，其间不行婚嫁之事，不预吉庆之典，有官职在身的必须停职守制。

丁忧期间，苏轼常常去拜访住在青神的岳父王方。在山清水秀的青神，苏轼常和自己的小舅子一起探访古寺，在寂静的山林中野餐。在明月高悬的夜晚，他和妻子的家人坐在廊下，一边嗑瓜子一边聊天，才思敏捷的苏轼常常被王家人称赞。在岳父家的三十多人中，有一位叫"二十七娘"的小姐总是崇拜地看着苏轼。苏轼也许想不到，这位十岁的小姑娘今后会在自己的人生中占据非常重要的位置。

仁宗嘉祐四年（1059 年）秋天，苏轼、苏辙两兄弟服丧期满，苏洵也接到了朝廷的诏令，所以父子三人决定举家迁往京城。苏洵请人塑造了六尊菩萨像：观世音菩萨、大势至菩萨、天藏王、地藏王、解冤王者和引路王者，安置在极乐院的如来厅内，希望这六尊菩萨能够保佑自己和儿子此行顺利、仕途成功。临行前，苏洵带着家人向亡妻告别。这位五十多岁的诗人似乎不打算再回故乡了，他对亡妻说："我要离开这个地方，不能再与你厮守了。天上也好，在人间四处游玩也好，只要你喜欢，去哪里都可以。"

苏轼一家决定在嘉州登船，沿江顺流而下，出三峡，到了江陵再走陆路。这段路程大约有一千二百里，他们走了约三个月。水路险象环生，但沿途风景秀丽，其间还有很多人文景观。在这次旅行中，苏轼写了很多诗：

朝发鼓阗阗，西风猎画旃。
故乡飘已远，往意浩无边。
锦水细不见，蛮江清更鲜。
奔腾过佛脚，旷荡造平川。
野市有禅客，钓台寻暮烟。

相期定先到，久立水潺潺。

——《初发嘉州》

这是苏轼在嘉州登船后写的。此时苏轼年少有为，希望能够为国家贡献出自己的力量，为百姓谋福祉，但是一想到要离开故乡，苏轼的心中就难免有几分不舍之情。船离开河岸，西风猎猎，旗幡迎风招展，故乡的景色渐渐消失在苏轼的视线中。故乡的草木山水都那么秀美可爱，可自己不知道何时才能回到这里。曾经和同乡僧人宗一相约在钓鱼台话别，也许他早就在那里等候了吧！自己迟迟没有到，只有潺潺水声和沉沉雾霭陪伴着宗一。想到此处，苏轼的思乡之情更浓了。诗人转念一想："故乡飘已远，玩意浩无边。"更加宽阔的道路已经出现在苏轼面前，更多有意义的事情等着他去做。他意志坚定，决意远去。

行至荆州，苏轼写道：

船上看山如走马，倏忽过去数百群。
前山槎牙忽变态，后岭杂沓如惊奔。
仰看微径斜缭绕，上有行人高缥渺。
舟中举手欲与言，孤帆南去如飞鸟。

——《江上看山》

苏轼在船上欣赏沿岸的景色，他看得太专注，甚至没有注意到脚下的船在移动，反而觉得群山如奔驰的骏马，顷刻间就从自己眼前跑过去了。前面的山峰错杂不齐，好像一群受惊的马乱了队形，到处乱跑。抬头看山上曲折的小路，隐约可见几位行人，仿佛踩着云彩前行的仙人。苏轼刚举起手，准备和行人打招呼，小船飞速前进，像一只小鸟一样向南飞去。苏轼感叹，自己不也像凌空展翅的飞鸟，准备在广阔的天地里成就一番事业吗？

三峡雄伟险峻，水流湍急，水下藏有暗石。即使是经验丰富的船夫，也要时刻警惕才能避免翻船。古时，旅客进入三峡之前，都要向神灵祷告，平安离开三峡后还要焚香谢神。因为江水险恶，所以只有等一条船开出去半里之远后，另一条船才出发。隔一段路，就会有一个手持旗子的官兵。等前面的船顺利通过险滩，他们就挥舞旗子作为信号。苏轼来到三峡的西大门夔门时，写下《入峡》一诗，生动地描写了三峡的景色：

自昔怀幽赏，今兹得纵探。长江连楚蜀，万派泻东南。
合水来如电，黔波绿似蓝。余流细不数，远势竞相参。
入峡初无路，连山忽似龛。萦纡收浩渺，蹙缩作渊潭。
风过如呼吸，云生似吐含。坠崖鸣窣窣，垂蔓绿毵毵。
冷翠多崖竹，孤生有石楠。飞泉飘乱雪，怪石走惊骖。
绝涧知深浅，樵童忽两三。人烟偶逢郭，沙岸可乘篮。
野戍荒州县，邦君古子男。放衙鸣晚鼓，留客荐霜柑。
闻道黄精草，丛生绿玉篸。尽应充食饮，不见有彭聃。
气候冬犹暖，星河夜半涵。遗民悲昶衍，旧俗接鱼蚕。
版屋漫无瓦，岩居窄似庵。伐薪常冒崄，得米不盈甔。
叹息生何陋，劬劳不自惭。叶舟轻远溯，大浪固尝谙。
矍铄空相视，呕哑莫与谈。蛮荒安可住，幽邃信难妉。
独爱孤栖鹘，高超百尺岚。横飞应自得，远飏似无贪。
振翮游霄汉，无心顾雀鹌。尘劳世方病，局促我何堪。
尽解林泉好，多为富贵酣。试看飞鸟乐，高遁此心甘。

行至忠州，苏轼和父亲、弟弟一起游览了屈原塔。苏轼惊讶：屈原并没有来过忠州，但此地的百姓竟然自发地为他建造了一座纪念塔。站在屈原塔前，苏轼吟诵道：

楚人悲屈原，千载意未歇。
精魂飘何处，父老空哽咽。
至今沧江上，投饭救饥渴。
遗风成竞渡，哀叫楚山裂。
屈原古壮士，就死意甚烈。
世俗安得知，眷眷不忍决。
南宾旧属楚，山上有遗塔。
应是奉佛人，恐子就沦灭。
此事虽无凭，此意固已切。
古人谁不死，何必较考折。
名声实无穷，富贵亦暂热。
大夫知此理，所以持死节。

——《屈原塔》

对老百姓来说，屈原犹如一座灯塔，在千百年后，他的精神依旧能够打动人心。苏轼感叹，千百年来，人们一直在为屈原感到悲哀。直到今天，还有人往江里投下饭食，以免饥饿的鱼鳖吃掉屈原的尸体。自古以来，有谁能长生不死呢？功名利禄就像过眼烟云，一个人的名声却能长存世间，真是神奇啊！苏轼猜测，也许屈原正是知道这个道理，所以宁愿赴死也要保持气节。苏轼跨越时空和伟大的爱国诗人屈原进行了一次交流，而苏轼对屈原的崇拜和尊敬，也宣示了他对未来人生道路的选择。

船过忠州，又走了一段日子，苏家父子抵达新滩。三十年前，此处山石滑落，石头落入江心，阻隔了交通。直到十年前，官府派人开辟了一条狭窄的通道，新滩的交通才得以恢复。

北风呼啸，雪花纷纷落下，大地一派银装素裹。船夫说：“现在风雪太大，再往前走会有危险，我们原地休息几天吧。”众人只好在新滩停留了三天。当时天气寒冷，又遇大雪，羁旅之苦可见一斑。乐观自在的苏轼却不烦闷，反而对苏辙说："我们来写诗吧！"苏辙说："好啊，以何为题？"苏轼提议："用欧阳体作《江上值雪》，如何？"苏辙欣然同意。苏轼的意思，就是不用盐、玉、鹤、鹭、絮、蝶飞舞等词语来形容雪花，苏轼还增加了一个条件：不能用皓、白、洁、素等形容词。虽然有这么多限制，但是才思敏捷的苏辙立刻就写了一首词。苏轼也不甘示弱，写下了《江上值雪，效欧阳体，限不以盐玉鹤鹭絮蝶飞舞之类为比，仍不使皓白洁素等字，次子由韵》：

缩颈夜眠如冻龟，雪来惟有客先知。
江边晓起浩无际，树杪风多寒更吹。
青山有似少年子，一夕变尽沧浪髭。
方知阳气在流水，沙上盈尺江无澌。
随风颠倒纷不择，下满坑谷高陵危。
江空野阔落不见，入户但觉轻丝丝。
沾掌细看若刻镂，岂有一一天工为。
霍然一挥遍九野，吁此权柄谁执持。
世间苦乐知有几，今我幸免沾肤肌。
山夫只见压樵担，岂知带酒飘歌儿。
天王临轩喜有麦，宰相献寿嘉及时。
冻吟书生笔欲折，夜织贫女寒无帏。
高人著履踏冷冽，飘拂巾帽真仙姿。
野僧斫路出门去，寒液满鼻清淋漓。
洒袍入袖湿靴底，亦有执板趋阶墀。
舟中行客何所爱，愿得猎骑当风披。
草中咻咻有寒兔，孤隼下击千夫驰。
敲冰煮鹿最可乐，我虽不饮强倒卮。

楚人自古好弋猎，谁能往者我欲随。
纷纭旋转从满面，马上操笔为赋之。

苏轼前半段描写了滞留在新滩的所见所感：寒风瑟瑟，江边烟雾蒙蒙，大雪给青山换了装扮。诗人走出船舱，雪花迎面扑来，落在脸上凉飕飕的。寒冷漫长，诗人蜷缩在船舱里瑟瑟发抖，自嘲像一只缩着脖子的乌龟。苏轼在后半段描写了雪中的众生相：山间的樵夫、没有厚衣服的农家女、冻得直流鼻涕的僧人、江边旅客。虽然一个字都没有提到雪，但处处都在写雪。这首诗平实自然、想象力丰富，文学价值极高。

经过两个月，苏轼一家人终于抵达江陵。在这次旅行中，苏家父子一共写了一百多首诗，苏洵将这些诗作收集起来，集结成《南行集》。其中有苏轼诗四十二首，而且很多都是名流千古的佳作。为什么苏轼总能写出如此动人的作品呢？也许我们能从他给《南行集》写的序中找到答案：

夫昔之为文者，非能为之为工，乃不能不为之为工也。山川之有云雾，草木之有华实，充满勃郁，而见于外，夫虽欲无有，其可得耶！自少闻家君之论文，以为古之圣人有所不能自已而作者。故轼与弟辙为文至多，而未尝有作文之意。己亥之岁，侍行适楚，舟中无事，博奕饮酒，非所以为闺门之欢，而山川之秀美，风俗之朴陋，贤人君子之遗迹，与凡耳目之所接者，杂然有触于中，而发为咏叹。盖家君之作与弟辙之文皆在，凡一百篇，谓之《南行集》。将以识一时之事，为他日之所寻绎，且以为得于谈笑之间，而非勉强所为之文也。时十二月八日。江陵驿书。

苏轼认为，为了写作而写作的态度是不可取的，好的文章应该在情感的驱动下写出，就像高山起云雾，草木开花结果，内在充实后自然而然会表现于外。苏轼厌恶无病呻吟的现象，强调只有深入到生活之中，如游历名山大川，和淳朴的百姓交往，游览圣人君子留下的遗迹等，才能得到真实的感受，写出好的文章。苏轼在往后的创作中，也一直坚持“有触于中，而发为咏叹”的创作态度。

初登宦途

宋仁宗嘉祐五年（1060 年）二月中旬，苏家抵达汴京。朝廷给苏家兄弟派遣了官职，但因为要参加来年的制科考试，兄弟俩都辞职不就，专心备考。不同于三年一次的科举考试，制科考试举行的次数极少，两宋一共只开了二十二次，而且其难度也远胜科举考试。首先，只有被大臣推荐的读书人才能参加制科考试。其次，考生先要参加在秘阁举行的阁试，通过后再参加殿试。真正合格者少之又少，两宋三百多年，只有四十一位合格。

苏轼、苏辙两兄弟都得到了恩师欧阳修的推荐，在考试来临之前，他们安心在新宅子里复习。这座宅子远离闹市，房前种有多棵柳树和槐树，清幽雅致。这座大概占地半亩的宅子在苏洵去世后成了苏轼的资产，后来因为准备在常州购置房产，苏轼托朋友将其卖了出去。

考试的日子很快到了。制科考试需要考生直白地指出朝政中的不足，这正是苏轼擅长的。平时在生活中，苏轼就喜欢和贫苦百姓交朋友，了解他们的生活现状。苏轼将自己的思考全都写了下来，并赋予其绝妙的艺术形式。不久后，成绩公布：苏轼以“贤良方正能直言极谏科”列为第三等，苏辙考入第四等。制科考试共有五等，第一等和第二等都只是虚设，第三等等同最高等。在苏轼之前，考入第三等的只有名臣吴育。

不久后，苏轼被任命为大理评事、凤翔府通判，苏辙被任命为商州推官。苏洵也得到了一个职位：校书郎，负责修礼书。父亲年纪大了，兄弟俩不能都离开京城。于是，苏辙奏请留京侍奉父亲。

仁宗嘉祐六年（1061年）十一月，苏轼带着妻子王弗和尚在襁褓中的长子苏迈离开京城，到凤翔府上任。苏辙骑马跟随数十里，为哥哥送行。这是兄弟俩第一次分别，二人依依不舍。苏辙一直送到郑州西门外，才和哥哥告别。看着弟弟慢慢消失的背影，苏轼伤感地吟诵道：

不饮胡为醉兀兀，此心已逐归鞍发。
归人犹自念庭闱，今我何以慰寂寞。
登高回首坡垅隔，但见乌帽出复没。
苦寒念尔衣裘薄，独骑瘦马踏残月。
路人行歌居人乐，童仆怪我苦凄恻。
亦知人生要有别，但恐岁月去飘忽。
寒灯相对记畴昔，夜雨何时听萧瑟？
君知此意不可忘，慎勿苦爱高官职。

——《辛丑十一月十九日，既与子由别于郑州西门之外，马上赋诗一篇寄之》

这首诗的大意是，没有喝醉，为什么会觉得头脑昏沉呢？弟弟尚可以一心挂念家中的老父亲，而我能拿什么排解惆怅呢？弟弟已经走远，我登上山坡远远瞭望，也只能看到弟弟头上的乌纱帽在山丘中时隐时现。一想到弟弟穿着单薄的衣服，骑着一匹瘦马，孤零零地走在寒风中，我的心中就涌出一种难以言喻的悲愁。周围的行人都快乐地唱着歌，他们怎么能理解我的感伤呢？我也知道人生总有离别，但是有时候忍不住担心岁月匆匆，快乐的日子太短暂。不知道弟弟会不会想起我们在怀远驿中许下的誓言，不知道我什么时候才能和弟弟一起听夜雨？我想告诉弟弟，不要忘记我们的初心，高官厚禄不值得贪恋。

苏轼带着妻儿继续前行，路过渑池。六年前，兄弟俩进京赶考时，就曾寄宿在渑池县里的一座寺庙中，还在奉闲和尚居室的墙壁上题了两首诗。如今重返渑池，苏轼肯定要故地重游。来到寺庙后，一位小和尚告诉苏轼："奉闲大师已经去世了，就安葬在寺中庭院。"小和尚领着苏轼去拜祭奉闲，只见庭院中盖起了一座新塔，小和尚介绍道："这是奉闲大师的舍利塔。"苏轼又问："我能去奉闲大师的居室看一看吗？"小和尚说："可以，但房间很久都没人打理了。"苏轼进入房间，只见墙壁早已脱落，自己和苏辙的诗作也不可复见。

不过六年，这里就发生了如此大的变化。往日一起谈笑的大师去世，自己的题诗也早已被毁。苏轼不由得感叹世间无常，提笔写下了一首诗寄给苏辙：

人生到处知何似？应似飞鸿踏雪泥。
泥上偶然留指爪，鸿飞那复计东西。
老僧已死成新塔，坏壁无由见旧题。
往日崎岖还记否，路长人困蹇驴嘶。

——《和子由渑池怀旧》

苏轼感叹：人生在世，到处奔波，偶然留下一些痕迹，到底像什么？我看真像飞来飞去的鸿鹄，随意停下，在雪地上留下自己的爪印一样。奉闲和尚已经去世，只留下一座藏有骨灰的新塔，这座塔和我的题壁，与鸿鹄偶然在雪地上留下的爪印有什么区别呢？这首诗中蕴含着亦庄亦禅的人生哲学，是苏轼的名作之一。

嘉祐六年（1061 年）十二月十四日，苏轼一家抵达凤翔府。上司宋选是苏家的世交，非常欣赏苏轼，从不约束这位年富力强的官员。

苏轼和宋选合作得非常愉快，苏轼还在这位宽和的上司身上学到了很多东西。

六年前，苏轼进京赶考时曾路过凤翔府，发现当地的驿馆破旧不堪，根本没有办法住人。宋选到任后，立刻派人将驿馆修葺一新，给往来官员一种回到自己家的感觉。对此，苏轼感叹道，很多官员好大喜功，一心要做出政绩，不屑于做小事情，却不知道从小事做起才能得到大治。从宋选身上，苏轼学习到无论做人还是做官，都应该脚踏实地。为此，苏轼撰写了一篇《凤鸣驿记》：

始余丙申岁举进士，过扶风，求舍于馆人，既入，不可居而出，次于逆旅。其后六年，为府从事，至数日，谒客于馆，视客之所居，与其凡所资用，如官府，如庙观，如数世富人之宅。四方之至者，如归其家，皆乐而忘去。将去，既驾，虽马亦顾其皂而嘶。余召馆吏而问焉。吏曰："今太守宋公之所新也。自辛丑八月而公始至，既至逾月而兴工，五十有五日而成。用夫三万六千，木以根计，竹以竿计，瓦、甓、坯、钉各以枚计，秸以石计者计二十一万四千七百二十有八，而民未始有知者。"余闻而心善之。

其明年，县令胡允文具石请书其事。余以为有足书者，乃书曰：古之君子，不择居而安，安则乐，乐则喜从事，使人皆喜从事，则天下何足治欤。后之君子，常有所不屑，苟有所不屑，使之居其所不屑，则躁，否则惰，躁则妄，惰则废，既妄且废，则天下之所以不治者，常出于此，而不足怪。今夫宋公，计其所历而累其勤，使无龃龉于世，则今且何为矣，而犹此官哉。然而未尝有不屑之心。其治扶风也，视其尯骪者而安植之，求其蒙茸者而疏理之。非特传舍而已，事复有小于传舍者，公未尝不尽心也。常食刍豢者难于食菜，常衣锦者难于衣布，常为其大者不屑为其小，此天下之通患也。《诗》曰："岂弟君子，民之父母"。所贵乎岂弟者，岂非从不择居而安，安则乐，乐而喜从事欤？夫修传舍，诚无足书者，以传舍之修，而见公不择居而安，安而喜从事者，则是真足书也。

不久后，宋选被调离凤翔府，一位新的上司：陈希亮来到了苏轼身边。最开始，苏轼和这位新上司相处得非常不和谐。

陈希亮是个不苟言笑的人，看上去非常严肃，常常用尖锐的目光盯住对方，给人一种无形的压迫感。苏轼原本对这位新上司抱有极大的善意，因为他听人说这位官员嫉恶如仇，是个百姓称道的好官：陈希亮曾将近百名鱼肉乡里的男巫遣返故乡，也曾将道德败坏的恶僧绳之以法，还经常帮助贫困的百姓。

陈希亮上任后不久，就有人向他介绍了苏轼："苏贤良被皇帝称赞过，来到凤翔府后又做了很多造福百姓的事情。""苏贤良是谁？"陈希亮问。"就是大才子苏轼啊。"陈希亮轻笑一声，说："一个小小的通判也有资格被称为贤良？"二人的恩怨从此开始。

有一天，苏轼和陈希亮一起处理公务。一位小吏从外面走来，笑着对苏轼说："苏贤良也在啊。"陈希亮突然大怒，骂道："我说过不要这么称呼苏通判，你难道不知道吗？自己出去受罚！"这位无辜的小吏被打了二十大棍。苏轼愤怒地问："你为什么要这么做？"陈希亮没有直接回答，只是说："他做错了事情就要受罚。"

每次苏轼起草的公文，陈希亮都让他来回修改，有时甚至要修改四五次。苏轼实在不明白，同为眉山人，为什么陈希亮不仅不爱才惜才，反而处处刁难自己呢？急性子的苏轼直接跑到陈希亮家中，想要求一个答案。谁知苏轼等了很久，这位陈大人就是不露面。苏轼无功而返。回家后，苏轼写下一首《客位假寐》，描写了当时尴尬的情景：

谒入不得去，兀坐如枯株。岂惟主忘客，今我亦忘吾。
同僚不解事，愠色见髯须。虽无性命忧，且复忍须臾。

不久后就是中元节，按照惯例，各级官员要去参加聚会。苏轼负气不去，结果陈希亮当众宣布对苏轼处以八斤铜的惩罚。这个惩罚虽然不重，但苏轼觉得自己面上无光。这位年轻的官员更加肯定，陈希亮就是故意和自己作对。

后来，陈希亮在府衙后院修筑了一座高台，取名“凌虚台”，并请苏轼写一篇文章记录这件事。年轻气盛的苏轼立刻写了一篇《凌虚台记》，将自己心中的不满全都发泄了出来：

国于南山之下，宜若起居饮食与山接也。四方之山，莫高于终南。而都邑之丽山者，莫近于扶风。以至近求最高，其势必得。而太守之居，未尝知有山焉。虽非事之所以损益，而物理有不当然者。此凌虚之所为筑也。

方其未筑也，太守陈公杖履逍遥于其下，见山之出于林木之上者，累累如人之旅行于墙外而见其髻也，曰：“是必有异。”使工凿其前为方池，以其土筑台，高出于屋之檐而止。然后人之至于其上者，恍然不知台之高，而以为山之踊跃奋迅而出也。公曰：“是宜名凌虚。”以告其从事苏轼，而求文以为记。

轼复于公曰：“物之废兴成毁，不可得而知也。昔者荒草野田，霜露之所蒙翳，狐虺之所窜伏。方是时，岂知有凌虚台耶？废兴成毁，相寻于无穷，则台之复为荒草野田，皆不可知也。尝试与公登台而望，其东则秦穆之祈年、橐泉也，其南则汉武之长杨、五柞，而其北则隋之仁寿，唐之九成也。计其一时之盛，宏杰诡丽，坚固而不可动者，岂特百倍于台而已哉！然而数世之后，欲求其仿佛，而破瓦颓垣无复存者，既已化为禾黍荆棘丘墟陇亩矣，而况于此台欤？夫台犹不足恃以长久，而况于人事之得丧，忽往而忽来者欤？而或者欲以夸世而自足，则过矣。盖世有足恃者，而不在乎台之存亡也。”既以言于公，退而为之记。

苏轼在文章中说："以前这里是一片荒地，那时怎么会知道能建起这样一座高大的凌虚台呢？事物的兴衰是无法预料的，谁知道高台会不会又变成长满野草的荒地呢？"受邀记录建造高台之事，却在文章中暗示高台总有一天会坍塌毁坏，真是闻所未闻，恐怕只有苏轼才能做出这种事。

苏轼本以为陈希亮会因此大怒，没想到那位严肃的官员听完后说："我对苏洵就像对儿子一样看重，苏轼就像是我的孙子。我之所以对他要求严格，故意打压他，就是害怕他年少成名，骄傲自满，毁掉自己的前途。我想好好地磨炼一下他，让他遇事不要那么冲动，没想到这小子竟当真了。"于是一个字不改，让下属将文章刻碑纪念。

后来苏轼在宦海中沉沉浮浮，慢慢明白了陈希亮的苦心，重新写了一首《凌虚台》送给这位老上司：

才高多感激，道直无往还。
不如此台上，举酒邀青山。
青山虽云远，似亦识公颜。
崩腾赴幽赏，披豁露天悭。
落日衔翠壁，暮云点烟鬟。
浩歌清兴发，放意末礼删。
是时岁云暮，微雪洒袍斑。
吏退迹如扫，宾来勇跻攀。
台前飞雁过，台上雕弓弯。
联翩向空坠，一笑惊尘寰。

——《凌虚台》

苏轼这个人什么文章都能写，唯一不爱写墓志铭。在他看来，这类文章大多是阿谀奉承，空洞没有内容。他一生只写了七篇墓志铭，其中一篇就是给陈希亮的。对这位用心良苦的上司，苏轼心中满是感激和敬佩。

造福一方

苏轼在凤翔府生活得非常惬意，他还在居所附近建造了一座小花园。园内有各种果树，一座石桥从湖上跨过。苏轼常常来花园里饮酒赋诗，听婉转的鸟鸣声，欣赏从墙外伸过来的红杏。

有一天夜里，天上飘起了大雪，自小生活在南方的苏轼很少看见雪，所以一大清早就骑马出城欣赏雪景。桥上的雪还没有完全融化，溪水好像被洗过一样，清澈见底。苏轼发现自己竟然是第一个来南溪游玩的人，兴奋极了，准备自斟自酌，独享这一份雪景。突然，苏轼想到，今天天气寒冷，那些贫困的百姓能够找到安睡的地方吗？城外如此寂静，难道不是因为百姓们饥饿无力吗？苏轼忧心忡忡地写道：

南溪得雪真无价，走马来看及未消。
独自披榛寻履迹，最先犯晓过朱桥。
谁怜破屋眠无处，坐觉村饥语不嚣。
惟有暮鸦知客意，惊飞千片落寒条。

——《十二月十四日夜微雪，明日早往南溪小酌至晚》

苏轼无法安然地享受富贵生活，只要世界上还有一个人在受苦。通判一职，主要的职责是协助太守处理政务，公务并不繁重。其实，苏轼有很多时间游山玩水，但这位忧国忧民的年轻官员怎么会如此放任自己呢？

刚到凤翔府不久，苏轼就发现了一项弊政。北宋差役中有一项叫衙前，服役者需要帮官府运送物资。如果物资不慎丢失，那么服役者就需要赔偿所有的损失。在凤翔府，衙前主要负责砍伐终南山的竹木，将其编成木筏，然后通过水路运送到汴京。服役者常常在水流湍急的三峡丢失木筏，最终只能按照规定贩卖家产以赔偿损失。很多人因这项劳役而倾家荡产。了解到这一情况后，苏轼立刻在表章中向朝廷反映：

右轼启。违去轩屏，忽已改岁。向风瞻恋，何翅饥渴。前月十四日到任，翌日寻已交割讫。轼本凡材，缪承选取。忽从州县，便与宾佐。扪躬自省，岂不愧幸。伏自到任已来，日夜厉精。虽无过人，庶几寡过。伏惟昭文相公，素所奖庇，曲加搜扬。既蒙最深之知，遂有自重之意。所任佥署一局，兼掌五曹文书。内有衙司，最为要事。编木筏竹，东下河渭；飞刍挽粟，西赴边陲。大河有每岁之防，贩务有不蠲之课。破荡民业，忽如春冰。于今虽有优轻酬奖之名，其实不及所费百分之一。救之无术，坐以自惭。惟有署置之必均，姑使服劳而无怨。过此以往，未知所裁。

——《凤翔到任谢执政启》

当然，仅仅是反映问题还不够，苏轼还要想出一个恰当的解决办法。他去拜访那些曾经服过衙前的人，问他们有什么良策。一位百姓说："官府从不考虑实际情况，经常在汛期要求我们运送木筏。哎，如果官府能多听听我们的建议就好了。"苏轼立刻向上司宋选报告，请求由服役者自行决定运送时间。宋选采纳了这个建议。此后，衙前之害减少了一半。

苏轼在凤翔府任职期间，遇上了一场大旱灾。有好几个月没有下雨，田里的庄稼全部枯死了，老百姓们忧心如焚，却没有好的办法。他们苦恼地对苏轼说："我们已经举办了好几次祈雨的仪式，可老天爷就是不下雨。”在科学技术不够发达的古代，老百姓心中应对天灾的良策，往往是向神灵祈愿，求老天开恩。苏轼说：“一定是哪个环节出了问题，我亲自去向龙王求一次雨。”苏轼立刻向上司宋选报告，说自己想带着百姓去太白山祈雨。在古代，官员祈雨本就是一项公务，所以宋选很快批准此事，并委托苏轼全权处理。

中国西北有一条连绵起伏的山脉——秦岭，凤翔府南边的太白峰就是秦岭的最高峰。太白山上有一座寺庙，寺庙前有一个小池塘，传说龙王就化身小鱼住在里面。当地人都称池塘里的水为“龙水”。每次遇上旱灾，百姓都要来太白山祈雨，取一壶龙水回城。太白山在当地百姓的口中神乎其神，据说要是敲锣打鼓惊动了神灵，就会风雨突变，雷霆万钧。

苏轼准备去太白峰上的道士庙祈雨，并取一罐龙水回城。祈雨一事最重心诚，在出发之前，苏轼沐浴斋戒，还写了一篇言辞恳切的文章：

维西方挺特英伟之气，结而为此山。惟山之阴威润泽之气，又聚而为湫潭。瓶罂罐勺，可以雨天下，而况于一方乎？乃者自冬徂春，雨雪不至，西民之所恃以为生者，麦禾而已。今旬不雨，即为凶岁，民食不继，盗贼且起。岂惟守土之臣所任以为忧，亦非神之所当安坐而熟视也。圣天子在上，凡所以怀柔之礼，莫不备至。下至于愚夫小民，奔走畏事者，亦岂有他哉！凡皆以为今日也。神其盍亦鉴之。上以无负圣天子之意，下以无失愚夫小民之望。尚飨。

——《凤翔太白山祈雨祝文》

在这篇文章中，苏轼先在开头恭维了龙王几句，然后对其晓之以理动之以情：尊敬的龙王，您知道吗？凤翔府从去年冬天到现在一滴雨都没有降下啊！这里的百姓就靠种粮食过活，要是还不降雨，今年就会变成凶年。百姓们没有粮食吃，就会出现盗贼横行的现象。我这个地方官不能不管百姓，相信英明的神灵也不会将百姓弃之不顾的吧。当今皇帝都关心百姓，准备厚礼向上天祈雨，更何况是贫困的百姓呢？人人都将希望放在您身上，您应该知道这件事吧。希望您上不负皇帝爱民之心，下不要使百姓失望。

苏轼在十一日祈雨，到了十六日，凤翔府终于迎来了一场甘霖。但这场淅淅沥沥的小雨，对凤翔府来说，就像在快要渴死的人嘴唇上涂上几滴水，效果微乎其微，无法从根本上缓解旱情。苏轼百思不得其解，直到一个农人告诉他："从前人们去太白山祈雨，每一次都很灵验。但是自朝廷将太白山神封为侯爵之后，祈雨就没有什么效果了。"

苏轼立刻回府衙查阅古籍，发现唐朝将太白山神封为公爵，如今北宋朝廷将太白山神封为侯爵，实际上降低了其爵位，怪不得山神会不高兴。苏轼立刻写了一篇《告封太白山明应公祝文》，请求朝廷恢复山神的爵位：

天作山川，以镇四方。俾食于民，以雨以旸。惟公聪明，能率其职。民以旱告，应不逾夕。帝谓守臣，予嘉乃功。惟新爵号，往耀其躬。在唐天宝，亦赐今爵。时惟术士，探符访药。谓为公荣，实为公羞。中原颠覆，神不顾救。今皇神圣，惟民是忧。民既饱溢，皇无祷求。衮衣煌煌，赤舄绣裳。舍旧即新，以佑我民。尚飨。

呈上表章后，苏轼又和宋选斋戒沐浴，派遣了一个使者去向神灵报告，说他们正在为神灵求得更好的爵位，并准备去庙前的池塘里再取一壶龙水。二人抵达真兴寺后，苏轼又写了一首祈雨诗：

太守亲从千骑祷，神翁远借一杯清。
云阴黯黯将嘘遍，雨意昏昏欲酝成。

已觉微风吹袂冷，不堪残日傍山明。

今年秋熟君知否，应向江南饱食粳。

——《真兴寺阁祷雨》

在去真兴寺的路上，苏轼看见一团乌云低空飘过，伸手抓了一把藏在农人的篮子里。祈雨完毕，苏轼和宋选又来到郊区。突然，天空中乌云密布，不一会儿就下起了大雨来。苏轼开心极了，写下《攓云篇》：

余自城中还道中，云气自山中来，如群马奔突，以手掇，开笼收其中。归家，云盈笼，开而放之，作《攓云篇》。

物役会有时，星言从高驾。

道逢南山云，欻吸如电迓。

竟谁使令之，衮衮从空下。

龙移相排拶，凤舞或颓亚。

散为东郊雾，冻作枯树稼。

或飞入吾车，逼仄碍肘胯。

抟取置笥中，提携反茅舍。

开缄乃放之，掣去仍变化。

云兮汝归山，无使达官怕。

两天之后，凤翔府又迎来甘霖。这场大雨整整下了三天三夜，庄稼喝饱了水，重焕生机。农民们欢欣鼓舞，在雨中大声唱歌。最开心的还是苏轼，他不仅给自家刚刚建好的亭子命名为“喜雨亭”，还写了一篇风趣幽默的《喜雨亭记》：

亭以雨名，志喜也。古者有喜，则以名物，示不忘也。周公得禾，以名其书；汉武得鼎，以名其年；叔孙胜敌，以名其子。其喜之大小不齐，其示不忘一也。

予至扶风之明年，始治官舍。为亭于堂之北，而凿池其南，引流种木，以为休息之所。是岁之春，雨麦于岐山之阳，其占为有年。既而弥月不雨，民方以为忧。越三月，乙卯乃雨，甲子又雨，民以为未足。丁卯大雨，三日乃止。官吏相与庆于庭，商贾相与歌于市，农夫相与忭于野，忧者以喜，病者以愈，而吾亭适成。

于是举酒于亭上，以属客而告之，曰："五日不雨可乎？"曰："五日不雨则无麦。""十日不雨可乎？"曰："十日不雨则无禾。""无麦无禾，岁且荐饥，狱讼繁兴，而盗贼滋炽。则吾与二三子，虽欲优游以乐于此亭，其可得耶？今天不遗斯民，始旱而赐之以雨。使吾与二三子得相与优游以乐于此亭者，皆雨之赐也。其又可忘耶？"

既以名亭，又从而歌之，曰："使天而雨珠，寒者不得以为襦；使天而雨玉，饥者不得以为粟。一雨三日，伊谁之力？民曰太守。太守不有，归之天子。天子曰不然，归之造物。造物不自以为功，归之太空。太空冥冥，不可得而名。吾以名吾亭。"

将这篇文章翻译成白话文：之所以用雨来给这座亭子命名，是因为发生了值得纪念的喜事。有了喜事，就用它命名事物，这是自古就有的习惯。周公得到天子赏赐的稻子，就用"稻禾"给自己的文章命名；汉武帝获得了宝鼎，就将年号定为"元鼎"；孙叔得臣打败了劲敌侨如，就为儿子取名"侨如"。虽然他们喜事的大小不一样，但是纪念的意思却一样。

来扶风的第二年，我建造了自己的房子，并在堂屋北面修建了一座亭子，在南面开凿池塘，引入流水，种上树木，将其当作休息的场所。今年春天，岐山南面迎来了一场春雨。我派人占卜此事，认为今年应该会有一个好收成。但是此后整整一个月都没有再下雨，百姓们忧心忡忡。三月的乙卯日和甲子日终于下了两场雨，但是百姓们认为这些远远不够。丁卯日下了一场大雨，这场雨下了整整三天三夜。人们欢欣鼓舞，官吏们在院子里庆贺，商人们在集市中放声歌唱，农夫们在田地里欢笑。忧愁的人重新展露笑颜，生病的人因此痊愈，而我的亭子也在这时造好了。

我在亭子里开办宴席，问客人："五天不下雨可以吗？"客人说："五天不下雨，就长不成麦子了。"我又问："十天不下雨可以吗？"客人回答："十天不下雨，稻子就无法成活了。"没有麦子也没有稻子，田地变成了荒地，盗贼越来越多，诉讼的案件也会越来越多。我能够和客人一起在亭子里游玩赏乐，全是雨的恩赐啊！我怎么能忘记呢？

用雨来给这座亭子命名后，又来歌唱这件事。我大声唱道："就算天上掉下了珍珠，受寒的人也不能将其当作棉袄；就算天上掉下了白玉，挨饿的人也不能将其当作粮食。这场雨下了整整三天，到底是谁的功劳？百姓说是太守的功劳，太守说自己没有这么大的力量。百姓又将功劳归于皇帝，皇帝否认。归之于造物主，造物主也不认为这是自己的功劳。太空冥冥，无法给其命名。所以我干脆用它来给我的亭子命名。"

苏轼非常开心神灵感受到了自己的诚意，特意和宋选去太白山向神灵表达谢意。但是求神并不是永远如愿的。第二年秋天，凤翔府又遭遇了一次大旱灾。爱民如子的苏轼立刻向龙王祈雨，并将龙水安放在城中庙宇中。但是这次，龙王似乎没有感受到苏轼的诚意，也许它在庆祝自己的升职，甘霖一直都没有降下来。不久后，苏轼又去试了一次，但结果没有发生任何变化。

有一位农人告诉苏轼："可以去试着去求一求姜太公。"苏轼马上出发前往传说中姜太公钓鱼的地方：虢县东南十八里的蟠溪。不过这次祈雨是否成功，没有相关的记载。

在科技极不发达的古代，百姓们找不到能够对抗天灾的办法。虽然百姓们积极抗旱自救，官府也想了很多办法，但是往往只是徒劳。眼看抽穗的水稻就要枯死，百姓们就要吃不上饭了，身为地方官的苏轼只能请求老天爷垂怜。也许苏轼的行为不够科学，但是他对百姓的关心却无可指摘。

松冈明月

到凤翔府担任通判，是苏轼第一次离开父亲和弟弟，独自面临社会，处理复杂的人际关系。任职那年，苏轼二十五岁，早已成立自己的家庭，也有能力照顾好自己的小家。而且苏轼才华横溢，呈给宋仁宗的二十多篇策论精彩绝伦，还得到过“宰相之才”的称赞。这样看来，苏轼有能力处理好政务，成为被百姓称赞的好官。但是苏家人仍不放心，苏轼的夫人王弗也不放心。

苏轼的能力没有任何问题，但他在为人处世上却不够成熟，这一点从他和上司陈希亮的交往中就能够看出来。苏轼这个人坦诚直率，有什么就说什么，从不藏着掖着，有时免不了祸从口出，和他人结下仇怨。但是令王弗更加担心的是，自己的丈夫心无城府，认为天下所有人都是好人，和谁都掏心掏肺，从不防备。这是苏轼的可爱之处，但也容易让他被有心计的小人利用。

王弗觉得有必要给丈夫一些诚恳的建议。每次苏轼和朋友一起出去玩，王弗都非常留意，回家后还要仔细询问，生怕丈夫被人欺骗。家里有客人来，王弗就坐在屏风后面，认真地听他们说话，然后用自己敏锐的头脑加以分析。发现有的人千方百计地奉承苏轼，王弗便说：“你和他说那么多话干什么呢？他只是留心听你说什么，暗自揣摩你的意图，然后说些迎合你的话。这样的人，以后少交往比较好。”王弗的观察和判断，事后证明都是对的。

苏轼天真赤忱，对任何人都能献出自己的真心，而且从来不看对方的身份地位。这种性格虽然让他收获了一大群朋友，但也容易让他落入小人的陷阱。而王弗聪明能干，能够在人际关系上给苏轼绝佳的建议，让苏轼少吃一点儿亏。二人性格互补，琴瑟和鸣。

有一年冬天，凤翔府下起大雪，苏府的园中积满了雪。苏轼在院子里欣赏雪景，惊讶地发现院中那棵大柳树下竟然没有任何积雪。第二天天晴，雪融化了，柳树下又高高鼓起，像个小山包。苏轼兴奋地说："这里一定埋藏着仙丹！"说完，就去库房找了一把铁锹，兴冲冲地准备挖土。

王弗担心地下埋藏着危险的东西，又知道自己很难阻止爱冒险的丈夫，就对苏轼说："我有一个故事，你想不想听呢？"苏轼立刻问："什么故事？"王弗说："我刚刚嫁到苏家不久，在院子里发现了一个很大的洞穴。洞深数尺，里面有一个密封的罐子，一看就是百年之前的器物。我当时年纪小，对一切事物都抱有好奇心，当下就要打开罐子看。婆婆阻止了我，说这个罐子既然不是我们家的，那就属于外财。我们不愁吃喝，怎么能随意拿走别人的财产呢？于是，我们一起将那个罐子放回了原处。后来，从那个罐子中一直发出奇怪的响声，别人都说有宝贝想出来。但是直到我们全家从眉山搬走，都没有人去动那个罐子。"

苏轼听后，立刻把铁锹扔在地上，说："夫人说得对，我不再挖了。"家有贤妻，不知道能避免多少祸事。娶王弗为妻，是苏轼的幸运。

宋朝规定，文官任职三年后就要回京述职，等待朝廷派遣新的差事。宋英宗治平元年（1064 年）十二月，苏轼在凤翔府的任期已满。他辞别同僚和朋友，带着妻儿回京述职。称赞苏轼有宰相之才的宋仁宗已于前一年去世，他的养子赵曙继承皇位，史称宋英宗。

宋英宗对苏轼的印象极好，想好好栽培一下这个备受先帝赏识的才子，准备将苏轼任命为翰林院学士，委以知制诰。这是一个非常重要的职位，相当于皇帝的机要秘书，有“内相”之称。

苏轼相当于坐上了直升机，从一个地方的小官一跃成为朝堂上的重臣。宋英宗的这个决定引起了老臣的不满：他们都是一步一步熬出来的，怎么能让苏轼这个毛头小子一步登天呢？其中宰相韩琦反对得最为强烈，但他的理由很巧妙：“像苏轼这样的人才应该好好磨炼，全方位地培养，不能揠苗助长。”

宋英宗认为韩琦的说法很有道理，便说：“那就让苏轼来修《起居注》吧！”所谓《起居注》，就是记录皇帝的日常事宜。担任这一官职的话，苏轼需要经常出入皇宫，并时时刻刻跟在皇帝身边。虽然官小事少，但是容易获得皇帝的信任和赏识。

韩琦继续反对道：“修《起居注》的工作也非常重要，苏轼那么年轻，担任这个职位实在不适合。皇上，微臣懂得您的爱才之心，但是升迁也要经过相应的程序啊。”宋英宗已经看出韩琦的阻拦之意，但念及对方对自己忠心耿耿，就问：“爱卿以为如何？”韩琦终于拿出了自己的方案：“让苏轼去直史馆历练一下吧，皇上以为如何？”直史馆是编修国家历史的机关，清雅无比，但没有实差。

宋英宗想了想，说：“暂且这样安排吧。”韩琦似乎还不满足，又说：“如今文官都想进入直史馆，陛下直接任命苏轼可能会招致非议，还是让苏轼参加正规考试，通过后再录取吧。”宋英宗有点儿不耐烦了，说：“先帝和欧阳修都称赞过苏轼的文章学问，而且他在进士、制科考试中都获得了优异的成绩。这样的人还需要参加考试吗？”韩琦说：“陛下，这样是为了服众啊！”宋英宗摆摆手，说：“好了，你看着办吧。”

苏轼考中进士之后，韩琦还曾称赞过他的文章，为什么现在却故意阻拦他的晋升之路呢？或许是宋仁宗将其称为“未来的宰相”，让这位当朝宰相体会到了危机感；又或许是苏轼的官途太过平坦，让这位老臣生出了嫉妒心。总之，因为韩琦的阻拦，苏轼不得不开始准备直史馆的考试。据说，苏轼听说这件事后，只似笑非笑地说了一句："公可谓爱人以德矣。"

直史馆的选拔考试自然难不倒苏轼。不久后，他就以最高等的优异成绩考入直史馆，跻身社会名流之列。

苏轼已经回到京城，苏辙终于可以开启自己的仕途了。苏轼进入直史馆后不久，朝廷便任命苏辙为大名府推官。团聚没多久又要离别，自然非常不舍，苏轼将弟弟一家人送到黄河边才折返。

直史馆的工作清闲无比，苏轼每日除了修撰国史、整理古籍，就是和新认识的朋友，如王诜、孙洙等，喝酒聊天、谈论书画。正当苏轼享受闲适的汴京生活时，不幸的事情发生了：宋英宗治平二年（1065年）五月二十八，苏轼的结发妻子王弗因病去世，年仅二十七岁。

少年夫妻老来伴，在苏轼的人生规划中，王弗应该和自己一起白头偕老，归隐田园。如今自己的理想抱负还没有实现，孩子都没有长大，爱妻就撒手人寰了，留下了一个破碎的家。苏轼泪水涟涟，忍着悲痛为王弗举行了丧礼，并将灵柩暂时寄放于城西的寺庙里。苏洵对苏轼说："汝妻嫁后随汝至今，未及见汝有成，共享安乐，汝当于汝母坟茔旁葬之。"

王弗的骤然离世对苏轼的打击是不言而喻的。王弗陪伴苏轼十一年，比起一个天真的崇拜者，她更像是一个冷静的朋友，总是理智客观地指出苏轼在人际关系中需要注意的问题。在不知不觉中，苏轼对自己的妻子产生了深深的依赖之情。他叹道："能够娶到她是我的荣幸，失去了她我就失去了永远的依靠。"他含泪为妻子写下墓志铭：

治平二年五月丁亥，赵郡苏轼之妻王氏，卒于京师。六月甲午，殡于京成之西。其明年六月壬午，葬于眉之东北彭山县安镇乡可龙里先君先夫人墓之西北八步。轼铭其墓曰：

君讳弗，眉之青神人，乡贡进士方之女。生十有六年，而归于轼。

有子迈。君之未嫁，事父母，既嫁，事吾先君、先夫人，皆以谨肃闻。其始，未尝自言其知书也。见轼读书，则终日不去，亦不知其能通也。其后轼有所忘，君辄能记之。向其他书，则皆略知之。由是始知其敏而静也。从轼官于凤翔。轼有所为于外，君未尝不问知其详。曰："子去亲远，不可以不慎。"日以先君之所以戒轼者相语也。轼与客言于外，君立屏间听之，退必反覆其言曰："某人也，言辄持两端，惟子意之所向，子何用与是人言。"有来求与轼亲厚甚者，君曰："恐不能久。其与人锐，其去人必速。"已而果然。将死之岁，其言多可听，类有识者。其死也，盖年二十有七而已。始死，先君命轼曰："妇从汝于艰难，不可忘也。他日汝必葬诸其姑之侧。"未暮年而先君没，轼谨以遗令葬之。铭曰：

君得从先夫人于九原，余不能。呜呼哀哉！余永无所依怙。君虽没，其有与为妇何伤乎？呜呼哀哉！

——《亡妻王氏墓志铭》

虽然人死如灯灭，但是活着的人对死者的怀念，却能让这个人永远活在世人心中。如今人们谈到王弗，总会想到这首凄婉哀伤的《江城子・乙卯正月二十日夜记梦》：

十年生死两茫茫。不思量，自难忘。千里孤坟，无处话凄凉。纵使相逢应不识，尘满面，鬓如霜。

夜来幽梦忽还乡。小轩窗，正梳妆。相顾无言，惟有泪千行。料得年年肠断处，明月夜，短松冈。

彼时，王弗已经去世十年了，苏轼正在密州担任太守。有一天晚上，苏轼又梦到了端庄美丽的王弗，醒来后写下了这首千古绝唱。时光匆匆，却没有冲淡苏轼对王弗的思念之情，反而时隔越远，感情越深。

他向亡妻感叹：你离开我已经整整十年了，我强忍着不去思念你，可怎么能不想念呢？你躺在千里之外的孤坟中，我竟没有办法向你倾诉满腹的悲凉。纵然我们能相逢，你也一定认不出我，因为我现在是风尘满面、两鬓斑白的颓废模样。昨夜，我又在梦里回到了故乡，看见你在窗前梳妆打扮。你我相顾无言，泪流满面。千里之外，松冈之下，你在那里长眠，我一想到这件事，就肝肠寸断。

祸不单行，不久苏洵也一病不起。苏轼一边四处为父亲求医问药，一边快马加鞭通知弟弟。苏洵知道自己大限将至，心中没有其他牵挂，只是嘱咐苏轼："承蒙皇帝信任，让我编撰《易传》，但我可能没有办法写完了，你一定要替我完成这部书。"苏轼含泪答应。英宗治平三年（1066年）四月二十五日，苏辙终于赶回了家。气息奄奄的苏洵艰难地对两个儿子嘱咐了几句就撒手人寰了，享年五十八岁。

苏洵生前屡试不中，虽然后来被朝廷赏识，也只是个小官，没有实差。如今他去世，反倒在京城中引起了不小的动静。欧阳修、韩琦等重臣纷纷去苏家吊唁，而且根据苏洵的遗愿，欧阳修为其撰写了一篇墓志铭。百官纷纷感叹："像苏洵这样有才华的人，为什么朝廷一直没有重用他呢？"宋英宗特意赏赐金银和绢布，让苏轼好好操持葬礼。苏轼谢绝了皇帝的赏赐，并奏请朝廷为父亲赠官进爵。宋英宗欣然同意，追封苏洵为光禄寺卿，比苏洵原来的官职高了两级。此外，宋英宗还派官船护送苏洵的灵柩回乡安葬。

治平四年（1067年）四月中旬，苏轼带着父亲和妻子的灵柩回到故乡眉山。苏洵生前就告诉苏轼兄弟："我在你母亲坟墓旁边为自己留了一个位置，死后我们夫妻俩要葬在一起。"在亲戚的帮助下，苏轼将父亲和母亲合葬。

苏轼将妻子安葬在父母坟墓旁边。葬礼结束后，他在坟墓旁边种植松树，一共种下了三千棵。根据父亲的遗愿，苏轼又在墓旁盖了一座庙，庙中悬挂着四幅吴道子画的佛像，这是他在凤翔时花高价买来的。

守孝期满，苏轼娶了自己的第二任夫人：王家二十七娘。二十七娘是王弗的堂妹，比苏轼小十一岁。嫁给苏轼时她已经二十一岁，这在早婚早育的古代显得非常奇怪。其实，早在三年前，她就已经定下了和苏轼的亲事，媒人应该是她的哥哥。王弗的家人对这门亲事非常满意，因为比起其他家小姐，他们更愿意让知根知底的二十七娘照顾失去母亲的外孙。后来证实他们的眼光很准，这位后娘视苏迈为己出，悉心地将其养育长大。

在古代，大多数女性没有正式的名字，就像苏轼的母亲也只被称为程氏。我们从二十七娘的名字里，推测她在这个大家族中应该排行第二十七。嫁给苏轼后，她终于拥有了自己的名字：王闰之，字季璋。

王闰之不如王弗聪明能干，但她温柔和顺、容易满足。她的哥哥是苏轼的好友，对其推崇备至，所以对于这位早已成名的诗人，王闰之带有一份崇拜之情。她没有堂姐那样绝佳的口才，很难让丈夫听自己的劝告，如花钱不要那么大手大脚，但她认同苏轼的价值观，从不给他设限制。她和丈夫同甘共苦，度过了无数个艰难的日子。她擅长处理家务，虽然苏轼花钱没有节制，但只要有她在，家里的人就不至于饿肚子。毫无疑问，苏轼新娶的这位夫人是一位好妻子、好母亲。

第三章 诗酒趁年华

风起云涌

宋神宗熙宁二年（1069年）二月初，苏轼和苏辙抵达京城。然而，此次来到京城，他们已经没有当年进京赶考时的喜悦和兴奋，反而多了一份不安。因为他们敏锐地发现，朝廷中似乎出现了一股新的势力，而这股势力正准备掀起新的政治浪潮。在这股浪潮的冲击下，他们会有鲤鱼跃龙门般的神奇际遇，还是被击落海底呢？谁也不知道。这股浪潮的制造者，就是不久前神宗力排众议提拔上来的王安石。

王安石死后不久，他的外号“拗相公”便广为流传了。就此可知，在时人眼中，王安石是不太讨人喜欢的。一“拗”字，道出了他的执拗、倔强和不合常理。和苏轼的随和坦荡不一样，王安石有点儿怪。

据说王安石从来不换洗自己的长袍。日子久了，长袍必然破碎，或沾上不少污渍，可王安石一点儿也不在意。他的朋友们因此担忧，觉得他日复一日地这样穿实在太损形象。一日，朋友们约他到寺院的澡堂里洗澡，然后悄悄藏起那件旧袍子，换上了一件崭新的袍子。朋友们原以为王安石会和自己大吵一番，没想到他出来后看也没看就穿上了那件新袍子。当朋友们忍不住提醒他时，他却毫不在意地回答：“这有什么要紧的。”

还有一次，有朋友跑来告诉王安石的妻子，说王安石喜欢吃鹿肉丝。妻子疑惑地问：“怎么会有这样的事情？他从来都不在意自己吃什么，只要把肚子填饱就可以了。”朋友答：“上次我们一起吃饭，他把整盘鹿肉丝都吃完了！”妻子问：“你们把鹿肉丝摆在什么地方？”“嗯……”朋友想了想，说，“就放在他面前。”妻子听后大笑，说：“那下次你把别的菜放在他面前，把鹿肉丝放在最远的地方，看看他还吃不吃？”第二天，朋友将菜肴调换了位置，发现王安石果然只吃面前的菜。虽然那盘鹿肉丝还在桌子上，但他却像没看见似的。

如此看来，王安石似乎傻乎乎的。然而事实并非如此，王安石从小受过良好的教育，记忆力超群，学识丰富，是个聪明人。那他为什么有如此举动呢？大概因为他将所有的精力都放在了思考上，把所有的注意力都放在自己在乎的事情上，外表及其他事情就被他抛之脑后了。

王安石这种的行事特点也为他带来了很多不必要的麻烦。据说，王安石在扬州做太守幕府时，经常通宵达旦地读书，困了就缩在椅子中打盹儿。第二天醒来后，他既不梳头，也不洗脸，就穿着那身皱巴巴的衣服去见太守。那时的扬州太守是韩琦，后来成了宰相。韩琦见王安石衣衫不整、蓬头垢面，还以为他整夜纵情声色，便语气严厉地对他说：“小伙子，趁你还年轻，多用功读点儿书吧。”王安石没有辩解。后来，王安石对别人抱怨道：“韩琦一点儿也不赏识我。”

还有些人认为王安石是在沽名钓誉、矫揉造作，苏轼的父亲苏洵就是其中之一。欧阳修曾将王安石介绍给苏洵，但苏洵一直不接受王安石的示好。有一次，王安石的母亲去世，在受邀请的官员中，只有苏洵没有去。当苏轼问苏洵对王安石的看法时，苏洵毫不遮掩地表达了自己的厌恶：“衣臣虏之衣，食犬彘之食。囚首丧面而谈诗书。”

宋仁宗也曾一度怀疑王安石的用心。有一天，仁宗召集大臣们在后花园宴饮，为了让这项活动更有趣，仁宗让大臣们自己钓鱼烹煮。王安石不喜欢钓鱼，也不愿意凑这样的热闹，便一个人拿着鱼饵坐在池塘边发呆，不知不觉地竟然将手里的鱼饵都吃完了。这件事情被仁宗看在了眼里，第二天仁宗对宰相韩琦说：“王安石是一个伪君子。普通人或许会误食一粒鱼饵，但绝不会把鱼饵都吃光的。”

仁宗不太喜欢王安石，认为此人不顾实际，行事过于冒进。王安石曾给仁宗呈上过一篇长达万字的政论文章，这篇文章结构完整、逻辑严谨，论及教育、财政等各个方面，但是仁宗只看过一遍就叫人收了起来。

王安石到底是什么样的人，我们无法定论。他为官清廉，拿到的俸禄除基本开销，其他的都送给了家境贫困的亲友；他心怀一颗救国救民之心，希望通过自己的努力革除朝廷弊病，解决社会矛盾。但是他性格上的缺陷又太过明显，如固执己见，不愿意听反对之言，以至于后来赶走了朝中一大批贤能之臣，引发朋党之争；太过激进，没有考虑新政是否会水土不服，用极端的方式推行改革，加重了百姓负担。

不过，这些都是后话，此时的王安石没有时间思考他人对自己的评价，因为他把所有的精力都放在了说服新皇帝宋神宗上面。

其实，最开始的时候，宋神宗并不十分信任王安石。神宗做太子时，为太子司文书事的韩维非常推崇王安石，每次神宗赞同韩维的意见，韩维便说："这不是我的意见，都是王安石告诉我的。"于是，神宗即位后立刻封王安石为翰林，想见一见这位传说中的神人。

接到诏令后，王安石借口身体不好，说自己要七个月以后才能出发。王安石不是第一次做这种事情了，在仁宗时期，朝廷曾多次提出要给王安石升职，他都拒绝了，因此赢得了很高的声誉。神宗不得不怀疑王安石的用心："先帝时期，朝廷屡次任命王安石，他次次都拒绝，说自己不愿意来京城。没想到这次他还是不愿意来。他到底是真的病了，还是想谋取更高的官职？"

几个月后，王安石抵达京城。宋神宗召见王安石，问："你认为朝廷现在最应该做什么？"王安石答："制定一个好政策。"神宗又问："你认为唐太宗是个好皇帝吗？"王安石答："皇上，唐太宗虽好，却因循守旧，臣以为您可以效仿尧、舜。尧、舜治理天下的方法其实并不难。"仁宗听后非常激动，试问哪个皇帝不想和尧、舜相提并论呢？更何况神宗此时只有二十岁，他精力充沛、志向远大，对未来充满着希望。于是，他请王安石坐下，让对方好好阐述政治主张。

王安石又说："世人都认为尧舜之道难以推行，然而，只要皇上能任用贤能、远离奸臣，就一定能重现尧、舜时代的光景！"王安石说得非常坚定，使人感到他果决勇敢的气质。宋仁宗被王安石说服了，他也激动起来，那颗年轻的心脏用力地跳动着。他决定，无论遇到多大的困难，他也要起用眼前这个充满自信的臣子，他想和王安石一起开创新的局面。

变法就这样成了定局。变法一经出台，立刻在朝廷上掀起轩然大波。宋仁宗时期德高望重的老臣纷纷上书反对，曾经支持改革的年轻臣子也表示对变法的不满。反对的奏折如雪花般飞到宋神宗的案牍前，这位年轻的皇帝不清楚发生了什么。他非常疑惑：变法明明是为了国富兵强，为什么却有这么多人反对呢？于是，他召来王安石，问："到底发生了什么？为什么如今满朝的读书人都在反对变法？"

王安石回答："这些人都存有私心，故意阻止陛下推行新政。如果陛下屈服，那么以后朝政大权就会落到他们手上。如果陛下胜利，那么您以后就能牢牢掌握住政权。"王安石使宋神宗相信，这些反对的臣子都是心怀叵测的奸臣，他们如今所做的一切，都只是为了阻拦宋神宗成为千古一帝。

这些反对的臣子当然不是因循守旧、担心改革有损自己利益的奸臣，他们与王安石也没有私仇。相反，反变法派的代表司马光还曾经是王安石的知己好友，两人经常诗歌酬唱往来。王安石刚刚来到京城的时候，朝中大臣曾对他寄予厚望——大多数人都赞成改革。但是到底应该改多少，怎么改，成了变法派和反变法派争论的焦点。

王安石认为无需遵循祖宗的法度，而应建立新法，增强国家赋税收入，达到国富兵强的目的。这是王安石的理想，他认为宋朝不应该仅仅是个富裕的国家，而应该扩张国土，使周围小国臣服。司马光则认为，治理国家就像修葺家中房屋，找到破漏的地方修补好，没有严重损害的话就不需要建造新房。对于祖宗的法度，应该改掉其中的弊端，保留好的部分。变法的目的在于节省用度，减少百姓负担，使民心安定。

王安石是个有雄心壮志的人，他希望宋朝能在新政的洗刷下蜕变成一个泱泱大国。他陷于自己的美梦，却忽视了眼前的现实，最终从一个理想家变成了一个妄想家。其实，反变法派说得不无道理，如果王安石能吸取各方面的意见，重视变法过程中出现的实际问题，那么变法也许就不会给百姓带来那么多负担了。

但是，此时，王安石把“拗”发挥到了极致。他轻视那些反对变法的人，认为他们胆小怯懦，不敢面对改革带来的风雨。如果不认同他的新政，那么无论是贤能的老臣，还是相交多年的朋友，他都能与其割袍断义。他喜欢那些高唱赞歌的下属，完全不在意对方是否真的有才干。就这样，推行新政的官员中出现了很多见风使舵的小人。而这些小人，以后还会给苏轼带来不小的麻烦。

王安石和反变法派吵得不可开交，朝廷上弥漫着一股浓浓的火药味。那些辅佐宋仁宗几十年的老臣们苦口婆心地告诉宋神宗，在变法的过程中会遇到什么样的问题，这些问题又会带来多么严重的结果。

就连宋神宗的亲人们也纷纷反对这场变法。他的祖母、母亲和妻子每次见到宋神宗，都会劝告他不应如此冒进。她们没有大臣那样严谨的条陈，不能一一阐明变法对大宋江山的危害，但是她们对百姓那种朴素的感情，使她们能够看到变法给最下层民众带来的苦难。她们希望用自己的眼泪唤醒宋神宗的心，使他发现变法本身潜藏的弊端，让他从泱泱大国的美梦中醒过来，直面现实。但这终究还是失败了。

大臣们的苦口婆心和亲人们的眼泪或许曾动摇过宋神宗的心，但是一见到王安石，神宗就又变得坚定起来。在这位雄心壮志的皇帝心中，司马光主张的修补祖宗之法实在太小家子气，他渴望的是翻天覆地式的改变，他希望制定新的规则。于是，他和怀着相同目标的王安石站在了一起。无论有多少人反对王安石，无论反变法派提出了多么有理有据的政见，他都视若无睹，并坚定地表示：我支持王安石。

对此，那些有丰富治国经验的老臣表示十分痛心。他们认为自己再留在朝堂上已经没有任何意义，便以各种理由，如生病、要求外任，离开京城。神宗每次接到这样的奏折，都要长吁短叹一番。这位日以继夜在宫殿里处理政务的皇帝，其实只是想像古代的贤君一样开创盛世。这位求贤若渴的君王，也希望贤能的臣子能够留在自己身边。但是他又想：每次改革都会有牺牲，此时不妥协是为了以后的成功，所以他批准了这些臣子的申请。

神宗熙宁三年（1070 年），反变法派的代表人物司马光离开了京城。此后十五年，他把所有的精力和时间都放在修改史稿上，最终完成了中国第一部编年体通史《资治通鉴》。

老臣走后，那些有见识、有胆识的新官吏并没有停止对新法的质疑，他们和王安石领导的变法派谈论变法的弊端，希望后者能够听进自己中肯的意见。而一些激进的反对者则抨击王安石是奸臣，说他此举误国误民，矛盾越来越大。对于这种情况，宋神宗又一次表明了自己的态度：贬谪。

王安石也在忙着肃清反对自己的人。最开始是因为韩维的举荐，王安石才能得到宋神宗的赏识。但是在推行新法的过程中，韩维发现王安石固执己见，听不进不同的意见，站在同事和好友的角度善意地提醒过王安石几次。可王安石就此认为韩维有意和自己作对，最后借故将其贬出了京城。

王安石被任命为参知政事（副宰相）的时候，苏轼和苏辙回到了京城。面对朝廷中的风起云涌，苏轼最初有些迷惑。在宋仁宗时期，苏轼曾不止一次地表示过希望朝廷能够革新弊政，缓解社会矛盾，但是如此疾风骤雨似的改革却不是苏轼愿意看到的。不过他并没有立刻发表自己的看法，而是在一边默默地观察，认真地思考变法的实质。随着变法的展开，各类问题清晰地呈现在大家眼前，苏东坡终于决定：他要站在反变法派一边。

自请外放

熙宁二年（1069年）五月，王安石准备改革科学，兴办学校，用学校代替科举。宋神宗对这一改革策略非常犹豫，下旨让馆阁学士参与讨论。听到这个消息后，苏轼很快就写了一道《议学校贡举状》奏折，表示坚决反对。苏轼在奏折中说：

夫时有可否，物有废兴。方其所安，虽暴君不能废。及其既厌，虽圣人不能复。故风俗之变，法制随之。譬如江河之徙移，顺其所欲行而治之，则易为功，强其所不欲行而复之，则难为力。使三代圣人复生于今，其选举养才，亦必有道矣，何必由学。且天下固尝立学矣，庆历之间，以为太平可待，至于今日，惟有空名仅存。今陛下必欲求德行道艺之士，责九年大成之业，则将变今之礼，易今之俗，又当发民力以治宫室，敛民财以食游士，百里之内，置官立师，狱讼听于是，军旅谋于是，又当以时简不率教者，屏之远方，终身不齿，则无乃徒为纷乱，以患苦天下耶？若乃无大变改，而望有益于时，则与庆历之际何异。故臣以谓今之学校，特可因循旧制，使先王之旧物不废于吾世，足矣。

至于贡举之法，行之百年，治乱盛衰，初不由此。陛下视祖宗之世贡举之法，与今为孰精？言语文章，与今为孰优？所得文武长才，与今为孰多？天下之事，与今为孰办？较比四者，而长短之议决矣。今议者所欲变改，不过数端。或曰乡举德行而略文章；或曰专取策论而罢诗赋；或欲举唐室故事，兼采誉望，而罢封弥；或欲罢经生朴学，不用贴、墨，而考大义。此数者皆知其一，不知其二者也。

宋神宗读了苏轼的奏折后，恍然大悟道："我一直觉得这个改革方案有问题，但就是说不出来。如今看了苏轼的奏折后，我完全清楚了！"随后，神宗传旨召见苏轼。

虽然苏轼只回京三个月，但也真实地感受到了这股新浪潮的威力，知道神宗改革的决心有多么坚定。因此，被宣召入宫时，他也有过刹那的惊慌。不过，他又马上镇定下来，因为他知道自己要做什么，说什么。

神宗问苏轼："爱卿，你认为当今政令的得失有哪些？即使是我的过错，也请你直言不讳地说出来。"神宗的温和诚恳令苏轼感动，他发现世人口中冒进自大的皇帝原来如此温和谦虚。于是，他坦率地说："臣认为，陛下天生就有明理的天性。治国之道，不害怕不明理，不害怕不勤勉，也不害怕不果断，只害怕心太急，听取的意见太多，选用人才太快。希望陛下能学会守静，静待变化来临，到时候顺应天意就可以了。"

宋神宗愣了，他还以为苏轼会抨击新政，没想到对方竟只指出了自己行事冒进。其实，神宗也能察觉到自己身上的焦虑和不安。他急于做出一番成绩，所以不惜和朝臣翻脸，并毫无保留地信任王安石，让对方进行大刀阔斧的改革。可是，发展到如此局面，是否真的做得过头了？

宋神宗感激地对苏轼说："我会牢牢地把这几句话记在心中，好好思量的。你在馆阁工作，要经常替我想一想治理国家的措施，不要有所隐瞒。"苏轼点头应允。出来之后，苏轼非常兴奋，他把这件事情告诉自己的朋友、亲人，他认为新政也许会因此推迟实施。他心里非常清楚，自己的奏章和刚刚那一番话都会传到王安石耳中，但是直率坦诚的他又怎么会因为害怕得罪权臣而一味附和讨好呢？

王安石知道这件事情后果然很生气，他认为苏轼目光短浅，没有发现新政的长远意义。同时他非常担心宋神宗会因为这位才子的言论而动摇。他错了，神宗最后还是采纳了王安石的改革方案，不过在一些细节上吸取了苏轼的意见。

无论如何，苏轼给宋神宗留下了非常深刻的印象。他时常想起这个来到京城不久就名声大噪的才子，想起仁宗对苏轼和苏辙“两宰相”的评语。他想重用这个诗赋文章一绝的臣子，但每次都被王安石阻拦了下来。有一次，神宗想让苏轼修《起居注》，使苏轼成为天子近臣。王安石自然不允许这样的事情发生，他说苏轼资历太浅，没有修《起居注》的资格，又说苏轼只会说那些不中用却好听的话，没有真才实学，最终使神宗改变了主意。

其实，王安石并没有把苏轼放在眼中，他认为苏轼只会写几篇漂亮文章，不能左右时局。至于宋神宗此时对苏轼的欣赏，王安石认为，只要使苏轼忙起来，时间一长，神宗自然会把这个小官抛在脑后。这年冬天，苏轼被封为开封府判官。王安石以为，这个职位远离神宗，又有很多繁杂事务要处理，苏轼应该没有时间再上书讨论时政。但是王安石又错了，机警聪慧的苏轼不仅将事情打理得井井有条，还能分出时间来关注朝中大事。

熙宁三年（1070年）春，宋神宗命令开封府去江南采买彩灯。神宗本是出于一片孝心：国丧已满，他想为祖母和母亲布置一场灯会，想将皇宫装点成一个炫彩琉璃的世界。但是现实给他以狠狠一击，神宗拿着开封府报上来的元宵节所需钱款清单愣住了：“怎么需要这么多钱？”看见神宗一筹不展，有几个奸佞小臣凑上来说：“陛下，您可以压低价格采买彩灯。臣听说往年购买彩灯，百姓们都会因自己家被皇宫选中而欢喜不已，想来也不会在意这点儿小钱。”神宗迟疑了片刻，说：“就这么做吧。”

宫廷压低价格的消息一经流出，立刻在民间掀起轩然大波。那些制灯的小贩平常收入微薄，只靠元宵节来积攒少许钱粮。至于百姓因选中宫灯而感到荣幸？仁宗时期或许会发生这样的事情，如今新政干预商业，要求所有商人都归朝廷管，所有的财产都登记入册，百姓家中哪还有存款？自己的温饱尚且不顾，谁还能有心思关心皇上赐予的所谓恩典呢？一时间民怨滔天，商人们纷纷指责宋神宗只顾享乐，不顾百姓生死。看见这样的情形，苏轼立刻写了一封《谏买浙灯状》呈上去。

接到苏轼的奏折后，宋神宗才发现自己做错了，便立刻下旨取消了这一决定。苏轼知道后非常感动，说："有君如此，其恩负之？唯当披露腹心，捐弃肝脑，尽力所致，不知其他。"（《上神宗皇帝书》）他决心尽其所能辅佐神宗。

形势并没有苏轼想象得那么好。诚然，宋神宗是个心怀大志的皇帝，他几乎将所有的精力都放在了处理政事上，一心想让国家变得强盛。然而，因为推行新法，贤臣们纷纷自请离开京城，或被贬到荒凉之地，那些一心钻营，只会附和讨好的小人趁机进入朝堂，为新法唱赞歌，其中有很多人连新法是什么都没有弄懂。可怜神宗，身边只剩庸碌讨好的小人。而在短短两年的时光里，苏轼不知道送走了多少知己好友。他在《送吕希道知和州》中感叹道：

去年送君守解梁，今年送君守历阳。
年年送人作太守，坐受尘土堆胸肠。
君家联翩三将相，富贵未已今方将。
凤雏骥子生有种，毛骨往往传诸郎。
观君崛郁负奇表，便合剑佩趋明光。
胡为小郡屡奔走，征马未解风帆张。
我生本自便江海，忍耻未去犹彷徨。
无言赠君有长叹，美哉河水空洋洋。

就连弟弟苏辙都受到了新法的波及。神宗熙宁二年（1069年），苏辙被任命为制置三司条例司。后来，苏辙和变法派的另一个重要人物吕惠卿政见不和，又因上书批评新法差点儿被治罪。熙宁三年（1070年），苏辙被外放陈州。性格沉稳谨慎的苏辙从此再也没有公开谈论过新法。看到弟弟和志同道合的朋友接二连三地离开京城，苏轼不免感到一种孤单和寂寞。他在《次韵子由初到陈州（其二）》中感叹：

旧隐三年别，杉松好在不？
我今尚眷眷，此意恐悠悠。
闭户时寻梦，无人可说愁。
还来送别处，双泪寄南州。

形势如此，就算苏轼不随波逐流，也应该像弟弟一样保持沉默，不再参与朝政。遗憾的是，苏轼和弟弟的性格完全不一样，他太直爽坦诚，完全不知道自保为何物，那些话就像他喉咙里的骨头，不吐不快。其实，此时苏轼官职较低，只负责执笔写文，连行政的权力都没有。试想，这样一个没有政治基础的小官抨击皇帝无条件支持的新法，会得到什么样的下场？贬谪，还是罢官？但无论哪种结局，苏轼都做好了准备，他洋洋洒洒写了数千字的《上神宗皇帝书》，直言新法弊端，劝告皇帝不要用权力压制百姓。这篇文章逻辑严谨，雄辩滔滔，立刻引起了全国的注意。

宋神宗接到这份奏折后有什么样的感受呢？他是否因此对新法产生质疑？我们无从得知。我们只知道，神宗读完这篇文章后并没有处罚苏轼，但也没有听从他的建议，只是将这篇饱含对国家、对百姓深切关心之情的文章束之高阁，再也没有提过。也许，神宗也曾被这篇公正严谨、行文流畅的表章打动过，但是对神宗来说，此时放弃新法实在太难了。虽然新法遇到了很多问题，但是取得的成果也非常显著。而且，在王安石的劝说下，神宗更加坚定地相信：新法有长远的意义。神宗又怎么可能因为这样一篇文章而改变自己的初衷呢？

在等待宋神宗回应的日子里，苏轼经常去找自己的表兄文同。文同也在馆阁任职，但是对于朝中的风云，他从不发表意见。文同的年纪比苏轼大很多，他处世淡泊，做事谨慎，身上有种看透世事的沧桑感。虽然文同和这位胸无城府的表弟完全不一样，但他们俩很谈得来。

苏轼喜欢找文同谈竹子。文同特别喜欢竹子，为了将竹子画好。无论严寒酷暑、晴天雨天，他都要去竹林观察竹子的形态。据说有一次乌云密布，狂风四起，其他人都往家中奔去，只有他奔向竹林。文同后来被大雨淋成了落汤鸡，却显露出一副得到了千万财宝的模样。日复一日，竹子的形态就这样被文同记在心中。后来，他一凝神静思，提笔画竹，竹子的形象仿佛就在眼前。对此，苏轼道："先得成竹于胸中。"

苏轼也非常喜欢竹子。他喜欢听清风吹过竹林的声音，喜欢看月下婆娑的竹影。当然，他最喜欢的还是竹子的品格："得志，遂茂而不骄；不得志，瘁瘠而不辱。群居不倚，独立不惧。与可之于君，可谓得其情而尽其性矣。"（《墨君堂记》）他在《于潜僧绿筠轩》中曾说：

可使食无肉，不可使居无竹。
无肉令人瘦，无竹令人俗。
人瘦尚可肥，俗士不可医。
旁人笑此言，似高还似痴。
若对此君仍大嚼，世间那有扬州鹤。

等待了几个月，苏轼还是没有接到神宗的回复，他决定再次上书。彼时，大部分老臣已心寒离去，变法派几乎要宣告自己的大获全胜。有人劝苏轼："明哲保身吧！"但是他没有听，他再次洋洋洒洒写了数万字的《再上皇帝书》，其中既有严厉的抨击，也有冷静的分析。人们既能从这篇万言书中看到苏轼的政治哲学，也能看到他的机智勇敢。然而，遗憾的是，这份奏折和上一封一样，石沉大海了。

没过多久，苏轼又上了第三书，可宋神宗还是没有反应。王安石越来越讨厌苏轼，但是因为忙着实施新法，加上认为苏轼难以掀起风浪，所以一直没有找他的麻烦。直到神宗熙宁四年（1071 年）苏轼在主持乡试的时候出了一道名为《论独断》的试题，王安石终于被彻底激怒：在王安石看来，“独断”二字说的就是他自己。

王安石要把苏轼贬出京城，一时又找不到好借口，便想出了一个最坏的方法：构陷。王安石指使自己的心腹谢景温状告苏轼，说他在护送其父苏洵的棺木回乡时，用公款给自己添置家具，还用官船运送私盐。宋神宗大怒，下旨：“严查！”王安石立刻派大批官员去苏轼一路经过的地方走访调查，还严加审问为苏轼撑船的船工。沿途州县都张贴了查询公文，这件事闹得沸沸扬扬，人人都以为苏轼要被投入监牢。

对此，苏轼只说了一句话：“欲加之罪，何患无辞。”这次弹劾让苏轼心灰意冷，想到自己的恩师欧阳修、好友、弟弟一个接一个地离开了京城，苏轼突然觉得，自己再留在这个地方也没有意义了。于是，苏轼上书请求外调。

宋神宗舍不得苏轼，可又不能不和变法派保持相同的步调，只好批准了苏轼的请求，准备让他去颍州当太守。王安石提出了反对意见，他认为苏轼的资历还不能担任太守，最多只能任通判。神宗不愿与王安石争执，便将官职改为通判，但外放的地方不再是颍州，而是富饶美丽，被称为“人间天堂”的杭州。

西子湖畔

宋神宗熙宁四年（1071 年）十一月二十八日，苏轼带着妻儿来到杭州。民间有谚语：“上有天堂，下有苏杭。”从暗藏风刀霜剑的朝堂来到风景秀丽的杭州，对苏轼来说，也许是幸事。西湖的美景总能抚慰人心：波光粼粼的西湖，山间茂密的竹林，云雾缭绕的奇峰……

苏轼一家住在凤凰山顶的公馆，推开南边的窗子，看到一艘艘出海的白帆如繁星一样点缀于江面上。北面是三面环山的西湖，天气晴朗的时候，可以欣赏宝镜一般的西湖。无论是天上的白云，还是岸边的垂柳，都在对镜梳妆。天气不佳的时候，就伸手触摸云雾，寻找隐逸于白云之中的庙宇和别墅。东边则是波涛汹涌的钱塘江，惊涛拍岸，声如雷霆。

晨起推开窗，能看到在西湖上嬉戏游玩的人，这热闹一直持续到深夜：圆月高悬之时，依然能够听到湖面传来萧瑟之声。杭州城永远是热闹的，等到西湖上的人全都散去，城中还会开夜市，绸缎、刺绣、扇子、糖果、玩具、走马灯都是夜市上最紧俏的货品。苏轼常常带着孩子去夜市游玩，那些装成白胡子老汉的摊主总会想些新花样来讨孩子们的欢心，而一边唱歌一边跳舞的艺人更是让孩子们挪不动步子。

苏轼经常看见富商家华美的大船。这些富商家离杭州很远，千里迢迢也要来这里游玩，除了贪恋碧波荡漾的西湖，大概还为了杭州各类精致美味的点心吧！马可·波罗谈到曾有王公贵妇在西湖沐浴，不知真假。但宋朝时应该没有再发生过这样的事情了，因为如果有，苏轼一定会将其写进诗词中的。

杭州的百姓很喜欢苏轼。听到苏轼要来，人们奔走相告："大才子苏轼要来了！"那些曾经阅读过他文章的学子更是激动万分，就像如今我们要见到心中的偶像一样。苏轼来到杭州没多久，人们就喜欢上了他。他们喜欢苏轼的坦诚直率、从容随性、不拘小节，他们最能感受到苏轼的人格魅力。当时在京城时，苏轼的那些不合时宜，那些被好友劝告多次要改正的性格特点，那些被政敌抨击多次的缺陷，在这里全都变成了优点。苏轼来到杭州，如同鱼儿回到大海，潇洒恣意，快活得不得了。因此，他刚到杭州就感叹：

未成小隐聊中隐，可得长闲胜暂闲。

我本无家更安往，故乡无此好湖山。

——《六月二十七日望湖楼醉书五绝》

苏轼幸运遇见了杭州，杭州又何其幸运遇见了苏轼！如果没有苏轼，谁又能将西湖的美描述得这么准确、动人心弦呢？

有一天，苏轼和友人在西湖畔饮酒聊天。艳阳高照，湖水清澈，湖边的风光一一倒映其中，美不胜收。突然，乌云密布，狂风四起，西湖泛起涟漪，岸边的杨柳随风而动，继而细雨绵绵，湖面飘起薄雾，又是另一番景致。

苏轼在岸边欣赏这两种不同的风景：晴天的西湖，碧波荡漾，一切都清晰而明朗；雨天的西湖，烟雨蒙蒙，万物笼罩在一片烟雾之中，别有一番风情。于是，苏轼提笔写下：

水光潋滟晴方好，山色空濛雨亦奇。

欲把西湖比西子，淡妆浓抹总相宜。

——《饮湖上初晴后雨二首·其二》

因为写出了西湖最美丽的一面，所以这首诗成了公认最好的咏西湖诗。而西湖的“西子”之名，也由此而来。

杭州不缺美景，也不缺美人。苏轼才华横溢，又坦荡真诚，这样的人谁不喜欢呢？来到杭州后，不知道有多少歌妓才女曾向他表达过爱慕之情。苏轼从未拒绝过有歌妓的筵席，若有歌妓向他求墨宝，他也是才思泉涌，顺手就写在扇子或披肩上。但是他不是个浪荡子，也不是醉生梦死的富家恶少，他从没有金屋藏娇，也没有写些低俗的艳词来拿歌妓们打趣。因此歌妓对他又仰慕、又尊敬，还有一个叫琴操的才女在听完他的规劝后，拿所有的积蓄为自己赎了身。后来，琴操剃发出家，再不入红尘。

只有一个歌妓例外。她聪明灵透，能歌善舞，虽然不幸坠入烟花之地，却自有一股清新淡雅的气质。苏轼将她收为侍女，几年后纳为侍妾。这个歌妓就是王朝云，她是苏轼一生中最重要的女人之一。

苏轼天性洒脱，不拘小节，在杭州任通判的时候做了很多让人忍俊不禁的趣事。杭州有个禅师，他严守戒律清规，要求每一位去拜访他的人必须自行斋戒，否则不予接待。苏轼和这位禅师非常谈得来，却不喜欢对方定下的这个规矩。

有一次，苏轼和朋友约好去拜访禅师，没想到苏轼竟然带了一名歌妓一同前往。朋友提醒道："难道你不知道禅师的规矩吗？我们去拜见尚且要斋戒，你竟然还带了一个女人来，还是个歌妓！"苏轼哈哈大笑，说："我想看看禅师今日如何解我这一题。"

走到庙宇门口，朋友说："那你进去吧，我就在门外等着，免得被人赶出来。"苏轼笑道："怎么会呢？"说完，他就带着歌妓昂首走了进去。

来到禅师门前，苏轼先示意歌妓不要出声，然后轻声说："禅师打扰了，苏轼前来拜访。"禅师很喜欢苏轼，立刻回答道："施主请进。""吱——"门被推开，苏轼带着歌妓走进了禅师的房间。

禅师见苏轼身后跟着一个歌妓，心下不悦，正准备询问原因，就听见苏轼说："禅师别恼，是我太过莽撞。如果您今日能借木槌给我身后的小娘子一用，我一定立刻写一首词向您赔罪。"

智慧通透的禅师知道苏轼在捉弄自己，也明白对方想借此考验自己的佛性，便故作生气，说："如果我不喜欢你写的词，又如何？"苏轼立刻说："那我就写到让您满意为止。"他似乎胜算在握。

禅师立刻将木槌递给歌妓，苏轼拿起纸笔，顷刻便写好了一首词，递给歌妓。

师唱谁家曲，宗风嗣阿谁？借君拍板与门槌。我也逢场作戏、莫相疑。溪女方偷眼，山僧莫皱眉。却愁弥勒下生迟。不见老婆三五、少年时。

——《南歌子·师唱谁家曲》

歌妓一边敲木鱼，一边唱诵这首词。词曲中自有佛意，但歌妓的装扮和手中的木槌却透着一股不伦不类。看歌妓委屈的模样，似是在认真赔罪。可看苏轼忍俊不禁的样子，又有故意逗趣的嫌疑。因此，歌妓还没有唱完，禅师就早已笑得前仰后合。待歌妓唱完，禅师笑道："好吧，今日就算你过关。"苏轼连连告罪，之后带着歌妓退了出来。

朋友看见苏轼带着歌妓喜笑颜开地走了出来，惊讶地问："禅师竟然没有责怪你？"歌妓笑道："多亏这首词呢。"朋友接过歌妓手中的纸一看，哈哈大笑，说："也只有你想得出这样的招数！"苏轼得意扬扬地说："我们刚刚还学习了密宗佛课。"

还有一次，苏轼正在审阅案宗，突然有两个人吵吵嚷嚷地从外面走来。其中那个胖一点儿的男人，一看见苏轼就喊："通判为我做主！"苏轼忙问发生了什么，那个男人说："小人是贩卖布的，小本买卖，勉强维持生计。那日，这个卖扇子的小贩找我买绫绢，却说手上没有余钱，夏天再还给我。如今已是盛夏，他却迟迟不还欠款。我家中急需用钱，实在没有办法才来找您啊。"

那个瘦一点儿的男人哭诉道："大人，并非我有意拖欠他的钱不还，只因不久前我父亲去世，置办丧事花了一大笔银子，家中没有余钱。本想入夏后卖了扇子就能还账，没想到这几个月阴雨绵绵，没人愿意买扇子。我也非常发愁啊，如今家中都揭不开锅了。"

苏轼对卖扇子的小贩说："你把家中的扇子都拿过来，我有个好主意。"等小贩将扇子送来，苏轼拿起笔就开始在扇面上画画、题字，然后对小贩说："你拿着这些扇子去叫卖吧！"小贩刚刚走出府衙大门，扇子就被围观的百姓一抢而空。小贩还清欠款，稍有余钱，再三拜谢后离去。

苏轼在杭州的生活过得丰富多彩，春天赏牡丹，秋天去钱塘江观潮，平常的日子赏月、游湖、爬山。他徜徉于山水之间，其间留下了大量优美的诗篇。而且，有趣的是，他常常从别人注意不到的地方入笔，让人读后忍俊不禁。比如，他观赏完牡丹后写了这样一首诗：

人老簪花不自羞，花应羞上老人头。
醉归扶路人应笑，十里珠帘半上钩。

——《吉祥寺赏牡丹》

苏轼没有描写牡丹花的娇媚和国色天香，而是描写了一位童心未泯的杭州通判把花插在头上，他喝得东倒西歪，踉踉跄跄地朝家中走去。十里长街的珠帘一半都被挑起来了，人们捂住嘴看着这位喝醉的诗人。至于诗人自己呢？他说："我一点儿都不害羞，倒是花儿害羞了！"

杨柳依依的西子湖畔留下了无数浪漫美丽的传说，而苏轼在《贺新郎·乳燕飞华屋》中就记录了这样一个浪漫的故事。

一个暮春的午后，苏轼和一些官员在望湖楼上饮酒聊天。微风袅袅，柳枝轻垂，怎么能少了歌舞助兴呢？其他的歌妓都来了，只少了一位叫秀兰的女子。这位女子才情艳绝、明媚无双，是杭州城中最出名的歌妓之一。众人等了很久，秀兰姗姗来迟。问其迟到的原因，秀兰回答："午后疲乏，沐浴之后伏在床头小睡了一会儿，没想到误了时辰，请各位大人见谅。"

佳人连连告罪，众人也就不再追究。没想到官员中有一个秀兰的倾慕者，他心情烦躁，觉得秀兰的道歉过于敷衍，生气地说："说什么困倦打盹儿，其实是和情郎私会去了吧！"为了安抚这位官员，秀兰折了一枝石榴花赔罪，没想到那人不依不饶，还嘲笑秀兰行为轻佻。秀兰尴尬不已，低头不语。

苏轼让人取来纸笔，写了一首词给秀兰解围：

乳燕飞华屋，悄无人、桐阴转午，晚凉新浴。手弄生绡白团扇，扇手一时似玉。渐困倚、孤眠清熟。帘外谁来推绣户，枉教人、梦断瑶台曲。又却是，风敲竹。

石榴半吐红巾蹙。待浮花浪蕊都尽，伴君幽独。秾艳一枝细看取，芳心千重似束。又恐被、秋风惊绿。若待得君来向此，花前对酒不忍触。共粉泪，两簌簌。

——《贺新郎·乳燕飞华屋》

秀兰立刻用悠扬的曲调将这首词唱了出来，众人听后无不拍手称快，称赞这首词意境超然。那位官员顿时消了气，后来还为自己的无理行为向秀兰道歉。

空闲的时候，苏轼会去爬山，寻访深山里的庙宇，和寺庙里的和尚做朋友，和他们谈论佛理。这其中，苏轼和佛印的故事最让人津津乐道。

苏轼喜欢修禅，认识佛印后，他觉得自己禅定的功夫有了不少长进。一次禅定后，苏轼得意扬扬地写了一首偈："稽首天中天，毫光照大千，八风吹不动，端坐紫金莲。"意思是，我如今已不再为世俗的衰老、苦恼、荣誉、攻击、讽刺、赞赏、利益所动，然后让人将偈子送给佛印。

当童子将偈子送到佛印的手中时，佛印正在禅定，他只微微张开了眼，看了一眼就在上面写了两个字："放屁！"苏轼收到回复后非常生气，立刻坐船来找佛印。船快要靠岸时，苏轼发现佛印竟然站在岸边等着他呢。

下船后，苏轼气愤地问："你为什么骂我？"佛印不慌不忙地回答："我哪里骂你了？"苏轼把那张纸送到佛印面前，说："你看这是什么？""哦——"佛印看了一眼，说："你不是号称'八风吹不动'吗？怎么被一个'屁'就吹过来了？"苏轼恍然大悟，羞愧不已。

在杭州生活的时候，苏轼重读了无数次《庄子》。苏轼推崇庄子，还在诗词中大量引用《庄子》的语句和典故。年少时期第一次读《庄子》，苏轼就说："没想到这个人竟然这么懂我的心意，我心里的想法都被他说出来了。"

苏轼喜欢庄子的清净洒脱。《庄子》中蕴含的生命情怀和自由天性，苏轼都能得到共鸣。尤其在他遭遇权臣打压之后，这种对自由的诉求就越发强烈。而在他来到杭州这个不给他设置限制，能让他任意挥洒才情的地方以后，他的天性就能更加完美地展现出来。他游湖赏景，与人谈诗参禅，活得恣意潇洒。

熙宁六年（1073年），苏轼被派往常州、润州等地赈灾，因为事务繁多，他一直到第二年夏天才回到杭州。在外办公的时候，他非常思念杭州，并将这种情感写进了诗文中：

去年相送，余杭门外，飞雪似杨花。今年春尽，杨花似雪，犹不见还家。

对酒卷帘邀明月，风露透窗纱。恰似姮娥怜双燕，分明照、画梁斜。

——《少年游·润州作》

为官一任

苏轼在杭州任职三年，并不是每天都饮酒作乐。作为一方父母官，苏轼心系民生疾苦，怀着对百姓的仁爱之心，尽心尽力地为百姓造福，为人们办实事。

钱塘江流经西陵，在杭州形成了一块低洼的盐碱地，所以杭州的水质苦涩，还伴有一股难闻的臭味，让人难以下咽。百姓们只能从山上引来山泉，但是这些泉水无法供应杭州百姓的日常生活。唐朝名相李泌在杭州任刺史时，曾在城中建造了六口大井：相国井、西井、金牛井、方井、白龟井、小方井，将西湖水引来给百姓使用。后来，大诗人白居易在杭州担任刺史时，带领百姓治理西湖、疏通水井。但是，等苏轼来杭州任职时，发现河塘堵塞，有些水井甚至成了废井，百姓饮水困难。

苏轼找到杭州太守陈襄商量对策。陈襄，字述古，号古灵先生，北宋理学家，与郑穆、陈烈、周希孟并称“古灵四先生”。陈襄清廉正直，曾多次上书抨击新政，希望宋神宗能够为了百姓废除“青苗法”。王安石非常讨厌他，一直想将其调离政治中心。宋神宗熙宁五年（1072年），陈襄从陈州调任至杭州，成为苏轼的顶头上司。

听到苏轼反映的问题后，陈襄立刻说：“我们一定要修复杭州六井。”苏轼和陈襄委托精通水利的僧人仲文、子圭等人在西湖边进行实地考察，一起商议和制定行之有效的方案。苏轼还亲自带着人挖沟换砖、修补井壁。不久后，六大井清流满溢，可照人影。百姓们奔走相告，人人都称颂为百姓做实事的陈太守和苏通判。

第二年，江浙地区遭遇了一场罕见的大旱。其他地区的水井全都干涸了，一罐水的价钱甚至相当于一罐金子。百姓们互赠礼物用的不是绫罗绸缎，而是一瓦罐水。然而，杭州的百姓因为有钱塘六井，所以不仅能喝上干净的水，还有足够的水来沐浴、洗衣服、喂养牲畜。

看到百姓们安居乐业，苏轼十分欣慰，便将六井的由来和治理六井的过程记录了下来：

潮水避钱塘而东击西陵，所从来远矣。沮洳斥卤，化为桑麻之区，而久乃为城邑聚落，凡今州之平陆，皆江之故地。其水苦恶，惟负山凿井，乃得甘泉，而所及不广。唐宰相李公长源始作六井，引西湖水以足民用。其后刺史白公乐天治湖浚井，刻石湖上，至于今赖之。始长源六井，其最大者，在清湖中，为相国井，其西为西井，少西而北为金牛池，又北而西附城为方井，为白龟池，又北而东至钱塘县治之南为小方井。而金牛之废久矣。嘉祐中，太守沈公文通又于六井之南，绝河而东至美俗坊为南井。出涌金门，并湖而北，有水闸三，注以石沟贯城而东者，南井、相国、方井之所从出也。若西井，则相国之派别者也。而白龟池、小方井，皆为匿沟湖底，无所用闸。此六井之大略也。

熙宁五年秋，太守陈公述古始至，问民之所病。皆曰："六井不治，民不给于水。南井沟庳而井高，水行地中，率常不应。"公曰："嘻，甚矣，吾在此，可使民求水而不得乎！"乃命僧仲文、子圭办其事。仲文、子圭又引其徒如正、思坦以自助，凡出力以官者二十余人。于是发沟易甃，完缉罅漏，而相国之水大至，坎满溢流，南注于河，千艘更载，瞬息百斛。以方井为近于浊恶而迁之少西，不能五步，而得其故基。父老惊曰："此古方井也。民李甲迁之于此，六十年矣。"疏涌金池为上中下，使浣衣浴马不及于上池。而列二闸于门外，其一赴池而决之河，其一纳之石槛，比竹为五管以出之，并河而东，绝三桥以入于石沟，注于南井。水之所从来高，则南井常厌水矣。凡为水闸四，皆垣墙扃鐍以护之。

明年春，六井毕修，而岁适大旱，自江淮至浙右井皆竭，民至以罂缶贮水相饷如酒醴。而钱塘之民肩足所任，舟楫所及，南出龙山，北至长河盐官海上，皆以饮牛马，给沐浴。方是时，汲者皆诵佛以祝公。余以为水者，人之所甚急，而旱至于井竭，非岁之所常有也。以其不常有，而忽其所甚急，此天下之通患也，岂独水哉？故详其语以告后之人，使虽至于久远废坏而犹有考也。

——《钱塘六井记》

这件事之后，苏轼和陈襄的关系越来越近。虽然陈襄是苏轼的上司，又比他大二十多岁，但陈襄没有摆出上司的架子，要求苏轼恭敬地对待自己，而是将苏轼当成自己的平辈，与他结成忘年之交。此外，他们都看到了王安石变法中的弊端，也都曾因直言谏上而被贬谪出京，感情上就更容易沟通。他们经常在一起喝酒聊天，为被沉重赋税压得喘不过气的百姓忧心。

神宗熙宁七年（1074 年）六月，从外地归来的苏轼听到了一个坏消息：陈襄即将离任。苏轼在凤凰山上的有美堂为陈襄设下饯别的酒席。苏轼和陈襄曾无数次登上凤凰山，在有美堂上远眺白帆，欣赏掩映在山林之间的楼宇，对着烟波浩渺的钱塘江抒发才情。如今，站在精致的有美堂中，码头上来往的商船依旧忙碌，山下的亭台楼阁仍然秀美，苏轼的心情却完全不一样。

看着即将离别的挚友，苏轼万分不舍，无数次想问对方什么时候能回来。可是苏轼明白，时局难测，被王安石厌恶的陈襄根本无法决定自己的仕途，所以他只能将这个问题深埋在心底。不如将不舍都融入眼前的美酒里吧！就这样，一杯又一杯，不知过了多久，华灯初上，一曲婉转哀愁的《水调歌头》从远处传来，让人忍不住落下泪来。不知不觉间，月至中天，在西湖上嬉戏玩乐的人也都回家了，苏轼和好友不得不起身告别。看着那如碧玉一样美丽的钱塘江，苏轼写下了这首《虞美人·有美堂赠述古》：

湖山信是东南美，一望弥千里。使君能得几回来，便使樽前醉倒更徘徊。

沙河塘里灯初上，《水调》谁家唱？夜阑风静欲归时，唯有一江明月碧琉璃。

后来，陈襄去南都任职时，苏轼一直追送到临平。陈襄劝苏轼不必再送，苏轼却一送再送，直到回头都看不见城郭，只隐约看见山中有一座城。看见临平山上那亭亭伫立的高塔正朝着陈襄离去的方向，苏轼心中感叹："这座高塔似乎也不愿意陈襄离去！"

在回去的路上，凄凉的晚风吹拂着苏轼的衣袖，使他感觉到了一种难以言喻的孤单和寂寞。对苏轼来说，在变法派手握大权的时候，能够遇到一个兴趣相投、政见一致的朋友是多么的不容易。夜晚靠在冰冷的枕头上，苏轼辗转反侧，难以入睡，对朋友的思念太多、太满，这位至情至性的诗人无法抑制住自己的眼泪。于是，他披上外衣，提笔写下了《南乡子·送述古》：

回首乱山横。不见居人只见城。谁似临平山上塔，亭亭。迎客西来送客行。

归路晚风清，一枕初寒梦不成。今夜残灯斜照处，荧荧。秋雨晴时泪不晴。

后来，在官场中沉浮的苏轼虽然很少与这位知己把酒言欢，但他们的友谊持续终身。后来，苏轼想起陈襄过生日时，杭州百姓为其放鸽祝寿，提笔写道：

草长江南莺乱飞，年来事事与心违。
花开后院还空落，燕入华堂怪未归。
世上功名何日是，樽前点检几人非。
去年柳絮飞时节，记得金笼放雪衣。

——《常润道中怀钱塘寄述古五首》其二

读完这首诗后，陈襄感叹物是人非、世事易变，加上非常思念苏轼，和诗道：

春阴漠漠燕飞飞，可惜春光与子违。
半岭烟霞红旆入，满湖风月画船归。
缑笙一阕人何在，辽鹤重来事已非。
犹忆去年题别处，鸟啼花落客沾衣。

——陈襄《和子瞻沿牒京口忆西湖寒食出游见寄二首》其一

作为杭州通判，苏轼最大的心愿就是杭州百姓可以安居乐业。但苏轼发现，在富饶美丽的杭州，上层社会纵情享乐的同时，底层的百姓却连一顿饱饭都吃不上。新法加重了百姓身上的负担，而那些催收赋税的官吏为了完成任务，对百姓非打即骂，百姓苦不堪言。

杭州经常遭遇天灾，苏轼亲眼目睹过那些严重的自然灾害是如何毁掉一个家庭、一个村庄的。比如，一场大水灾就能冲毁一个村庄，带走数十条性命。而那些侥幸活下来的人，面对冲毁的房屋、哭闹着要吃饭的孩子，又该如何支撑下去呢？苏轼心中难过，所以每当发生自然灾害的时候，他总会第一时间去受灾的地方，想尽办法安抚百姓，改善他们的生活条件。

在救灾的时候，苏轼愤怒地发现，有些官员不仅不管百姓的生死，还派遣官吏来灾区征收赋税。苏轼不禁感叹，在天灾和虐政的双重压力下，贫困的百姓如何继续活下去！苏轼明白，想在当时的政坛下生存下来，最好的方法就是闭口不言，做个哑巴。他知道自己不应该再次抨击时政，但他无法控制自己的心。他有话要说，这些话就像横在他喉咙里的骨头一样，不吐不快。

今年粳稻熟苦迟，庶见霜风来几时。
霜风来时雨如泻，杷头出菌镰生衣。
眼枯泪尽雨不尽，忍见黄穗卧青泥。
茅苫一月垅上宿，天晴获稻随车归。

汗流肩赪载入市，价贱乞与如糠粞。
卖牛纳税拆屋炊，虑浅不及明年饥。
官今要钱不要米，西北万里招羌儿。
龚黄满朝人更苦，不如却作河伯妇。

——《吴中田妇叹》

变法派不喜欢苏轼，他们认为这位名动天下的大才子实在太可恶，拥有如此才华竟然不为变法派唱颂歌，反而想尽办法抹黑变法派。然而，如果他们仔细读过苏轼的诗词就会发现，这位大才子从没有刻意抹黑过变法派，也无意在自己身上贴上某一党派的标签，只是客观地描述当下的情景而已。如果说苏轼有哪里做得不对，大概就是他太过诚实、坦率，不懂得歌功颂德、粉饰太平。

变法派需要向皇上展现一个国富民强、歌舞升平的国家，但苏轼偏偏要说农妇的愁怨。说她担心稻子成熟得太晚，感叹秋雨成灾，抱怨谷贱伤农。这首诗形象地反映了农民的生存处境，真实动人。诗作中农妇的凄惨现状，不就是当时江浙一带农民生活的缩影吗？尽管很多人认为苏轼对变法怀有偏见，但是这首诗的现实意义，以及字里行间充满的苏轼对百姓的关切之情，是无法被抹去的。

苏轼反对变法，不是因为对王安石抱有偏见，更不是要保持一种“世人皆醉我独醒”的态度，而是因为他目睹过变法给百姓带来的负担。

那时，朝廷在盛产食盐的江南地区实行盐法，规定食盐是国家专卖物质，应该统一收购、统一贩卖。朝廷还强调如果发现有人贩卖或购买私盐，一定严惩不赦。

然而，官盐价格昂贵，普通人家根本买不起。有一次，苏轼遇到了一位独自上山采野菜的老爷爷。春季野菜鲜美，苏轼调侃老爷爷回家后有口福。没想到老爷爷难过地说：“我们山野小民怎么有资格品尝美味佳肴呢？要知道，我已经三个月不知盐味。”苏轼听后不忍，写下：

老翁七十自腰镰，惭愧春山笋蕨甜。
岂是闻韶解忘味，迩来三月食无盐。

——《山村五绝》其三

有人铤而走险去贩卖私盐，他们带刀佩剑，很快就发展成了一个规模庞大的私盐运输队。附近的农民见有利可图，纷纷加入进去，导致农田荒芜。不久后，朝廷派人督导两江盐务，抓了上百位私盐贩子。苏轼日日听见这些人在受审时的哀号，想到他们也只是为生计所迫，身不由己，便写下了一首《除夜直都厅囚系皆满日暮不得返舍因题一诗于壁》，表达自己对他们的同情：

除日当早归，官事乃见留。
执笔对之泣，哀此系中囚。
小人营糇粮，堕网不知羞。
我亦恋薄禄，因循失归休。
不须论贤愚，均是为食谋。
谁能暂纵遣。闵默愧前修。

诚然，在政治领域，苏轼无法和一代名相王安石相提并论，他对变法的看法也存在一定的偏颇，但是苏轼对穷苦百姓的关心和同情，以及那种宁愿触怒天子也要发声的勇气，是值得我们学习的。

宋神宗熙宁七年（1074年）九月，苏轼被调往密州任太守。杭州是他温柔的第二故乡，这里的风景让他沉醉，百姓让他牵挂。杭州百姓也非常喜欢这位天真坦诚的诗人。后来，他因事被捕，百姓们纷纷在街上设龛拜祭，为他消灾。多年后他再度归来时，百姓们夹道欢迎，就像欢迎多年不见的老友。如今来到西子湖畔，还能听到许许多多有关苏轼的传说。

远赴密州

宋神宗熙宁七年（1074 年）秋天，苏轼带着妻儿前往齐鲁大地的密州。虽然杭州也会遭遇自然灾害，偶然也会展现萧条之景，但是在大多数时候都是莺飞燕舞、歌舞升平。那些精致的亭台楼阁，秀美的山水总能给失意的诗人带来安慰。密州没有这样的美景，这里是真正的贫瘠之地，那些破旧的房屋怎么能和杭州的楼宇相提并论呢？更别说此时秋风瑟瑟、万物凋零，苏轼还没有到密州城内，就已经感受到了此处的衰败和凄凉，心中不由生出惆怅伤感之情。

苏轼要面对的不止这些。刚到密州境内，苏轼就发现田地里的百姓，无论男女老幼，都在翻土。苏轼疑惑不已，下车询问缘由。“老先生，发生了什么事情？为什么所有的人都在田地忙碌？”苏轼向田间的一位老农问道。

老农回答：“您一定刚刚才到密州吧？您不知道，我们密州今年又遭蝗灾了。我现在正在将有蝗虫卵的土地埋入地底。而我的孙子——”他指了指正在一旁烧草皮的小孩，“正在把含有蝗虫卵的草皮烧成灰。也许这样做，就能让庄稼少损失一点。”

苏轼是见识过蝗灾的，就在一年前，他还亲自到常州组织捕蝗。那群从西北飞来的蝗虫铺天盖地，发出的声音甚至盖过了江水的波涛声。数量成千上万，天空都被它们遮盖住了。而蝗虫过处，草木叶子都是光秃秃的一片。

苏轼登上车，发现沿途的百姓都在田中烧蝗虫卵。苏轼暗自思忖：“看来密州的蝗灾非常严重。如果不尽快采取措施，那么等蝗虫飞来，不知道多少百姓会失去生计。”想到此处，个人的不得志已全然被他抛到脑后。

来到密州府衙，苏轼立刻着手调查密州的灾情。情况比他想象得还要严重。密州连续几年遭遇蝗灾，仅农民自行捕杀报官的就有三万只！辛辛苦苦种了一年的粮食被蝗虫吃得精光，百姓们只好到处流浪，密州城饿殍遍地。可恶的是，当地官员熟视无睹，不仅没有采取有效的治理措施，还说：“蝗灾并没有给农夫带来太大的影响。”那些想要粉饰太平的小人甚至说：“蝗虫还能帮农民除草呢。”苏轼气愤地反驳道：“如果蝗虫真的有这么大的用处，为什么农民会想尽办法捕杀它，而不是保护它呢？”

苏轼立刻组织百姓抗旱自救。他号召百姓在春天来临之前将蝗虫幼虫捕杀干净，以减轻来年的灾情。为了提高百姓的积极性，他还专门拨出粮食来奖励那些捕杀较多的农民。苏轼每天奔走在田间地头，非常劳累。他经常向田间的老农请教蝗虫的知识，希望找到根治蝗灾的方法。

有一天，苏轼在田间和老农聊天。老农说：“之所以年年都有蝗灾，是因为年年都遭遇大旱啊！如果上天垂怜密州，下几场大雨，那么蝗虫就会自行死亡。”苏轼问：“这几年有官员祈雨吗？”老农摇了摇头，苦涩地说：“城外有一座常山，那里祈雨最灵。我们常说要是有官员诚心祈雨，也许老天爷就会可怜我们，降下一场雨。可密州蝗灾持续这么多年，又有哪位官员管过我们呢？”

苏轼将老农的话记在心中。第二年四月，蝗灾爆发，铺天盖地的蝗虫飞进密州城，毫不留情地吃掉了所有庄稼。见此情景，苏轼又自责又难过，他决定向上天祈求。他写了一篇言辞恳切的《密州祭常山文》给山神。在这篇文章中，他先请求山神垂怜密州的百姓，降下甘霖，又说一方百姓不得安宁，山神同样有不可推卸的责任。这篇文章行文流畅、逻辑严谨，令人感到他的无双才华。

此后，苏轼焚香斋戒、沐浴更衣，亲自前往常山祈雨。也许是他的诚心感动了山神，也许是他的文章打动了山神。在祈雨回来的路上，突然狂风四起，乌云遮蔽了烈日。不多时，豆大的雨点儿洒落在干枯开裂的土地上。他成功了。

苏轼喜不自胜，来到密州之后，他日日为百姓的生计忧心，从没有放松过。这是几个月来唯一一件让他舒心的事情。他写了一篇《次韵章传道喜雨（祷常山而得）》来纪念这件事：

去年夏旱秋不雨，海畔居民饮咸苦。今年春暖欲生蝝，地上戢戢多于土。预忧一旦开两翅，口吻如风那肯吐。前时渡江入吴越，布阵横空如项羽。（去岁钱塘见飞蝗自西北来，极可畏。）农夫拱手但垂泣，人力区区固难御。扑缘发尾困牛马，啖啮衣服穿房户。坐观不救亦何心，秉畀炎火传自古。荷锄散掘谁敢后，得米济饥还小补。常山山神信英烈，扐驾雷公诃电母。应怜郡守老且愚，欲把疮痍手摩抚。山中归时风色变。中路已觉商羊舞。夜窗骚骚闹松竹，朝畦泫泫流膏乳。从来蝗旱必相资，此事吾闻老农语。庶将积润扫遗孽，收拾丰岁还明主。县前已窖八千斛，（今春及今，得蝗子八千余斛。）率以一升完一亩。更看蚕妇过初眠，（蚕一眠，则蝗不复生矣。）未用贺客来旁午。先生笔力吾所畏，蹙踏鲍谢跨徐庾。偶然谈笑得佳篇，便恐流传成乐府。陋邦一雨何足道，吾君盛德九州普。《中和》《乐职》几时作，试向诸生选何武。

不过，一两场雨或许能暂时缓解灾情，却无法拯救多年遭遇自然灾害的密州。蝗灾引发了饥荒，密州及周围相邻的数个县区的老百姓都陷入了揭不开锅的困境中。苏轼忧心百姓，却没有发现自己的生活也变得困顿。

在杭州时，苏轼只是一个通判，但是日子过得逍遥自在。然而来到密州后，官升一级的苏轼却比原来清贫了。这是因为新政实施后，官员的俸禄锐减，不愿意接受贿赂或巧立名目搜刮百姓的苏轼自然成了新政的牺牲品。

如何解决这样的困境呢？苏轼想起了唐代陆龟蒙写的《杞菊赋》。他和通式刘廷武在巡视城郭的时候，去荒芜的园圃中寻找野生的枸杞和菊花。这本是无奈之举，如换作其他官员，肯定会因此感叹自己的不得志。苏轼却乐此不疲："枸杞和菊花都能滋养明目，若春夏秋冬都吃，也许我还能长命百岁呢！"

天随生自言常常食杞菊。及夏五月，枝叶老硬，气味苦涩，犹食不已。因作赋以自广。始余尝疑之，以为士不遇，穷约可也。至于饥饿嚼啮草木，则过矣。而予仕宦十有九年，家日益贫。衣食之奉，殆不如昔者。及移守胶西，意且一饱。而斋厨索然，不堪其忧。日与通守刘君廷式循古城废圃求杞菊食之。扪腹而笑。然后知天随生之言可信不谬。作《后杞菊赋》以自嘲，且解之云。

"吁嗟！先生，谁使汝坐堂上，称大守？前宾客之造请，后椽属之趋走。朝衙迭午，夕坐过酉。曾杯酒之不设，揽草木以诳口。对案颦蹙，举箸噎呕。昔阴将军设麦饭与葱叶，井丹推去而不嗅。怪先生之眷眷，岂故山之无有？"

先生听然而笑曰："人生一世，如屈伸肘。何者为贫，何者为富？何者为美？何者为陋？或糠覈而瓠肥，或粱肉而墨瘦。何侯方丈，庾郎三九。较丰约于梦寐，卒同归于一朽。吾方以杞为粮，以菊为糗。春食苗，夏食叶，秋食花而冬食根，庶几乎西河南阳之寿。"

——《后杞菊赋》

这篇《后杞菊赋》诙谐幽默，可见苏轼的豁达胸襟和洒脱不羁。然而，这篇自嘲的散文后来被别有用心的小人曲解为讽刺朝廷过多地减少官员俸禄，成为苏轼“有罪”的证据之一。

密州的日子虽苦，但好在苏轼有个温柔贤淑的妻子，能把家事打理得井井有条。值得一提的是，在谈论苏轼生命中的女人时，人们常常会忽视这位名为王闰之的女子。也许她不如堂姐王弗那样聪颖谦谨，以至于苏轼几十年后也无法忘却；也不像王朝云那样聪明灵巧，能够猜透苏轼的心。但是她贤惠大度，持家有道，陪伴苏轼度过了漫长的人生岁月。苏轼受到朝廷重用时，她安之若素；苏轼被贬谪时，她坦然处之。跟随苏轼来到贫瘠的密州后，她换上了荆钗布裙，有条不紊地操持家务，从来不让苏轼为家里的事情担心。

有一天，苏轼在书房里苦闷地走来走去。连日操劳已经令苏轼身心俱疲，而城中百姓的凄惨现状更让他心中难以平静。他希望百姓安居乐业，可仅凭他一人的力量又怎么能办到呢？何况当时科学落后，生产水平不发达，在巨大的自然灾害面前，人类的力量显得那么的微不足道。才高如苏轼也找不到解决的方法。

这时，苏轼年仅三岁的小儿子苏过跑了进来，拉住苏轼的衣角，撒娇道：“父亲，你陪我玩嘛。”此时苏轼没有心情逗弄小儿，说：“你自己去一边玩。”苏过年纪尚小，自然不知道父亲的烦恼，拉着苏轼的衣角不依不饶，吵着闹着要苏轼陪自己玩。苏轼感到烦躁，大声地呵斥苏过，苏过吓得哇哇大哭。

王闰之听见了孩子的哭声，连忙进来抱起苏过交给奶娘带出去玩耍。随后，王闰之亲自下厨炒了两盘小菜，又端来一壶清酒，一边斟酒一边对苏轼说：“你啊，怎么比三岁的孩子还要傻呢？整日愁眉苦脸又有什么用呢？不如喝杯酒开心开心吧。”苏轼听后恍然大悟：是啊，即使自己整日忧心，百姓的状况也不会减轻，苦着脸不如开心起来。苏轼庆幸自己有这样善解人意的妻子，随后用生动的笔触将这件事记录在一首名为《小儿》的诗中：

小儿不识愁，起坐牵我衣。

我欲嗔小儿，老妻劝儿痴。

儿痴君更甚，不乐愁何为。

还坐愧此言，洗盏当我前。

大胜刘伶妇，区区为酒钱。

在密州的日子是苏轼最寂寞、沮丧的日子，虽然密州离苏辙任职的齐州相距不过几百里，可忙于公务的两兄弟根本无法相见。密州没有雕梁画栋、山水田园，只有瑟瑟寒风和破旧的房屋。让苏轼最痛心的是，这里再不见平和安乐的百姓，只有满城饿殍和百姓们的哭泣声。

有一天，苏轼外出巡视，发现路边有三四个孩子躺在地上，奄奄一息，连哭喊的力气都没有了。苏轼心中不忍，上前问道："你们的父母呢？"路过的一个老奶奶告诉苏轼："大人，这都是被父母扔掉的小孩儿。"

苏轼大吃一惊，问："虎毒尚不食子，怎么有人狠心扔下亲生的孩子呢？"老奶奶长叹一声，说："自己都活不下去了，怎么能顾得上孩子呢？更何况，将这些孩子扔在路边，也许会有好心人怜悯他们，给一口饭吃，或带回去养着，也是一条生路啊。也许这些扔孩子的父母早已死在沟壑之中了。"

苏轼眼含热泪，想自己饱读诗书，空有救国救民之心，却无法帮助这些百姓，无法拯救这些被父母抛弃的孩子，又自责又痛心。他将这些孩子带回家中，让家人好好照顾他们。以后看到被父母抛弃的孩子，他都接回家中悉心照顾。几年后，苏轼在给友人的信中提到，在密州时他曾救了三四十个快要饿死的孤儿，在家中抚养。

白发相望两故人，眼看时事几番新。

曲无和者应思郢，论少卑之且借秦。

岁恶诗人无好语，夜长鳏守向谁亲。

少思多睡无如我，鼻息雷鸣撼四邻。

——《次韵刘贡父李公择见寄二首》

苏轼知道这样远远不够，他能够帮助这些孤儿一时，却帮助不了他们一辈子；可以抚养十几个孩子，却抚养不了城中的上千名孤儿。于是，苏轼费尽周折寻来了数百担粮米，专门用于接济这样孤苦无依的孩子。他还在城中四处张贴公告，说要是愿意收养这样可怜的孤儿，每月由官府补助六斗米。在苏轼的努力下，有上千名弃儿找到了新家。

苏轼又准备上书了。自从熙宁三年（1070年）被王安石的心腹构陷之后，苏轼已经几年没有上书评论时政了。但是看到密州百姓遭受如此大的苦难，苏轼又怎么能沉默呢？他接连上书，其中言辞切切，请求朝廷看到密州百姓的悲惨现状，暂停征收如此繁重的赋税，或停止回收青苗钱，给百姓喘息之机。在这几篇奏章之中，苏轼花了大量篇幅抨击新政，但是他对新政的态度已经不如之前激进。他提出了折中之法，希望变法派能够根据实际调整细节。

此时朝廷的人事已经出现了很大的调整。迫于反变法派的压力，宋神宗不得不罢免王安石的宰相之位，任韩绛为相。韩绛是个碌碌无为的人，朝廷的大权都掌握在变法派的另一代表人物吕惠卿手中。如果说王安石一心为国，只是性格缺陷太过明显，那么吕惠卿就是一个彻头彻尾的钻营者。吕惠卿的权力欲望极强，上任之后就大肆排除异己，提拔亲信。对于苏轼这样公然与新法作对的人，他十分厌恶，欲除之而后快。

看到投机分子加入变法阵营，苏轼感到惴惴不安。他担心这些小人会想尽办法搜刮百姓，担心变法最终会演变成排除异己的党派之争。后来的事实证明，他的担心是有道理的。这时，苏轼在杭州三年的诗作《苏子瞻学士钱塘集》出版了。这本诗集让苏轼成了备受崇敬的文坛领袖，但也在几年后成了小人口中的“证据”。

第四章　月有阴晴圆缺

手足之情

苏轼和苏辙虽是亲兄弟，但性格完全不一样。苏轼洒脱不羁，天真率性，豪爽豁达，看到不喜欢的现象总忍不住说出来。苏辙谨言慎行，沉稳内敛，擅长审时度势。苏轼曾对苏辙说："我知道将话说出口前应该认真思考一番。但是我看到不公平的事情后，就像看到饭菜里有一只苍蝇一样，一定要说出来才行。"苏辙很了解自己的哥哥，所以没有劝他改掉这个习惯，只是说："你应该了解你说话的对象。有些人可以推心置腹，有些人不可以。"

俗话说，性格决定命运。苏轼和苏辙进京赶考时，张方平这样评论他们："兄弟俩都是难得一见的人才，哥哥天真率性，可爱至极；弟弟慎言慎行，十分可靠。也许弟弟的成就会超过哥哥。"在官场上，苏轼是不得志的，他一生宦游，数次被贬。而苏辙的官运则比哥哥平坦得多，官至副宰相。

然而，无论在什么样的处境中，他们都互相关心、互相扶持，感情非常深厚。苏轼曾说："我从小就了解我的这个弟弟，他天资聪颖，温和端正。他不仅是我的弟弟，还是我的良师益友。四海之内，我没有什么兄弟，只有一个子由而已。"苏辙也说："我从小就跟在哥哥身边，跟着他学会了很多道理。他以兄长的责任照顾我，又以老师的责任教育我。"

杭州任期已满时，不想回到京城的苏轼再度向皇上请求外放，唯一的要求就是离自己的弟弟近一点儿。宋神宗同意了苏轼的请求，将其调往山东密州。

赶往密州的途中，苏轼思念齐州的苏辙，写了一首《沁园春》寄给弟弟：

孤馆灯青，野店鸡号，旅枕梦残。渐月华收练，晨霜耿耿；云山摛锦，朝露团团。世路无穷，劳生有限，似此区区长鲜欢。微吟罢，凭征鞍无语，往事千端。

当时共客长安，似二陆、初来俱少年。有笔头千字，胸中万卷，致君尧舜，此事何难。用舍由时，行藏在我，袖手何妨闲处看。身长健，但优游卒岁，且斗尊前。

在去密州赴任的路上，苏轼心情复杂。回想当年，苏轼和父亲、弟弟赴京赶考之时是多么意气风发。他们满腹诗书，决心向古代的忠臣伊尹一样将皇帝辅佐成尧舜那样的明君，使百姓安居乐业，国家富强。他们对自己的才华有信心，对将要辅佐的帝王有期待。然而，王安石变法后，苏轼和弟弟接连遭到贬谪，而他们的理想不知什么时候才能实现。想到这些，苏轼不禁感慨唏嘘，便通过词作表达心中的愤懑。

但是，通过这首《沁园春》，我们能发现其实在抵达密州之前，苏轼有很大的政治抱负。毕竟在杭州的时候，苏轼只是一个通判，不能主持有建设性的工作，无法发挥自己的行政才能。如今升任为密州太守，终于能为百姓做更多的实事，有机会实现自己的抱负，他怎么能不兴奋呢？

后来的事情我们已经知道了。来到密州后，遮天蔽日的蝗虫、饿死在路边的弃儿以及痛哭流涕的饥民使苏轼的满腔抱负化成了沉痛和心酸。他想要放宽政策，让百姓能从自然灾害中喘过气来，但是一个小小的地方官又怎么能随意更改朝廷制定的政策呢？苏轼苦闷、沮丧，甚至后悔来到密州：

何人劝我此来，弦管生衣甑有埃。
绿蚁沾唇无百斛，蝗虫扑面已三回。
磨刀入谷追穷寇，洒涕循城拾弃孩。
为郡鲜欢君莫叹，犹胜尘土走章台。
——《次韵刘贡父李公择见寄二首》其一

一个人经历的事情越多，他就越成熟。密州没有杭州的美人美景，只有饥寒交迫的百姓。苏轼找不到可以寄情的人文遗迹，也没有几个可以倾诉的好友，甚至无法和自己的弟弟见面。他觉得凄凉寂寞，现实的苦难几乎要将他压垮了。但是时间一长，达观的苏轼开始学会自我开解，学会从情绪的低谷中走出来。他又开始读《庄子》，这次他理解得更加深刻。他曾说："人生一世，如屈伸肘。何者为贫，何者为富？何者为美？何者为陋？"(《后杞菊赋》)人生太短暂，就像手臂一伸一曲，又何必去计较贫富贵贱呢？

密州城的北边有一个台子，高于城墙，曾被用来赏景。但因年久失修，这座高台早已变得破旧不堪。苏轼来到密州的第二年，命人重新修葺此台，后来也常常来这里登高望远。苏辙最懂自己的哥哥，听说了这件事情后，特意写信称此台为"超然台"。苏轼接到信之后感慨万千，作了《超然台记》，以表示自己超然物外的人生态度：

凡物皆有可观。苟有可观，皆有可乐，非必怪奇伟丽者也。

哺糟啜漓皆可以醉，果蔬草木皆可以饱。推此类也，吾安往而不乐？

夫所为求福而辞祸者，以福可喜而祸可悲也。人之所欲无穷，而物之可以足吾欲者有尽，美恶之辨战乎中，而去取之择交乎前。则可乐者常少，而可悲者常多。是谓求祸而辞福。夫求祸而辞福，岂人之情也哉？物有以盖之矣。彼游于物之内，而不游于物之外。物非有大小也，自其内而观之，未有不高且大者也。彼挟其高大以临我，则我常眩乱反复，如隙中之观斗，又焉知胜负之所在。是以美恶横生，而忧乐出焉，可不大哀乎。

余自钱塘移守胶西，释舟楫之安，而服车马之劳，去雕墙之美，而蔽采椽之居，背湖山之观，而适桑麻之野。始至之日，岁比不登，盗贼满野，狱讼充斥；而斋厨索然，日食杞菊。人固疑余之不乐也。处之期年，而貌加丰，发之白者，日以反黑。余既乐其风俗之淳，而其吏民亦安予之拙也。于是治其园圃，洁其庭宇，伐安丘、高密之木，以修补破败，为苟全之计。

而园之北，因城以为台者旧矣，稍葺而新之。时相与登览，放意肆志焉。南望马耳、常山，出没隐见，若近若远，庶几有隐君子乎？而其东则庐山，秦人卢敖之所从遁也。西望穆陵，隐然如城郭，师尚父、齐桓公之遗烈，犹有存者。北俯潍水，慨然太息，思淮阴之功，而吊其不终。台高而安，深而明，夏凉而冬温。雨雪之朝，风月之夕，予未尝不在，客未尝不从。撷园蔬，取池鱼，酿秫酒，瀹脱粟而食之，曰："乐哉游乎！

方是时，余弟子由适在济南，闻而赋之，且名其台曰"超然"，以见余之无所往而不乐者，盖游于物之外也。

宋神宗熙宁九年（1076年）中秋之夜，苏轼和自己的下属在超然台上喝酒聊天。明月当空，月光如水，苏轼望着一轮圆月，想到无法见面的弟弟，提笔写下：

（丙辰中秋，欢饮达旦，大醉，作此篇，兼怀子由。）

明月几时有？把酒问青天。不知天上宫阙，今夕是何年？我欲乘风归去，又恐琼楼玉宇，高处不胜寒。起舞弄清影，何似在人间？

转朱阁，低绮户，照无眠。不应有恨，何事常向别时圆？人有悲欢离合，月有阴晴圆缺，此事古难全。但愿人长久，千里共婵娟。

——《水调歌头·明月几时有》

这首词被公认为是最好的中秋词。自古以来，月亮就是文人墨客感情的寄托。而豪放浪漫的苏轼在遥望中秋圆月之时，他的情感仿佛装上了翅膀，翱翔于天地之间。

苏轼在开篇问："明月几时有？"明月是从什么时候就存在的呢？他端着酒问青天，仿佛青天是自己的好友。他想要去看看美丽的、神秘的月宫，似乎那里才是他的家。受道家思想影响颇深的苏轼，早就有出世登仙的想法。而仕途的不如意，让他更想去天上过自由自在的日子。但是"高处不胜寒"，天上太过寒冷，还是趁着月光在人间起舞吧！与其逃到琼楼玉宇中，不如在人间积极、乐观地生活吧！

下阕表达了对弟弟的思念。夜已深，月亮转过朱红的楼阁，穿过精致的门窗，照在迟迟没有入睡的人身上。不应该去憎恨月亮，但它为什么总在人们无法团聚的时候圆呢？苏轼思念自己的弟弟，也同情那些不幸别离的人。而后，苏轼马上为月亮开脱："人有悲欢离合，月有阴晴圆缺，此事古难全。"世上从没有十全十美，就算是月亮，也会被乌云遮蔽，会出现亏损残缺。苏轼的一生充满着坎坷和艰辛，可豁达聪慧的他早就看破了"人有悲欢离合，月有阴晴圆缺"的道理。最后，苏轼表达了自己对离别的态度："但愿人长久，千里共婵娟。"只要心中思念着彼此，能够达到精神上的相通，那就算相隔千里又有什么关系呢？

宋神宗熙宁九年（1076年），苏轼在密州的任期已满，被调往山西省河中府任职。苏轼来密州两年，带领民众抵抗蝗灾，引导农民恢复生产，帮助商人重新开市，救济了上千名即将饿死的弃儿，史书评价他

“革新除弊，因法便民，颇有政绩”。苏轼却对这片土地充满了歉意，他惭愧没有改变这里贫穷落后的现状：

> 秋禾不满眼，宿麦种亦稀。永愧此邦人，芒刺在肤肌。平生五千卷，一字不救饥。方将怨无襦，忽复歌《缁衣》。堂堂孔北海，直气凛群儿。朱轮未及郊，清风已先驰。何以累君子，十万贫与羸。滔滔满四方，我行竟安之。何时剑关路，春山闻子规。
>
> ——《和孔郎中荆林马上见寄》

最开始，他一点儿也不喜欢这座满目凋敝的城市，但是渐渐地，他爱上了这个贫穷的城市，爱上了这里的百姓：“二年饮泉水，鱼鸟亦相亲。”(《留别雩泉》)苏轼依依不舍地和密州的父老告别，带着妻儿回京述职。

回京途中需要经过苏辙任职的齐州，这是最让苏轼开心的一件事。要知道，他们兄弟俩已经六年没见过面了。离开密州后，苏轼一家立刻前往齐州。彼时正是严冬，一路风雨交加，可苏轼心中畅快无比，不仅仅是因为马上就要见到自己的弟弟，还因为大雪正是丰年的预兆。

来到齐州城门处，苏轼远远地就看到自己的三个侄子正恭恭敬敬地站在雪地里等候。亲人久别重逢，苏轼自然喜不自胜。侄子们非常懂礼，看见苏轼后立刻跑过来问候跪拜，一家人其乐融融。侄子们告诉苏轼，自己的父亲已于上个月回京述职，说是有重要的表章要呈给皇帝。

苏轼听后沉默不语，苏辙一向小心谨慎，请求外放后就没有主动谈论过政事，平常往来书信时也劝自己收敛锋芒、学会自保，为何现在这么着急？苏轼想到当前朝堂上的局势，顿时明白了。王安石自罢相以来，已经渐渐失去了皇帝的信任，而后来上台的吕惠卿、邓绾等人也逐渐失势，变法派即将倒台。苏辙一向谋定而后动，如今如此急切地赶回京城，可能是想借此机会清除掉变法派的遗毒。想到此处，苏轼放心了下来。

苏轼在齐州停留了近一个月。在齐州逗留期间，他有时带着儿子去欣赏大明湖的美景，有时去雾气笼罩的趵突泉游玩，有时坐在廊下听泉水流过的声音。在这个温润的古城中，苏轼几乎忘记了朝堂之中的是非。

宋神宗熙宁十年（1077年）二月十日，苏轼带着家眷启程去京城。收到哥哥来京的消息，苏辙出城三十里迎接，两兄弟在雪地亲密地拥抱，两人都热泪盈眶。苏辙告诉哥哥："朝廷原本要您去河中府任职，可不知怎么改变了任命，将您调到徐州当太守。""河中和徐州又有什么分别呢？"苏轼毫不在意地回答道。在他看来，无论去哪里，都可以为当地百姓谋福利。而在当政者眼中，苏轼无论去哪儿都只是个被贬谪的官吏。

来到城门口时，一个小吏对苏轼说："您不能进城。"苏轼问："往来百姓这么多，为什么只有我不能进城？难道我犯了罪？""很抱歉。"小吏轻描淡写地说，"但是我几日前就接到了文书，上面明文规定您不能进城。"苏辙听后非常愤怒，要求小吏给一个合理的理由，小吏却只有一句话："您是可以进城的，但是苏轼大人不能进。"无奈，苏轼拉住弟弟，说："算了，不进就不进吧。"后来，苏轼暂时住在东外城的老友范镇家。

这件事情到最后也没有得到合理的解释，但是历代史家推测，这一定不是宋神宗的命令，神宗甚至不知道这件事。最有可能的解释是，某位权臣担心擅长雄辩的苏轼动摇皇帝的心，只能把他拦在城门之外。

这件事情最后竟促成了一桩奇缘。那时，苏轼的长子苏迈已经十八岁，尚未婚娶，范镇看重苏迈老成持重、家风严谨，苏轼夫妻又都心地善良，便做主将自己的孙女许给了苏迈。苏迈和范家小姐成亲之后，恩爱和顺，夫妻感情很好。

不惧水患

苏迈成亲后，苏轼带着家眷前往徐州任职，苏辙也要去南京任通判，二人一同前往。抵达南京后，苏辙对哥哥说：“此次一别，不知道什么时候再相见。我实在是舍不得哥哥，所以想把家人暂时安置在张方平大人家中，然后陪哥哥一起去徐州。”苏轼点了点头，他心中也非常舍不下弟弟。

苏辙在徐州待了三个多月，在那段时间里，他们兄弟俩时而联床夜话，时而欣赏徐州郊外美景，时而回忆年少时的趣事，说不尽的惬意。不过这样的快乐并没有持续多长时间，苏辙很快就收到了立刻去南京任职的消息，离别近在眼前。

又是一年中秋佳节，苏轼遍邀好友在彭城山下为弟弟送别。泛舟湖上，清风吹来，鸿雁从眼前飞过，想到几年前的中秋自己都无法和弟弟团聚，今日终于能同度中秋，不由得倍感安慰。但是兄弟俩又马上要面临别离，心中是说不尽的失落和怅然。苏轼觉得自己就像一艘无依无靠的小船，漂浮在茫茫大海之中。想到自己和弟弟曾经意气风发，如今却尝尽仕途艰险，苏轼不由得感叹生命无常，提笔写下：

暮云收尽溢清寒，银汉无声转玉盘。
此生此夜不长好，明月明年何处看。

——《阳关词·中秋月》

第二天，苏辙坐船离开徐州。苏轼因为政务缠身，没有办法陪送弟弟。苏轼送走弟弟回到逍遥堂，仿佛弟弟还坐在自己的身边陪自己喝酒，和自己聊天。想到弟弟临走前不停地叮嘱自己要谨言慎行，以免惹祸上身，他对苏辙的不舍和思念越来越浓，最后提笔写下：

我少知子由，天资和而清。
好学老益坚，表里渐融明。
岂独为吾弟，要是贤友生。
不见六七年，微言谁与赓。
常恐坦率性，放纵不自程。
会合亦何事，无言对空枰。
使人之意消，不善无由萌。
森然有六女，包裹布与荆。
无忧赖贤妇，藜藿等大烹。
使子得行意，青衫陋公卿。
明日无晨炊，倒床作雷鸣。
秋眠我东阁，夜听风雨声。
悬知不久别，妙理重细评。
昨日忽出门，孤舟转西城。
归来北堂上，古屋空峥嵘。
退食误相从，入门中自惊。
南都信繁会，人事水火争。
念当闭阁坐，颓然寄聋盲。
妻子亦细事，文章固虚名。
会须扫白发，不复用黄精。

——《初别子由》

不过苏轼没有长久地沉浸在这种离愁别绪中，因为一场巨大的自然灾害即将来临。

徐州是个风景秀美的城市，南面高山环绕，雨后初晴时眺望远山，只见山巅云雾缭绕，如坠仙境。汴河流过徐州城区后向下游流去，徐州人亲切地称其为母亲河。然而，这次的灾祸都源于这条母亲河。

千百年来，黄河一直是一条让人们又爱又恨的河流。当它温和宁静时，能够给万物带来生机；当它肆虐时，又可轻松夺取千百条性命。苏轼到徐州不到三个月，黄河再次泛滥，冲毁了徐州以北五十里处的曹村，有三十万顷良田被淹没。

最开始听闻黄河决堤的消息时，徐州百姓还满怀侥幸地想："今年的汴河和往年一样，保持着旱季的水位。想来洪水应该不会冲到徐州吧。"没想到洪水以不可阻挡之势来到了徐州城下，因为被南边的高山阻拦，无法流泻，所以城外的水位一直上涨，竟超过城内一丈有余。如果不能及时排水，那么等洪水冲垮城郭的那天，就是徐州百姓家破人亡之时。

苏轼登上城楼，看洪水如凶猛的野兽一样拍打着城楼，平日看上去雄伟坚固的城墙好像一张薄纸，随着洪水的击打发出巨响。城外已是汪洋一片，水位最高处离城墙顶端只差三寸，情况非常危险。后来，苏轼写诗描述了当时的情形：

去年重阳不可说，南城夜半千沤发。
水穿城下作雷鸣，泥满城头飞雨滑。
黄花白酒无人问，日暮归来洗靴袜。
岂知还复有今年，把盏对花容一呷。
莫嫌酒薄红粉陋，终胜泥中事锹锸。
黄楼新成壁未干，清河已落霜初杀。
朝来白雾如细雨，南山不见千寻刹。
楼前便作海茫茫，楼下空闻橹鸦轧。
薄寒中人老可畏，热酒浇肠气先压。
烟消日出见渔村，远水鳞鳞山齾齾。

诗人猛士杂龙虎，楚舞吴歌乱鹅鸭。

一杯相属君勿辞，此境何殊泛清雪。

——《九日黄楼作》

“马上调五千民夫过来加固城墙！衙役们也都全部来洪水前线！”苏轼立刻作出了指示。这时，有人对苏轼说：“大人，您赶紧回府衙吧！您没有见识过洪水的威力，不知道它肆虐起来多么可怕。这儿太危险，你回到安全的地方指挥大局就行。”苏轼披上蓑衣、换上草鞋，回答道：“洪水如此凶猛，我就更不能躲在后方了。”苏轼拄着木拐杖在前线奔波劳碌，和民夫一起加固城墙。看见太守不顾生死的模样，百姓的心安定了许多。

有一天，苏轼正在城墙马道上指挥抗洪，突然听见城下一阵吵闹声，十几个人和守城的士兵还在拉拉扯扯，似乎在争执着什么。这时，一个小吏来向苏轼报告：“大人，城下的人都是城里的有钱人，他们收拾了金银细软，准备出城躲避洪水。”小吏一身泥水，他已经不眠不休好几天了。遇到这样的事情时，他其实心中非常沮丧：这些有钱人尚可出城躲避，可自己家中没有余粮，唯一的财产就是一栋破旧的老屋和几亩薄田，万一不能抵挡住洪水，那自己就算侥幸生还，也无法维持生计了。

苏轼望着城下的百姓，心中非常复杂。他很同情这些人：要不是生命受到了危险，谁又愿意离开家乡呢？他们也不过是可怜的逃难者罢了！可同时苏轼也非常清楚：自己不能放他们出城，因为只要有一个人出城，那么必然民心大乱。于是，苏轼发表了一场十分鼓舞人心的演讲。他用自己的辩论之才使这些惊慌失措的逃难者相信：徐州城一定不会被洪水淹没！

苏轼明白，辩论只能安抚人心，不能起到实际的作用。想要保住徐州城，将洪水挡在城外，还必须修筑起足够坚固的防御堤坝。精通水利的下属告诉他，徐州城现在需要长九十四丈，高十丈，宽两丈的防御工事，但是如今的堤坝远远达不到标准。

现下只能立刻加固堤坝，但是眼看洪水高峰期马上就要来临，自己手下又只有那么点儿人手，怎么办呢？苏轼左思右想，“武卫营”三个字浮现在了他的脑海里。按照规制，武卫营归皇帝统帅，地方官没有权力调遣。但是情势危急，苏轼顾不了那么多了，他蹚着水深一脚浅一脚地来到武卫营。

苏轼已经很久没有休息过了，他的眼中满是血丝，衣服上沾满了泥巴，头发被雨水打湿，就连那根木拐杖都被磨花了。看到苏轼时，武卫营的首领差点儿没有认出这就是誉满天下的大文豪。

疲惫的苏轼对武卫营的首领说：“我知道你们归皇上统领，但是眼下情势危急，如果洪水冲垮城郭，那百万百姓就会遭遇灭顶之灾。苏某希望你们能全力相助，救徐州百姓于水火之中。苏某先替百姓拜谢。”说完，苏轼就向首领深深一拜。

首领立刻扶起苏轼，说：“大人真是折煞我们了。我们只是一介武夫，虽然做不出锦绣文章，但是也有一颗爱国爱民之心。这些日子看见大人为治水奔波劳累，我等心中敬佩不已。您有何指示，我们定当全力以赴！”随后，首领召集全体士兵立刻奔赴抗洪一线。看到这样的情景，苏轼的眼角湿润，不由得感叹：“这才是大宋子民！”在武卫营的帮助下，一道又长又宽的堤坝修好了，徐州城终于安全了。

宋神宗熙宁十年（1077 年）十月初五，洪水围城的第四十五天，洪水终于消退。不久后，黄河回到了旧水道，向东流入大海，徐州的百姓能睡一个安稳觉了！百姓们欢欣鼓舞，狂欢庆祝。苏轼更是喜不自胜，特意写了一首诗供人们在庆典上歌唱：

（熙宁十年秋，河决澶渊，注钜野，入淮泗。

自澶、魏以北皆绝流而济。楚大被其害，彭门城下水二丈八尺，七十余日不退，吏民疲于守御。

十月十三日，澶州大风终日。既止，而河流一支已复故道，闻之喜甚，庶几可塞乎。

乃作《河复》诗，歌之道路，以致民愿而迎神休，盖守土者之志也。）

君不见西汉元光元封间，河决瓠子二十年。

钜野东倾淮泗满，楚人恣食黄河鳣。

万里沙回封禅罢，初遣越巫沉白马。

河公未许人力穷，薪刍万计随流下。

吾君盛德如唐尧，百神受职河神骄。

帝遣风师下约束，北流夜起澶州桥。

东风吹冻收微渌，神功不用淇园竹。

楚人种麦满河淤，仰看浮槎栖古木。

——《河复（并叙）》

洪水虽退却，苏轼却心有余悸，那如雷霆般的洪水声经常出现在他的梦中。他经常登上城楼看远处的风景，每每看到被洪水冲垮的房屋时，苏轼的眉头就会皱起来。他在城楼上走来走去，想："如今觉得这城楼坚不可摧，可洪水来袭时它却那么的脆弱。要是洪水再次泛滥，谁能保护城里的百姓呢？"苏轼的担心不无道理，在历史上，黄河改道多次，每一次都给百姓带来了巨大的损失。

苏轼想建造一座坚不可摧的城墙，当洪水再次来临时，人们就可以站在城墙上，笑看洪水按照原来规划的路线奔腾而去了。因此，抗洪结束后，苏轼顾不上休息，立刻写了一封内容详实的表章上奏朝廷，请求朝廷批准徐州建造石墙。但是苏轼等了很久，都没有等到朝廷的批复，只能重新上表。

这一次，苏轼将石墙改成了木墙，并重新计算了需要的人工费和材料费。第二年，朝廷终于批准了他的提议，并拨发了两万四千贯，准他动用地方财政六千贯，用工七千二百人。与此同时，朝廷还下发公文表扬了苏轼在治理水患中的杰出贡献。

苏轼立刻组织工人修建这座木头城墙。因为担心工事出问题，苏轼每天都住在这里，很少回家，连吃食都是家中送过去的。宋神宗元丰元年（1078年）八月中旬，一座十丈高的楼台正式落成，苏轼为其取名“黄楼”。之所以取这个名字，是因为在传统的五行观念中，黄代表土，而土能克水。苏轼希望这座黄楼能够为百姓们抵挡住水灾，让他们永远都不用为洪水担忧。

九九重阳节这天，苏轼在黄楼举行盛大的庆典。百姓们纷纷来到黄楼下，燃放爆竹，载歌载舞，庆祝这座满怀爱民之心的建筑落成。苏轼登上黄楼，眺望远处的小小渔村，欣赏隐逸于崇山峻岭之间的庙宇，又低头看见幸福安乐的百姓，心中十分畅快，提笔写下《九日黄楼作》，并将这件事刻在了石碑上。

远在南京的苏辙听说了这个消息，连夜写了一篇名为《黄楼赋并叙》的文章，寄去给哥哥道喜。后来，苏轼在徐州写的诗词被人集结成册，取名为《黄楼》。

说起被苏轼亲自放在黄楼基石处的石碑，还发生过这么一件趣事：后来苏轼因事被贬，朝廷下令所有关于他的碑文都要销毁。这块见证过黄楼历史，上面刻着“愿以此碑提醒后世人，警惕水患，切记为民护民”的石碑自然不例外。但是当时徐州太守非常尊敬苏轼，派人悄悄地将石碑扔在黄楼不远处的护城河中，谎称“此碑已销毁”。

不过，对苏轼来说，石碑能否被后世人记住并不重要。他做这些事情并不是为了个人政绩，也不是为了朝廷的嘉奖，而是为了当地百姓。他关心百姓的基本福利，不仅仅是平民，还有牢狱之中的犯人。早在杭州当通判时，苏轼就对卖私盐的犯人表现出深切的同情。他不忍心听犯人被鞭挞时的哀号，不忍看他们在除夕之夜还在牢中受苦，无法和家人团聚。

有一次，苏轼去徐州府衙大牢中巡视，发现有些犯人生了重病，气息奄奄，狱卒却视之如常。苏轼询问原因，狱卒轻描淡写地说："大人，并不是我们的错，而是这些犯人身体原本就不好，狱中湿寒，自己染上了病。"苏轼叹道："如今律法规定不准地方官鞭打犯人致死，但如果犯人生病而死，或因缺乏照顾死在狱中，官员就没有任何责任。如此一来，我这府衙大狱和地狱又有什么区别？那些犯人虽没有犯杀人重罪，但结局却和杀人者差不多啊。"

第二天，苏轼就派医者来诊治这些生了重病的犯人，并要求狱卒多生些炭火，以驱散牢狱中的湿气。不仅如此，苏轼还改善了犯人的伙食，增加了犯人亲眷的探监时间。苏轼对待这些犯人，就像对待一个普通的百姓一样。犯人及其亲眷无不对苏轼感恩戴德，苏轼的名声也越来越大。

苏门学士

欧阳修死后，苏轼成了当之无愧的文坛领袖，人们称其为"苏夫子"，读书人都以获得苏夫子的指点为荣。其中最有名的是"苏门四学士"：黄庭坚、秦观、晁补之、张耒。

很多人对"苏门四学士"有误解，认为他们既受过苏轼的指点，那文章风格应该和苏轼差不多。实际上，虽然这四个人非常受苏轼的看重和欣赏，也受了苏轼文章的影响，但是每个人的文学造诣不同，文学风格也和苏轼完全不一样，不能将其统称为一个文学流派。

最先拜在苏轼门下的是张耒。张耒出身于诗书之家，其外祖父李宗易擅长写诗，还受到了大诗人晏殊的欣赏。张耒从小饱读诗书，十三岁就能写出优美的文章，十七岁作《函关赋》，一举成名。

后来，年少的张耒去陈州游学，认识了在陈州做官的苏辙。苏辙欣赏这位少年的才气，正巧苏轼要去杭州当通判，来向弟弟辞行，苏辙便把张耒引荐给自己的哥哥。苏轼读过张耒的诗作后，非常喜欢这个机警灵敏的诗人，便将其收入门下。后来，苏轼在密州修葺超然台，张耒应邀写《超然台赋》一文。苏轼读后连连称赞："其文汪洋淡泊，有一唱三叹之声。"(《答张文潜书》)而后苏轼就经常和这位"超逸绝尘"的张耒诗文唱和，结为莫逆之交。

在"苏门四学士"中，晁补之最先和苏轼诗文唱和。十七岁那年，晁补之的父亲去距杭州一百余里的新城做官，晁补之一同前往。路过杭州时，晁补之立刻就被秀美的风景吸引住了，写下《七述》一书来记录杭州的山川风物。不久后，苏轼抵达杭州。晁补之一直很仰慕苏轼，多次写信请求苏轼将自己收入门下。后来，晁补之找到机会将《七述》送给苏轼。苏轼读后称赞道："我可以停笔了！"

拜入苏轼门下之后，晁补之经常通宵达旦地与苏轼讨论学问。苏轼对这位年轻的学生非常欣赏，谆谆教诲，知无不言。晁补之的好友李昭玘记录："友人晁补之自新城侍亲归，云：'辱在先生门下，虽疾风苦雨，晨起夜半，有所请质，必待见先生而后去。先生亦与之优游讲析，不记寝食，必意尽而后止。'"(《乐静集》)

在杭州任通判的时候，苏轼经常去新城游玩，晁补之总陪在身旁。新城蜿蜒曲折的小路、蔽日的竹林、云雾之间的庙宇，都让苏轼心旷神怡。

有一次，苏轼骑马去新城，路上看见远处被云雾笼罩的山顶，犹如山巅戴上了一顶白色头巾，朝阳如火，艳丽的桃花、低矮的篱笆、依依垂柳和田里耕作的农民构成了一幅和谐的春家农景图。苏轼心中畅快，联想到漫漫人生和自己脚下这漫长而崎岖的山路并无区别，便放松缰绳让马儿慢慢走。看到山中如画美景，苏轼就更加厌恶刀光剑影的朝堂，不由得感叹自己如同久在沙场冲锋陷阵的战马，身心俱疲。苏轼心中的归隐之意渐浓，提笔写下《新城道中二首》。

其一

东风知我欲山行，吹断檐间积雨声。

岭上晴云披絮帽，树头初日挂铜钲。

野桃含笑竹篱短，溪柳自摇沙水清。

西崦人家应最乐，煮芹烧笋饷春耕。

其二

身世悠悠我此行，溪边委辔听溪声。

散材畏见搜林斧，疲马思闻卷旆钲。

细雨足时茶户喜，乱山深处长官清。

人间岐路知多少，试向桑田问耦耕。

——《新城道中二首》

那时，晁补之不过二十出头，还没有进入官场，也未曾体会过仕途的艰苦，但他能理解苏轼的感受。他和作两首：

其一

山园芙蓉开，寂寞岁云晚。

公来无与同，念我百里远。

寒飚吟空林，白日下重巘。

兴尽还独归，挑灯古囊满。

其二

读公栖鸦诗，岁月伤晼晚。

公胡不念世，蜡屐行避远。

羁鸟翔别林，归云抱孤巘。

我才不及古，叹息襟泪满。

——晁补之《次韵苏公和南新道中诗二首》

后人赞晁补之文章清秀晓畅，近苏轼。而苏轼之所以如此欣赏晁补之，除了“于文无所不能，博辩俊伟，绝人远甚，将必显于世”(《晁君成诗集叙》)，还因为“雅志或类己”(《和陶渊明饮酒》)。

黄庭坚是“苏门四学士”中最年长的一位，只比苏轼小九岁。黄庭坚的舅父李常、岳父孙觉与苏轼相交多年，苏轼早就从两位老友的口中听过黄庭坚的名字。孙觉曾拿出黄庭坚的诗文给苏轼看，有意让这位大文豪为自己的女婿扬名。苏轼听完后称赞道：“如此文采，想要不出名都难，何须我来扬名？”

在徐州修建黄楼之后，苏轼的名气一天比一天大，各地的读书人纷纷去徐州请他指点文章。当时黄庭坚在大名府任国子监教授，已经小有名气。他仰慕苏轼已久，寄来书信和两首《古风》向苏轼讨教。在诗中，黄庭坚用非常谦虚的态度，将自己比作深谷下的小草，把苏轼比作高崖上的青松，请求苏轼将自己收入门下。

苏轼收到信和诗作后非常感动，立刻回赠了两首《古风》和一封信：

轼始见足下诗文于孙莘老之坐上，耸然异之，以为非今世之人也。莘老言：“此人，人知之者尚少，子可为称扬其名。”轼笑曰：“此人如精金美玉，不即人而人即之，将逃名而不可得，何以我称扬为？”然观其文，以求其为人，必轻外物而自重者，今之君子莫能用也。其后过李公择于济南，则见足下之诗文愈多，而得其为人益详，意其超逸绝尘，独立万物之表，驭风骑气，以与造物者游，非独今世之君子所不能用，虽如轼之放浪自弃，与世阔疏者，亦莫得而友也。今者辱书词累幅，执礼恭甚，如见所畏者，何哉？轼方以此求交于足下，而惧其不可得，岂意得此于足下乎？喜愧之怀，殆不可胜。然自入夏以来，家人辈更卧病，匆匆至今。裁答甚缓，想未深讶也。《古风》二首，托物引类，真得古诗人之风，而轼非其人也。聊复次韵，以为一笑。秋暑，不审起居何如？

未由会见，万万以时自重。

——《答黄鲁直书》

在信中，苏轼称赞黄庭坚“如精金美玉”，还说：“我一直想和您结交，却没有好的机会，害怕自己过于唐突。”此后，两人经常书信往来，诗歌唱和。当时黄庭坚公务在身，所以直到七年后，神交多年的两人才在京城相见。在“苏门四学士”中，黄庭坚的文学造诣最高，是江西诗派的鼻祖。人们将苏轼和黄庭坚并称“苏黄”，是把黄庭坚和苏轼放在同等高度的。但是黄庭坚一生都称苏轼为自己的老师，年老时仍旧以苏门弟子自居。

苏轼收门生并不看对方的性格与自己是否相似，比如黄庭坚，他沉稳内敛，和苏辙倒有几分相似。而“苏门四学士”中的秦观与黄庭坚完全不同，他风流潇洒，是个四处留情的大才子。当时的秦观还没有参加科举，名气也不大，但苏轼非常欣赏他的才华。看过秦观写的《黄楼赋》之后，苏轼赞其有“屈、宋之才”。

关于苏轼和秦观的相识，《冷斋夜话》中记录了这样一个有趣的故事：秦观一直非常仰慕苏轼，但是苦于没有机会认识这位文坛领袖。有一天，秦观听说苏轼将路过扬州，便模仿苏轼的语调和行文习惯，在一座古寺的墙壁上写了一首诗。不久，苏轼抵达扬州，寻访城中古寺。来到古寺，看到墙壁上的诗作后非常惊讶，甚至怀疑自己是否曾经到过此处。后来，苏轼从好友孙觉处读到秦观的诗词作品，恍然大悟，笑道：“那个在古寺上题诗的人一定就是他！”

苏轼常常对秦观说：想要实现自己的抱负，为百姓做实事，就要参加科举考试，成为国之栋梁。苏轼还劝告秦观不要在公众场合批评时政，因为随意谈论自己的政治立场是非常危险的。苏轼甚至写信给王安石推荐秦观，称赞秦观是个全才，希望王安石能够重用秦观，让他为国家出一份力。后来，王安石也称赞秦观的诗词“清新似鲍、谢”。

在民间传说中，苏轼有一个聪慧灵巧的妹妹，名为苏小妹。苏小妹的才华不逊于两位哥哥，长大后嫁给了苏轼非常欣赏的秦观。广为流传的“苏小妹三难新郎”讲的就是苏小妹和秦观的趣事。不过这些浪漫的趣事属于虚构，因为苏轼只有一个早逝的姐姐八娘。但是秦观对苏轼的敬仰和尊重却非常真实，秦观将苏轼比作天上的麒麟，还说宁愿不做万户侯也要认识苏轼：

人生异趣各有求，系风捕影只怀忧。
我独不愿万户侯，惟愿一识苏徐州。
徐州英伟非人力，世有高名擅区域。
珠树三株讵可攀，玉海千寻真莫测。
一昨秋风动远情，便忆鲈鱼访洞庭。
芝兰不独庭中秀，松柏仍当雪後青。
故人持节过乡县，教以东来偿所愿。
天上麒麟昔漫闻，河东鸑鷟今才见。
不将俗物碍天真，北斗以南能几人。
八砖学士风标远，五马使君恩意新。
黄尘冥冥日月换，中有盈虚亦何算。
据龟食蛤暂相从，请结後期游汗漫。

——秦观《别子瞻》

后来，陈师道和李廌也先后成为苏轼的门生，与黄庭坚、秦观、晁补之和张耒合称“苏门六君子”。苏轼经常称赞“苏门六君子”，如果门下有人写出了好文章，他总会不遗余力地帮对方宣传，完全不担心对方的名声会超过自己。苏轼对提挈晚辈永远抱有极大的热情。

在徐州，苏轼还收获了一位挚友：诗僧参廖。苏轼在诗文中提到最多的僧人就是此人。有趣的是，参廖一直住在杭州附近的一个城市，但是苏轼在杭州三年都没有听说他的名字。后人推测，或许是因为参廖淡泊致远，从未刻意为自己扬名。

后来，参廖千里迢迢从杭州赶到徐州，拜见倾慕已久的大文豪。苏轼与其一见如故，并结下了深厚的友谊。苏轼常常与参廖登高远眺，寻访古迹，诗歌唱和，他太喜欢这位才思敏捷的朋友了，有时忍不住要拿他来打趣一番。

有一次，苏轼邀请好友和学生一起宴饮，只有参廖没来。酒过三巡，苏轼问在座宾客："参廖无故不来，能轻易放过吗？"众人回答道："当然不行！"苏轼站起来，笑道："那我们找他要个说法！"

众人跟着苏轼一同前往参廖的居所，美丽的歌妓也一同前往，大家一路笑闹，好不热闹。参廖此时正在屋子里打坐念经，听得外面嘈杂不堪，间或有歌妓谈笑的声音，参廖猜想：一定是苏轼来找自己"麻烦"了！

正想着，大门"吱"的一声被推开。苏轼走到参廖面前，说："我特来求诗一首。"参廖笑道："可以。"说完，就要去取桌上的纸笔。一位歌妓站了出来，娇滴滴地对参廖说："请大师为我写一首诗吧！"歌妓低下头，尽显女儿的娇态。众人都看着参廖，心想如此美人当前，超凡脱俗的参廖大师也不能免俗，肯定要夸赞几句。

没想到参廖脸上没有显露出半分窘态，他大大方方地拿起笔，写下：

寄语东山窈窕娘，好将幽梦恼襄王。
禅心已作沾泥絮，不逐春风上下狂。

——参廖《口占绝句》

参廖在诗中写道：虽然你像巫山神女一样窈窕迷人，但只能迷倒楚襄王这样的多情种子。我潜心修行，心无杂物，就像那沾染了泥的柳絮，不会再随着春风上下飘浮了。参廖既称赞了歌妓的美丽，又声明自己出家人的身份。苏轼读完后佩服不已，到处向人称赞：“参廖的诗文清绝可传世，又通晓佛理，读后令人肃然起敬。”

苏轼在徐州过得无比畅快，他被所有人爱戴着：平民百姓爱他的平易近人、爱民如子，远近鸿儒爱他的才华、胸襟。他常常举办聚会，和当地读书人愉快地聊天。不同于在密州时的苦涩难言，他在徐州的生活是潇洒恣意的。他在这里又能展现出自己的坦率天性：

醉中走上黄茅冈，满冈乱石如群羊。
冈头醉倒石作床，仰看白云天茫茫。
歌声落谷秋风长，路人举首东南望，拍手大笑使君狂。

——《登云龙山》

苏轼邀请王巩、张天骥等多位好友聚会，酒过三巡后互相搀扶着攀登云龙山。山上没有平坦小道，满山都是石头，苏轼几次差点摔倒。最后他不胜酒力，躺在一块平坦的大石头上休息。路人看见苏轼的模样，大声地说：“哈哈！太守喝醉了！太守发狂了！”苏轼喜欢这样的生活，有朋友在身边，能看到治下百姓安乐的生活，他认为再惬意不过了。

虽然苏轼也曾想过归隐田园，徜徉于山水之间，但是他告诉自己，既然进入了官场，有能力为百姓们做点实事，就不能为个人荣辱而忧心，更不要因仕途不顺而消极避世，“古之君子，不必仕，不必不仕”。苏轼决定为百姓做更多的事情，让治下百姓安居乐业、丰衣足食。然而，一场严重的政治打击将他卷入了无底深渊中。

乌台诗案

苏轼是个嫉恶如仇的人，看到不公平、不合理的现象总要忍不住说出来，如农家三个月吃不上盐、农人青苗贷款等。把这些现象写进诗中，在他看来不过是直抒胸臆，记录世间百态罢了。可他忘了自己是一个誉满天下的大诗人，每一首诗都会被争相传阅，而且自己还有一个特殊的支持者：宋神宗。

每次收到苏轼的表章，宋神宗都会反复地读诵，然后对臣子说："苏轼大才！"听见皇帝这样说，朝中那些唯利是图、只会争权夺利的小人无比惊慌：要是苏轼得皇帝重用，自己还能有好果子吃吗？他们一直想找机会除掉这个眼中钉。终于，他们找到了这个机会：苏轼的几句牢骚话。

宋神宗元丰二年（1079 年）三月，苏轼调任江苏太湖滨的湖州。依照惯例，苏轼呈上了一封谢恩表章。在表章中，他说自己没有政绩，却得皇帝信任，不由感叹皇恩浩荡。这本没什么，可直爽自在的苏轼却在奏章末尾加了这句话："陛下知其愚不适时，难以追陪新进；察其老不生事，或能牧养小民。"大概的意思是，我不聪明，自然比不上那些升迁的后辈们。皇帝或许是看到我年纪比较大，至少不会惹出什么大乱子来，才派我来这里当地方官的吧。

古代文人在遣词造句上表现得非常微妙，常把自己的本意隐藏在看似平淡无奇的语句中，读者自然也养成了寻找字里行间深意的习惯。苏轼无心的抱怨在某些臣子眼中成了伤人的刀剑：你说自己不会惹祸，是不是暗示我们会惹祸？你是想告诉皇帝，如今朝局混乱都是我们的错吗？

御史李定和舒亶更是将苏轼恨到了骨子里。在关于新政的朋党之争中，“新进”是有特定含义的——王安石引进的无能之辈，“生事”则是保守派攻击变法派的习惯用语。李定和舒亶都是王安石的追随者，看到这封奏章后大怒：这不是指着我们的鼻子骂吗？更让他们担心的是，朝廷定期出版这些公报，而苏轼的表章一定会被传阅，到时自己就会成为笑话。

苏轼自然没有这个意思，即使有，光风霁月的他也不会用这种方式告诉皇帝。但是以小人之心度君子之腹的两人却想出了各种手段来对付苏轼。元丰二年（1079 年）六月，一位御史上书弹劾苏轼，摘抄了谢恩奏章里的那几句话，说苏轼故意制造矛盾，攻击变法派“生事”。当然，这样是远远不够的。李定和舒亶又找了几首苏轼的诗，将“尔来三月食无盐”说成攻击朝廷的盐禁令，将“赢得儿童语音好，一年强半在城中”曲解为讽刺青苗法。如此一来，苏轼就成了包藏祸心、心怀不轨的小人。

一共有四份弹劾奏折被送到宋神宗的书案前。俗话说，三人成虎。御史群起而攻之，原本才华横溢的大诗人就渐渐变成了恃才傲物的狂妄之徒。宋神宗大怒，下旨：“一查到底！”李定和舒亶听后有些失落，他们原本希望皇帝立刻下旨处死苏轼。不过他们又立马得意了起来：落入我们手中，你就别想翻身！他们特意让心腹皇甫遵去湖州向苏轼宣布这个“好消息”。

苏轼还不知道这个消息，此时的他远离庙堂、自在逍遥，他喜欢独自一人爬山，也喜欢在潮湿、温暖的早晨和大儿子去山林间散步，还喜欢和知己好友去拜访寺中高僧。在李定、舒亶嘱咐皇甫遵速速将苏轼押解入京时，他正抱着自己的名画，准备将它们拿到院子里去晒。当他无意中看到过世好友送给自己的画时，竟不由得流下泪来。他被贬出京时都没有这样流过泪。

几日后，苏府的大门被人敲响，来人满头是汗，连声说：“快快快，我要见你们老爷！”下人见事情紧急，便连忙把他领到苏轼面前。那人一见苏轼就说：“老爷，大事不好了！”来人正是苏辙的使者。

原来，苏轼的好友王诜听说调查苏轼的消息后，就马上送信给正在南京做官的苏辙。苏辙听后大惊，立刻派人快马加鞭去告诉哥哥，意在让苏轼有个心理准备。那时，皇甫遵也已经出发，情势紧急。没想到皇甫遵行至靖江，其子突然生病，不得已耽搁了半天，这才让苏辙的使者先到达了。

听到这个消息后，苏轼也愣住了，一时间不知道说什么好。苏夫人王闰之在一旁长吁短叹，害怕就此与相公阴阳两隔。苏轼叹了一口气，打起精神来安慰夫人：“我曾听过诗人杨朴的一则逸事：杨朴被请到朝堂，宋真宗问他是否会作诗，他谎称不会。真宗不信，又问：‘那临行前有人写诗赠予你吗？’杨朴答：‘只有夫人写了四句：更休落魄贪杯酒，亦莫猖狂爱咏诗。今日提将宫里去，这回断送老头皮。’夫人啊夫人，你是否也能为我写这样一首诗呢？”王闰之听后破涕为笑。

没过多久，皇甫遵带着官差到达苏府。官差们手持兵刃，神情威严肃穆，苏府的人乱作一团，不知道发生了什么事情。屋内的苏轼早就听见了动静，却迟迟不出来迎接，因为他觉得自己此时已是戴罪之身，穿着官服出现不太妥当。通判说：“大人，您现在还没有被正式指控，按往常一样依礼迎接即可。”苏轼遂穿上官服、官靴，走到皇甫遵面前，说：“臣知多方开罪朝廷，必属死罪无疑。死不足惜，但请容臣归与家人一别。”皇甫遵回答道：“还没有这么严重。”

官兵将诏书递给通判，打开一看，原来只是说要免去苏轼的官职，将其押解入京，众人顿时松了一口气。苏轼脱下官服，由官兵将自己捆绑起来。官兵们早就得到了上级的嘱咐，对待苏轼务必要“铁面无私”，所以他们态度傲慢，执行命令时蛮横无理，似乎苏轼是穷凶极恶的大盗。

百姓们听说了这件事情后，纷纷出来为自己尊敬爱戴的太守送行。所有人都愁容满面，有些百姓甚至失声痛哭，唯有皇甫遵和他的官差们得意扬扬、不可一世。苏轼的大儿子苏迈陪着父亲一同入京。

宋神宗元丰二年（1079 年）八月十八，苏轼被押解至汴京，关进乌台的监狱中。

乌台就是御史台，四周种满了柏树，上面栖息着乌鸦，所以被称为“乌台”。在这里工作的御史则被称为“乌鸦嘴”。御史是否真的有“乌鸦嘴”，我们并不知晓。但是可以肯定的是，宋神宗元丰二年（1079 年）的御史都有一张颠倒黑白的嘴。在苏轼的案子中，他们都发挥了自己超强的想象力和联想能力。

苏轼写过这样一首诗：

凛然相对敢相欺，
直干凌空未要奇。
根到九泉无曲处，
岁寒恐有蛰龙知。

——《王复秀才所居双桧二首》其二

这只是一首歌咏柏树的诗，但御史却认为这首诗是在诅咒皇帝：龙是天子的象征，如今天子在世，你怎么能说他在九泉之下呢？不过，当副相王珪拿着这首诗去向皇帝告状时，却遭到了对方申斥：“他只是在吟诵柏树，和我有什么关系？就算苏轼真的有错，也断不会有谋反的想法。”

虽然宋神宗对苏轼的罪状半信半疑，他也没有打算立刻释放苏轼，因为弹劾苏轼的奏章实在太多了。不知道为什么，这些平时温和客气的文官突然抱团，一群人聚在一起将苏轼的诗句一个字一个字地拆开来看，然后上表说苏轼在诗中表达了对朝廷的不满和不敬。此外，让皇帝不满的是，苏轼自己也承认了“罪行”。

苏轼在《汤村开运盐河雨中督役》中写道：

居官不任事，萧散美长卿。
胡不归去来，滞留愧渊明。
盐事星火急，谁能恤农耕。
薨薨晓鼓动，万指罗沟坑。
天雨助官政，泫然淋衣缨。
人如鸭与猪，投泥相溅惊。
下马荒堤上，四顾但湖泓。
线路不容足，又与牛羊争。
归田虽贱辱，岂识泥中行。
寄语故山友，慎毋厌藜羹。

那时，苏轼正以官员的身份监督百姓开凿运河。看见衣衫褴褛的百姓在泥沙中服役，看见“人如鸭与猪，投泥相溅惊”的情景，苏轼不忍，便创作了这首诗。御史说诗中表达了对盐官在汤村一带开运盐河一事的不满，苏轼坦然承认。可这是一种错误吗？苏轼不过有一颗爱民如子、悲天悯人的心罢了！他写的是最真实的世间百态，描写的是最底层的穷苦百姓。御史们又找来其他诗文，提出类似的指控，苏轼一一承认。他承认自己不满新政，承认自己在诗中描写了民间疾苦。

看见苏轼如此坦荡，御史们反而越来越愤怒，因为他们觉得苏轼竟然毫不掩饰对他们的厌恶：苏轼曾在诗中讽刺那些“聒耳如蜩蝉”的政客，也曾暗示朝廷上有一群“未可辨雌雄”的乌鸦。他们觉得自己被侮辱了，犹如被踩住了尾巴，每个人都大声叫嚷：“苏轼有罪！应该被判处极刑！”

于是，虽然苏轼只承认自己不满新政，但是御史中丞李定却上书皇帝，说苏轼承认了所有的弹劾。皇帝又惊又怒，他怀疑苏轼要么受到了严刑拷打，要么隐藏了更大的秘密。皇帝下旨严加审查，一定要查出所有人。

朝堂上有人为苏轼求情，宰相吴充对宋神宗说：“陛下想要成为尧、舜那样的皇帝，不喜欢曹操。但是像曹操这样喜欢猜忌的人，都能够容忍对自己不敬的祢衡。为什么陛下就不能容忍一个苏轼呢？”连王安石都劝宋神宗：“圣朝不宜斩名士。”

曹太后在临终时对宋神宗说：“我记得苏轼、苏辙两兄弟中进士那天，先帝非常高兴，他说自己为后代子孙觅得两个宰相之才。如今苏轼却因写诗而获罪，在我看来，这都是小人的构陷。这些人没办法在他的政绩上面挑毛病，就只能曲解他的诗文来定罪。我帮不了你什么，只希望你不要冤枉好人，否则老天爷也会看不下去的。”这位贤德的太后在临终前只说了这几句话。

太后薨逝，苏轼的案子便被搁置了下来。苏轼一直被关在城内东澄街北的乌台中，其间发生了这样一件事情。大儿子苏迈每天都给父亲送饭，但因为不能见面，两人便约定：平时只送肉和蔬菜，如果听到坏消息，就只送鱼，以便让苏轼提前做好心理准备。有一天，苏迈因事离京，委托自己的朋友给父亲送饭，但苏迈忘记将这个暗号告诉朋友了。朋友做了一碟美味的熏鱼送过去，苏轼收到后大惊失色、如坠深渊。他以为自己死期将近，想到许久未见的亲友，不由得悲从中来，含泪给弟弟苏辙写了两首诀别诗：

（予以事系御史台狱，狱吏稍见侵，自度不能堪，死狱中，不得一别子由，故和二诗授狱卒梁成，以遗子由。）

其一

圣主如天万物春，小臣愚暗自亡身。
百年未满先偿债，十口无归更累人。
是处青山可埋骨，他时夜雨独伤神。
与君世世为兄弟，又结来生未了因。

其二

柏台霜气夜凄凄，风动琅珰月向低。
梦绕云山心似鹿，魂飞汤火命如鸡。
眼中犀角真吾子，身后牛衣愧老妻。
百岁神游定何处，桐乡知葬浙江西。

——《狱中寄子由二首》

苏轼委托狱卒将这两首诀别诗转交给苏辙，苏辙读后伏案痛哭。狱卒丝毫不理睬痛哭的苏辙，蛮横地将诗作收了回去，因为按照规定，苏轼在狱中写的所有诗文都要交给监狱当局审查。这两首诗最后竟然传到了皇帝手中。神宗读后大为感动，他没想到苏轼在临死前也没有怨恨自己，只记得自己对他的恩情。他对身边的人感叹道："苏轼是至诚至真之人，那些人哪里懂他。"

宋神宗元丰二年（1079 年）十一月二十九日，宋神宗做出了最终的判决：将苏轼贬为黄州团练副使，不能擅自离开该地，也不能签署公文。御史们非常失望，这个判决对他们来说太轻——李定曾不止一次地劝皇帝杀掉苏轼，甚至比不上被牵连的王诜——他因泄露机密而被削除一切官职。好吧，他们不得不承认：苏轼又逃过了一劫。

新年除夕，苏轼被释放出狱，至此，他已经在阴暗的大牢中度过了一百三十个日夜。在这些日子中，他或许曾焦灼、紧张、痛苦，或许曾后悔自己不够谨慎。可是一出狱，听到叽叽喳喳的鸟叫声，感受到迎面春风，他就又变得快乐自在起来了。他提笔写道："却对酒杯浑是梦，试拈诗笔已如神。此灾何必深追咎，窃禄従来岂有因。"端起酒杯，之前的一切就像一场梦一样，如今提笔写诗如有神助；不要再追究灾祸的原因了！劫后余生都是没有原因的。这样生性豁达的乐天派去哪里找呢？这就是御史们永远无法理解的苏轼啊！

被贬黄州

宋神宗元丰三年（1080 年）正月初一，苏轼奉命离开京城，前往贬谪之地黄州。他准备走路程最短、最辛苦的陆路，所以只带了自己的大儿子苏迈，其他的亲眷交给弟弟苏辙暂为照顾。正月初四，苏轼抵达陈州，这里是他表兄文同的终老之所。一年前，文同因病去世，因身后萧条，所以没有办法回到故乡四川。苏轼每次想起这件事就不胜唏嘘。

六天后，苏辙带着自己的一大家子和苏轼的亲眷来到陈州。苏轼看见风尘仆仆的弟弟，心中百感交集。去年苏轼去湖州任职时，顺道去南都看望弟弟，两兄弟把酒言欢，畅游山水，自由畅快。只是过了短短一年，两人的境遇就发生了翻天覆地的变化：苏辙受乌台诗案牵连，被贬为筠州酒监，五年不能升调。所谓酒监，就是官营酒馆里的总经理。苏轼心中非常苦闷，但他不忘安慰弟弟：

夫子自逐客，尚能哀楚囚。
奔驰二百里，径来宽我忧。
相逢知有得，道眼清不流。
别来未一年，落尽骄气浮。
嗟我晚闻道，款启如孙休。
至言虽久服，放心不自收。
悟彼善知识，妙药应所投。
纳之忧患场，磨以百日愁。
冥顽虽难化，镌发亦已周。
平时种种心，次第去莫留。

但余无所还，永与夫子游。
此别何足道，大江东西州。
畏蛇不下榻，睡足吾无求。
便为齐安民，何必归故丘。

——《子由自南都来陈三日而别》

虽然我们马上要分别，但是黄州和筠州只有一江之隔，我们日日共饮一江水，不也是一种宽慰吗？虽然黄州不是富饶的地方，但是我只需要一张可以安睡的床，环境是否优渥对我来说并不重要。你也安心地在筠州居住吧，不要再想回到家乡了。

苏辙虽然受到了牵连，但是他从未埋怨过自己的哥哥。这位敦厚沉默的学者告诉苏轼："您先和苏迈前往黄州，我先回南都，将家人暂时安顿在那里，然后送嫂子和孩子去黄州和您团聚。等这件事办完了，我再带着亲眷去筠州赴任。"

正月十四日，苏轼带着苏迈前往黄州。彼时正是严冬，凌厉的寒风像一把尖利的刺刀，大雪挡住了行人的视线。雪地难行，苏轼和苏迈走得非常慢。看着漫天飞雪，想到此时境地，苏轼不免生出惆怅之情，但是他马上自我开解：

朝离新息县，初乱一水碧。
暮宿淮南村，已渡千山赤。
麏鼯号古戍，雾雨暗破驿。
回头梁楚郊，永与中原隔。
黄州在何许，想像云梦泽。
吾生如寄耳，初不择所适。
但有鱼与稻，生理已自毕。
独喜小儿子，少小事安佚。

相从艰难中，肝肺如铁石。

便应与晤语，何止寄衰疾。

——《过淮》

人生太匆匆，就像来这世上寄宿了一次，就连出生在哪里都不能由自己选择。只要有稻子和鱼儿，能够满足基本温饱就该满足。最让苏轼骄傲的是身边的长子苏迈，这个在局势危急时安然不动、在苏轼遭遇贬谪后安之若素的孩子，给了苏轼莫大的安慰。他看着苏迈站在江边岿然不动的身影，心中涌起一股暖流，似乎刺骨的寒风都变得和煦了。

元丰三年（1080年）二月初一，苏轼抵达黄州治所黄冈。黄州是个偏僻的小镇，这里的百姓大多贫寒，房屋瓦舍也都异常简朴。站在奔腾汹涌的江边，苏轼难免生出了一种寂寥孤单之感。苏轼的职位是黄州团练副使，这是个虚职，而且苏轼的任命书上还有这样一句话："不能擅自离开该地，也不能签署公文。"也就是说，苏轼虽有职位在身，但没有权力参与公事。其实，苏轼就是一个被当地官员看管的犯人，黄州就是他的流放之地。

既是流放之地，没有地方可供居住也非常正常。那时苏轼的亲眷还没有到黄州，苏轼便和儿子暂时住在一座叫定惠院的寺庙里。这是一座幽静的寺庙，坐落在树木茂盛的山坡上。苏轼常常在圆月高挂时悄悄出门，欣赏山坡上的美景：

幽人无事不出门，偶逐东风转良夜。

参差玉宇飞木末，缭绕香烟来月下。

江云有态清自媚，竹露无声浩如泻。

已惊弱柳万丝垂，尚有残梅一枝亚。

清诗独吟还自和，白酒已尽谁能借。

不辞青春忽忽过，但恐欢意年年谢。
自知醉耳爱松风，会拣霜林结茅舍。
浮浮大甑长炊玉，溜溜小槽如压蔗。
饮中真味老更浓，醉里狂言醒可怕。
闭门谢客对妻子，倒冠落佩从嘲骂。

——《定惠院寓居月夜偶出》

“幽人无事不出门，偶逐东风转良夜。”白天很少出门，只有在夜晚时才悄悄出来。苏轼刚刚到黄州时，其内心巨大的伤痛还没有修复。黄州是个贫瘠的地方，无法和风景秀丽的徐州相提并论。更何况苏轼在徐州时是备受尊重和爱戴的太守，而此时却如同阶下囚。他白天在寺庙的小屋子里借酒消愁，夜晚才出来欣赏大自然，以排遣心中的愤懑。看见烟雾缭绕的江面、茂盛的竹林、早春的梅花，苏轼心中的不满才稍稍减轻。

苏轼因诗词而获罪，所以他不断地提醒自己“饮中真味老更浓，醉里狂言醒可怕”，虽然小酌一杯能够纾解心中的抑郁，但是不能因为喝多了酒就乱说话。“但当谢客对妻子，倒冠落佩从嘲骂”，苏轼自嘲，也许只能关上门，面对自己的妻儿，才能畅快直言。

这种苦闷是暂时的，渐渐地，苏轼在黄州找到了生活的乐趣。他喜欢去城南的安国寺沐浴，每次沐浴归来，他都觉得自己的身心得到了净化。他喜欢和僧人一起讨论佛法，用佛法来抚平自己心中的痛。他还喜欢在山坡上的一棵山楂树下散步，欣赏早春的美景。

苏轼又开始抒发自己的感想了。虽然自获罪之后，他不止一次地警告自己谨言慎行，但是爽朗如他，怎么能任由自己变成哑巴？一天午后，苏轼拄着拐杖在定惠院东面的小山坡上散步，在满山坡的杂树杂花之中，苏轼发现了一朵雍容华贵的海棠。江南山林湿气重，草木茂盛，海棠这样名贵的花却很少见。海棠开在桃李之中，虽然明媚无双，但没有人明白它的贵重。想到此处，苏轼自感身世，写下长诗：

江城地瘴蕃草木，只有名花苦幽独。
嫣然一笑竹篱间，桃李漫山总粗俗。
也知造物有深意，故遣佳人在空谷。
自然富贵出天姿，不待金盘荐华屋。
朱唇得酒晕生脸，翠袖卷纱红映肉。
林深雾暗晓光迟，日暖风轻春睡足。
雨中有泪亦凄怆，月下无人更清淑。
先生食饱无一事，散步逍遥自扪腹。
不问人家与僧舍，拄杖敲门看修竹。
忽逢绝艳照衰朽，叹息无言揩病目。
陋邦何处得此花，无乃好事移西蜀。
寸根千里不易致，衔子飞来定鸿鹄。
天涯流落俱可念，为饮一樽歌此曲。
明朝酒醒还独来，雪落纷纷那忍触。

——《寓居定惠院之东，杂花满山，有海棠一株，土人不知贵也》

“寸根千里不易致，衔子飞来定鸿鹄”，这株珍贵的海棠一定是被鸿雁把种子衔来的，那自己又是如何来到这荒凉的黄州的呢？“天涯流落俱可念，为饮一樽歌此曲。明朝酒醒还独来，雪落纷纷那忍触。”自己和海棠一样，都是流落天涯的游子。明天酒醒后还会来海棠树下，只怕看到花瓣全部凋落，令自己想起往事。苏轼以海棠自喻，赞美海棠、同情海棠身世的同时，也在感叹自身遭遇。据说，苏轼非常喜欢这首诗，数次亲手书写送给他人。

按照朝廷的公文，当地太守有权力像对待一个罪犯一样对待苏轼。

但是天下谁人不知道乌台诗案是子虚乌有？又有哪一位读书人不佩服苏轼的文采和人品呢？黄州的徐太守就非常仰慕苏轼，经常邀请苏轼去参加宴会。鄂州的朱太守也是苏轼的倾慕者，常常乘船来看望苏轼，还给他带来各种生活用品。苏轼特意写了一首词送给这位朱太守：

江汉西来，高楼下、蒲萄深碧。犹自带、岷峨雪浪，锦江春色。君是南山遗爱守，我为剑外思归客。对此间、风物岂无情，殷勤说。

《江表传》，君休读；狂处士，真堪惜。空洲对鹦鹉，苇花萧瑟。不独笑书生争底事，曹公黄祖俱飘忽。愿使君、还赋谪仙诗，追黄鹤。

——《满江红·寄鄂州朱使君寿昌》

元丰三年（1080年）五月，苏辙带着苏轼的亲眷抵达黄州。看见自己的亲人，苏轼心中有喜有悲，喜的是离别数月，终于又看见温柔的妻子和可爱的孩子了，悲的是黄州太过偏僻荒凉，且一家人肯定不能再住寺院，但如今连住的地方都找不到。

朱太守带着车马帮忙接苏轼的亲眷，看到苏轼沉吟不语，他说："先生，先住进临皋亭吧。"临皋亭本是江边的驿站，用来暂时安置走水路路过黄州的官员，房屋非常小，一家人住在里面显得很拥挤。但是对苏轼来说，这已经是非常理想的安排了。

黄州地处偏僻，经济也不发达，临皋亭这座供官员暂栖的房子自然又小又破。有时江上刮起强风，吹得这座小房子摇摇欲坠。房屋四周没有人烟，连块耕地都没有，给人一种荒凉萧瑟之感。苏轼却很喜欢这座小房子，在给友人的信中这样描述："寓居去江无十步，风涛烟雨，晓夕百变，江南诸山在几席下，此幸未始有也。"（《与司马温公尺牍》）临皋亭就在江边，苏轼常常坐着小船去赤壁游玩，欣赏江上的风月。江边的美景大大减轻了他谪居的痛楚，他以寻得这样一座寓所而庆幸不已。

朋友们觉得这座小房子太过简陋，就帮忙在房子旁边加盖了一间书斋。书斋四面透风，夏天的时候太阳炙烤屋中的一切，冬天时江风如一把尖利的刀。但是在苏轼眼中，午后在书斋中醒来最是美好，那时他会忘记自己身在何处，卷起竹帘坐在榻上，遥望烟波浩渺的江面，隐约可见忙碌的渡船人。微微一转头，山峦树木映入眼帘。这时什么也不去想，只安然惬意地享受自然的惠泽：

东坡居士酒醉饭饱，倚于几上，白云左缭，清江右洄，重门洞开，林峦坌入。当是时，若有思而无所思，以受万物之备，惭愧！惭愧！

——《书临皋亭》

那些构陷苏轼的小人想磨去这位文豪的锐气，想用艰苦的生活将豁达的苏轼变成一个只会自叹自怜的可怜人，可是他们错了。死里逃生之后，苏轼反而更能品味生活中的甜，他性格中的乐观和豁达让他学会苦中作乐。他在给范镇儿子的信中，诙谐幽默地说：

临皋亭下八十数步，便是大江，其半是峨眉雪水，吾饮食沐浴皆取焉，何必归乡哉？江山风月本无常主，闲者便是主人。闻范子丰新第园池，与此孰胜？所不如君者，无两税及助役钱尔。

出门走十几步，就能看到滔滔江水。这江水大部分是峨眉山化雪而生的水。我平常饮食沐浴都用这江中的水，其实用的都是家乡峨眉山的水啊。既然家乡的水就在我身边流淌，我又何必总想着要回家呢？江山风月本来没有主人，谁有闲情逸致欣赏，谁就是它们的主人。听说你新建造了一座园子，和我这里相比，不知道哪个更好呢？但在我看来，我这儿好就好在不用缴税了。

苏轼曾感叹："黄州真在井底！"（《与王元直》）这里没有秀美的亭

台楼阁，没有才情绝艳的歌妓，也没有文人诗会。这位大才子被禁锢在这个荒芜的地方，既不能发挥自己的行政才能，又不能和三五知己饮酒谈笑。这里似乎一点儿都不适合他。

但是苏轼不会让自己一直飘在虚无的回忆中，然后闲着发愁，他很快就找到了让生活自在和闲适的方法。他穿上布衣草鞋，和码头上的渔夫、山林里的樵夫、路边的小商贩聊天说笑。若遇上不善言辞的，他会开玩笑似的让别人讲一个鬼故事。当对方推辞说自己不会讲鬼故事时，苏轼笑着说："没事，乱编一个也可以。"

要是实在没事做，苏轼就会跑到江边打水漂玩。这是在江南水乡非常盛行的一种游戏，只有掌握技巧，扔出的石子才会在水面上连跳十几下，否则石子一接触水面就沉落水底了。苏轼常常和别人比赛，但他的竞争者大多是几岁的孩童。有人笑他幼稚，他却不以为然，苏轼永远都有一颗天真烂漫之心。

返璞归真的生活排遣了苏轼沦落天涯的寂寞悲苦之情。他越来越平和，渐渐地发现贫困的生活也能过得情趣盎然。

第五章　一蓑烟雨任平生

东坡躬耕

刚刚到黄州时，苏轼一家的生活还算过得去：依靠手头上的积蓄和亲友的接济总不至于挨饿。但是时间一长，苏轼就捉襟见肘了：自己的收入不多，积蓄也非常有限，而亲友们也有一大家子要照顾，不可能一直接济他们。苏轼不得不规划家用。

首先是节省家中开销。关于这一点，苏轼的方法虽然简单但非常实用：

> 初到黄，廪入既绝，人口不少，私甚忧之。但痛自节俭，日用不得过百五十，每月朔便取四千五百钱，断为三十块，挂屋梁上，平旦用画叉挑取一块，即藏去叉，仍以大竹筒别贮用不尽者，以待宾客，此贾耘老法也。度囊中尚可支一岁有余，至时，别作经画，水到渠成，不须预虑，以此，胸中都无一事。
>
> ——《答秦太虚书》

苏轼每月初一就从积蓄中取出四千五百钱，均分成三十份，悬挂在房梁之上。每天用叉子挑取一份作为日常开销，没有用完的放在一个大竹筒中存起来，用来招待宾客。在这样粗略的安排下，苏轼一家竟然在大竹筒中存了五六万钱。

其次是找到一个谋生的手段。想来想去，苏轼决定自己种田耕地。

苏轼一直很倾慕陶渊明，曾感叹事务繁忙，无法尽享田园之乐，还曾和弟弟约定老了就辞官归隐。如今迫于生活的压力，他却不得不脱下长袍，穿上布衣草鞋，成为一个农夫了。

主意是有了，但是田地从哪里去找呢？这时，追随苏轼二十多年的仰慕者马梦得帮苏轼向黄州州府申请了荒地。那位徐太守本就是苏轼的仰慕者，加上对这位誉满天下的大文豪充满了同情，便立刻将黄州城东十几亩荒地批给了苏轼。

苏轼兴致盎然，马上带着家人开垦荒地。苏轼一家都没有干过农活，而且这块荒地荆棘丛生、蒿草遍地，要将它开垦成平整的农田并不容易。这难不倒苏轼，他拿出愚公移山的气势和决心，每天天一亮就带着孩子们收拾杂草、搬运沙石。而他在黄州结识的新朋友，比如住在东坡不远处的一位姓古的农夫，都赶来帮忙。

这样连续忙碌了好几个月，荒地才稍微平整了一些，能够开始种树种菜。苏轼大喜，给这块荒地命名为“东坡”，自己则以“东坡居士”自称。大概是因为东坡念起来太顺口，所以后世人们谈到苏轼，多称“苏东坡”。取名“东坡”，不仅仅是因为荒地位于城东旧营地东面的半坡上，还因为白居易的那首诗：

朝上东坡步，夕上东坡步。
东坡何所爱，爱此新成树。
种植当岁初，滋荣及春暮。
信意取次栽，无行亦无数。
绿阴斜景转，芳气微风度。
新叶鸟下来，萎花蝶飞去。
闲携斑竹杖，徐曳黄麻屦。
欲识往来频，青芜成白路。

——白居易《步东坡》

苏轼非常倾慕这位大诗人，又想到白居易作此诗时也身居贬谪之地，不由得产生惺惺相惜之情，为这块可爱的荒地也取了相同的名字。

此时的苏轼要化身为农业专家了。不过他还是个初学者，需要向经验丰富的老农学习。有一位农民告诉他，当麦子刚刚长出幼苗时，先不要管它们，任其成为牛羊的食物。等到新的一年来到，春风拂过，新长出的麦苗会更加茂盛。苏轼立刻接受了农人的宝贵建议。小麦丰收时，他对这位好心的农民感激不已。

苏轼对自己的东坡满怀感情，决定把这里经营成一个品种齐全的农场。他在这里种水稻、插麦子、植树、种菜，还根据土地特性把桑树、果树和水稻、麦子种在不同的区域。他修建鱼塘，解决了用水问题。

他似乎成了真正的农夫。长袍早就被妻子收起来，农民的短褂子成了他的常服。从临皋亭到东坡有一段泥巴路，苏轼每天都要走。泥水飞溅到苏轼的衣服上，但他已经习以为常。他反而不希望别人将他认出来，有时遇上喝醉酒的粗鲁大汉对自己破口大骂，他却“自喜渐不为人识”。

他像个普通农夫一样期盼丰收，每次听到稻针出水的好消息，看到稻茎在阳光下笔直地挺立着，捧着金灿灿沉甸甸的稻谷，品尝到五谷的香味时，他会像一个孩子一样激动地跳起来。以前他不用操心温饱，如今不得不亲自耕田以养活家人，获得的快乐却比之前还要多。他在东坡愉快地耕作，写了很多可爱的诗：

（余至黄州二年，日以困匮。故人马正卿哀予乏食，为于郡中请故营地数十亩，使得躬耕其中。地既久荒为茨棘瓦砾之场，而岁又大旱，垦辟之劳，筋力殆尽。释耒而叹，乃作是诗，自愍其勤。庶几来岁之入以忘其劳焉。）

其一

废垒无人顾，颓垣满蓬蒿。
谁能捐筋力，岁晚不偿劳。
独有孤旅人，天穷无所逃。
端来拾瓦砾，岁旱土不膏。
崎岖草棘中，欲刮一寸毛。
喟然释耒叹，我廪何时高。

其二

荒田虽浪莽，高庳各有适。
下隰种粳稌，东原莳枣栗。
江南有蜀士，桑果已许乞。
好竹不难栽，但恐鞭横逸。
仍须卜佳处，规以安我室。
家僮烧枯草，走报暗井出。
一饱未敢期，瓢饮已可必。

其三

自昔有微泉，来从远岭背。
穿城过聚落，流恶壮蓬艾。
去为柯氏陂，十亩鱼虾会。
岁旱泉亦竭，枯萍黏破块。
昨夜南山云，雨到一犁外。
泫然寻故渎，知我理荒荟。
泥芹有宿根，一寸嗟独在。
雪芽何时动，春鸠行可脍。

其四

种稻清明前，乐事我能数。
毛空暗春泽，针水闻好语。

分秧及初夏，渐喜风叶举。
月明看露上，一一珠垂缕。
秋来霜穗重，颠倒相撑拄。
但闻畦陇间，蚱蜢如风雨。
新舂便入甑，玉粒照筐筥。
我久食官仓，红腐等泥土。
行当知此味，口腹吾已许。

其五

良农惜地力，幸此十年荒。
桑柘未及成，一麦庶可望。
投种未逾月，覆块已苍苍。
农夫告我言，勿使苗叶昌。
君欲富饼饵，要须纵牛羊。
再拜谢苦言，得饱不敢忘。

其六

种枣期可剥，种松期可斫。
事在十年外，吾计亦已悫。
十年何足道，千载如风雹。
旧闻李衡奴，此策疑可学。
我有同舍郎，官居在灊岳。
遗我三寸甘，照座光卓荦。
百栽倘可致，当及春冰渥。
想见竹篱间，青黄垂屋角。

其七

潘子久不调，沽酒江南村。
郭生本将种，卖药西市垣。
古生亦好事，恐是押牙孙。

家有一亩竹，无时容叩门。
我穷交旧绝，三子独见存。
从我于东坡，劳饷同一飧。
可怜杜拾遗，事与朱阮论。
吾师卜子夏，四海皆弟昆。
其八
马生本穷士，从我二十年。
日夜望我贵，求分买山钱。
我今反累君，借耕辍兹田。
刮毛龟背上，何时得成毡。
可怜马生痴，至今夸我贤。
众笑终不悔，施一当获千。

——《东坡八首》

临皋亭实在是太小了，一家人住在里面非常拥挤。苏轼一直都很喜欢研究建筑，加之想给家人一个温暖舒适的家，所以他决定自己盖房子。东坡不远处有一个荒废的养鹿场，空旷开阔，被苏轼选为新家的地址。

苏轼带着家人去野外割茅草，用来修葺房顶，而其他的建筑材料，也都是他从别处费心收集来的。他带着亲人动手盖房子，朋友们也都来帮忙。他连刷墙都不请人来帮忙，而是自己动手画上雪景和在江上钓鱼的老者。一个多月后，五间房顺利落成。因为正值二月，外面飘着鹅毛大雪，苏轼便把正中的住房命名为“雪堂”，并亲手书写“东坡雪堂”，做成牌匾挂在门上。

雪堂地势高敞，北面是林木茂盛的高山，坐在堂中就能看见那些随风摇晃的树木。门前有一条小溪，大多数时候都是干涸的，但若能遇上大雨天，就会响起潺潺的流水声。一座小桥横跨小溪而过。东边有一棵高大的柳树，是苏轼亲手种下的。再往东走，有一口小井。当他们第一次从井中打出清冽的泉水时，苏轼开心得像个孩子。东边下方就是他的稻田、果园。

雪堂西边住着一位姓古的邻居，他栽种了一大片竹林。每逢盛夏，苏轼都会走进那蔽日的竹林中消暑乘凉。雪堂成了苏轼的会客之所，他在这里见过画家米芾，和对方一同谈诗论画。

苏轼如今真正爱上了田园生活，他想起了辞官归隐的陶渊明，为怀念这位诗人而写了好几首词。他甚至认为自己的前生就是陶渊明，不然怎么会和靖节先生一样，历经忧患后发现山水田园之美呢？

不过苏轼和陶渊明略有不同，用苏夫人的话来说："人人都说陶渊明淡泊名利，不为五斗米折腰，但他种菜都落得个'草盛豆苗稀'的结果。不像我的夫君什么事情都能办好：水稻、小麦丰收，果实结满枝头，做菜烧饭也不在话下。"

苏轼似乎有做菜的天赋，如今诸多有名的菜肴都和他有关：东坡肉、东坡羹、东坡豆腐……苏轼擅长品味美食，但是在物产丰富的杭州，他也没有研究出新的菜肴，为何来到黄州之后就灵感爆发了？这或许与他当时的处境有关。

黄州的生活远不如杭州安然惬意。要知道，即使是经验丰富的老农，也不能保证年年丰收，更别说苏轼这样初学者。如果遇上自然灾害，那一年的辛苦都会化为乌有，一家人难免面临饿肚子的窘境。收成不好的时候，苏轼只好带着家人节衣缩食。他还特意写了一篇《节饮食说》贴在墙上，诉说节食的种种好处：

东坡居士自今以往，早晚饮食，不过一爵一肉。有尊客盛馔，则三之，可损不可增。有召我者，预以此告之，主人不从而过是，乃止。一曰安分以养福，二曰宽胃以养气，三曰省费以养财。元丰六年八月二十七日书。

但是节食不是长久之计，苏轼便去向集市中的小贩打听：哪一种食材便宜又好吃呢？有一位小贩告诉他，黄州的猪肉非常便宜，富贵人家都不愿意买，贫穷的人家又不知道怎么烹煮。苏轼听后大喜："我知道一个烹煮猪肉的好方法！"

苏轼教给黄州人一个简单实用的方法：将猪肉放进水中烧开，倒上少许酱油，然后用文火慢慢熬煮，煮出来的猪肉色泽红润，软烂可口。黄州人按照苏轼的方法烹饪猪肉，果然汁浓味美，让人回味无穷。当地人称这道菜为"东坡肉"。虽然后来东坡肉的烹饪方法发生了较大的变化，但是如今人们每次品尝东坡肉，都会想起这位天才美食家。

苏轼非常喜欢这道菜，不仅经常亲手下厨做给宾客吃，还写过一篇《猪肉颂》：

净洗铛，少著水，柴头罨烟焰不起。待他自熟莫催他，火候足时他自美。黄州好猪肉，价贱如泥土。贵者不肯吃，贫者不解煮，早晨起来打两碗，饱得自家君莫管。

苏轼还发明了一种羹汤，取名东坡羹。这道羹汤味道鲜美，原料有荠菜、赤豆、蔓青等廉价的食材，最适合贫困的百姓和吃素的修道者。因为越来越多人向他请教烹饪方法，所以他索性写了一篇《东坡羹颂》：

东坡羹，盖东坡居士所煮菜羹也，不用鱼肉，五味有自然之甘。其法：以菘，若蔓菁，若芦菔，若荠，皆揉洗数过，去辛苦汁，先以生油少许涂釜缘及瓷碗，下菜汤中，入生米为糁及少生姜，以油碗覆之，不得触，触则生油气，至熟不除。

如今来到湖北，能在大街小巷发现一种叫"东坡饼"的糕点。东坡饼并不是苏轼发明的，但是由来非常有趣。传说，有一次，苏轼在寺庙中和住持下棋，突然觉得饥肠辘辘，便问："大师，您这儿可有什么东西吃？"大师对小和尚说："你去厨房看一看，有能果腹的东西就拿过来。"

小和尚来到厨房，左翻右翻，最后只发现一碗吃剩了的面条，汤汁都被喝光了。小和尚往碗中倒入少许麻油，又烧柴生火，准备把面条加热。没想到因为太过困倦，小和尚竟然在灶台前睡着了。饥饿的苏轼跑到厨房一看，发现面已经变成糊状。苏轼咬了一口面糊，大声称赞："真好吃！"

第二天，苏轼来到城中的一个糕点铺，请老板按照自己说的方法做饼。做出来的饼又酥又脆，非常好吃。后来，黄州城中百姓都用这个方法做饼，并将这个金黄酥脆的饼称为"东坡饼"。

在黄州，苏轼变成了质朴的农夫，他要在烈日下辛苦劳作，要为今年的收成担忧。但对于这样忙碌的生活，苏轼感到非常满足，他说："某现在东坡种稻，劳苦之中亦自有其乐。有屋五间，果菜十数畦，桑百余本。身耕妻蚕，聊以卒岁也。"

暮鼓晨钟

早年苏轼一心报效祖国，想辅佐皇帝成为尧舜那样的明君。虽然被变法派迫害，被迫调离出京，但是苏轼一直都没有改变初衷。在杭州时，他庆幸自己能够远离刀光剑影的朝堂，并尽自己的努力为百姓谋福利。杭州的山水也抚慰了他那颗受伤的心。密州虽然偏僻荒凉，但是他是一州的长官，能够想办法让百姓过得稍微好一点。他在密州组织人们抵抗蝗灾，号召富人收留被遗弃的孤儿，被当地百姓称颂。在徐州时苏轼发挥了自己卓越的行政才能，成功地抵抗了洪水、修建了黄楼、改善了犯人的生活条件，等等。

苏轼虽然一直在外任职，不被皇上器重，但是他从没有忘记自己身为一个官吏的责任，从没有把百姓弃之不顾。在抱怨密州贫瘠的同时，他依然憧憬"致君尧舜，此事何难"。然而，一场突如其来的政治迫害，一场莫须有的文字狱将苏轼的理想彻底打破。他死里逃生，被贬到偏僻的黄州任团练副使，不能签署公文、参与公事，这给一心报国的苏轼带来怎样的打击？

刚刚抵达黄州时，他写下这样一首诗：

自笑平生为口忙，老来事业转荒唐。
长江绕郭知鱼美，好竹连山觉笋香。
逐客不妨员外置，诗人例作水曹郎。
只惭无补丝毫事，尚费官家压酒囊。

——《初到黄州》

苏轼只做过杭州通判和密州、徐州、湖州三地的太守，而抵达湖州仅仅两个月就因事下狱。苏轼想到自己如今的处境，想到年轻时的理想早就化为泡影，不由自嘲此前二十多年只是"为口忙"。如今的一切看上去都那么荒唐，他甚至开始怀疑自己的过往。在这种心态的驱使下，苏轼开始重新思考生命的意义。

苏轼开始读诵佛经，想通过参禅学佛来找到人生的真谛。定惠院不远处有座寺庙，名为安国寺。在苏轼沉浸在孤单寂寞的情绪中，在他把自己关在房子里闭门不出，日日饮酒的日子里，他每天都能听到从安国寺传来的钟声。

他每隔一两天就要去安国寺参禅，还常常在那里沐浴。在苏轼看来，洗澡的过程就是洗去心上的尘埃。他认为自己之所以沉浸在负面情绪中无法走出来，主要因为有"心垢"，这些污垢使他看不到人生的真谛，让他的心时时刻刻跟着境遇转动。他希望通过沐浴而使自己顿悟，使精神得到解脱，不再因俗世而烦恼。

安国寺有一个修为很高的师父，名为继连。苏轼经常和继连谈论佛法、参禅下棋。宋神宗元丰七年（1084年），苏轼接到调任的文书，继连对苏轼说："我没有什么别的请求，只希望你为安国寺写一篇文记。"苏轼欣然应允，挥笔写就《黄州安国寺记》。我们能从这篇文章中看出他当时的想法：

元丰二年十二月，余自吴兴守得罪，上不忍诛，以为黄州团练副使，使思过而自新焉。

其明年二月，至黄。舍馆粗定，衣食稍给，闭门却扫，收招魂魄，退伏思念，求所以自新之方，反观从来举意动作，皆不中道，非独今以得罪者也。欲新其一，恐失其二。触类而求之，有不可胜悔者，于是，喟然叹曰："道不足以御气，性不足以胜习。不锄其本，而耘其末，今虽改之，后必复作，盍归诚佛僧，求一洗之？"

得城南精舍曰安国寺，有茂林修竹，陂池亭榭。间一二日辄往，焚香默坐，深自省察，则物我相忘，身心皆空，求罪垢所从生而不可得。一念清净，染污自落，表里翛然，无所附丽，私窃乐之。旦往而暮还者，五年于此矣。

寺僧曰继连，为僧首七年，得赐衣。又七年，当赐号，欲谢去，其徒与父老相率留之。连笑曰："知足不辱，知止不殆。"卒谢去。余是以愧其人。七年，余将有临汝之行。连曰："寺未有记。"具石请记之。余不得辞。

寺立于伪唐保大二年，始名护国，嘉祐八年，赐今名。堂宇斋阁，连皆易新之，严丽深稳，悦可人意，至者忘归。岁正月，男女万人会庭中，饮食作乐，且祠瘟神，江淮旧俗也。

四月六日，汝州团练副使眉山苏轼记。

通过参禅学佛，苏轼领悟到了只有明心见性才能获得解脱。佛教认为，欲望催生了苦，想要灭除苦，就要获得觉悟。人生无常，连“我”都只是一个虚妄的概念，所以不能在虚妄中执着。苏轼从小受佛教影响，而他天性的豁达率真也符合了佛教中不执着的处事态度，学习佛理让他的心慢慢平静下来。不过苏轼最终没有成为一个佛教徒，他在给友人毕仲举的信中说：

奉别忽十余年，愚瞽顿仆，不复自比于朋友，不谓故人尚尔记录，远枉手教，存问甚厚，且审比来起居佳胜，感慰不可言。罗山素号善地，不应有瘴疠，岂岁时适尔。既无所失亡，而有得于齐宠辱、忘得丧者，是天相子也。

仆以任意直前不用长者所教以触罪罟。然祸福要不可推避，初不论巧拙也。黄州滨江带山，既适耳目之好，而生事百须，亦不难致，早寝晚起，又不知所谓祸福果安在哉？

偶读《战国策》，见处士颜蠋之语“晚食以当肉”，欣然而笑。若蠋者，可谓巧于居贫者也。菜羹菽黍，差饥而食，其味与八珍等；而既饱之余，刍豢满前，惟恐其不持去也。美恶在我，何与于物。

所云读佛书及合药救人二事，以为闲居之赐甚厚。佛书旧亦尝看，但暗塞不能通其妙，独时取其粗浅假说以自洗濯，若农夫之去草，旋去旋生，虽若无益，然终愈于不去也。若世之君子，所谓超然玄悟者，仆不识也。往时陈述古好论禅，自以为至矣，而鄙仆所言为浅陋。

仆尝语述古，公之所谈，譬之饮食龙肉也，而仆之所学，猪肉也，猪之与龙，则有间矣，然公终日说龙肉，不如仆之食猪肉实美而真饱也。不知君所得于佛书者果何耶？为出生死、超三乘，遂作佛乎？抑尚与仆辈俯仰也？学佛老者，本期于静而达，静似懒，达似放，学者或未至所期，而先得所似，不为无害。仆常以此自疑，故亦以为献。

来书云，处世得安稳无病，粗衣饱饭，不造冤业，乃为至足。三复斯言，感叹无穷。无缘面论，以当一笑而已。

——《答毕仲举书》

毕仲举笃信佛教，苏轼曾经与之谈论佛法。苏轼在信中说："您谈论的佛法，就好像是吃龙肉；而我谈论的佛教，就像吃猪肉。猪肉自然比不上龙肉，但是谁都没有吃过龙肉，说得再多也不过是空谈。所以我不如吃猪肉，那才是能真真实实感受到的美味啊！"所谓"龙肉"，是苏轼眼中的"出生死，超三世"，而"猪肉"，就是去除烦恼，缓和自己紧张、焦虑的情绪。

作为一个士大夫，苏轼很难接受佛教的出世观点。虽然被贬黄州让他落寞失望，但是他从没有忘记自己的志向。在黄州谪居时，他花了大量的时间和精力编写《易传》。他内心深藏的儒家思想使他难以放下世俗责任，在宗教中寻求解脱。对于佛教，他更多的是"独时取其粗浅假说以自洗濯，若农夫之去草，旋去旋生，虽若无益，然终愈于不去也"。他用佛法来洗涤心灵，除掉自己的妄念，就像农夫除草一样，虽然除去后又会长出新的草，但也比不除好。

在黄州时，苏轼还花了很多时间钻研道教。他最喜欢的是道家的养生术，这种爱好源于他的弟弟苏辙。宋神宗熙宁二年（1069 年），一个道士给苏轼的儿子看病，使用的是吹"气"的方法。最终孩子疾病痊愈，苏辙便请那位道士教自己养生术。苏辙送苏轼亲眷到黄州时，苏轼发现弟弟的气色变好了很多。苏辙年少时留下病根儿，一到秋天就咳嗽，吃了很多服药都不见效，练气功后疾病就再也没有复发过。苏轼听后很高兴，也开始研究道家的绝食和气功。

苏轼设了一个炼丹房，炼制"道士丹"，还为炼丹写过两篇札记。这种兴趣一直延续到他终老之日，不过苏轼对长生不老药并不执着，他常常对家人说："除非真的见到飞升的仙人，否则仙人故事也只是传说而已。"不过，苏轼能在荒凉的黄州开辟属于自己的农庄，无惧艰苦的生活条件而活得潇洒恣意，也许与他热衷养生之术有一定的联系。

受母亲程氏的影响，苏轼从小就不喜欢宰杀活禽。以前在家中，他让家人尽量不要宰杀牛羊，但是免不了要杀鸡鸭鱼蟹。从御史台死里逃生后，苏轼下决心不杀任何活物。每次朋友送来鲜美的鱼蟹，他都是将死的留下，活的放生。朋友问他原因，笑他是不是要给自己积德。苏轼摇头，回答道："我当时被关在御史台中等待宣判，不就和这些待宰的鱼蟹一样吗？"因为知道生命可贵，所以苏轼更不愿意为了满足自己的口腹之欲，而使无辜生灵丢失性命。

元丰四年（1081）正月，苏轼去看望挚友陈慥。想到去年去陈家拜访，好友将家中鸡鸭提到院子里宰杀的情景，苏轼心中不忍，先写了一首诗寄过去，劝对方不要为了自己杀生：

我哀篮中蛤，闭口护残汁。
又哀网中鱼，开口吐微湿。
刳肠彼交病，过分我何得。
相逢未寒温，相劝此最急。
不见卢怀慎，烝壶似烝鸭。
坐客皆忍笑，髡然发其幂。
不见王武子，每食刀几赤。
琉璃载烝豚，中有人乳白。
卢公信寒陋，衰发得满帻。
武子虽豪华，未死神已泣。
先生万金璧，护此一蚁缺。
一年如一梦，百岁真过客。
君无废此篇，严诗编杜集。
——《岐亭五首》其一

陈慥读后非常感动，表示再也不杀生了。后来这首诗在陈家附近的大街小巷传诵，百姓读后纷纷称赞苏轼的一片善心，有些人甚至从此戒杀吃素。

黄州时期，苏轼的言行比以前谨慎许多，这一点从他给朋友的书信中就能看出。在给密友的书信中，他还是一派天真，率性自然地表达着自己的人生态度。但是在给普通朋友，比如那位正在朝廷任副宰相，多次要苏轼"改过自新"的朋友章惇的信中，苏轼就表现得格外谦虚，不止一次说自己要悔过。再奸诈的小人看了这封信，也不会从中找到苏轼的"罪证"。

苏轼知道自己应该闭口不言，写怀古论今的诗词已经十分危险，更何况是那些反映现实的作品呢？但苏轼是放不下笔的，对百姓的仁爱之情让他无法成为歌功颂德的诗人。

苏轼经常在江边散步，和那些渔民攀谈。这些人常年生活在低矮的渔船里，大多长得非常矮小。黄州贫困，渔民们日日操劳，还是难以维持温饱。但是渔民对自己的生活非常满足，因为他们比那些要面对苛捐杂税的农民幸福多了。渔民再三恳求苏轼，千万不要把他们的境遇告诉朝廷。若哪天朝廷下令对渔民征收重税，他们就再也找不到生路了。苏轼听后不忍，回家后写下：

江淮水为田，舟楫为室居。
鱼虾以为粮，不耕自有馀。
异哉鱼蛮子，本非左衽徒。
连排入江住，竹瓦三尺庐。
于焉长子孙，戚施且侏儒。
擘水取鲂鲤，易如拾诸途。
破釜不著盐，雪鳞芼青蔬。
一饱便甘寝，何异獭与狙。

人间行路难，踏地出赋租。

不如鱼蛮子，驾浪浮空虚。

空虚未可知，会当算舟车。

蛮子叩头泣，勿语桑大夫。

——《鱼蛮子》

有一天，朋友告诉苏轼，黄州地区因为太过贫困，一户通常只养两男一女。如果又生下了孩子，就将其浸在水里溺死。因为当地有重男轻女的陈旧观念，所以死的大部分都是女婴。苏轼听后大为震惊，立刻写信给当地太守，建议他运用官府的力量禁止这种违法行为，救济那些没有能力抚养婴儿的家庭。苏轼还在信中介绍了自己在密州救助弃儿的经验，认为只要官府愿意出力，就一定能改掉这一恶俗。苏轼的这封信言辞恳切，满含爱民之心。

苏轼和邻居古某、安国寺的一位善良僧人成立了一个救儿会。救儿会请富人为这些可怜的婴儿捐钱，每年捐十缗，多捐随意。救儿会用这些钱买米、布、棉被，然后去乡村告诉那些贫困的孕妇，如果她们愿意养育婴儿，救儿会将赠予她们金钱和米粮。苏轼每年都捐十缗钱，他对救儿会的期盼是每年救一百个婴儿。

坎坷的命运并没有使苏轼变得麻木冷漠，他始终怀着一颗悲悯之心，同情、帮助世间一切有情众生。

竹杖芒鞋

如今苏轼每天都要在临皋亭和雪堂两头奔波，走那段长长的泥巴路。他穿着布衣草鞋，脸因为长久在地里耕作而变得黝黑，衣服上全是泥水印记。路过的醉汉不知道这位朴素的农夫就是名动天下的大文豪，伸出手对他指指点点，有时甚至特意走过来将他撞倒，他却毫不在意。在黄州这个偏僻的流放之地，苏轼变成了一个平凡的农夫，回归到最自然、平凡的生活中。

苏轼喜欢这样的日子，虽然黄州荒凉闭塞，但是这里有淳朴的百姓，有三五知己，还有蔽日竹林、无边月色。苏轼开辟了自己的农场，他每天都去田地里看自己的庄稼，像一位老农一样深情地抚摸着这些生机勃勃的农作物。耕作之余，他喜欢去城里的小酒馆喝上几杯酒，喝完就摇摇晃晃地往家里走。有一次实在没有往前走的力气了，他索性躺在草地上呼呼大睡，直到月亮挂上枝头，才被一位好心的农夫叫醒。月色明亮，晚风轻拂，苏轼慢慢地往家里走去，抬头仰望满天星斗，唱道：

出临皋而东骛兮，并丛祠而北转。走雪堂之陂陀兮，历黄泥之长坂。大江汹以左缭兮，渺云涛之舒卷。草木层累而右附兮，蔚柯邱之葱茜。

余旦往而夕还兮，步徙倚而盘桓。虽信美而不可居兮，苟娱余于一眄。

余幼好此奇服兮，袭前人之诡幻。老更变而自哂兮，悟惊俗之来患。释宝璐而被缯絮兮，杂市人而无辨。路悠悠其莫往来兮，守一席而穷年。时游步而远览兮，路穷尽而旋反。

朝嬉黄泥之白云兮，暮宿雪堂之青烟。喜鱼鸟之莫余惊兮，幸樵苏之我嫚。

初被酒以行歌兮，忽放杖而醉偃。草为茵而块为枕兮，穆华堂之清晏。纷坠露之湿衣兮，升素月之团团。感父老之呼觉兮，恐牛羊之予践。

于是蹶然而起，起而歌曰：月明兮星稀，迎余往兮饯余归。岁既宴兮草木腓。归来归来兮，黄泥不可以久嬉。

——《黄泥坂词》

苏轼的生活忙碌而充实，他最喜欢的是晚上找朋友喝酒。有一次，他和朋友在城外的春草亭喝酒，喝的是朋友偷偷酿造的私酒。他们一边喝酒一边谈论诗词，非常畅快。酒过三巡，一位朋友说："虽然有美酒，却没有下酒菜，真是太遗憾了。"另一位朋友立刻说："我家中耕牛连日重病，马上就要死了，不如我将它杀了做下酒菜吧！"不久后，这位朋友提着牛肉赶过来，众人围着火堆烤牛肉。

当时黄州有这样一条规定：半夜十二点以后不能进城。苏轼和朋友喝酒烤肉，尽兴后发现早就过十二点了。怎么办呢？我们这位可爱的大诗人说："这有什么难的？翻墙进城不就可以了吗？"随后带着好友翻墙而入。喝私酒、杀耕牛，这都是违反律法的事情，翻墙入城则不符合一代文坛领袖的形象。可苏轼竟把这样的"荒唐事"记录了下来：

今日与数客饮酒而纯臣适至。秋热未已而酒白色，此何等酒也？入腹无脏，任见大王。既与纯臣饮，无以侑，西邻耕牛适病足，乃以为肉。饮既醉，遂从东坡之东，直出春草亭而归。时已三更矣。

还有一次，苏轼和朋友在雪堂喝酒。酒喝了一壶又一壶，渐渐忘记了时间。等苏轼醉醺醺地站起来和朋友告别时，已经是深夜了。他回到临皋亭，敲了几次门都没有动静。屋中的家仆早已进入梦乡，鼾声如雷。苏轼索性拄着拐杖来到江边，欣赏水天一色的江景，听滔滔江声。他想到自己在宦海中沉浮，也曾得到过皇上的欣赏，但都没有现在站在江边这样轻松自在。人生何其短暂，荣辱得失又何必那么在意呢？他真希望自己能寻得一帆小舟，遁入江河，以此度过余生：

夜饮东坡醒复醉，归来仿佛三更。家童鼻息已雷鸣。敲门都不应，倚杖听江声。

长恨此身非我有，何时忘却营营。夜阑风静縠纹平。小舟从此逝，江海寄余生。

——《临江仙·夜饮东坡醒复醉》

苏轼在江边大声地唱诵这首词，东方发白时才回到家中。第二天一早，这首词就已传遍了大街小巷。人们在称赞苏轼的才高之余，也忍不住猜测：难道苏轼真的像词作中写的那样，乘着小舟遁入江河了？于是，一个谣言出现：昨天晚上苏轼来到江边，唱完这首词就坐着小船逃走了。

谣言传到太守耳中，他大吃一惊："不可能啊，我昨天还和他一起喝酒呢！"来人说得真切："有人说看到苏轼和一位渔夫买了一艘小船，趁着夜色就顺流而下逃走了。大人，您还是赶紧去看看吧，宁可信其有，不可信其无啊！"

这位太守还是有点儿不相信，和苏轼交往一段时间后，他渐渐了解这位落魄的大文豪。他知道苏轼虽然有归隐之心，但一直没有忘记自己对家人、对社会的责任。逃跑可是重罪，苏轼怎么会忍心再连累自己的亲友呢？但是在下属的再三恳求下，太守还是决定去看一看。毕竟，他有看守苏轼的责任，如果苏轼真的逃跑，自己一定会被朝廷追责。

他乘着小船往临皋亭赶去，一路上不停地催促船夫快些。过了江，他一路小跑来到苏家。推开院门，只见仆人们正在庭院中打扫，苏轼的小儿子拿着水桶准备打水，一切如常。这时，苏夫人王闰之从屋里走出，说："大人，您来了。"太守来不及寒暄，张口就问："苏先生在家吗？"

王闰之指了指里屋，说："在里面呢。"太守推开房门，只见苏轼睡得香甜，鼻息如雷，心立刻放了下来，笑道："我就说苏先生不可能做这样的事情啊！"苏轼醒来后听说了事情的缘由，大声笑道："你也太不了解我了！"后来苏轼常常拿这件事打趣这位草木皆兵的太守。

苏轼不知道自己要在黄州待多长的时间，也不知道自己能否再次获得重用，所以他不得不为今后的生活做长久打算。东坡虽好，但终究是官府的属地，如果下一任太守不同意自己在此耕种，收回这块土地，那家人的温饱又会成为问题。不如买一块肥沃的土地吧！苏轼想。

宋神宗元丰五年（1082年）三月七日，苏轼和几位好友一起前往黄州东南三十里的沙湖，准备在那里购置一块田产。春季多雨，前一秒天朗气清，后一秒就乌云密布，下起暴雨。道路被雨水打湿，变得泥泞难行。众人纷纷躲避这场大雨，还不停地抱怨老天爷，只有苏轼安之若素。蓑衣早就被别人拿走，但他仍自在地走在大雨中，唱着歌、吟着诗，一副非常享受的模样。没过多久，太阳从乌云里冒出头来，一切又恢复了平静。苏轼看着挂在山头的那一抹斜阳，写道：

（三月七日，沙湖道中遇雨。雨具先去，同行皆狼狈，余独不觉。已而遂晴，故作此。）

莫听穿林打叶声，何妨吟啸且徐行。竹杖芒鞋轻胜马，谁怕？一蓑烟雨任平生。

料峭春风吹酒醒，微冷。山头斜照却相迎。回首向来萧瑟处，归去。也无风雨也无晴。

——《定风波·莫听穿林打叶声》

苏轼常常能从小事中窥见人生真谛，从寻常处发现哲学道理。这首词，不仅表现了苏轼屡遭挫折但百折不挠的豁达胸怀，还表现了苏轼无喜无悲的处世态度，寄托了他超然物外的人生理想。第一句“莫听穿林打叶声”中的“莫听”两字点出苏轼此时已经不容易被外界事物影响。“何妨吟啸且徐行”与小序中的“同行皆狼狈”形成鲜明对比，突出了他的悠然自得。风雨虽大，但诗人照样悠然地在竹林中漫步。

“竹杖芒鞋轻胜马”，黄州时期，布衣草鞋是苏轼最常见的装束。

在苏轼看来，拄着竹杖、穿着芒鞋，迎着风雨前行，依然畅快恣意，甚至比骑马还要愉悦。这一句表达了苏轼笑对人生的乐观、豪迈之情。

“一蓑烟雨任平生”则表明了苏轼的处世态度。作为一个心怀百姓的士大夫，苏轼的经历非常坎坷。他年少成名，因一篇文章而得到当时的文坛领袖欧阳修的赏识，名动京城。那时，他有满腔的热情，立志辅佐皇帝成为一代明君。他获得过皇上的赏识，也曾用自己无双的辩才打动皇上。但是世事多变，因和变法派政见不同而被调离出京的他，虽为百姓做过一点实事，但一直远离政治中心，无法实现自己的抱负。后来，他身陷囹圄，差点儿丢掉性命。死里逃生后又被贬到这荒凉的黄州，连公事都不能参与。刚到黄州时，苏轼非常失意，甚至一度否定自己的过往。但是如今他说：“披着蓑衣在风雨中安然度过这一生吧！”这位大文豪越来越达观。

“料峭春风吹酒醒，微冷，山头斜照却相迎。”雨终究会停的，寒冷的春风让苏轼的酒醒了一大半。他裹紧自己的衣服，无意间回头：一轮斜阳正挂在山头。这是怎样的美景？人生或许有风雨，可风雨之后总有让人心醉的景色出现，似乎是上天特意派来抚慰人们心灵的。“回首向来萧瑟处，归去，也无风雨也无晴。”下雨、放晴在自然界中是再正常不过的现象，那么人生中、政坛上出现风雨不也非常正常吗？又何必把个人的荣辱得失挂在嘴边呢？政治上的磨难让苏轼懂得，与其被挫折压弯腰而自怨自艾，不如保持一份从容和潇洒，让自己获得清净和通达。

沙湖的田地的确非常肥沃，但是由于种种原因，苏轼最终没有在那里购置田产。而那一场寒冷的春雨过后，身体一向康健的苏轼竟然病倒了。苏轼的左臂高高肿起，以至于不能屈伸，请了很多医生来看都没能治好。后来，一位朋友告诉苏轼，说沙湖有一位医术高超的医生，名为庞安常，或许能治疗他的病。苏轼立刻派人将这位名医请来，庞安常果然厉害，只施了一针就治好了苏轼的病。

俗话说“医者不自医”，庞安常虽然医术高超，但无法治愈自己的耳疾，苏轼只能和他笔谈。时间一长，苏轼就和这位医术高明、轻财重义的名医成了朋友。每次家中有人生病，苏轼都要请庞安常来诊治，并到处向人推荐这位名医，称他“脉药皆精，博学多识”“术学造妙而有贤行”。苏轼曾和庞安常开玩笑说：“余以手为口，君以眼为耳，皆一时异人也。”

苏轼常常和庞安常一起出游。有一次，两人来到蕲水县城外清泉寺游玩，据说书法家王羲之曾用寺中泉水洗笔。清泉寺幽静秀美，小溪潺潺，岸边的兰草吐露新芽，一切都生机勃勃的。山间的沙石小路好像被春雨冲刷过一样，显得非常的洁净。傍晚细雨绵绵，山中传来杜鹃鸟的叫声。在这样清幽的古寺中，苏轼提笔写下：

山下兰芽短浸溪，松间沙路净无泥。萧萧暮雨子规啼。

谁道人生无再少？门前流水尚能西。休将白发唱黄鸡。

——《浣溪沙·游蕲水清泉寺》

苏轼真是个无可救药的乐天派。其他人都说光阴一去不复返，就像奔腾的江水，昼夜不停地向西流去，而苏轼偏偏要说“门前流水尚能西”。看，寺庙前的溪水还在向西流去呢！谁说人年纪大了就不能拥有青春的活力？白居易在《醉歌》中写道：“谁道使君不解歌，听唱黄鸡与白日。黄鸡催晓丑时鸣，白日催年酉前没。腰间红绶系未稳，镜里朱颜看已失。”苏轼却偏偏要说“休将白发唱黄鸡”，年纪大了也不要自怨自艾，处于困境之中也要热爱生活啊！

离开清泉寺，两人在一个小酒馆喝酒聊天。他们喝了一杯又一杯，随后带着醉意在月下赏春。两人骑马来到一座小桥上，最后竟不知不觉地在桥头睡着了。等苏轼醒来时，天已大亮。他环顾四周，只见远处高山笼罩在一片云雾之中，近处流水潺潺，间或传来鸟儿的鸣叫声。宿醉未醒的苏轼还以为自己来到了瑶池仙境，提笔在桥头写下：

（顷在黄州，春夜行蕲水中，过酒家，饮酒醉，乘月至一溪桥上，解鞍，由肱醉卧少休。及觉已晓，乱山攒拥，流水铿然，疑非尘世也。书此语桥柱上。）

照野弥弥浅浪，横空隐隐层霄。障泥未解玉骢骄，我欲醉眠芳草。

可惜一溪风月，莫教踏碎琼瑶。解鞍攲枕绿杨桥，杜宇一声春晓。

——《西江月·顷在黄州》

在这首词中，苏轼完全忘记了官场上的荣辱得失，忘记了自己的失意和不得志，皎洁的月色、清澈的溪水、辽阔的原野都令他沉醉。他将身心都融入到自然风景中，描绘出了一个超然物外的世界。

赤壁怀古

苏轼去一个地方，总要游览当地的名胜古迹。在黄州，苏轼爱上了位于城西北的长江之滨，形状像大象鼻子的赭红色小山：赤壁。

宋神宗元丰三年（1080 年）八月，苏轼带着长子苏迈游览赤壁。登上高处眺望远处，只见水天一色，云涛际天，回头看山上草木苍然，心中无限畅快。乘着小船回家后，妻子告诉他，住在杭州的辩才、参寥派人来看望他。苏轼非常开心，把第一次游赤壁的所见所感作为回信：

予谪居黄州，辩才、参寥遣人致问，且以《题名》相示。时去中秋不十日，秋潦方涨，水面千里，月出房、心间，风露浩然。所居去江无十步，独与儿子迈棹小舟至赤壁，西望武昌，山谷乔木苍然，云涛际天，因录以寄参寥。使以示辩才，有便至高邮，亦可录以寄太虚也。

——《秦太虚题名记》

神宗元丰四年（1081年）十月的一天，苏轼又来到赤壁。看着滔滔江水，想到自己年少时的壮志和那些早已作古的英雄人物，苏轼提笔写下了千古名篇《念奴娇·赤壁怀古》：

大江东去，浪淘尽，千古风流人物。故垒西边，人道是，三国周郎赤壁。乱石穿空，惊涛拍岸，卷起千堆雪。江山如画，一时多少豪杰！

遥想公瑾当年，小乔初嫁了，雄姿英发。羽扇纶巾，谈笑间，樯橹灰飞烟灭。故国神游，多情应笑我，早生华发。人生如梦，一尊还酹江月。

苏轼想到了历史上著名的赤壁之战。当时雄踞北方的曹操兵强马壮，雄心勃勃，集结了二十多万兵马南下，欲将东吴变成自己的领土。东吴实力不如曹操，只能向蜀汉求援，才勉强集结了五万兵马。以弱抗强，以少对多，这样的战役如何取得胜利？当时东吴的主帅周瑜只有三十四岁，风度翩翩，一表人才，刚刚娶绝色美人小乔为妻。聪明绝顶的周瑜智计频出，最后火烧赤壁，大败曹军。

苏轼开篇就描绘了一个宏大壮阔的场景。江山如画，涌现出了多少英雄豪杰。只是江水滚滚向东流去，昼夜不停，那些叱咤风云的英雄们最终也被时光之水淘汰。苏轼在下阕着力描写周瑜，从他的青年有为想到自己的不得志：周瑜三十多岁就能建功立业，而当时四十四岁的苏轼却只能被困在偏僻的黄州。苏轼不由得思绪深沉，自嘲“早生华发”。

不过，苏轼不是只会顾影自怜的可怜人，他的达观和智慧马上使自己从这种悲哀中解脱出来：“人生如梦，一尊还酹江月。”人生短暂，就像一场朦胧的梦，像周公瑾那样的英雄豪杰，最后不也被“浪淘尽”了吗？与其为俗事烦忧，不如悠然地饮酒赏月。

神宗元丰五年（1082年）五月，道士杨世昌千里迢迢来黄州看望苏轼。苏轼和这位云游四方的世外高人非常聊得来，常常和他谈论道家养生术，还向他学习用蜂蜜和粮食酿造蜜酒的方法。

七月十六日夜，苏轼邀请杨世昌游览赤壁。清风吹来，江面平静，没有波澜。苏轼举起酒杯向杨世昌劝酒，吟诵诗歌，恣意畅快。没过多久，一轮圆月从东山后面升起来，在北斗星和牵牛星之间徘徊。江面被白茫茫的雾气笼罩，水光和天际相接。二人坐在小船中，在白茫茫的江面上漂流，不知道在何处才会停船，只觉得自己身在仙境，似乎马上就要飞离人世，羽化登仙。

看到这样的情景，二人敲着船边，打着节拍，高声唱：

桂棹兮兰桨，击空明兮溯流光。
渺渺兮余怀，望美人兮天一方。

杨世昌擅长吹箫，此时吹起洞箫，苏轼继续哼唱。箫声呜咽，像是哀怨，又像思慕，像是哭泣，又像是倾诉。箫声在江面上回荡，像细丝一样连绵不绝，最后慢慢消失。这哀怨的曲调能使深谷里的蛟龙起舞，使船上的寡妇伤心哭泣，连水里的鱼儿都为之感动。

苏轼听后也开始惆怅，问朋友："为什么箫声如此悲凉？"朋友回答："你还记得曹操写的'月明星稀，乌鹊南飞'的诗句吗？这里往西可以望见夏口，往东能望见武昌，山河接壤，连绵不绝。目之所及，一片郁郁葱葱，这不正是曹操当年被周瑜围困住的地方吗？那时他攻陷荆州，自江陵顺流而下，麾下的战船首尾相连连绵千里，旌旗遮蔽了天空。他在江边把酒临风，手持矛槊作诗，是多么的意气风发！如今他又在哪里呢？更别说我和你了，我们在江边的水渚砍柴捕鱼，和鱼虾做伴，与麋鹿为友，坐在小船上举杯痛饮，就像蜉蝣置身于广阔的天地之中，像沧海中的一粒粟米那样渺小。哎！人生实在太过短暂，真羡慕江水年年岁岁的长久。我多么希望自己能够和神仙眷侣遨游天地之间，和明月清风相拥永存世间，但我知道这些都不可能实现。只能把自己的哀愁化为箫声，说给悲凉的秋风听而已。”

苏轼安慰朋友道：“你仔细看看这水和月。流水淙淙，但终究没有真正逝去；月亮时圆时缺，但都是同一轮圆月。虽然世间万物无时无刻不在变化，但不断传承，无有尽时。从这个角度来看，你又何必羡慕这滔滔江水呢？天地之间，所有的东西都有自己的归属，把不属于自己的东西据为己有，是没有任何意义的。只有江上清风、山间明月，这些宝贝送到耳朵里便成为声音，进入眼帘就绘出形色。而且取之不尽，用之不竭。这是造物主的恩赐，送给所有人享受，而且分文不收。”

听完苏轼的话，朋友豁然开朗，重新展露笑颜。二人洗净杯盏重新斟酒，继续吃喝，将菜肴和果盘都吃完了。桌上一片狼藉，二人来不及收拾，就在小船里互相倚靠着昏昏睡去。睡醒时，东方已经露出了白色的曙光。

后来，苏轼将这次夜游经历写成散文，即成千古名篇《前赤壁赋》：

壬戌之秋，七月既望，苏子与客泛舟，游于赤壁之下。清风徐来，水波不兴。举酒属客，诵明月之诗，歌窈窕之章。少焉，月出于东山之上，徘徊于斗牛之间。白露横江，水光接天。纵一苇之所如，凌万顷之茫然。浩浩乎如冯虚御风，而不知其所止；飘飘乎如遗世独立，羽化而登仙。

于是饮酒乐甚，扣舷而歌之。歌曰：“桂棹兮兰桨，击空明兮溯流光。渺渺兮予怀，望美人兮天一方。”客有吹洞箫者，倚歌而和之。其声呜呜然，如怨如慕，如泣如诉，余音袅袅，不绝如缕。舞幽壑之潜蛟，泣孤舟之嫠妇。

苏子愀然，正襟危坐，而问客曰：“何为其然也？”客曰：“‘月明星稀，乌鹊南飞。’此非曹孟德之诗乎？西望夏口，东望武昌，山川相缪，郁乎苍苍，此非孟德之困于周郎者乎？方其破荆州，下江陵，顺流而东也，舳舻千里，旌旗蔽空，酾酒临江，横槊赋诗，固一世之雄也，而今安在哉？况吾与子渔樵于江渚之上，侣鱼虾而友麋鹿，驾一叶之扁舟，举匏樽以相属。寄蜉蝣于天地，渺沧海之一粟。哀吾生之须臾，羡长江之无穷。挟飞仙以遨游，抱明月而长终。知不可乎骤得，托遗响于悲风。”

苏子曰：“客亦知夫水与月乎？逝者如斯，而未尝往也；盈虚者如彼，而卒莫消长也。盖将自其变者而观之，则天地曾不能以一瞬。自其不变者而观之，则物与我皆无尽也，而又何羡乎？且夫天地之间，物各有主。苟非吾之所有，虽一毫而莫取。惟江上之清风，与山间之明月，耳得之而为声，目遇之而成色，取之无禁，用之不竭，是造物者之无尽藏也，而吾与子之所共适。”

客喜而笑，洗盏更酌。肴核既尽，杯盘狼籍。相与枕藉乎舟中，不知东方之既白。

三个月后，苏轼又游览了一次赤壁。十月十五日，又是月圆之夜，苏轼和两个朋友一起从雪堂回临皋亭。路上经过黄泥坂。彼时霜已经降下了，树叶也都全部脱落了。月亮高悬在天上，影子倒映在地上。他们心中十分快乐，开始轮流唱歌，一个人唱一节。

过了一会儿，苏轼感叹道：“有客却没有酒，有酒却没有菜。月色皎洁，清风朗朗，这样美好的夜晚，怎样才不算虚度呢？”一位朋友说：“今天傍晚我捕到一条大鱼，嘴巴很大，鳞片很细，好像是松江的鲈鱼。不过，到哪里去找酒呢？”苏轼决定立刻回家请求妻子为他们弄点儿酒。妻子说：“家里有一斗酒，收藏已久，就是为了方便你突然要喝。”

于是，苏轼提着酒，朋友拎着鱼，一起到赤壁下泛舟夜游。赤壁之下，江水冲击礁石发出巨响，陡峭的岩壁高高耸立着。苏轼抬头看高高的山峦，感觉似乎月亮也变小了。江面水位降低，巨大的礁石露了出来。苏轼感叹，只过了几个月，这里的风光就和上次游览时大不相同，他几乎无法辨认。

苏轼邀请朋友一起攀登到赤壁最高处，可两位朋友都不愿意。苏轼只好独自上了岸。他撩起衣襟，登上险峻的岩石，拨开纷乱的杂草，最后抵达住着两只苍鹰的最高处。苏轼站在巨大的岩石上大声地朝远处呼喊，山谷中回荡着他的声音。看脚底波涛汹涌，山中草木随风摇动，苏轼心中突然涌起一股难以言喻的悲愁，觉得自己不应该在这里停留太久。于是，他又回到船上，把船划到江中心，任凭小船随着波涛漂流。

这时已经快半夜了，苏轼环顾四周，只觉得冷清寂寞。突然，一只白鹤从东边飞过来，扇动着像车轮一样大的翅膀，白色的羽毛就像仙人的白色长袍。它一边飞一边叫，横穿江面，向西飞去。

过了一会儿，大家各自回家。苏轼一到家里倒头就睡，做了一个奇怪的梦。在梦里，他看到一位身穿羽衣的道士，轻快地向自己走来，问他游览赤壁是否快乐。苏轼询问道士的姓名，那人低头不答。苏轼说："我知道了。昨天夜晚，一边鸣叫一边从我头顶飞过的就是你！"道士微微一笑，苏轼随即惊醒。他打开窗子向外面看，什么都没有。

后来，苏轼将这段经历写成了散文，就是著名的《后赤壁赋》：

是岁十月之望，步自雪堂，将归于临皋。二客从予，过黄泥之坂。霜露既降，木叶尽脱，人影在地，仰见明月，顾而乐之，行歌相答。已而叹曰："有客无酒，有酒无肴，月白风清，如此良夜何？"客曰："今者薄暮，举网得鱼，巨口细鳞，状如松江之鲈。顾安所得酒乎？"归而谋诸妇。妇曰："我有斗酒，藏之久矣，以待子不时之须。"于是携酒与鱼，复游于赤壁之下。江流有声，断岸千尺。山高月小，水落石出。曾日月之几何，而江山不可复识矣。予乃摄衣而上，履巉岩，披蒙茸，踞虎豹，登虬龙。攀栖鹘之危巢，俯冯夷之幽宫。盖二客不能从焉。划然长啸，草木震动，山鸣谷应，风起水涌。予亦悄然而悲，肃然而恐，凛乎其不可留也。反而登舟，放乎中流，听其所止而休焉。时夜将半，四顾寂寥。适有孤鹤，横江东来。翅如车轮，玄裳缟衣，戛然长鸣，掠予舟而西也。

须臾客去，予亦就睡。梦一道士，羽衣蹁跹，过临皋之下，揖予而言曰："赤壁之游乐乎？"问其姓名，俯而不答。"呜呼！噫嘻！我知之矣。畴昔之夜，飞鸣而过我者，非子也耶？"道士顾笑，予亦惊悟。开户视之，不见其处。

有趣的是，多数史学者认为让苏轼追慕古代英雄、写下千古绝唱的赤壁，并不是著名的赤壁之战的古战场，真正的赤壁位于黄州上游湖北蒲圻。其实苏轼本人也对赤壁的真实性表示过怀疑，他在给朋友范子丰的书信中说："黄州少西，山麓斗入江中，石室如丹，传云曹公所败所谓赤壁者。或曰非也。"(《与范子丰书》)

虽然苏轼怀错了地方，但这并不影响文章成为千古名篇。从此，中国出现了两个赤壁：一个是见证过曹操、周瑜、诸葛亮等英雄豪杰挥斥方遒的赤壁古战场，另一个就是东坡赤壁。

患难真情

在苏轼的生命中，友情占据了非常重要的地位。无论走到哪里，苏轼都能凭借自己强大的人格魅力结交一群朋友。也正是因为拥有这么多朋友，苏轼才能迅速地挣脱愁苦，将生活过得精彩纷呈。

在乌台诗案中，苏轼的众多朋友都受到了不同程度的牵连，但是这些朋友并没有因此远离这位谪居的诗人，反而千里迢迢送来自己的关心，甚至亲自来黄州看望他。

苏轼因诗文而获罪，连他本人都再三说应该谨言慎行。然而，那位受到牵连的钱塘主簿陈师仲依然到处收集苏轼的诗文，并将苏轼在密州、徐州所作的诗文分为《超然》《黄楼》两个子集。苏轼很少整理自己的诗文，即使有一部分留存的诗作，也在获罪时被家中女眷全部焚毁了。幸而有陈师仲这样的朋友，不然不知道会留下多少遗憾。

每次收到陈师仲的来信，苏轼都非常感慨：自从自己获罪后，不知道有多少人告诫他诗文会给人带来灾难，以后少动笔为妙。也有很多朋友因此不敢与他通信往来。而陈师仲不仅主动给苏轼写信，还在自己的诗文中多次提到苏轼、苏辙两兄弟。对此，苏轼曾给陈师仲回了一封长信，以表示自己感激之情：

……

已而，轼又负罪远窜，流离契阔，益不复相闻。今者蒙书教累幅，相属之厚，又甚于昔者。知足下释然，果不以前事介意。幸甚！幸甚！自得罪后，虽平生厚善，有不敢通问者，足下独犯众人之所忌，何哉？

及读所惠诗文，不数篇，辄拊掌太息，此自世间奇男子，岂可以世俗趣舍量其心乎！诗文皆奇丽，所寄不齐，而皆归合于大道，轼又何言者。其间十常有四五见及，或及舍弟，何相爱之深也。处世龃龉，每深自嫌恶，不论他人。及见足下辈犹如此，辄亦少自赦。

——《答陈师仲书》

杭州的朋友们凑钱雇人给苏轼捎去自己的问候和杭州的特产，每年两次。苏轼非常感动，写下：

昨夜风月清，梦到西湖上。
朝来闻好语，扣户得吴饷。
轻圆白晒荔，脆酽红螺酱。
更将西庵茶，劝我洗江瘴。

故人情义重，说我必西向。
一年两仆夫，千里问无恙。
相期结书社，未怕供诗帐。
还将梦魂去，一夜到江涨。

——《杭州故人信至齐安》

苏轼的挚友参寥大师被控收藏苏轼讥讽时政的诗文而获罪。对于这位淡泊名利的诗僧，小人想出了最具侮辱性的惩罚："六根不净，蓄发还俗！"神宗元丰六年（1083年），参寥千里迢迢赶到黄州，看望自己这位流放的朋友，并在黄州陪伴苏轼一年多。看到如此虔诚的参寥被革除僧籍，苏轼心中非常难受，遂将参寥的出家名"昙潜"改成"道潜"。

在乌台诗案中，被贬得最远、责罚得最重的是诗人王巩。他并没有收藏苏轼的"讽刺诗"，但或许他之前做的事情得罪了权贵，所以最后被发配到地处岭南的宾州。王巩生活奢侈，家中的仆人、歌女数量庞大。被流放到那么偏僻的地方，王巩如何适应？对此，苏轼非常愧疚：

欲结千年实，先摧二月花。
故教穷到骨，要使寿无涯。
久已逃天网，何而服日华。
宾州在何处，为子上栖霞。

——《次韵和王巩 六首》其三

被流放之后，王巩生活得非常艰苦，苏轼曾在《王定国诗集叙》中说："今定国以余故得罪，贬海上五年，一子死贬所，一子死于家，定国亦几病死。余意其怨我甚，不敢以书相闻。"王巩无辜获罪，苏轼心中不忍，多次给王巩写信，一再表示自己的歉意，还劝王巩要注意身体：“每日饮少酒，调节饮食，常令胃气壮健。”

俗话说：“物以类聚，人以群分。”作为苏轼的朋友，王巩也不是自怨自艾的人。虽然岭南的生活很辛苦，但他没有抱怨，反而安慰苏轼，说自己最近在钻研道教的养生之术，而宾州是一个非常适合修行的地方。王巩在岭南五年，没有醉生梦死，反而将所有的时间和精力都放在做学问上了，最后写下《论语注》十卷。

王巩还因这场无妄之灾收获了一段美好的爱情。王巩获罪被贬后，家中妻妾都不愿意和他一起去，只有歌女出身的小妾柔奴愿意陪伴他。王巩在宾州探访古迹，吟诗作对，柔奴便温柔慰藉，红袖添香。两人患难与共，将日子过得有滋有味。

后来王巩奉旨北归，苏轼为这位老友接风洗尘。苏轼惊讶地发现，王巩在苦寒之地待了那么长的时间，非但没有大多数谪官那种落魄仓皇，反而神采奕奕远胜当年，性格也更加宽和达观。苏轼非常疑惑，问好友原因。王巩回答：“多亏柔奴陪伴在我身边，度过了最艰辛的宾州岁月。”

苏轼试探地问柔奴：“岭南应是不好？”柔奴平静地回答道：“此心安处，便是吾乡。”没想到如此柔弱的女子竟然能说出这么豁达的话，苏轼大为赞赏，提笔写道：

常羡人间琢玉郎，天应乞与点酥娘。自作清歌传皓齿，风起，雪飞炎海变清凉。

万里归来年愈少，微笑，笑时犹带岭梅香。试问岭南应不好？却道，此心安处是吾乡。

——《定风波·常羡人间琢玉郎》

这首词传开后，王巩和柔奴的爱情故事便为世人传诵。

苏轼来到黄州还遇见了一位故交：陈慥。苏轼最先认识的是陈慥的父亲陈希亮。当年苏轼在凤翔府任通判，陈希亮是太守。陈希亮是一个严肃、喜怒不行于色的官吏，对苏轼要求非常严格。年少气盛的苏轼不喜欢这位太守，常常和他发生言语上的摩擦。多年后，苏轼才明白这位太守对自己的一片苦心，与其冰释前嫌。

和父亲不一样，陈慥是个游侠一样的人物。有一次，他回四川老家，让两位貌美如花的侍女穿上戎装，骑着马到处游玩，遇到风景秀美的地方就停留数日，被父亲骂作“浪子”。苏轼和朋友去凤翔西山打猎的时候遇到这位“浪子”，二人一见如故。那时苏轼和陈希亮势如水火，却和陈慥引为知己，常常一起游玩。后来苏轼从凤翔府离任，两人的联系就变少了。没想到这次被贬到黄州，竟然能够与陈慥重逢，苏轼喜不自胜。

陈慥住在麻城岐亭的杏花村，听说苏轼要来，他特意等在岐亭以北约二十里处，亲自迎接。此时的陈慥已经不再是当年那个浪子，他舍弃了洛阳的园林宅第，到黄州这个偏僻荒凉的地方过起隐居的生活。

岐亭距黄州上百里，陈慥四年里去看过苏轼七次，苏轼也去岐亭看望老友三次。陈慥第一次来黄州看望苏轼时还引起了一阵不小的轰动。原来，陈慥仗义疏财、扶贫济困，是个很有威望的侠客，不知道有多少豪侠之士想和他交游。听说陈慥要来黄州，当地的侠士奔走相告，都想请陈慥成为自家的座上宾。陈慥拒绝掉这些人的邀请，表明自己只想和好友苏轼住在一起。

当时苏轼一家人刚刚住进临皋亭，家中只有一间朝西的房间能空出来，时值盛夏，这间房酷暑难耐。苏轼本想在承天寺租一间僧舍给陈慥住，但陈慥拒绝了，他说自己愿意住在火炉般的小屋子里，因为这样方便和苏轼喝酒聊天。苏轼非常感动，写了一首诗，将陈慥比作西汉时的侠客陈樽：

孟公好饮宁论斗，醉后关门防客走。
不妨闲过左阿君，百谪终为贤太守。
老居闾里自浮沉，笑问伯松何苦心。
忽然载酒从陋巷，为爱扬雄作《酒箴》。
长安富儿求一过，千金寿君君笑唾。
汝家安得客孟公，从来只识陈惊座。

——《陈季常自岐亭见访郡中及旧州诸豪争欲邀致之戏作陈孟公诗一首》

苏轼有时像一位看破世事的老者，有时却像一位顽童。和陈慥熟悉以后，他就想拿对方打趣。有一天，苏轼和陈慥一起讨论佛法，不知不觉到了后半夜。突然，一个声音响起："怎么还不睡觉？"这是陈慥的妻子柳氏的声音。陈慥听后吓得将拐杖都掉在地上了，抬头茫然地看着自己的妻子。苏轼觉得这个情景非常有趣，便写下：

龙丘居士亦可怜，谈空说有夜不眠。
忽闻河东狮子吼，拄杖落手心茫然。

——《寄吴德仁兼简陈季常》

此后，人们便用"河东狮吼"来比喻凶悍的妇人，而陈慥怕老婆的名声也越传越远。林语堂先生认为，陈慥的家庭生活非常幸福，陈太太也不是个善妒的妇人。苏轼口中的"河东狮吼"，不过是指陈太太的嗓门儿很高罢了。不过有史学者认为，苏轼在给陈慥的信中曾问："你要纳的那个妾是不是还没有进门啊？"可见陈太太或许真的有凶悍的一面。不过无论如何，我们由此可以看出，苏轼和陈慥的关系非常亲密：若不是挚友，谁会这么毫无顾忌地开玩笑？

苏轼在黄州时，又认识了住在长江对岸的王齐愈、王齐万两兄弟。

王氏兄弟是皇亲国戚，家中非常富裕，但不知道为什么离开故乡，来到湖北鄂州过上了隐居的生活。苏轼常常乘小舟去对岸找王氏兄弟喝酒。有时候遇上风浪，没有办法过江回家，他就在王家住上十几天。后来，苏轼离开黄州，路过武昌时特意去看望了这两位好友。想起初次见面时的情景，苏轼写下：

仆以元丰三年二月一日至黄州，时家在南都，独与儿子迈来郡中，无一人旧识者。时时策杖至江上，望云涛渺然，亦不知有文甫兄弟在江南也。居十余日，有长而髯者，惠然见过，乃文甫之弟子辩。留语半日，云：“迫寒食，且归车湖。”仆送之江上，微风细雨，叶舟横江而去。仆登夏隩尾高丘以望之，髣髴见舟及武昌，乃还。尔后遂相往来。及今四周岁，相过殆百数，遂欲买田而老焉，然竟不遂。近忽量移临汝，念将复去此而后期不可必，感物凄然，有不胜怀者。浮屠不三宿桑下，有以也哉。七年三月九日。

——《赠别王文甫》

苏轼是幸运的，虽然此时他是一个犯官，但从未被地方官刁难过。黄州的父母官徐君猷对他礼遇有加，还尽其所能地改善苏轼的生活条件。他不像苏轼的上司，倒像苏轼的亲人。每逢佳节，他会在栖霞楼设下宴席，请这位失意的朋友共度佳节。苏轼对徐太守充满了感激之情，他曾写信说：

某启。始谪黄州，举目无亲。君猷一见，相待如骨肉，此意岂可忘哉！恨谪籍所縻，不克千里会葬。诸令侄皆少年，未甚更事。得之既手足之爱，事事处置令合宜，若有分毫不如法者，人不责之诸子，而责得之也。幸深留意，切不可惜人情，顾形迹，而有所不尽也。十三、十四皆可，俊性，不宜令失学。闻其舅仲谟户部君之雅望久矣，但未相见，不敢致书。欲望得之致恳。若候葬毕，迎君猷阁中，与其三子置之左右，而教以学，则君猷为不死矣。士契之深，不避僭易，悚息之至。

——《与徐得之三首（之一）》

被贬黄州后，苏轼每天都穿着那身有泥巴印记的短褂子，怎么看也不像一个文坛领袖，可他身边还是有很多倾慕者。苏轼是最会打比方的，有一次他对这些人说："你们跟着我想要发财，就像在龟壳上织毛毯子一样。"众人听后大笑。马梦得也跟着笑了起来，他是苏轼最忠实的跟随者，一直崇拜、信任着苏轼。苏轼不忍心他再跟着自己吃苦，在诗中叹道："可怜马生痴，至今夸我贤。"

苏轼是个闲不住的人，总要出门自寻其乐。他穿着布衣草鞋在黄州的大街小巷悠然徐行，和渔夫、樵夫、商贩聊天，并结交了不少朋友，其中关系最亲密的是古耕道、潘丙和郭遘。古耕道就是那位家中种了大片竹林的农夫，他有一副热心肠，常常出面帮别人解决麻烦，苏轼打趣他是唐代侠士古狎牙的子孙。后来，他和苏轼一起成立了救儿会，还担任救儿会的会长。

潘丙是个落第的学子，早年也曾想报国救民，如今早已打消争取功名的念头，在樊口开了一家潘丙酒馆。苏轼常常独自划船去酒馆喝酒，虽然这里不比杭州的大酒楼，刺骨的江风更是让人忍不住打战，但苏轼觉得这里很好，他喜欢和晒得黝黑的潘丙聊天，喜欢喝卖相一般但味道很好的土酒。郭遘是郭子仪的后代，如今开了一家药店。他非常喜欢写诗，尤其是挽歌，常常拿着诗作向苏轼请教。

此时，苏轼身边还有非常喜欢睡觉的李嵓，千里迢迢来给苏轼孩子做塾师的巢谷，宋代著名古琴大师崔闲……为什么苏轼总能吸引这么多性格迥异、地位悬殊、年龄不等的朋友呢？其实，苏轼早就给出了答案："吾上可陪玉皇大帝，下可以陪卑田院乞儿，眼前见天下无一不好人。"

生活真味

宋神宗元丰六年（1083年）六月，一位叫张怀民的官员被贬谪到黄州，不久就和苏轼结为好友。和苏轼一样，朝廷没有给张怀民安排住的地方，这位失意的官员只能暂时住在承天寺。后来，张怀民在江边选了一块地方，准备建造新居。为了更好地欣赏江边的风景，张怀民先搭建了一座亭子。苏轼站在亭子里欣赏江边优美的风景，不由自主地吟诵出宋玉《风赋》中的“快哉，此风”。当张怀民请苏轼为这座小亭子命名时，苏轼说：“就叫快哉亭吧！”苏轼又取来笔墨，写下：

落日绣帘卷，亭下水连空。知君为我，新作窗户湿青红。长记平山堂上，攲枕江南烟雨，渺渺没孤鸿。认得醉翁语，山色有无中。

一千顷，都镜净，倒碧峰。忽然浪起，掀舞一叶白头翁。堪笑兰台公子，未解庄生天籁，刚道有雌雄。一点浩然气，千里快哉风。

——《水调歌头·黄州快哉亭赠张偓佺》

夕阳西下，卷起绣帘向江面眺望，只见水天相接，夕阳和亭台遥遥相应，空旷无际。为了迎接我，你特意在窗户上涂抹上朱漆，亮泽如新。我不由得想起当年在平山堂上，倚靠枕头欣赏江南烟雨，遥望天际孤鸿的情景。今天看到这样的情景，我方才明白欧阳修所说：“山色有无中。”

水面辽阔而平静，翠绿的山峰倒映其中。突然，江面波涛汹涌，一位白头渔翁在风浪中弄舟。此情此景，我不由得想起宋玉的《风赋》，可笑宋玉并没有理解庄子关于风是天籁的说法，还说风是有雌雄的。其实，一个人只要有浩然之气，那在任何境遇中都能泰然处之，享受到千里清风。

读苏轼的诗词文章，总觉得畅快恣意。这位才华洋溢的大文豪擅长用强劲灵活的笔力向读者展现自己丰富的精神世界。这首词，苏轼在上阕采用虚实结合的手法，描写了快哉亭及远处的景致，还通过忆景写景的方法表达自己在快哉亭游览的喜悦之情。词的下阕层层递进，波澜起伏。开始写江面平静无波，清澈见底，而后笔锋一转，写江面骤起波澜，一个白头渔翁搏击风浪。其实，这位勇敢的渔翁，不就是苏轼吗？最后升华主题：一个人只有具有浩然之气，才能在任何时候都能泰然处之，享受“千里快哉风”。在这首词中，苏轼既描写了水天一色的江景，又展现了坦荡豁达的精神世界。

苏轼关于张怀民的好文章不止这一篇。有一天夜里苏轼睡不着，就去承天寺找张怀民聊天。回家后，苏轼将当夜的感受写成短小精悍的散文《记承天寺夜游》：

元丰六年十月十二日，夜，解衣欲睡，月色入户，欣然起行。念无与为乐者，遂至承天寺，寻张怀民。怀民亦未寝，相与步于中庭。庭下如积水空明，水中藻荇交横，盖竹柏影也。何夜无月，何处无竹柏，但少闲人如吾两人者耳。

宋神宗元丰六年（1083 年）十月十二日夜，我脱下衣服准备睡觉，看见月光透过窗户照了进来，突然生出月下漫游的兴致，便开心地出了门。想到这样的美景怎么不与人共享呢？于是到承天寺找张怀民。张怀民也还没有睡觉，我们俩就一起在庭院中散步。庭院中洒满了月光，就像积水充满了院落一样，清澈透明。水中水藻、荇菜纵横交错，仔细一看，原来是竹子和柏树的影子。哪一个夜晚不会有这么美丽的月光呢？又有哪个地方没有松柏树呢？只是缺少像我们一样的闲人罢了。

这次夜游没有发生惊心动魄的事情，苏轼记录的也不过是瞬间的快乐，但这篇散文却格外受人喜爱。究其原因，大概是整篇文章清新自然，给人以无限美的享受。美无处不在，只是少了情趣高雅的人去发现、欣赏。苏轼自嘲是一个闲人，但是能发现月夜空灵意境的闲人又有多少？从这篇散文中我们能够发现，此时的苏轼已经排遣了郁郁不得志的苦闷，拥有恬淡平和的心境，他乐于享受生活，乐于从平淡的生活中发现趣味。

无论什么事情，只要和苏轼沾上边儿就会变得有趣起来。有一次，苏轼在一户姓刘的人家吃到一种非常酥脆的糕饼。苏轼很感兴趣，便问："这是什么？"邻居答："一种用煎米粉做成的食物，我们常常用它来充饥。""太好吃了！"苏轼又问，"这种糕饼叫什么名字。"邻居说："这只是用来填饱肚子的农家粗饭，哪有什么名字。"苏轼说："那就叫为甚酥吧！"邻居笑道："吃了一辈子的米饼，我倒是第一次听说它的名字呢！"

过了几天，苏轼去潘丙酒馆喝酒，喝到一种非常酸的酒。苏轼问潘丙："这是酒吗？"潘丙说："当然是啊。这是我前几天调制出来的新酒，先生觉得怎么样？"苏轼哈哈大笑，说："这酒这么酸，你是不是错把醋当成水倒了进去？"潘丙说："我看这酒和苏先生很有缘，不如您给它取个名字吧。"苏轼说："还要取什么名字，有个现成的在这儿：错着水！"潘丙大笑起来，说："这个名字好！"

有一天，苏轼准备带家人去城外郊游。苏夫人问："先生想吃什么，我提前准备。"苏轼想了一会儿，说："刘家的为甚酥非常美味，明天就吃它吧。""为甚酥？"苏夫人一听犯了难，"我从没有听说过这种食物。"苏轼笑了，说："那是刘家的独创，你怎么会听说过呢？无事，我写首诗作为书简，让仆人去刘家讨要一些。"苏轼取来纸笔，写下：

一杯连坐两髯棋，数片深红入座飞。
十分潋滟君休诉，且看桃花好面皮。

唐人诗云：未有桃花面皮，先作杏子眼孔。

野饮花间百物无，杖头唯挂一葫芦。

已倾潘子错著水，更觅君家为甚酥。

——《刘监仓家煎米粉作饼子余云为甚酥潘邠老家造》

苏轼此刻享受着幸福的家庭生活，他的妻子王闰之很贤惠。跟随苏轼来到这么偏僻荒凉的地方，王闰之不但从来都没有抱怨过，反而跟着苏轼赤脚耕田，采集野菜。在和好友王巩的书信中，他称赞妻子："妻却差贤胜敬通。"(《次韵和王巩六首其一》)

"敬通"是东汉大文豪冯衍的字。冯衍从小就很有才华，二十岁便通博群书，人品、文章都是一流。可惜一生坎坷，又娶了一个非常凶悍的妻子，整日闹得家中鸡飞狗跳。苏轼在给王巩的信中说："仆文章虽不逮冯衍，而慷慨大节，乃不愧此翁，衍逢世祖英睿好士，而独不遇流离摈逐，与仆相似，而衍妻悍妒甚，仆少此一事，故诗有胜敬通之句。"(《题王巩六诗》)

王闰之朴实勤劳，帮助苏轼解决了很多现实生活中的难题。有一天，苏轼的小儿子慌慌张张地跑进书斋，对苏轼说："父亲，不好了！家里那头耕牛生病了！"苏轼立刻跟着儿子去牛棚查看情况，只见耕牛无精打采地躺在地上。仆人告诉苏轼："这头牛从昨天开始就不吃不喝，不知道生了什么病。"苏轼便派仆人去请农夫。没想到农夫看了之后，皱着眉头说："我也不知道这头牛到底出了什么问题，从没见过这样的怪病。"

苏轼的儿子发愁地说："没有耕牛，我们怎么耕田呢？"听到牛棚中的动静，王闰之走了出来，仔细观察过耕牛后说："没什么大事，这头牛发豆斑疮了，喂它青蒿粥就能治好。"仆人立刻去煮了一大锅青蒿粥，耕牛吃下粥，没过多久就痊愈了。苏轼非常得意，在给友人的信中多次提及此事。

来到黄州后不久，朝云成为了苏轼的小妾。她聪明灵巧，是王闰之的好帮手。当然，对苏轼来说，能够获得一位理解自己的伴侣也是幸事。宋神宗元丰六年（1083 年），朝云给苏轼生了一个儿子，苏轼为其取名苏遁，小名干儿。中年得子，苏轼非常开心。在干儿满月那天，他邀请好友一起庆祝，写下：

人皆养子望聪明，我被聪明误一生。
惟愿孩儿愚且鲁，无灾无难到公卿。

——《洗儿戏作》

人人都希望自己的孩子聪明灵透，但是苏轼感叹：聪明有什么好处呢？我宁愿这个最小的儿子愚笨迟钝，长大后不被卷入政治漩涡中。但是在最后，苏轼还是表达了一位父亲对儿子最真切的希望，最真挚的祝福：没有灾难和祸患，能够官至公卿。

此时除了小儿子苏遁还在襁褓之中，苏轼其他三个儿子都已经懂事。他们在困顿中成长，比同龄人更沉稳坚定。虽然他们的才华比不上父亲，但是在苏轼看来，这三个儿子让人非常欣慰。他在给王巩的信中写："子还可责同元亮。"（《次韵和王巩六首其一》）"元亮" 是陶渊明的字，陶渊明才华横溢，可惜五个儿子不仅没有才华，还不愿意勤学苦读。陶渊明则认命地感叹，儿子的好坏是上天决定的，自己想管也管不了。陶渊明还写过一首《责子诗》：

白发被两鬓，肌肤不复实。
虽有五男儿，总不好纸笔。
阿舒已二八，懒惰故无匹。
阿宣行志学，而不爱文术。
雍端年十三，不识六与七。

通子垂九龄，但觅梨与栗。

天运苟如此，且进杯中物。

比起陶渊明，苏轼要舒心得多：儿子们个个儿勤奋好学，而且长子苏迈此时也开始写诗了。

一天晚上，苏轼全家坐在院子里乘凉，苏轼突然起了兴致，要与苏迈联句。苏轼抬头眺望那轮在浮云中穿行的明月，随口吟道："清风来无边，明月翳复吐。"苏迈立刻接："松声满虚空，竹影侵半户。"苏轼点点头，说："暗枝有惊鹊，坏壁鸣饥鼠。"苏迈应声而接："露叶耿高梧，风萤落空庑。"苏轼想到当下处境，顿觉伤感，说："微凉感团扇，古意歌白纻。"苏迈立刻用眼前实景来安慰父亲："乐哉今夕游，获此陪杖屦。"苏轼笑了，总结道："短诗膝上成，聊以慰怀祖。"后来，苏轼把这次联句加以整理，取名《夜坐与迈联句》，记录了下来。

世人都希望自己的孩子聪明伶俐，若本人就颇有成就，那对孩子的期望就会更加大。可苏轼不是这种人，从《洗儿戏作》就能看出，他更希望孩子自在、平安地度过一生。他不强求孩子做出一番事业，在这位名动天下的大文豪眼中，"孺子可教"足矣。

在父权制的封建社会，苏轼显然不是那种传统意义上的严父，比起考察孩子们的功课，他更喜欢和孩子们一起玩乐。他常常给自己的词谱上曲，然后教孩子们唱。苏轼拿着竹枝头打拍子，孩子们跟着笑闹着唱歌。王闰之和朝云正在做泡菜，手边是刚刚从田地里挖出来准备封坛的新泥。锅子的米饭散发出诱人的香味，屋檐下的腊肉在阳光的照射下闪闪发光。

那些小人听到苏轼被贬谪到黄州的消息时得意扬扬：这位名声正旺的大文豪终于被自己打入谷底。或许他们没有想到，豁达开朗的人，即使跌落谷底，也能发现生命之花。来到贫瘠的黄州，苏轼反而变得更加恬淡安详。这种精神上的变化反映在他的写作中：

（陶渊明以正月五日游斜川，临流班坐，顾瞻南阜，爱曾城之独秀，乃作《斜川诗》，至今使人想见其处。元丰壬戌之春，余躬耕于东坡，筑雪堂居之，南挹四望亭之后丘，西控北山之微泉，慨然而叹，此亦斜川之游也。乃作长短句，以《江城子》歌之。）

梦中了了醉中醒。只渊明，是前生。走遍人间，依旧却躬耕。昨夜东坡春雨足，乌鹊喜，报新晴。

雪堂西畔暗泉鸣。北山倾，小溪横。南望亭丘，孤秀耸曾城。都是斜川当日景，吾老矣，寄余龄。

——《江城子·梦中了了醉中醒》

在世俗的醉梦中领悟人生真意的清醒者，算起来只有陶渊明，是我跨越时空的知音。在宦海中起起伏伏，最终回归田园躬身耕耘。昨夜降下春雨，滋润了我的东坡，喜鹊飞来向我报喜，天晴气象新。

雪堂西侧流水潺潺，北山微微倾斜，一道小溪在山前横流。南边的亭台丘壑错落有致，亭后的高山巍然耸立。这些风光都是陶渊明描绘过的，仿佛斜川的风景再次出现。感叹一声我老了，就这样度过余生吧。

第六章　只缘身在此山中

圣上挂念

在遥远偏僻的黄州，苏轼过上了隐士般的自在生活。他远离庙堂，和家人勤勤恳恳地耕田种地，开辟东坡农庄，修建雪堂，似乎将这个地方当成了自己的终老之地。此时的他穿着粗布衣裳，拄着拐杖，像个种了一辈子田的老农。任谁看到，都不会将其和在徐州黄楼上宴饮大小官员的苏太守联系起来。

可朝廷没有忘记他，宋神宗一直记得这位天才文豪。据《行营杂录》记载，有一天，神宗和臣子谈论天下文人，不免要提到苏轼。神宗随口问道："你们觉得苏轼可以和哪一位古人一比？"一位臣子说："可与李白一比。"神宗沉吟片刻，说："李白虽有苏轼的天分，但没有苏轼的学问。"神宗此话未免失之偏颇，但由此可见他对苏轼的崇拜和喜爱。

神宗每次吃饭的时候，都要读苏轼的诗词文章。有一次，他拿起苏轼的代表作《水调歌头·明月几时有》，一边读一边感叹："苏轼还是忠君爱国的！"虽然苏轼待在京城中的时间很短，但是通过这些洋溢着真挚感情的诗词，以及饱含爱民之心的表章，神宗已经发现苏轼的本心。他或许早就发现乌台诗案是小人精心谋划的政治迫害。

早在神宗元丰三年（1080年）九月，神宗就想重新起用苏轼。有一天，神宗和宰相王珪商议人事，神宗拿出一份拟定名单给王珪，上面赫然写着：御史中丞司马光，中书舍人翰林学士苏轼。王珪看后心中一惊：司马光和苏轼都是反变法派，如果他们回到朝堂，一定又要掀起风雨，到时候自己的宰相之位可能会拱手让人。但这位擅长见风使舵的宰相没有露出半分不愉快，而是恭恭敬敬地走上去，接过皇帝手中的名单，大声说：“领圣旨！”

神宗的旨意虽然已经下达，但是王珪迟迟没有执行。每次神宗问起时，王珪总说：“臣等正在商议如何执行。”不久后，西部边境发生了一场规模不小的军事冲突，最后竟扩大成战争，神宗就把这件事忘记了。

不久后，神宗决定修撰国史，又想到了苏轼。王珪等臣子纷纷反对道：“修国史是千秋万代的大事，怎么能让苏轼这个对朝廷心怀不满的人修撰呢？”众臣再三反对，神宗只好作罢。元丰四年（1081 年）的一天，神宗在御前会议上说：“我决定让苏轼担任著作官。”王珪等人还是反对，但神宗似乎下定了决心，说：“等这场战役胜利了，我就在庆典上宣布新的人事任命。”没想到，宋朝的军队被西夏的军队打得落花流水，庆典也成为了泡影。

宋军大败，无数将士成为白骨，神宗非常伤心，他又开始读诵苏轼的诗词，并让歌女在席间唱诵苏轼的词。唱到悲伤的地方，神宗茫然四顾，说：“苏子瞻去哪里了呢？”

此时的苏子瞻正在黄州过着流放生活。他非常享受这种隐居式的田园生活，但有时也会想起庙堂之上的神宗，想起自己年少时的理想。元丰五年（1082 年）的寒食节，苏轼依照传统，熄灭了家中柴火，和家人一起吃冷食。看到窗外的绵绵细雨，想到自己已经来黄州三年，曾经那么期待北归之日，可惜壮志难酬，没有机会报国报民。想到此处，苏轼不由得生出惆怅，提笔写下：

自我来黄州，已过三寒食，年年欲惜春，春去不容惜。今年又苦雨，两月秋萧瑟。卧闻海棠花，泥污燕支雪。暗中偷负去，夜半真有力。何殊病少年，病起须已白。

春江欲入户，雨势来不已。小屋如渔舟，蒙蒙水云里。空庖煮寒菜，破灶烧湿苇。那知是寒食，但见乌衔纸。君门深九重，坟墓在万里。也拟哭途穷，死灰吹不起。

——《寒食帖》

《寒食帖》沉郁悲凉，情感真挚，极富感染力。书法飞扬飘洒，恣肆跌宕，神充气足，体现了苏轼“我书意造本无法，点画信手烦推求”的艺术精髓。后人将《寒食帖》视为苏轼行书的代表作，并将其与东晋王羲之的《兰亭序》、唐代颜真卿的《祭侄稿》合称为“天下三大行书”。

寒食节过后，苏轼的好友参寥千里迢迢来到黄州看望苏轼，并在黄州待了整整一年。有老友在侧，苏轼非常开心，二人泛舟江上、寻访古寺、诗词唱和，乐而忘忧。

一天晚上，苏轼做了这样一个有趣的梦。参寥拿着一卷诗来看望苏轼，有一首名为《饮茶诗》的诗引起了苏轼的注意。上面有一句话：“寒食清明都过了，石泉槐火一时新。”按照传统习俗，寒食节禁火三天，清明节时再取火，称为“新火”。苏轼疑惑地问：“火的确是新的，为什么泉水也是新的呢？”参寥回答：“民间习俗，清明节时要淘井，泉水自然也是新的了。”苏轼醒后，便以《记梦参寥茶诗》为题，将这段梦境记录了下来。

苏轼如今住在临皋亭中，雪堂成为了会客的场所。苏轼凭借着强大的个人魅力，吸引了各色高人，雪堂渐渐不够住了。怎么办呢？苏轼有些发愁。不久后，一位同僚出现，解决了这个问题。

元丰五年（1082年）五月，和苏轼同年进士及第的蔡景繁来黄州看望苏轼。和谪居的苏轼不一样，如今蔡景繁任淮南转运副使，黄州是他的管辖地。看见苏轼住在如此狭窄的临皋亭中，这位温和、敦厚的官员出钱为苏轼在江边盖了三间瓦房。苏轼为这座新居取名“南堂”。如此一来，新朋友来黄州时，也有地方住了。

苏轼很喜欢这座坐北朝南的新居，写下了很多意境深远的诗：

其一

江上西山半隐堤，此邦台馆一时西。

南堂独有西南向，卧看千帆落浅溪。

其二

暮年眼力嗟犹在，多病颠毛却未华。

故作明窗书小字，更开幽室养丹砂。

其三

他时雨夜困移床，坐厌愁声点客肠。

一听南堂新瓦响，似闻东坞小荷香。

其四

山家为割千房蜜，稚子新畦五亩蔬。

更有南堂堪著客，不忧门外故人车。

其五

扫地焚香闭阁眠，簟纹如水帐如烟。

客来梦觉知何处，挂起西窗浪接天。

——《南堂五首》

神宗元丰六年（1083年）二月，苏轼得了一种叫疮疖的病。这是一种皮肤毛囊或皮脂腺的急性化脓性炎症，多为热毒不得外泄，阻于肌肤所致。苏轼最开始并没有当回事，没想到后来越来越严重，以致疼痛难忍。热爱外出访友的苏轼不得不闭门养病，原本要去岐亭看望陈慥的计划也取消了。除少数亲密的朋友，其他前来拜访的客人，苏轼一概不见。

到了五月，苏轼的病还没有痊愈，甚至有越来越严重的趋势。陈慥听说了这个消息，立刻来黄州探望苏轼。而跟着陈慥一起来的，还有一位品格高洁的闲雅之士，苏轼称其为王长官。王长官已经辞官归田三十三年，在黄州非常有威望。

朋友的来访大大减轻了苏轼的病痛，他披上衣服，坐在榻上和朋友们畅谈，渐渐忘记了时间。第二天，王长官告辞。经过一夜的长谈，苏轼已经喜欢上了这个风骨凛然的新朋友。临行前，苏轼写下了《满庭芳·三十三年》：

（有王长官者，弃官黄州，三十三年，黄人谓之王先生。因送陈慥来过余，因为赋此。）

三十三年，今谁存者？算只君与长江。凛然苍桧，霜干苦难双。闻道司州古县，云溪上、竹坞松窗。江南岸，不因送子，宁肯过吾邦？

摐摐。疏雨过，风林舞破，烟盖云幢。愿持此邀君，一饮空缸。居士先生老矣，真梦里、相对残釭。歌声断，行人未起，船鼓已逢逢。

陈慥并没能使苏轼的病症减轻，到了六月，苏轼体内热毒上升，右眼高高肿起，苏轼几近失明。家里人都急得团团转，想出各种办法来治疗这一疾病。只有苏轼安然自若，时不时编个笑话来逗乐亲友。

有一次，一位医生告诉苏轼："患风火眼赤的人要忌口，最好不要吃肉。"苏轼决定戒掉荤腥，吃一段时间的素食。可苏轼又是一个不折不扣的肉食爱好者，每次家中烹煮肉食，苏轼就心痒难耐。因为这件事，苏轼写下了一篇幽默诙谐的小品文《子瞻患赤眼》：

子瞻患赤目，或言不可食脍。子瞻欲听之，而口不可，曰："我与子为口，彼与子为眼，彼何厚，我何薄，以彼患而废我食，不可。"子瞻不能决。口谓眼曰："他日我喑，汝视物，吾不禁也。"管仲有言："畏威如疾，民之上也；从怀如流，民之下也。"又曰："燕安酖毒，不可怀也。"《礼》曰："君子庄敬日强，安肆日偷。"此语乃当书诸绅，故余以

“畏威如疾”为私记云。

这篇文章翻译成白话文是：我得了眼疾，医生说不能吃切得很细的肉。我想要听医生的话，但是我的嘴巴不同意，嘴说：“我是你的嘴，它是你的眼睛，你为什么要重视它而轻视我呢？因为它得了病就不给我吃肉，我不允许。”我有点儿犹豫，不知道如何抉择。嘴又说：“哪一天我得了重病，你想看什么就看什么，我绝对不会来阻止你。”

管仲曾说：“像畏惧疾病一样畏惧权威的人，是百姓中的最上等。只知道随心所欲、随波逐流的人，是百姓中的最下等。”管仲又说：“沉溺享乐就像喝毒酒自杀一样。”《礼记》说：“君子庄重恭敬则一天天强大起来，安逸放纵则一天天苟且偷生。”这句话应该成为每一个人的座右铭，我写了这篇寓言，以表达“畏威如疾”的想法。

苏轼的疾病慢慢引起了百姓的注意。以前，闲不住的苏轼在黄州的大街小巷寻访有趣的故事，和路边的走卒小贩聊天，在酒馆里和陌生人把酒言欢，喝醉了就摇摇晃晃地往家里走，一边走还一边吟诵诗词。可是最近这几个月，这个潇洒豪放的大文豪似乎没了动静。苏轼到底怎么了？黄州百姓感到非常疑惑。

这时，一个多事的人说：“那天我看见苏夫人伤心哭泣，一问，原来是苏大人生了重病！”这当然是杜撰的，但他脸上的表情那么真切，语气又那么肯定，旁人也就信了三分。于是，一种悲伤的情绪在黄州蔓延开来：那位大文豪身患重病，即将不久于人世。谣言越传越远，人们仿佛看见那位失意的诗人坐在临皋亭中无力地呻吟。

没过多久，和苏轼师出同门的大散文家曾巩在临川去世。一个新的谣言诞生了：苏轼和曾巩一同去世了，二人同返天庭。谣言传得沸沸扬扬，最后竟传到了宋神宗的耳中。神宗立刻传尚书左丞蒲宗孟进宫，这位蒲大人是苏轼的同乡兼远亲，神宗相信他一定有确切的消息。但蒲宗孟并不知道苏轼的近况，只能说：“让臣去打探一下。”不知道是什么原因，蒲宗孟并没有打探到苏轼的真实情况，最后向神宗回禀："苏轼已经去世了。"

当时神宗正在吃饭，听到这个消息后食不下咽，将筷子扔在桌子上，伤心地说："再无此等人才！"他摆了摆手，示意蒲宗孟退下，随后闷闷不乐地回了自己书房。

苏轼的好友，住在许昌的范镇也听说了这个消息。他失声痛哭，立刻准备去黄州吊唁老友。范镇的儿子一边安慰老泪纵横的父亲，一边冷静地分析："这只是个传言，还不知道真假。不如我们先寄一封信去问候苏先生，如果消息属实，再去黄州吊唁也不迟。"范镇觉得这个主意不错，马上写了一封信，派家仆前去黄州。

家仆快马加鞭赶到了黄州，那时苏轼的病已经痊愈。看见苏轼还活着，家仆非常开心，把事情的缘由告诉了苏轼。苏轼听后大笑不止，内心感动不已。他立刻给范镇回了一封信：

> 李成伯长官至，辱书，承起居佳胜，甚慰驰仰。新居已成，池圃胜绝，朋旧子舍皆在，人间之乐，复有过此者乎？某凡百粗遣，春夏间，多疮患及赤目，杜门谢客，而传者遂云物故，以为左右忧。闻李长官说，以为一笑，平生所得毁誉，殆皆此类也。何时获奉几杖，临书惘惘。
>
> ——《答范蜀公四首（之一）》

神宗也得到了苏轼尚在人世的消息，在欣喜之余，神宗有些忧愁：为什么像苏轼这样的才学之士不在自己身边呢？神宗决定不再妥协。

在元丰七年（1084年）正月的一天，神宗不与执政宰辅商量，直接动用皇帝手札，重新起用苏轼。神宗的安排非常巧妙：苏轼还是戴罪之身，不给他任何升迁，只迁到离京城较近的汝州。王珪等人虽然知道神宗的意图，但也找不到反对的理由。就这样，苏轼的命运转盘又开始转动了。

告别黄州

苏轼正准备购置一座田产做终老之所。听说荆州附近有一座小田庄要出售，苏轼便让长子苏迈带着家中所有的积蓄去荆州相看。听说了这个消息，范镇写了一封信，建议苏轼去许昌买地，和自己做邻居。接到信后，苏轼非常感动，但是他想到自己在黄州生活了四年，早就已经爱上了这座偏僻、荒凉的小镇，习惯了家人一起耕田、种菜的日子，或许很难再融入名士聚集的大都市，所以拒绝了老友的好意。遗憾的是，因为种种原因，苏家并没有买下荆州的那座田园。对此，苏轼感叹道：

吾无求于世矣。所须二顷稻田，以充饘粥耳。而所至访问，终不可得。岂吾道方艰难时无适而可耶？抑人生自有定分，虽一饱，亦如功名富贵不可轻得耶？

——《书田》

没有买到田产只是一个小小的遗憾，有朋友和美景，苏轼马上就将这样的遗憾抛到脑后了。苏轼刚刚来黄州时，常常去定惠院东边的小山坡上散步，无意间发现了一株海棠。苏轼最爱海棠，不仅特意为其写了一首诗，每年海棠花开的时候，他还会带着朋友去海棠树下喝酒。据苏轼自己说："已五醉其下矣。"

宋神宗元丰七年（1084 年）三月初三上巳节，苏轼邀请参寥、徐太守的弟弟徐得之、崔闲等人去观赏海棠。因为苏轼格外喜欢这株海棠，所以园子主人特意精心培植海棠，使其越长越繁茂。

园子里还有很多枳树，这种树瘦瘠而坚韧，筋脉都露在外面，看上去就像老人的头颈。春季时，枳树会开白色的花，远远望去，就像一粒粒珍珠挂在枝头，香气扑鼻，令人沉醉。枳树没有什么实用价值，往往被人砍去。因为苏轼喜欢，园主人就留下了这一片枳树。

苏轼和朋友们在海棠树下饮酒，聊天作诗，好不畅快。酒宴之后，苏轼和朋友来到尚家休息。尚氏也是苏轼的朋友，他出身市井，但家中布置得清幽雅致，尤其是一片花圃和竹林格外可爱，非常讨苏轼喜欢。苏轼在尚家后院的小楼上舒舒服服地睡了一觉。睡醒后，他听见崔闲在弹雷氏琴。琴声高亢，像悲鸣的风，又像微亮的月光，苏轼不禁感叹："这样的享受在人间是难得一见的。"

离开尚家后，苏轼漫步至东城，看到有一个小贩在卖大木盆。苏轼想："夏天时倒入清水，将西瓜放进去浸泡，一定很不错。"苏轼买下了木盆，随后沿着一条小溪走进了何氏花园。何家人正在修葺房屋，对苏轼说："苏先生，酒已经放在竹荫下了，您先坐吧！"那位姓刘的邻居也来了，带来了苏轼最爱的"为甚酥"。大家聚在一起喝酒，只有参寥喝枣汤。

苏轼突然想回家，起身和各位朋友告辞。出门前，苏轼偶然看到何家有几棵茂盛的橘子树，便对何氏说："能不能给我几棵橘子树的树苗，我想移到雪堂的西边。等到秋天，就有可口的橘子吃了！"何氏回答："当然没问题。"然后给苏轼找了几棵特别好的树苗。

第二天，徐得之要回闽中，临行前说："不知道什么时候再见面，所以希望您能记下昨天发生的事情，以作日后谈资。"苏轼欣然答应，写下这篇洋溢着生活乐趣的《记游定惠院》：

黄州定惠院东小山上，有海棠一株，特繁茂。每岁盛开，必携客置酒，已五醉其下矣。今年复与参寥禅师及二三子访焉，则园已易主，主虽市井人，然以予故，稍加培治。山上多老枳木，性瘦韧，筋脉呈露，如老人项颈。花白而圆，如大珠累累，香色皆不凡。此木不为人所喜，稍稍伐去，以予故，亦得不伐。既饮，往憩于尚氏之第。尚氏亦市井人也，而居处修洁，如吴越间人，竹林花圃皆可喜。醉卧小板阁上，稍醒，闻坐客崔成老弹雷氏琴，作悲风晓月，铮铮然，意非人间也。晚乃步出城东，鬻大木盆，意者谓可以注清泉，瀹瓜李，遂夤缘小沟，入何氏、韩氏竹园。时何氏方作堂竹间，既辟地矣，遂置酒竹阴下。有刘唐年主簿者，馈油煎饵，其名为甚酥，味极美。客尚欲饮，而予忽兴尽，乃径归。道过何氏小圃，乞其丛橘，移种雪堂之西。坐客徐君得之将适闽中，以后会未可期，请予记之，为异日拊掌。时参寥独不饮，以枣汤代之。

苏轼没能吃到自己亲手栽种的橘子，因为几天后，他就接到了朝廷的调令。苏轼对此非常为难，一方面他清楚这是皇帝的好意：虽然自己仍然是州团练副使，且不能签署公文，但是汝州富饶美丽，各方面的条件都优于黄州，又离京城很近；一方面他舍不得离开黄州，他已经习惯了谪居生活，习惯在临皋亭欣赏江景，在雪堂和好友吟诗作赋。辛苦开辟的东坡农场生机勃勃，果树已经开花了，鸟儿在枝头歌唱早春。如果他接受旨意，就意味着要放弃这片辛苦耕耘的田地，他还要再在汝州开辟一个农场吗？苏轼非常犹豫，不知道要不要申请留居黄州。

最终，苏轼决定接受宋神宗的好意，并照例给神宗呈上一封《谢量移汝州表》。没想到这封谢表又差点儿引起风波。

收到苏轼的谢表后，神宗大声念诵出来，并感叹："苏轼真是一个天才！"但那些小人不愿意放过苏轼，想趁机找他的麻烦，便说："陛下，臣认为苏轼又在发牢骚。"神宗问："为什么要这么说？"那人说："苏轼在谢表中以'惊魂未定，梦游缧绁之中'来形容自己和弟弟通过殿试，意思是，他们当初因为谈论朝政的策论而考中，如今却因为谈论朝政而受罚。难道不是在抱怨吗？"神宗说："我了解苏轼，他没有这个意思。”

远在黄州的苏轼不知道自己又一次躲过了政治迫害，他正在收拾行囊，准备前往汝州。苏轼的行李并不多，他最放心不下的是自己的东坡、雪堂，以及乳母的坟墓——那位照顾过苏轼、苏辙和苏轼儿子的老人抵达黄州后不久便去世了。潘丙自告奋勇要为苏轼照看，苏轼才稍微安心。他租了一条船，准备前去筠州看完弟弟，再去汝州赴任。

收拾行李并不费什么工夫，但在黄州的最后一个月，苏轼却变得异常忙碌：他忙着和朋友、邻居告别。在黄州，苏轼是一个有罪的小官吏，但他却得到了无私的帮助，感受到了人情的温暖。徐太守对他尊敬有加，尽自己最大的能力保护苏轼，改善他的生活条件。左邻右舍都曾给予他帮助：建房子时，他们给苏轼送来自家的饭菜；筑堤时，他们过来帮忙，因为知道苏轼请不起工人；种田时，他们将自己多年的经验告诉苏轼，帮助这位新农夫获得丰收。

听说苏轼即将离开，朋友们纷纷来找他话别。饯别的筵席一个接一个，一向闲散的东坡居士变成了大忙人。苏轼本就是一个重感情的人，加上感激这些人在困顿之中给予自己的帮助，所以无论有多忙多累，苏轼都会去参加饯别的筵席。在筵席上，向苏轼请求题字的人数不胜数，苏轼不慌不忙，耐心地满足朋友们的要求。

潘丙的两个侄子请求苏轼为自己手写《前赤壁赋》和《后赤壁赋》，不惜笔墨的苏轼笑道：“写《归去来兮辞》也可以。”这两个年轻人倒是一点儿也不见外，说：“那请苏先生一并书写吧！”

苏轼性子有点儿急，平常写字大多为行书或草书，可《赤壁》二赋和《归去来兮辞》这样的文章，一定要用蝇头小楷书写。即便如此，苏轼还是答应了两兄弟的请求。他每天抽出一小段时间来抄写文章，最后还为这件事推迟了启程的日期。

在饯别筵席上还发生了这样一件有趣的故事。黄州有一位歌妓叫李琪，她温柔娴雅，非常喜欢读书，也很倾慕苏轼。但是李琪性格腼腆，不善言辞。每次太守宴席苏轼，其他歌妓争相请求苏轼留下墨宝，只有李琪站在一旁，不知道如何开口。看到其他人都能求得苏轼的诗句，李琪羡慕不已，但每次看到苏轼，她就失去了勇气。

这一天，州府官员为苏轼设下筵席，李琪被请来唱歌助兴。知道这位大文豪即将离开黄州，李琪鼓起勇气走上前，取下洁白的丝巾对苏轼说："请苏先生惠赐墨宝。"其实苏轼早就注意到了这个温柔腼腆的女孩儿，提笔写下："东坡五载黄州住，何事无言及李琪？"意思是，我在黄州住了五年，为什么从来都没有提到过李琪呢？这句诗平常浅易，和苏轼给其他歌妓写的诗相差甚远。

苏轼正准备提笔写下一句，旁边有人给苏轼敬酒。苏轼立刻放下手中的笔和他们谈笑。过了一会儿，苏轼还在与人饮酒，似乎将这件事情忘记了。有人对苏轼说："先生，请将剩下两句写完吧。"原来，大家猜想以苏轼的才华，后面一定有惊人之句。李琪也等得非常焦急，就是不敢提醒苏轼。苏轼这才猛然想起，哈哈大笑，提笔写下："恰似西川杜工部，海棠虽好不留诗。"

杜甫在一生写过近三千首诗，又在有"香海棠国"的西蜀生活了十年，却从来都没有吟诵过海棠。苏轼运用这个典故，不仅解释了自己为什么从没给李琪写过诗，还将李琪比作花中海棠，夸她不流于俗。这首诗先平后突，音韵和谐，有一种自然灵动的美感。那位腼腆内向的歌妓李琪，也因为这首诗而名垂后世。

离别的日子马上就要来临了，苏轼越来越舍不得这个地方。他本来是以戴罪之身来到黄州的，却得到当地父母官的庇佑、乡邻的帮助。在这里，他开辟东坡，自称"东坡居士"。他在田地里踩泥巴，登上梯子去摘果树上的果实，和孩子们一起打井，到江边的小酒馆喝酒，和朋友一起在海棠树下宴饮，去赤壁游玩。他在这里收获了友谊，感受到了田园之乐。黄州五年，他的儿子们渐渐长大了，会唱黄州本地的民歌，会说黄州土话。如今，朝廷的一纸调令使他不得不离开这个地方。

看着为自己饯别的邻里父老，苏轼心中十分不舍，写下：

（元丰七年四月一日，余将去黄移汝，留别雪堂邻里二三君子，会李仲览自江东来别，遂书以遗之。）

归去来兮，吾归何处？万里家在岷峨。百年强半，来日苦无多。坐见黄州再闰，儿童尽、楚语吴歌。山中友，鸡豚社酒，相劝老东坡。

云何。当此去，人生底事，来往如梭。待闲看秋风，洛水清波。好在堂前细柳，应念我、莫剪柔柯。仍传语，江南父老，时与晒渔蓑。

——《满庭芳·归去来兮》

此时，苏轼已经四十八岁了。比起东奔西走，他更愿意安心地待在一个地方。他好不容易爱上了黄州，喜欢上了田园隐居生活，却因为皇帝的命令而无法自由归去。苏轼唱“归去来”，其实是表达自己身不由己的痛苦。他在词中告诉黄州的父老乡亲，自己就像大海中的一艘小船，无法左右自己的命运。最后，他请邻居不要折堂前的细柳，请乡邻不要忘了为自己晾晒渔蓑，意思是自己总有一天会回来的。遗憾的是，苏轼此后再也没有回到黄州。

纵有万分不舍，告别的日子还是来了。元丰七年（1084 年）四月初七清晨，苏轼启程前往汝州，一大群人来为他送行。那些和他一同喝过酒的，一起讨论过小麦收成的，一起赏花赋诗的人们，都来江边送他。还有几个抱着孩子的贫困妇人，她们泪眼模糊，告诉苏轼，当初他善心救下的孩子如今已经会跟着念诗了。苏轼也忍不住流下了眼泪，他实在舍不得这么可爱的乡邻，舍不得东坡、雪堂。苏轼登上了船，有十九个朋友表示要送他到慈湖。船夫撑开竹篙，江上飘起薄雾，没过多久，岸边的人就消失在苏轼眼中。

在黄州五年，苏轼留下了许多动人的诗篇，将黄州这个偏僻小镇的动人景致生动地展现在世人面前，所以有人说苏轼成就了黄州。其实，黄州也成就了苏轼。因为在这里，诞生了一个成熟、达观、智慧的文学家：苏东坡。

难得闲暇

宋神宗元丰七年（1084 年）四月十四日，苏轼抵达慈湖。古耕道等诸位好友不得不向苏轼告别，返回家中。陈慥不舍得苏轼，说："这次离别后，不知道我们什么时候才能见面，让我再送你一程吧！送到九江后，我就返程。"无论苏轼如何劝说，陈慥都不愿意离开。这时，参寥也对苏轼说："我也陪你到九江吧，听说九江庐山中有不少古寺，我想去拜访那里的寺院。"这位不为俗世牵挂的僧人此时只想离自己的好友近一些。苏轼内心感动，没有再劝阻。

站在一旁的道士赵吉说："我也跟你一起去。"这位道士是苏轼新交的朋友，是一位具有神奇色彩的人物。据说，这位蓬头垢面、衣衫褴褛的老人已经一百二十七岁了，却精神矍铄、神采奕奕。苏轼的弟弟苏辙第一次见赵吉时大吃一惊，因为虽然没有和对方见过面，但是赵吉能准确地说出他的身体状况和性格喜好。苏辙将赵吉请入家中居住，向他请教养生术，受益颇深。赵吉住在苏辙家中时，常常听苏辙讲述苏轼的趣事，不由得对这位名满天下的大才子产生了仰慕之情。后来，赵吉千里迢迢来黄州拜访苏轼，与之一见如故，二人经常在雪堂中讨论道教养生术至深夜。这次苏轼去汝州任职，赵吉决定追随。

后来，苏轼改变计划，走陆路去汝州，就把赵吉托付给在兴国军（今湖北省阳新县）的朋友照顾。这位老人本来在兴国军过得很好，常常骑着驴子去大街上闲逛，没想到不久后竟然被驴子踢死了。几年后，苏辙听人说，有一个和尚逢人便说自己就是赵吉。苏辙向那人打听和尚的相貌，长得竟然和赵吉一模一样。赵吉死而复生的故事传到兴国军父母官耳朵中，这位官吏对这种神怪故事将信将疑，命人挖开赵吉的坟墓，只见坟墓中只剩下两块骨头和一根拐杖，其他的骨头都消失不见了。

在陈慥、参寥和赵吉这一侠、一僧、一道的陪伴下，苏轼来到了九江。好友刘恕的弟弟刘格前来迎接。刘恕性格直率、坦荡无私，虽和王安石是故交好友，但是因为不满新法对百姓带来的负担，所以多次上书直言新法的弊端，从而和王安石交恶。后来，被新党排挤的刘恕被迫离开官场，在九江隐居度日。让苏轼难过的是，这位正直勇敢的老友于神宗元丰元年（1078年）九月病逝，如今看到刘格，苏轼心中不胜唏嘘。

让苏轼更加难过的是陈慥即将返回岐亭。虽然二人都不愿意分离，但是考虑到陈慥在岐亭还有家人要照顾，而苏轼又像大海中的浮萍一样难以掌控自己的命运，所以二人不得不告别。离别时，二人紧紧地握住对方的手，只希望重逢的日子能来得更早一些。临别时，苏轼将之前在游览岐亭时写的诗作，连同这次的赠别诗，合编为《岐亭五首》，加上长序，送给陈慥作为纪念：

（元丰三年正月，余始谪黄州。至岐亭北二十五里山上，有白马青盖来迎者，则余故人陈慥季常也。为留五日，赋诗一篇而去。明年正月，复往见之，季常使人劳余于中途。余久不杀，恐季常之为余杀也，则以前韵作诗，为杀戒以遗季常。季常自尔不复杀，而岐亭之人多化之，有不食肉者。其后数往见之，往必作诗，诗必以前韵。凡余在黄四年，三往见季常，而季常七来见余，盖相従百余日也。七年四月，余量移汝州，自江淮徂洛，送者皆止慈湖，而季常独至九江。乃复用前韵，通为五篇以赠之。）

昨日云阴重，东风融雪汁。远林草木暗，近舍烟火湿。
下有隐君子，啸歌方自得。知我犯寒来，呼酒意颇急。
抚掌动邻里，绕村捉鹅鸭。房栊锵器声，蔬果照巾幂。

久闻蒌蒿美，初见新芽赤。洗盏酌鹅黄，磨刀削熊白。
须臾我径醉，坐睡落巾帻。醒时夜向阑，唧唧铜瓶泣。
黄州岂云远，但恐朋友缺。我当安所主，君亦无此客。
朝来静庵中，惟见峰峦集。我哀篮中蛤，闭口护残汁。
又哀网中鱼，开口吐微湿。刳肠彼交病，过分我何得。
相逢未寒温，相劝此最急。不见卢怀慎，烝壶似烝鸭。
坐客皆忍笑，髡然发其幂。不见王武子，每食刀几赤。
琉璃载烝豚，中有人乳白。卢公信寒陋，衰发得满帻。
武子虽豪华，未死神已泣。先生万金璧，护此一蚁缺。
一年如一梦，百岁真过客。君无废此篇，严诗编杜集。
君家蜂作窠，岁岁添漆汁。我身牛穿鼻，卷舌聊自湿。
二年三过君，此行真得得。爱君似剧孟，扣门知缓急。
家有红颊儿，能唱《绿头鸭》。行当隔帘见，花雾轻幂幂。
为我取黄封，亲拆官泥赤。仍须烦素手，自点叶家白。
乐哉无一事，十年不蓄帻。闭门弄添丁，哇笑杂呱泣。
西方正苦战，谁补将帅缺。披图见八阵，合散更主客。
不须亲戎行，坐论教君集。酸酒如齑汤，甜酒如蜜汁。
三年黄州城，饮酒但饮湿。我如更拣择，一醉岂易得。
几思压茅柴，禁网日夜急。西邻推瓮盎，醉倒猪与鸭。
君家大如掌，破屋无遮幂。何从得此酒，冷面妒君赤。
定应好事人，千石供李白。为君三日醉，蓬发不暇帻。
夜深欲逾垣，卧想春瓮泣。君奴亦笑我，鬓齿行秃缺。
三年已四至，岁岁遭恶客。人生几两屐，莫厌频来集。
枯松强钻膏，槁竹欲沥汁。两穷相值遇，相哀莫相湿。
不知我与君，交游竟何得。心法幸相语，头然未为急。
愿为穿云鹘，莫作将雏鸭。我行及初夏，煮酒映疏幂。
故乡在何许，西望千山赤。兹游定安归，东泛万顷白。

一欢宁复再，起舞花堕帻。将行出苦语，不用儿女泣。
吾非固多矣，君岂无一缺。各念别时言，闭户谢众客。
空堂净扫地，虚白道所集。

在九江稍作歇息，刘格邀请苏轼、参寥等人游览庐山。庐山风景秀丽，层峦叠嶂，高耸入云，变幻无常的云雾给它增添了一份神秘色彩。而且此处古迹遍布，没人知道有多少文人墨客在此留下了丹青墨迹。不仅仅是奇石怪峰、温泉瀑布，还有古刹道观和无数浪漫的传说。

神宗元丰七年（1084 年）四月二十四日清晨，苏轼和参寥等人自庐山南麓开始登山。没走多久，苏轼就对参寥说："不如我们做一个约定，今日游览庐山，绝不写一首诗。"参寥说："如果你做不到呢？"苏轼大笑道："那我就自罚一杯！"

苏轼等人沿着蜿蜒曲折的山路攀登。庐山风景秀美，郁郁葱葱的树木遮蔽了阳光，树上都是绿茸茸的青苔，显得格外可爱。山中的鸟儿一点儿都不害怕这些兴致勃勃的登山客，都从枝叶间伸出头来，好奇地打量。苏轼正在欣赏山中美景，突然传来一个声音："真是的苏先生！"原来是一位小沙弥，他跑到苏轼面前，说："刚刚有人说在山下看到您了，我还不信呢。能够见到您，真是我的荣幸！"小沙弥向苏轼一行人一一问好后，说："我还有功课要做，就不陪您了。"这位可爱的孩子像一阵风一样，一会儿就跑得没影了，只不过他的声音穿过茂密的树林清晰地传了过来："苏子瞻来了！苏子瞻来了！"在场的人哈哈大笑，苏轼开口吟道：

芒鞋青竹杖，自挂百钱游。
可怪深山里，人人识故侯。

——《初入庐山三首》其一

刘格听后大声称赞："真是好诗！"参寥却笑道："失约了。"苏轼这才想起之前和参寥的约定，说："既然已经失约，那也不用再顾忌了。"看着奇幻而富于变化的山中景色，苏轼又作了一首诗：

青山若无素，偃蹇不相亲。
要识庐山面，他年是故人。

——《初入庐山三首》其一

苏轼和友人继续攀登，看着蜿蜒的小溪、陡峭的悬崖、苍翠的林木，苏轼觉得自己好像在梦中。他不知道读过多少首前人吟诵庐山的诗词，对他来说，这座秀美的名山就像一个神交已久的老朋友。这次与庐山相遇，让苏轼喜不自胜。于是，他随口吟道：

自昔怀清赏，神游杳蔼间。
如今不是梦，真个在庐山。

——《初入庐山三首》其一

此次来到庐山，苏轼还有一个疑问想解决。年少时苏轼读李白的《望庐山瀑布》："日照香炉生紫烟，遥看瀑布挂前川。飞流直下三千尺，疑是银河落九天。"李白以他纵横的才思、没有疆界的想象力描绘出了庐山瀑布的磅礴气势。每次读这首诗，苏轼都会一边感叹李白的才华，一边好奇："庐山瀑布果真像李白描写的那样雄奇瑰丽吗？"想到此处，苏轼不由得加快脚步。

没过多久，苏轼就来到了位于五老峰下的开先寺。这座寺庙原本是南唐元宗李璟的读书堂，李璟即位后下令将其改建为庙宇。此处古树参天，云雾弥漫，犹如仙境。庐山瀑布就在开先寺外不远处，坐在寺中喝茶，能清楚地听到瀑布发出的"隆隆"声。

喝茶休息后，苏轼等人跟着寺中方丈来到著名的庐山瀑布前。只见一条银白色的瀑布，如千军万马之势，咆哮着飞扑下来，激起千万朵水花，山风一吹，变成一片雨雾，白茫茫的一片。看到这样的情景，苏轼心中感叹：李太白所言不虚！开口吟道：

帝遣银河一派垂，古来惟有谪仙词。
飞流溅沫知多少，不与徐凝洗恶诗。
——《世传徐凝瀑布诗云一条界破青山色至为尘陋，又伪作乐天诗称美此句有赛不得之语。乐天虽涉浅易，然岂至是哉？乃戏作一绝》

苏轼诗中提到的徐凝，是指唐朝诗人徐凝，他写了一首《庐山瀑布》："虚空落泉千仞直，雷奔入江不暂息。今古长如白练飞，一条界破青山色。"苏轼认为这首诗写得不好，没有写出庐山瀑布的气势，更没有《望庐山瀑布》的空灵悠韵。然而，《全唐诗话》中记载大文豪白居易曾夸赞过这首诗。苏轼觉得白居易不会这么没有眼光，这件事肯定是后人杜撰的。如今看到庐山瀑布实景，苏轼更认为徐凝写的《庐山瀑布》毫无灵气，便称其为"恶诗"。其实，徐凝的诗作虽然比不上李白，但真实地描写出了所见所感，并不是泛泛之作，苏轼所言未免失之偏颇。

在刘格家住了几天，苏轼启程前往筠州与弟弟相聚。不过，远在筠州的苏辙日子过得并不舒心。苏辙一家人住在江边的小房子里，条件非常艰苦：夏天太阳直射，炎热异常；冬天饱受寒风，一家人常被冻得发抖。他也不像苏轼那么悠闲自在，酒监这个职位虽然不重要，但是要处理的事情很多。每天太阳刚刚从江面上冒出头，苏辙就要出门去市场上收盐酒税，和那些贫穷的百姓为一分钱的税金争来争去。刚刚到筠州时，苏辙还有两位同事，但不久后他们都辞去了职位，朝廷又一直没有任命新人。为了完成工作，苏辙只能早出晚归。据苏辙说，他每天一到家中就昏睡过去，不知日夜。

被贬为筠州酒监后，苏辙的俸禄已经无法支撑一家人的生活，他又不能像苏轼一样开辟农场，一家人只能节衣缩食。当地的毛太守非常喜欢苏轼，加上对苏辙的遭遇抱有同情，所以常常给苏辙生活上的资助，还经常邀请他参加宴会。但是毛太守告老还乡后，同僚开始打压排挤苏辙。听说了这件事情后，苏轼心中又自责又难过，常常写信安慰弟弟，希望能给弟弟一点儿心理上的安慰。

温和敦厚的苏辙虽然没有苏轼那样纵横的才思，但他和哥哥一样真诚善良，对生活、对自己负责任。虽然同僚想尽办法排挤他，虽然酒监的工作卑微又烦琐，但他依旧勤勤恳恳地工作。生活艰难，他也没有对苏轼说过半句抱怨之言，他不后悔为自己的哥哥求情。在紧张的工作间隙阅读苏轼的信，对苏辙来说是难得的闲适时光。

在前往筠州的路上，苏轼心中是说不出的喜悦。他和苏辙已经分离太长时间，虽然二人常常书信往来，苏轼还曾安慰弟弟：只要心中想念彼此，那无论相隔多远，也像生活在一起。但苏轼还是不由自主地想念自己的弟弟，想念那些可爱的侄子们：当年分别的时候，最小的侄子虎儿（苏远）还是个只会跟在父亲身后的小孩子，现在已经长成大人了吧。想到此处，苏轼提笔写下：

露宿风餐六百里，明朝饮马南江水。
未见丰盈犀角儿，先逢玉雪王郎子。
对床欲作连夜语，念汝还须戴星起。
夜来梦见小於菟，犹是鬓髦垂两耳。
忆过济南春未动，三子出迎残雪里。
我时移守古河东，酒肉淋漓浑舍喜。
而今憔悴一羸马，逆旅担夫相汝尔。
出城见我定惊嗟，身健穷愁不须耻。

我为乃翁留十日，掣电一欢何足恃。

惟当火急作新诗，一醉两翁胜酒美。

——《将至筠，先寄迟、适、远三犹子》

题西林壁

宋神宗元丰七年（1084 年）四月二十九日，苏轼抵达据筠州城二十里的建山寺。他的弟弟苏辙已经在此等候多时了。

许久未见，二人相拥而泣，既为这几年的分离，也为彼此的遭遇。寒暄过后，苏轼注意到苏辙身后有两位神色温和的大师。苏辙介绍道："这两位是洞天禅院的云庵禅师和有聪禅师，他们与我相交甚密，此次和我一起迎接哥哥，是因为一个奇怪的梦。"苏轼忙问："什么梦？"

苏辙说："那日我接到哥哥寄来的信，知道你马上就要抵达筠州，心中开心不已，晚上梦见与云庵禅师、有聪禅师一起出城迎接五祖戒和尚。第二天两位禅师找到我，说自己也做了一个同样的梦。我想或许和哥哥有关，便邀请禅师与我一起出城接哥哥你。"

苏轼听了感叹道："真是奇妙！"他想了一会儿，说："我小时候经常梦见自己是僧人，往来于陕西一带。后来母亲告诉我，她怀我的时候曾梦见一位僧人来家中借宿，那位僧人有一只眼睛失明。"

云庵禅师惊讶地说："五祖戒和尚就是陕西人，晚年来到筠州，最后在大愚寺圆寂。算起来，五祖戒和尚已经离世五十年了。"有聪禅师问："苏先生今年多大？"苏轼说："四十九岁。"苏辙惊讶地说："难道我们三人梦见的五祖戒和尚就是哥哥吗？"两位禅师纷纷感叹这际遇之奇妙。后来，苏轼在给云庵禅师的信中就自称"戒和尚"。

苏轼在筠州停留了十天，日日和苏辙聊天至深夜。但是让苏轼遗憾的是，苏辙公务繁忙，连端午佳节都不能和家人一起过。所幸三个侄子都已经长大成人，而且聪明灵透，苏轼带着他们探访古寺，游览筠州美景，过得惬意舒心。连十一岁的虎儿都能即景联句，让苏轼欣慰不已。

当时，金沙江刘村有一位长者叫刘平伯，他温和、敦厚，经常帮助邻里，在金沙江一带很有威望。苏辙来到筠州之后，常常划着小船去拜访这位谦逊有礼的长者。从弟弟那里听说这位长者的贤名，苏轼说："我一定要拜访一下这位前辈。"

苏轼让苏辙邀请云庵禅师、有聪禅师等人，一起前往刘村拜访刘平伯。名扬天下的大文豪来拜访自己，刘平伯当然非常开心，诚恳地邀请苏轼等人在家中住下来，并遣船夫当夜返回筠州。

第二天，刘平伯请苏轼一行人游览金沙台，并请苏轼为自己留下墨宝。不惜笔墨的苏轼立刻画了四幅墨竹图，提笔写下：

雨后东风渐转和，扣门迁客一经过。
王孙采地空珪璧，长者芳声动薜萝。
正尔谪居怀北阙，聊同笑语话东坡。
山林台阁原无异，促膝论心酌叵罗。

——《金沙台》

从这首诗中可以看出，苏轼对自己的前程并不报什么希望。过了这么多年风雨飘摇的生活，苏轼开始向往隐居，向往山水田园生活。比起从未见过的汝州，苏轼更希望自己能像刘平伯老人一样远离官场，在临水的小村庄里享受天伦之乐。

苏轼的来访在刘村引起了轰动，为了纪念这位大文豪，当地人将苏轼登岸的渡口改名为"来苏渡"，将岸边的小村庄改名"来苏"。他们甚至在来苏渡建造了一座亭子，请苏轼亲笔书写"唤渡亭"三字，做成牌匾悬挂在亭子上。

元丰七年（1084年）五月初五，苏轼和苏辙告别，前往九江和家人会合。看着沧桑不少的弟弟，苏轼心中万分不舍。苏轼提笔写下《留别子由三首兼别迟》，以表达自己的不舍和对侄子的关爱之情：

知君念我欲别难，我今此别非他日。
风里杨花虽未定，雨中荷叶终不湿。
三年磨我费百书，一见何止得双璧。
愿君亦莫叹留滞，六十小劫风雨疾。

先君昔爱洛城居，我今亦过嵩山麓。
水南卜筑吾岂敢，试向伊川买修竹。
又闻缑山好泉眼，傍市穿林泻冰玉。
遥想茅轩照水开，两翁相对清如鹄。

两翁归隐非难事，惟要传家好儿子。
忆昔汝翁如汝长，笔头一落三千字。
世人闻此皆大笑，慎勿生儿两翁似。
不知樗栎荐明堂，何似盐车压千里。

苏轼返回九江时，家人还没有抵达，他决定和自己的好友佛印禅师一起游览庐山。苏轼谪居黄州时，佛印正在庐山的归宗寺当住持，二人数次通信往来。神宗元丰六年（1083年），佛印离开归宗寺，前往润州金山寺任住持，所以苏轼第一次游庐山时并没有见到佛印。这一次，佛印正巧回归宗寺办事，两位老友终于能够见面畅聊了。

苏轼和佛印游览庐山时曾发生过这样一件趣事。有一次，苏轼、佛印、参寥三人同游庐山黄龙峰。黄龙峰的温泉最出名，据说有延年益寿的功效。三人一边享受着露天温泉，一边谈论佛理，心中畅快。

泡完温泉，苏轼沿着池壁漫步，突然发现池壁上刻着一首诗："禅庭谁立石龙头，龙口汤泉沸不休。直待众生尘垢尽，我方清冷混常流。"苏轼觉得有趣，便和作一首：

石龙有口口无根，自在汤泉自吐吞。
若信众生本无垢，此泉何处觅寒温。

写下"直待众生尘垢尽"的可遵禅师知道苏轼夸赞自己的诗作后非常得意，大声地对小和尚说："我的才华可与苏子瞻比肩。"随后让小和尚请苏轼等人来禅院一聚。

苏轼一行人应邀而来，可遵对苏轼说："我前几日读了苏先生的《三峡诗》，特意和诗一首：'君能识我汤泉句，我却爱君《三峡诗》。道得可咽不可漱，几多诗将树降旗。'"苏轼还没说话，可遵就对门外的住持喊道："把我写的诗作拿去刻碑。记住，把碑空出一半，等苏先生和诗后再刻上去！"

苏轼见他为人粗鄙，写的诗俗不可耐，便皱着眉头转身准备走，谁知可遵还在自夸，并不停地催促苏轼和诗。一旁的佛印拦住可遵，对他说："我来和你的诗：'打睡祥和万万千，梦中趋利如走烟。戏君快打修禅定，老境如禅已再眠。'"

旁边的和尚听后都捂嘴偷笑，谁都能看出可遵写的诗和苏轼的诗境界不同，可遵竟认为自己能与苏轼比肩。可遵听后生气地说："看来我说什么都没用。苏先生，我就不送了。"后来，可遵经常对别人说："别看苏轼是个大诗人，其实心眼儿非常小。他嫉妒我诗写得比他好，所以不愿意在我这儿多待呢。"

有一天，山下僮仆跑来告诉苏轼，说苏轼的家人已经抵达九江。彼时，苏轼正在庄严的西林寺游览，他感叹道："是时候告别了。"在庐山的这些日子里，他时而和佛印、参寥讨论佛理，时而与其一同游览山中名胜，时而独自在空寂幽深的山路上漫步，过得惬意舒心。想到这半个月中，自己虽然写下过不少诗作，但从没能描绘出庐山的全貌，不由感叹庐山之奇妙。

苏轼发现庐山横看郁郁葱葱、连绵不绝，侧看山峦奇峰、奇峰耸立，远看和近看都会呈现出不同的样子。这位聪慧的诗人顿悟：因为我身处庐山之中，所以才看不清庐山的真实面目啊。于是，苏轼在西林寺的墙壁上写下了这首千古名篇：

横看成岭侧成峰，远近高低各不同。
不识庐山真面目，只缘身在此山中。

——《题西林壁》

苏轼的诗词文章就像一杯好茶，看上去简单易懂，细细品味后才知回甘。这首诗用朴实无华的语言描绘出了庐山移步换景、千姿百态的特点，给人以想象空间，引起读者的思考和回味。就像游览景色一样，在为人处世的过程中，一个人所处的地位、看问题的角度不一样，他看到的风景，得到的结论也会有所不同。如果想得到正确的认识，就必须抛开成见，全面地看问题。苏轼通过质朴的语言表达出了丰富的内涵，让世人感受到了这种以言理为特色的诗风的魅力。

苏迈带来一个消息：朝廷任命他为德兴县尉。此时苏迈26岁，看上去坚定又可靠，家中的变故不仅没有使他变得懦弱胆小，反而让他变得更懂事。他已经成长为一个顶天立地的男子汉，能够替苏轼挑起家中重担，也能为一方百姓造福了。苏轼对此欣慰不已。和夫人商量过后，苏轼决定一家人绕道湖口，送苏迈上任。

湖口有一座石钟山，关于它名字的来历，自古以来有两种解释：郦道元在《水经注》中说，石钟山下有深潭，微风扬起波浪时，水和石头互相拍打，发出的声音好像钟鸣；唐代李渤在《辨石钟山记》中说，自己在深潭边找到两块石头，敲击后发出的声音和钟声很像。苏轼认为这两种说法都不可信，因为即使是将大钟放在江中，风浪也难以使其发声，何况是石头呢？而互相敲击发出响声的石头那么多，为什么唯独石钟山因此命名呢？苏轼决定进行实地考察。

来到湖口的石钟山后，苏轼向附近寺庙里的和尚询问石钟山名字的由来。一位小沙弥领着苏轼上山，在乱石中随便选了两块石头，用锤子敲打，石头硿硿地发出响声。小沙弥对苏轼说："这就是石钟山的来历。"苏轼听后并不相信，心想这和李渤的解释一样牵强，他决定乘着小舟去石钟山下看看，考察一下郦道元解释的真实性。

在一个月朗风清的夜晚，苏轼带着苏迈乘小船到断壁之下。月光下，巨大的山石高高地耸立着，好像凶猛的野兽，时刻准备攻击游人。山巅上的老鹰被人声惊醒，在夜空中盘旋，发出磔磔的怪声。鹳鹤发出的声音好像老人边咳边笑，声音在山谷中回荡，令人毛骨悚然。

苏轼觉得有点儿害怕，正准备返回。突然水面发出巨大的轰鸣声，就像有人在不停地敲击钟鼓。苏轼让船夫把船靠过去，仔细观察发声的地方，发现山下的石头有很多缝隙和小孔，江水涌进去，发出像钟鸣一样的声音。船驶到两座小山中间时，苏轼又看到水中有一块能坐一百多人的大石头，上面有很多窟窿，江水冲进去，发出像钟鼓一样的声音。这两种声音互相应和，犹如奏乐一样。苏轼认为这才是石钟山得名的原因，可笑人们竟然认为两块石头敲击发出响声才是真相。后来，苏轼将这段经历记录下来：

《水经》云："彭蠡之口有石钟山焉。"郦元以为下临深潭，微风鼓浪，水石相搏，声如洪钟。是说也，人常疑之。今以钟磬置水中，虽大风浪，不能鸣也，而况石乎！至唐李渤始访其遗踪，得双石于潭上，扣而聆之，南声函胡，北音清越，桴止响腾，余韵徐歇。自以为得之矣。然是说也，余尤疑之。石之铿然有声者，所在皆是也，而此独以钟名，何哉？

元丰七年六月丁丑，余自齐安舟行适临汝，而长子迈将赴饶之德兴尉，送之至湖口，因得观所谓石钟者。寺僧使小童持斧，于乱石间择其一二扣之，硿硿焉。余固笑而不信也。至暮夜月明，独与迈乘小舟至绝壁下。大石侧立千仞，如猛兽奇鬼，森然欲搏人。而山上栖鹘，闻人声亦惊起，磔磔云霄间。又有若老人咳且笑于山谷中者，或曰，此鹳鹤也。余方心动欲还，而大声发于水上，噌吰如钟鼓不绝。舟人大恐。徐而察之，则山下皆石穴罅，不知其浅深，微波入焉，涵淡澎湃而为此也。舟回至两山间，将入港口，有大石当中流，可坐百人，空中而多窍，与风水相吞吐，有窾坎镗鞳之声，与向之噌吰者相应，如乐作焉。因笑谓迈曰："汝识之乎？噌吰者，周景王之无射也。窾坎镗鞳者，魏庄子之歌钟也。古之人不余欺也！事不目见耳闻，而臆断其有无，可乎？"郦元之所见闻，殆与余同，而言之不详。士大夫终不肯以小舟夜泊绝壁之下，故莫能知。而渔工水师，虽知而不能言。此世所以不传也。而陋者乃以斧斤考击而求之，自以为得其实。余是以记之，盖叹郦元之简，而笑李渤之陋也。

——《石钟山记》

从这篇文章，我们能发现苏轼思想上的变化。相比盲目地相信他人的说法和判断，苏轼更愿意通过自己的眼睛、耳朵去发现事情的真相。他认为，站在个人的角度看问题难免会有所局限，只有抛开成见，更加客观、全面地看问题，并且通过实践考察，才能得出正确的认识。

这种转变也反映在他个人的政治立场上。谪居黄州五年，苏轼不仅没有对变法派产生怨恨之心，还发现虽然变法有弊端，但其富国强兵的效果非常显著。他承认自己之前对变法的认识太过片面，对王安石也抱有偏见。这位追求真理的大文豪虽然不愿意给自己戴上"反变法派"的帽子，但只要有益于国家、百姓，他不在乎自己被人划分到哪个政治党派。

偶遇故人

宋神宗元丰七年（1084年）七月初，苏轼一家人抵达南京。连续数日的奔波，加上水土不服，家人都病倒了。苏轼决定在南京多待一段时间，暂作休整。听说苏轼来到南京，当地文人墨客都想和他见一面。而苏轼最想见的，却是前宰相王安石。

王安石是杰出的政治家、改革家，他之所以竭力劝说宋神宗变法，不是为了个人名利，而是为了缓和社会矛盾，巩固朝廷统治，改变北宋建国以来积贫积弱的局面。他的初衷是好的，变法也的确取得了一定的成效。但是因为个人性格缺陷，加上变法自身的弊端，这场轰轰烈烈的社会改革并没有达到理想的效果，反而给百姓带来了苦难。

朝廷中那些忠诚正直的臣子，都因直言进谏而与王安石交恶，最终被贬谪出京或自请离任。留在王安石身边的，大多数是见风使舵、蝇营狗苟的小人。他们又怎么会一心为国为民办事呢？哪里能得到好处，他们就往哪里钻。他们排除异己，挑起党派之争，表面上是在推行新政，实际上是通过压迫百姓来讨好王安石和宋神宗。渐渐地，百姓对变法的怨恨越来越深。

宋神宗熙宁七年（1074年），天下大旱，有臣子对宋神宗说："陛下，这是上天的预示啊！现在民间到处都在传，这场旱灾是王安石引起的。"宋神宗回答道："这是天灾，和王安石有什么关系呢？"不久后，一个叫郑侠的画师献上了一幅难民图，真实地描绘了那些还不上青苗贷款的百姓是如何挣扎生存的。宋神宗看到这幅画后沉默良久，叹道："我早就听说百姓厌恶青苗法。哎，新法真的利国利民吗？"

太后也看到了这幅画，她对宋神宗说："如今百姓为了还清青苗贷款活得如此辛苦，你为什么还要实行新政呢？"神宗没有说话，太后又说："我知道王安石很有才华，但是百姓对他的怨言太多了。为了平民愤，你还是暂时停止王安石的职务吧。"神宗还是没有说话，一旁的岐王插嘴道："陛下，还是听太后的意见吧。"神宗突然焦躁起来，对岐王说："不如你来治理国家吧！"但神宗知道，自己一定要做出选择。第二天，王安石罢相。

王安石暂时失势，变法派的中坚人物，如吕惠卿、邓绾等却非常开心。这些只会钻营的官僚之所以对王安石俯首帖耳，并不是因为他们也有一颗济世救国之心，而是想借此获得权位。如今王安石罢相，他们不担心新法是否能继续推行，只一心思考：如何取王安石而代之。吕惠卿觉得时机来了，他来到宋神宗面前，情真意切地表演了一番，让神宗误以为他和王安石一样，怀抱着匡时济世的远大理想。不久后，吕惠卿被任命为宰相。

成为宰相后，吕惠卿的第一件事情就是排除异己，他先是利用郑侠的案件将王安石的弟弟王安国罢官，又污蔑王安石与一件谋反案有关。在此过程中，变法派的另一重要人物邓绾为吕惠卿鞍前马后，似乎将其当成了新的效忠对象。不过吕惠卿的算盘落空了，因为王安石从没有参与过谋反，而且神宗一直都想再度起用王安石。

神宗熙宁八年（1075年），王安石复相。吕惠卿失去了权势，最紧张的却是邓绾。这位墙头草生怕王安石因此记恨于他，跑去对王安石的儿子王雱说："我一直屈居吕惠卿之下，就是为了搜集罪证。"说完，将吕惠卿勒索商人金银的罪证交给了王雱。王雱非常讨厌吕惠卿，所以马上就将罪证交给了朝廷。不久后，吕惠卿被贬出京。

吕惠卿被激怒了，他决定向皇上控告王安石图谋不轨。以前王安石视吕惠卿为挚友，常常写信给他商量变法事宜，偶尔会在信中抱怨宋神宗。吕惠卿将这些信件都收集起来，呈上去给神宗。神宗看了之后果然愤怒不已，当着其他臣子的面大声地斥责了王安石。这是神宗第一次以如此严厉的态度对待王安石。感受了天子之怒，王安石心中既担心又愤怒。他担心的是自己的宰相之位能否保住，新法能否继续实行下去；愤怒的是自己一手提拔的吕惠卿竟然翻脸无情，给自己如此沉重的打击。

回家后，王安石狠狠地批评了儿子，他骂儿子太过莽撞，不和自己商量就攻击吕惠卿。王雱又惊又恐，他没有发现父亲的怒火不是针对自己的，而是针对吕惠卿的。这位敏感多思、神经质的青年被吓坏了。第二天，王雱的背上长了一个疮，而且越来越严重。王安石请了无数大夫来给儿子诊治，甚至请寺庙里的僧人为儿子诵经、做法事。可是几个月后，三十三岁的王雱还是离开了人世。

白发人送黑发人，王安石的心情可想而知。此时朝堂上的形势也对他非常不利。近几年，王安石感觉自己和宋神宗之间的关系日渐紧张，不仅仅是实施变法中出现的种种问题，还因为神宗越来越独断专行，似乎希望王安石不要提出任何异议，按照自己的旨意做事即可。吕惠卿背叛王安石后，神宗对王安石就越来越冷淡。儿子死后，王安石万念俱灰，对官场产生了强烈的厌恶之情，决心辞官归隐。神宗熙宁九年（1076 年）十月，神宗批准了王安石的辞呈，但仍保留他的爵位。

王安石回到南京，在城外修建了一所宅子，取名“半山园”。这座宅子完全没有将门侯府的气势，和附近商人的府邸没什么区别。虽然得到了赏赐和爵位，但王安石还是保留了年轻时简朴的习惯。他出门不坐轿，而是骑着驴子到处闲逛，后面跟着两个书童，想到什么想说的话，就拿出纸笔写下来。有时候他会独自骑驴出门，一边观赏风景一边自言自语。乡邻不知道他是宰相王安石，便皱着眉头问：“这是谁家的疯子？怎么又放出来了？”

王安石一直没有从丧子之痛中走出来，他常常想起自己的儿子。有一天，他梦见王雱戴着手铐脚镣在阴间受苦，吓得出了一身汗。王安石知道王雱不是一个温柔宽厚的人，活着的时候做过很多不厚道的事情。他害怕儿子真的在阴间受罪。于是，王安石将半山园捐为佛寺，神宗特赐名“报宁禅寺”。那天，他带着家人搬进秦淮河畔的一个小院子中，下人向他报告：苏轼来南京了。

王安石不讨厌苏轼。虽然在王安石看来，苏轼反对新法的行为非常愚蠢，但是对于苏轼的才华，王安石一直很欣赏。宋神宗元丰二年（1079年），苏轼被小人构陷，关在御史台中的时候，辞官归隐的王安石特意上书为苏轼求情。苏轼谪居黄州时，王安石也一直关注着他的动向。每次有人从黄州归来，王安石都要问：“苏子瞻最近有什么新作？”

有一次有位朋友从黄州而来，给王安石带来了苏轼写的《胜相院经藏记》。朋友对王安石说：“据说这篇文章是苏先生夜半醒来，一气呵成的。”王安石接过文章，在昏暗的灯光下仔细阅读。苏轼流畅的文笔、敏捷的才思和文中的哲学意蕴打动了王安石，他反复读了好几遍，然后放下文章，沉默良久，最后感叹道：“苏子瞻，人中之龙啊！”

王安石想要见一见这位才华横溢的大文豪，苏轼也想拜见这位曾经在朝廷上掀起风雨的宰相。一天，苏轼带着僮仆前去拜见王安石。当小船快靠岸的时候，苏轼看见王安石正在岸边等待自己。苏轼差点儿没认出来那位骑驴的老人就是王安石：王安石已经没有当年的气势，看上去疲惫又潦倒。苏轼心中酸楚，船一靠岸，他就跳下船，快步走到王安石面前，说：“苏轼惭愧，敢以野服见大丞相。”王安石扶起苏轼，说：“我们这样的人会在乎虚礼吗？”二人相视而笑，往日仇恨都化为烟云。

苏轼在南京待了一个月，其间频繁地出入王安石的府邸。二人都喜欢研究佛理，常常讨论佛经至深夜。时间一长，他们都对彼此有了更深的了解，也更欣赏对方。其实，苏轼和王安石都怀抱着致君尧舜的远大理想，只是他们所处政治立场不一样，看问题的角度也不一样，所以之前产生过很多误会。如今，经过多次长谈，苏轼已经能理解面前这位老人，甚至能拿他打趣了。

王安石中年秃顶，又常常骑着驴到处闲逛，那些不懂事的孩童便称其为“秃驴”。一天，苏轼请王安石去中山古寺游玩，来到王安石房门前，童心大发的苏轼敲了敲门，然后问：“秃驴在不在？”王安石大声回答：“不在！它去东坡吃草去了！”苏轼听后哈哈大笑。

苏轼和王安石一起游览古寺，之后在钟山脚下漫步。没过多久，二人看见一座题为“王八驮石碑”的汉碑，觉得非常有趣，就停下来欣赏。苏轼正在仔细阅读碑文时，听见王安石问：“苏先生，你没发现这块石碑有点倾斜吗？”

苏轼抬起头，上下打量了一下石碑，回答道：“此碑直立，哪有倾斜？”“你看。”王安石指着石碑最下面的乌龟雕像说，“下面向（像）东坡！”苏轼明白王安石想要报之前的“秃驴”之仇，便笑道：“这块石碑的确不太直，但主要是‘安石’不正啊！”王安石听后大笑，连连夸道：“子瞻果真才思敏捷！”

虽然王安石经常和苏轼谈论诗词文章到深夜，但是二人从来都没有谈过政治。不过苏轼这个人，天性直率，他不明白眼前这个聪明智慧的老人为什么任由变法派引起战争，为什么迫害读书人。于是，有一天和王安石饮酒赋诗后，苏轼突然严肃地说：“我有一件事情要对你说。”

王安石心中一惊，以为苏轼要提起熙宁年间的旧事，那时王安石改革心切，听不进任何人的意见，还因苏轼屡次上书抨击朝政而心怀怨恨，最后让心腹污蔑苏轼，使其自请离京。之后，神宗多次想重用苏轼，都被王安石设法阻拦。可以说，苏轼仕途如此坎坷，和王安石不无关系。

王安石以为苏轼要算旧账，立刻变了脸色，说：“你要提起以前的事情？”苏轼摇头道：“我要说的是有关黎民百姓的国事。”王安石心中稍安，说：“请说。”苏轼说：“战争连连，是汉朝和唐朝灭亡的先兆。自太祖立朝，历代君主都以仁孝治天下，以避免发生这样的危机。但如今，西北和辽国、夏国连连交战，而且战役大多以失败告终；在东南这样繁华富庶的地方，蔡确等人罗织罪名，大兴文字狱。军队疲于备战，百姓忧虑不安，这都是国家动荡的根源啊！你为什么不阻止呢？”

王安石叹了一口气，说：“这两件事情都是吕惠卿挑起的。我现在就是一个归隐田园的老人，怎么能阻止这种军国大事呢？”苏轼站了起来，说：“您说得对，‘不在其位，不谋其政’，但是陛下以非常之礼对待你，你也应该以非常之礼辅佐陛下才是。如果对百姓、对国家有利，你为什么不能越常礼而行事呢？”

王安石显得有点儿不安，说：“我知道了。”过了一会儿，王安石又说：“今日在这里说的话，我们二人知道即可，你切记不要给其他人说。”对于吕惠卿的背叛，王安石至今心有余悸。沉默了半晌，王安石感叹道：“做一件违反道义的事情，杀一个无辜的人，即使因之得到天下，也不肯去做。这样的人才可取。”苏轼也叹道：“可笑现在的人为了得到半级官职升迁，不惜杀人。”

和苏轼一样，王安石的思想也发生了转变。他变得更加保守、谨慎，而且相比在朝堂上施展自己的才华、实现自己年轻时的理想，此时的王安石更希望和家人一起过宁静和谐的田园生活。他写了一首《读蜀志》，表达了当时的心境：“千载纷争共一毛，可怜身世两徒劳。无人语与刘玄德，问舍求田意最高。”领略了苏轼的人格魅力后，王安石劝苏轼在南京买地，和自己做邻居。苏轼很感动，写下：

骑驴渺渺入荒陂，想见先生未病时。
劝我试求三亩宅，从公已觉十年迟。

——《次荆公韵四绝》其三

这首诗的意思是，看着疲惫的王安石骑着毛驴，独自走在荒野上，我想起他以前意气风发的样子，心中难过。如果回到十年前，我一定买上三亩地，和老宰相比邻而居。

苏轼最终也没能成为王安石的邻居。他曾在南京到处寻找合适的庄园，只是没有找到合适的。后来又到附近的仪真寻找，也没有如愿。一年多后，王安石离开人世，享年六十六岁。

安居常州

在南京逗留期间，苏家发生了一件非常令人伤心的事情：苏轼的小儿子苏遁夭折了。苏遁长得非常可爱，眉眼间有些像苏轼。中年得子，苏轼对这个孩子的喜爱自不必说。在苏遁满月宴上，苏轼写下了一个父亲最真挚的祝福："无灾无病到公卿。"可惜小苏遁长到十个月就患病而亡，苏轼痛不欲生。

朝云也病倒了，她是第一次做母亲，对这个孩子寄予了无限的希望和祝福。她喜欢和丈夫一起逗孩子，一同畅想孩子长大之后的情景，没想到孩子还没有学会叫"父亲""母亲"就离开了人世。朝云躺在床上，将脸转过去小声啜泣，不愿意让家人看到自己哭泣的模样。但这样让苏轼更加心疼，苏轼伤心地写下：

吾年四十九，羁旅失幼子。幼子真吾儿，眉角生已似。
未期观所好，蹁跹逐书史。摇头却梨栗，似识非分耻。
吾老常鲜欢，赖此一笑喜。忽然遭夺去，恶业我累尔。
衣薪那免俗，变灭须臾耳。归来怀抱空，老泪如泻水。

我泪犹可拭，日远当日忘。母哭不可闻，欲与汝俱亡。
故衣尚悬架，涨乳已流床。感此欲忘生，一卧终日僵。
中年忝闻道，梦幻讲已详。储药如丘山，临病更求方。

仍将恩爱刃，割此衰老肠。知迷欲自反，一恸送余伤。

——《去岁九月二十七日在黄州生子名遁小名干儿颀然颖异至今年七月二十八日病亡于金陵作二诗哭之》

丧子之痛对苏轼的打击很大，他意识到不能再让家人跟着自己漂泊了，无论以后能否得到皇上的重用，他都要为自己和家人寻找一个舒适的归隐之地。可是把家安在哪里呢？苏轼考虑再三，决定选择富庶的江淮为自己的终老之地。最开始，苏轼准备接受王安石的邀请，决定在南京安家，可惜这个计划最终落了空。苏轼又去南京附近的仪真县寻找，虽没有寻得合适的住处，但是他认识了仪真的知府袁陡，并在对方的帮助下借得仪真学舍，将家人暂时安顿在那里。

苏轼决定去南京周围看看有没有合适的庄园。这时，苏轼的好友、湖州太守滕元发途经江淮，两人约在金山相聚。见面后，滕元发问苏轼："你如今漂泊无定，是否想过找一个地方安居下来？"苏轼叹道："我曾看中丹徒县的一片松林，但后来也没有买下来。"知道苏轼准备购置田产的消息后，朋友们纷纷给他写信，希望他能在离自己近一点的地方定居：佛印劝他去扬州购置田产，和自己比邻而居；范镇劝他去许下养老。可惜的是，这些计划都因各种原因落空了。

滕元发对苏轼说："不如在常州宜兴定居吧。我家亲戚曾对我说过，自己手里有一块位于深山的田地，虽然位置偏僻了些，但一年可以产八百担米，而且价格也不贵。"苏轼动了心，决定去看看那块田地。

苏轼坐着小船来到常州宜兴，看见绿水悠悠、山木茂盛，听见鸟儿婉转的歌声，心中畅快极了，立刻决定买下这处田地。回来后，他兴致勃勃地对家人说："我这个人最喜欢种树，尤其喜欢种橘子树。等我买下这处田地，我一定要单独开辟一个小果园，种三百棵橘子树。"当时苏轼手中积蓄不多，他只好委托范镇将父亲留在京城的宅子卖掉，以购买这处田产。后来，苏轼又从官家手中买了一块地。两块田产合在一起，足以养活家人。

宋神宗元丰七年（1084年）十月十九日，苏轼写了一封《乞常州居住表》，请求朝廷恩准他留在常州居住。但在朝廷批准之前，苏轼还是要遵循之前的旨意，去汝州上任。他决定带着家人缓缓北上，一路拜访亲朋好友，这样如果朝廷的旨意下达，自己就可以马上去常州上任，免去了来回奔波之苦。

一个多月后，苏轼一家抵达泗州。当时天上下着大雪，寒风呼啸，孩子们都被冻得瑟瑟发抖。苏轼决定在泗州休息一段时间，等过了除夕再走。《乞常州居住表》已经递上去这么长的时间了，为什么皇上迟迟没有回复自己的表章呢？无奈，苏轼只好再次上书：

臣轼言。臣闻圣人之行法也，如雷霆之震草木，威怒虽甚，而归于欲其生；人主之罪人也，如父母之谴子孙，鞭挞甚严，而不忍致之死。臣漂流弃物，枯槁余生。泣血书词，呼天请命。愿回日月之照，一明葵藿之心。此言朝闻，夕死无憾。臣轼诚惶诚恐，顿首顿首。

臣昔者尝对便殿，亲闻德音。似蒙圣知，不在人后。而狂狷妄发，上负恩私。既有司皆以为可诛，虽明主不得而独赦。一从吏议，坐废五年。积忧薰心，惊齿发之先变；抱恨刻骨，伤皮肉之仅存。近者蒙恩量移汝州，伏读训词，有"人材实难，弗忍终弃"之语。岂独知免于缧绁，亦将有望于桑榆。但未死亡，终见天日。岂敢复以迟暮为叹，更生侥觊之心。但以禄廪久空，衣食不继。累重道远，不免舟行。自离黄州，风涛惊恐，举家重病，一子丧亡。今虽已至泗州，而赀用罄竭，去汝尚远，难于陆行。无屋可居，无田可食，二十余口，不知所归，饥寒之忧，近在朝夕。与其强颜忍耻，干求于众人；不若归命投诚，控告于君父。

臣有薄田在常州宜兴县，粗给饘粥，欲望圣慈，许于常州居住。又恐罪戾至重，未可听从便安，辄叙微劳，庶蒙恩贷。臣先任徐州日，以河水浸城，几至沦陷。臣日夜守捍，偶获安全，曾蒙朝廷降敕奖谕。又尝选用沂州百姓程棐，令构捕凶党，致获谋反妖贼李铎、郭进等一十七人，亦蒙圣恩保明放罪。皆臣子之常分，无涓埃之可言。冒昧自陈，出于穷迫。庶几因缘侥幸，功过相除。稍出羁囚，得从所便。重念臣受性刚褊，赋命奇穷。既获罪于天，又无助于下。怨仇交集，罪恶横生。群言或起于爱憎，孤忠遂陷于疑似。中虽无愧，不敢自明。向非人主独赐保全，则臣之微生岂有今日。

伏惟皇帝陛下，圣神天纵，文武生知。得天下之英才，已全三乐；跻斯民于仁寿，不弃一夫。勃然中兴，可谓尽善。而臣抱百年之永叹，悼一饱之无时，贫病交攻，死生莫保。虽凫雁飞集，何足于江湖，而犬马盖帷，犹有求于君父。敢祈仁圣，少赐矜怜。臣见一面前去，至南京以来，听候朝旨，干冒天威。臣无任。

——《乞常州居住表》

在前往汝州的路上，发生过这样两件事情。泗州太守刘士彦是个敦厚老实的官吏，他非常仰慕苏轼，知道苏轼一家人就住在城外的小船上，还特意命人送来衣食。在泗州的日子里，苏轼经常和这位刘太守把酒言欢，聊天至深夜。

但是泗州有个规定：天黑以后不许从城外的长桥上经过，违者重罚。有一天，苏轼和刘太守喝酒聊天，忘记了时间。等刘太守醉醺醺地往家里走时，已是深夜。看着刘太守的背影慢慢消失在了灯火中，苏轼提笔写下：

北望平川。野水荒湾，共寻春、飞步孱颜。和风弄袖，香雾萦鬟。正酒酣时，人语笑，白云间。

飞鸿落照，相将归去，淡娟娟、玉宇清闲。何人无事，宴坐空山。望长桥上，灯火乱，使君还。

——《行香子·与泗守过南山晚归作》

第二天清晨，尚在睡梦之中的苏轼被人叫醒。苏轼睁眼一看，原来是太守刘士彦。这位性格温吞的太守满头大汗，焦急地说：“苏大人，请您将那首《行香子》藏起来，不要给任何人看。”苏轼觉得奇怪，询问原因。刘太守说：“律法规定，宵禁之后不能从长桥上经过，违者罚两年劳役。如果这首词是其他人写的，倒是没什么关系，可学士名满天下，一有新作，就传遍全国。到时候，人人都知道我这位太守知法犯法，我就灾祸临头了！”这位谨小慎微的官吏害怕不已。苏轼连忙说：“真是抱歉。哎！我一张口就会得罪人，差点儿给你带来两年劳役。”

宋神宗元丰八年（1085年）二月，苏轼抵达应天府，拜访张方平。这些年来，张方平对待他就像对待自己的子侄一样，苏轼也将张方平看作自己的长辈。难得一见，苏轼特意在此停留了一个多月。

在张方平家，苏轼意外地发现张方平儿子新纳的小妾就是前黄州太守徐君猷的宠妾：胜之。徐太守以前最宠爱胜之，有什么好东西都要留给胜之一份。后来徐君猷不幸亡故，胜之便重新嫁人。

如今看见胜之，苏轼不禁想起那位不幸离世的好友，不由得流下泪来。苏轼本想和胜之说几句话，谁知胜之见了苏轼这番模样，立刻把头扭了过去，和别人说话去了。苏轼非常难过，离席后对友人说：“我常常劝人不要纳妾，胜之就是最好的例子。”

宋神宗元丰八年（1085年）三月五日，宋神宗驾崩。第二天，朝廷颁下圣旨，允许苏轼去常州居住。可此时苏轼完全顾不上高兴，他沉浸在神宗离世的悲伤之中。宋神宗登基以后励精图治，希望能够通过自己的努力富国强兵，改善宋朝积贫积弱的局面，只是后来因为不得其法，加之没有重视新法中的弊端，才使变革失败。想到壮志未酬的神宗皇帝，想到他对自己的赏识和关怀，苏轼心中悲痛，一连写下三首挽词。几个月前，苏轼还和好友滕元发约定继续奋发，一起辅佐神宗皇帝。没想到神宗竟先自己一步离开了人世。世事易变，令人不胜唏嘘。

五月二十二日，苏轼一家人抵达常州，他们立刻喜欢上了这个风景秀美的地方，但首先要寻找一个住的地方。朋友们到处给他找合适的房子，其中一位叫邵民瞻的人找到了一处很好的老宅，房主开价五百缗，这几乎花光了苏轼的积蓄。但苏轼非常喜欢这栋房子，准备马上让家人搬进去。

有一天晚上，苏轼在村子里散步，突然听到一间茅舍中传来悲凉的哭声。苏轼敲门而进，发现一位白发妇人蹲在墙角哭泣。苏轼问老奶奶为什么如此伤心，老奶奶说："我有一栋屋子，一百年前就是我们家的财产。可我那个可恶的儿子，竟然把老宅卖给了别人！不得不和住了一辈子的老宅告别，我心中难过，忍不住哭起来。"

看着满脸泪水的老奶奶，苏轼心中不忍，说："谁买走了您的房子？"老奶奶说："好像是一位姓苏的大人。"苏轼大惊，原来那栋房子的主人就是这位老奶奶。苏轼拿出契约，对老奶奶说："我就是那位姓苏的大人，现在我把那栋房子还给您。"随后用烛火点燃了契约。老奶奶看着烧成灰烬的契约，惊讶得说不出话来。

第二天，苏轼将老奶奶的儿子叫过来，对他说："我把宅子还给你，你把母亲接回去吧。"那人惊讶地说："苏大人，我们都已经签下了契约，您怎么能反悔呢？"他以为苏轼要取消交易。苏轼却说："你不用退回我支付的房钱，只需要好好孝敬你那年迈的母亲。"那人大吃一惊，迟迟没有反应过来。

买房子的计划就此落空，苏轼只好带着家人搬进了一间普通的民房中——这是他租的。即使没有自己的房子，苏轼也能将日子过得有滋有味。来到常州后，他常常带着家人去游览古寺，寻找早春中的生机，看那些艳丽的花朵，听杜鹃鸟歌唱的声音。他还和家人一起看自己之前购置的田地，讨论如何将其开辟成一个不逊于东坡农庄的世外桃源。苏轼兴致勃勃地和妻子计划着：这里可以种水稻，那里种上橘子树……孩子们则在一旁插嘴道：“在这里挖一个池塘吧，到时候放养鸭子！”苏轼曾在诗中描写过当时的心情：

十年归梦寄西风，此去真为田舍翁。
剩觅蜀冈新井水，要携乡味过江东。
——《归宜兴留题竹西寺三首》其一

是啊，只要有苏轼在，生活怎么可能变得单调无聊呢？只是，此时苏轼在常州过着闲适惬意的田园生活，却不知道京城已是山雨欲来风满楼了。

第七章　休将白发唱黄鸡

东山再起

宋神宗驾崩，其子赵煦即位，史称宋哲宗。哲宗是个聪明伶俐的孩子，年仅十岁就能背诵七卷《论语》，而且非常孝顺，自神宗重病之后，他日日手抄佛经为父亲祈福。哲宗即位后，百姓对这位新皇帝抱有一定的期望。有一天，苏轼探访古寺，在山中漫步时听见樵夫称赞宋哲宗，心中高兴，还写了一首诗：

此生已觉都无事，今岁仍逢大有年。
山寺归来闻好语，野花啼鸟亦欣然。

——《归宜兴留题竹西寺三首》其一

但是哲宗的年纪太小，还不能处理好政务，加上神宗同父异母的兄弟们一直虎视眈眈地盯着皇位，所以神宗的母亲高太后决定垂帘听政。神宗在世之时，高太后就竭力反对变法，称祖宗家法不可变。但按照古代的宗法制度，即使是亲生母亲也不能干政。

新皇即位后，一切都发生了改变，高太后大权在握，军国大事全由她和几位重臣决定。哲宗成年后曾回忆，当时在朝堂上，大臣们都背朝自己，只向高太后奏事。“那时我只能看见臣子的背部和臀部。”哲宗如是说。

垂帘听政不久，高太后就传下诏书，说变法对国家、对百姓都没有任何好处。没有人敢站出来为新法分辨，因为在“以孝治国”的中国传统社会，高太后否定儿子的政策非常合理，甚至是天经地义的事情。不久后，高太后召反变法派的代表人物司马光入京。据记载，司马光快走到京城的城门时，看见一大群百姓站在城门外。百姓们跑到司马光身边，激动地对他说：“无归洛阳，留相天子，活我百姓！”隐居南京的王安石知道这件事后伤心地说：“难道变法如此不得人心吗？”

高太后拜司马光为相，反变法派重回朝堂。当时朝中还有变法派的章惇、蔡确等人，他们将司马光视为眼中钉、肉中刺。宋神宗元丰八年（1085年）三月，司马光上书请求朝廷重开言路，鼓励各级臣子直言进谏。蔡确立刻上书反对，后又改口，说直言进谏是好事，但也应提醒臣子们要“观望朝廷之意”。司马光对高太后说，如果采纳了蔡确的意见，就没有人敢上书评论时政了，因为他们都害怕一言不慎而招致祸患。高太后认为司马光说得很对，最后删去了蔡确的意见。诏书发布后，官员们都上书抨击新法，并建议废除新法。

舆论沸然，司马光趁机上书，说贫苦的百姓再也不能负担如此沉重的赋税，朝廷应该废除新法，对百姓施以仁政。看到这封奏章后，高太后将司马光召进宫，问：“我一直都不赞成实施新法，按照老祖宗的制度治理国家，才能给百姓以清明安宁。”司马光说：“臣也是这种看法。施加繁重的徭役赋税，不如休养生息，我们应该遵循古法。”高太后激动地问：“爱卿可有办法？”司马光说：“臣认为应当先召回因新法而被贬出京的臣子们，他们都是国之栋梁啊！”高太后点点头，说：“像苏轼那样的有才之士，怎么能不回到皇帝身边呢？”

此时苏轼正在享受惬意安然的田园生活。他顶着烈日拜访友人，累了就躲在小舟中睡午觉，醒后撑起竹篙，享受午后凉风。他会仔细阅读那些记录风云变幻的邸报，但从不发表意见。其他的官员私下谈论：“反对变法的旧臣纷纷被起用，咱们身边这位文豪也马上就要翻身了。”他听说后一笑了之。对于老友司马光的重返朝堂，他从未表现出羡慕之情。经历宦海沉浮的苏轼已经不会再主动投身进政治的漩涡之中了，在各地官员纷纷上书抨击新法时，苏轼未置一词，他甚至写信劝告好友不要妄议新政。

比起和其他不得志的官员一起攻击新法，苏轼更喜欢和好友一起聊天、吟诗。那时，他最常去的是镇江金山寺，和智慧通透的好友佛印打趣斗智。

有一次，苏轼去拜访佛印。进入禅房后，佛印问："这里没有坐榻，居士为什么要来此呢？"苏轼知道佛印想趁机考自己，便回答道："借你这位和尚的四大色身当座位。"佛印听他这么说，心中虽有应对之语，却不说，只问："居士，山僧有一个问题，若居士能答得出来，我就借四大色身给你当座位。如果你答不出，那么你腰间那条玉带就归我了。"

苏轼笑道："禅师请说。"佛印说："四大非有，五蕴皆空。你要坐哪里呢？"苏轼愣住了，一时想不出如何回答。佛印转头对小沙弥说："快！把苏居士的玉带解下来，当镇山之宝。"苏轼哈哈大笑，说："禅师应答巧妙，是我输了。"随后，苏轼将玉带解了下来，递给小沙弥。佛印说："我也不会叫你空手而归。"佛印送给了苏轼一件贵重的僧衣，并作了两首偈子。苏轼和作：

病骨难堪玉带围，钝根仍落箭锋机。
欲教乞食歌姬院，故与云山旧衲衣。

此带阅人如传舍，流传到我亦悠哉。
锦袍错落真相称，乞与佯狂老万回。

——《以玉带施元长老元以衲裙相报次韵（二首）》

过了几天，苏轼去拜访佛印，看见河中的荷花盛开，却有几枝光秃秃地立着，好像被人摘走了。苏轼突然童心大发，对佛印说："河里荷花，和尚摘去何人戴？"佛印才思敏捷，立刻回答道："道旁稻草，盗贼偷来到处铺。"这一回答既对仗工整，又避免了苏轼抛出的难题，苏轼不由得称赞道："禅师大智慧！"佛印说："你先别夸我，先对我这一句：三年一闰，五年再闰，阴阳五差五错。"苏轼立刻回答道："这有何难：二月春分，八月秋分，冷热不长不短。"两人见谁也没有占上风，反而打了个平手，相视而笑。

还有一次，苏轼对僮仆说："你帮我去佛印禅师那里取一个东西。"僮仆回答道："好，需要取什么东西呢？"苏轼没有回答，只是说："你戴上一顶草帽，穿上一双木屐，禅师就知道我的来意了。"僮仆将信将疑，不知道这位童心满满的大文豪又在计划什么，但仍旧按照苏轼说的去做了。

来到佛印的禅房，僮仆说："老爷让我来取东西，还说您一看我就会知道来意了。"佛印看了僮仆一眼，从架子上取下一包东西，说："好了，快回家拿给你家老爷吧。"僮仆更加迷惑了，赶回家将包裹递给苏轼。苏轼打开包裹，笑道："还是佛印懂我！"僮仆问："老爷，您和禅师到底在打什么哑谜？"苏轼说："一顶草帽，加一双木屐，不就是'茶'吗？"

东晋时有一位高僧名为慧远，在庐山结社，宣扬佛法。当时，名士们都以进入慧远法师的"莲社"为荣。但是当慧远邀请陶渊明入社时却遭到了拒绝，原来是因为入社就要遵守戒律，这让嗜酒如命的陶渊明无法接受。最后，慧远只好为陶渊明破例，只允许他一个人喝酒。苏轼常常以陶渊明自喻，如今他发现自己身边也有个"慧远法师"：作为虔诚的佛教徒，佛印是不吃肉的，但是为了招待苏轼，他常常烧上一锅猪肉。有一次，苏轼发现香气四溢的猪肉不见了，不知道被哪个贪嘴的和尚偷吃了，苏轼哈哈大笑，写下：

远公沽酒饮陶潜，佛印烧猪待子瞻。

采得百花成蜜后，不知辛苦为谁甜。

——《戏答佛印》

常州是苏轼的理想隐居之所，他喜欢这里秀美的田园风光，喜欢和性情相投的好友游览此处的古寺。可是欢乐的时光总是那么短暂，高太后和司马光是不会忘记苏轼的。渐渐地，越来越多的谣言出现，说苏轼即将被朝廷起用。对此，苏轼抱有怀疑的态度。有一天，朋友跑来告诉他，说朝廷准备任苏轼为太守。“诏令已经在路上了！”朋友说得很肯定。可苏轼还是不相信，回答道：“最近的官报上并没有提过。”

宋神宗元丰八年（1085年）六月下旬，一匹快马送来了消息：苏轼被任命为登州（今山东省蓬莱市）太守。拿到诏书，全家人都喜气洋洋的，妻子准备去登州的行李，感叹幸好没有在常州购置房产。孩子们则翻来覆去地看诏书，最后竟然能将其准确地背诵下来。好友纷纷来向他祝贺，感叹他终于得到了赏识。只有苏轼心中没有任何波动。他原本做好了在常州终老的打算，甚至已经规划好如何种植那几亩薄田，没想到人在官场身不由己，他不得不再次跳入暗涌起伏的政治洪流中。对此，他写下：

南迁欲举力田科，三径初成乐事多。

岂意残年踏朝市，有如疲马畏陵坡。

羡君同甲心方壮，笑我无聊鬓已皤。

何日西湖寻旧赏，淡烟疏雨暗渔蓑。

——《次韵周邠》

最终，苏轼决定服从命令。七月，苏轼全家启程前往登州。

八月，苏轼一家抵达密州境内。岁月如梭，苏轼离开密州已经近十年了，当时雄心壮志、决心造福一方百姓的苏太守，如今穿着布衣，对即将踏入的官场也存有疑虑。看见苏轼流露出怀念的神色，苏夫人打趣道："不知道密州还有没有人记得你？"苏轼笑道："怎么会没有人记得呢？"

这时，苏轼听到一个声音："苏大人！"是一个十几岁的少年，他快步走到苏轼面前，向苏轼深深一拜，说："苏大人，感谢您当年的救命之恩！"原来，这个人是当年苏轼救助过的孤儿。

当年这孩子家中没有余粮，父母即将饿死，只能狠心将他扔到街上，希望善心的人能将其带回去，做个小厮或书童，能给一口饭吃就好。只是密州大旱，又遇上了严重的饥荒，富裕人家都只能勉强维持温饱，谁会将他捡回去给家中增添负担呢？他本以为自己一定会饿死，然后和其他无父无母的孩子一样被扔到城外的乱葬岗，成为野兽的食物。没想到绝望之际，苏轼竟将其带回了家悉心照顾，最后还给他找了一户寄养人家。

"苏大人，我现在已经会作诗了！"少年说。苏轼欣慰地说："很好，很好。"在少年的带领下，苏轼一家人继续往城里走。一路上都是感谢苏轼的百姓，当年那些在襁褓中哭泣的孩子，如今已经长大，他们好奇地打量着父母口中的"救命恩人"；一位白发苍苍的老人，拄着拐杖，颤颤巍巍地对苏轼说："苏大人，您终于回来了。您还记得我吗？当年您问我如何治理蝗灾啊！"百姓们纷纷说："不要再往前走了，在这里多待一些日子吧！"

其实，对于密州，苏轼心中是有愧疚之情的，因为他认为自己没有改变密州贫穷落后的面貌，没有让当地百姓过上好日子。可即使有一点点恩惠，百姓也铭记于心。苏轼感动地写下：

昔饮雩泉别常山，天寒岁在龙蛇间。

山中儿童拍手笑，问我西去何当还。
十年不赴竹马约，扁舟独与渔蓑闲。
重来父老喜我在，扶挈老幼相遮攀。
当时襁褓皆七尺，而我安得留朱颜。
问今太守为谁欤，护羌充国鬓未斑。
躬持牛酒劳行役，无复杞菊嘲寒悭。
超然置酒寻旧迹，尚有诗赋镵坚顽。
孤云落日在马耳，照耀金碧开烟鬟。
郑淇自古北流水，跳波下濑鸣玦环。
愿公谈笑作石埭，坐使城郭生溪湾。

——《再过超然台赠太守霍翔》

十月十五日，苏轼抵达登州。听说苏东坡要来当太守，百姓纷纷到江边迎接这位名扬天下的文豪。船一靠岸，就有百姓迎上来，他们对着这位新任太守深深一拜，说："我们终于等到了第二个马使君。"

苏轼眼眶一热，马使君就是马默，这位清廉公正的官吏曾担任过登州太守。任职期间，他改善了当地百姓的生活条件，促进经济发展，整顿治安，使登州变成了一个安乐富饶的城市。离任之时，百姓们出城十几里相送。后来，登州百姓还为其立碑、建祠堂。

苏轼握住父老的手，郑重地说："我一定尽力而为。"一上任，苏轼就开展广泛的社会调查，他来到市场、田地、山林之中，和当地最底层的百姓交流，向他们打探登州最真实的模样。很快，苏轼就发现了当地的弊政。

正当他准备为当地百姓做实事的时候，一道诏令被送到府衙：封苏轼为礼部侍郎，即日回京。彼时，苏轼在登州只待了五天。他这个临时太守本可以不干任何事情，不会有人因此责备他，但这位具有仁爱之情的官员怎么会轻易放下登州百姓呢？在回京的途中，苏轼接连写下《登州召还议水军状》《乞罢登莱榷盐状》两道表章，希望能去除弊政，减轻百姓负担。

奉诏归京

宋神宗元丰八年（1085年）十二月，苏轼一家抵达汴京。好友和他的仰慕者都来城外迎接他，想起上次来到京城，却被守城卫兵拒之门外的情景，再看如今花团锦簇，众人都对自己喜笑颜开的模样，苏轼不免产生了“福兮祸所倚”的担忧。有人祝贺道：“恭喜苏大人，终于拨开乌云。”苏轼回答道：“未必是好事。”此时的苏轼并没有意识到，礼部侍郎只是一个起点。

上任不到十天，苏轼就被任命为起居舍人。同为从六品官职，起居舍人可比礼部侍郎重要得多。因为要修起居注，所以起居舍人必须时时刻刻跟在皇帝身边：无论是君臣应对，还是赏罚官吏。起居舍人不仅清楚皇帝的行程、对官员们的态度，还能和皇帝培养感情，获得皇帝的信任。

接到这个命令后，苏轼的家人都不由得惊呼起来，孩子们欢天喜地地围着父亲，让他对自己说一说在皇宫中的见闻。苏轼却生出了一种难以言喻的忧愁感：几个月前，自己还是一个被贬谪的小官，不能签署公文，无法参与公事，所得俸禄无法养活家人，只能用几亩薄田维持生计。如今，自己已经是众人艳羡的起居舍人。高处不胜寒，苏轼决定放弃这样的好运，回常州过自己的隐居生活。他接连上了两道辞呈：

《辞免起居舍人第一状》

右轼准阁门告报，已降告命，除臣依前官守起居舍人者。臣受材浅薄，临事迂疏。起于罪废之中，未有丝毫之效。骤升清职，必致烦言。愿回虚授之恩，庶免素餐之愧。所有告身，不敢祗受。

《辞免起居舍人第二状》

右臣近奏乞辞免起居舍人恩命，准尚书省札子奉圣旨不许辞免者。天威在颜，不违咫尺。父命于子，惟所东西。况兹久废之余，敢有不回之意。伏念臣受性褊狷，赋命奇穷。既早窃于贤科，复滥登于册府。多取天下之公器，又处众人之所争。若此而全，从来未有。今者出于九死之地，始有再生之心。危迹粗安，惊魂未返。若骤膺非分之宠，恐别生意外之忧。纵无人灾，必有鬼责。伏望圣慈，廓天地包函之量，推父母爱怜之心。知其实出于至诚，止欲自处于无过。追还新命，更选异材。使之识分以安身，孰与包羞而冒宠。再伸微恳，伏俟重诛。所有告身，臣不敢祗受。

辞呈如石沉大海。无奈，苏轼只好亲自到宰相府提出辞呈，但也没有得到批准。苏轼只能怀着复杂的心情继续任职。但是高太后似乎觉得这样还不够。三个月后，苏轼被任命为中书舍人。收到诏令后，苏轼惊讶不已。中书舍人官居四品，负责起草改革旧政、任命百官、宽赦俘虏等政令，如果认为政令不太妥当，可请求皇帝重新考虑。也就是说，苏轼以后能够参与到任免官员、制定国策等大事中了。一般来说，中书舍人的候选者需要先经过考试，考试通过后才能任命。像苏轼这样直接上任的，宋朝开国以来只有三个人：陈尧佐、杨亿和欧阳修。

苏轼又上了两道辞呈，可还是没有被批准。宋哲宗元祐元年（1086年）九月，苏轼被任命为翰林学士知制诰。自中唐以来，翰林学士就被称为“内相”，被看作“宰相预备班”，王安石、司马光都曾担任过这个职位。虽然翰林学士的品级没有宰相高，但是因为常常为皇帝起草重要的公文、批答奏章，所以更能亲近和影响皇帝。哲宗元祐二年（1087年）八月，苏轼又多了一个身份：经筵侍读。这意味着苏轼成为了宋哲宗的老师，每逢单日便进宫为小皇帝讲解治乱兴衰。

那些当初构陷苏轼的小人大多已经被贬出京，或者获罪下狱，听说苏轼一跃成为朝堂上的红人，他们心中又嫉妒又害怕。他们愤愤不平地说："苏轼对先皇不恭不敬，怎么能成为帝王之师呢？"同时，他们担心苏轼利用手中的权势进行报复——谁都知道乌台诗案是一场卑劣的政治迫害。

这些人永远都不懂苏轼。世人都羡慕苏轼能得到太后的赏识，羡慕他能身穿紫袍为小皇帝讲学，但苏轼此时心中除了愕然、感激，就只剩下淡泊。有些人做官是为了名，可苏轼不用如此，他早已名满天下，即使是谪居偏僻荒凉的黄州时，世人也记得这位才华横溢的文坛领袖。有些人做官是为了财，可苏轼不在乎这些。他需要用钱，需要养活家人，但他更喜欢自己种菜、种树，而不是曲意逢迎、搜刮百姓。明明手中积蓄不多，他也要拿出一点儿捐给救儿会，帮助那些可能会被父母溺死的婴儿。

那么多人为了满足自己的私欲而做官，可苏轼早就领悟到了生命的本质，早就看穿人生如梦幻泡影，繁华终有消散的一天。那些小人害怕苏轼报复自己，却不知道苏轼早就将这件事情忘记了。因此，虽然人人都在恭喜他，但是苏轼心中却非常复杂。每次朝廷对他破格升迁，他都要上几道辞呈，说自己"学术浅陋，恐非其人"。苏轼最终留了下来，不是为自己，而是为了信任赏识自己的皇帝和太后。

有一次，高太后宣苏轼进宫草拟圣旨，小皇帝就坐在祖母身旁。突然，高太后问苏轼："你几年前在哪里？"苏轼回答："常州。"高太后又问："任何职？"苏轼答："团练副使。""现在呢？""翰林学士。"

高太后握着孙儿的手，看着烛光下笔直站立的苏轼，问："你为什么升迁如此之快？"苏轼回答道："都是太后的恩典。"高太后摇摇头，说："和我没关系。"苏轼说："是皇帝的恩典。"高太后又摇头："和皇上也没关系。"苏轼思忖片刻，说："许是老臣的推荐。"高太后还是摇头："和那些臣子也没关系。"

苏轼呆住了，心想：难道太后怀疑我用金银疏通关系？苏轼认真地说："臣虽不才，但也不愿意贿赂上官以谋求官职。"高太后说："我不是这个意思。我如今之所以如此待你，全都是因为先帝。先帝每次读到你的文章，都要说：'大才，大才！'有一次，我问太监们先帝为何还不吃饭，他们立刻回答：'想必是在阅读苏子瞻的文章。'其实先帝对你极为看重，一直想重用你，只是尚未如愿就去世了。"

想到赏识自己的宋神宗，苏轼不由得流下泪来，祖孙二人也流露出非常悲伤的神情。高太后让太监给苏轼端来一把椅子，又赐茶给他喝。看着温和的高太后和懵懂的宋哲宗，苏轼说："臣一定尽力辅佐皇帝，以报先帝之恩。"高太后赐给苏轼一个刻有莲花的金烛台，对他说："你不要忘了这番话。"

其实不用高太后提醒，苏轼也决心尽自己所能回报皇帝和太后的恩情。他在谢表中说：

《谢除侍读表二首（之一）》

臣轼言。今月一日蒙恩除臣兼侍读者。学术本疏，老复加于蹇讷；官联愈近，职专在于讨论。退省其愚，莫知所措。（中谢。）伏以天威咫尺，顾末技以何施；圣敬日跻，岂群臣之可望，非张禹、宽中之笃学，寂量、怀素之懿文，则何以奉天子五学之游，求王人多闻之益！如臣愚暗，何与选抡。此盖伏遇皇帝陛下，卓然生知，附以好学。方高宗恭默之后，正宣帝励精之初。众论并陈，悉洞照其情伪；陈编一览，已周知于废兴。察臣衰病而无求，庶可亲近而寡过。故兹拔用，骤及疲驽。臣敢不温故知新，粗办有司之职；见危致命，更输异日之忠。臣无任。

《谢除侍读表二首（之二）》

臣轼言。今月一日蒙恩除臣兼侍读者。北门视草，已叨儒者之极荣；西学上贤，复玷侍臣之高选。省循非称，愧汗交怀。（中谢。）窃惟讲读之臣，止以言语为职。考功课吏，无殿最之可书；陈善闭邪，有膏泽之潜润。岂臣愚陋，亦所克堪。此盖伏遇太皇太后陛下，忧思深长，德业久大。受先帝投艰之托，为神孙经远之谋。故选左右前后之人，罔非吉士；使知兴亡治乱之效，莫若多闻。谓臣虽无大过人之才，知臣粗有不欺君之实。故使朝夕，与于讨论。奉永日之清闲，未知所报；毕微生于尽瘁，终致此心。臣无任。

每逢单日，苏轼就要在学士院中值班，为皇帝起草诏书。苏轼的工作时间是半夜，对着燃烧的红烛，在冷寂的学士院中草拟圣旨，这就是众人艳羡的翰林学士的工作。天寒地冻之时，高太后会派人送来热酒，以示慰问。这份工作对苏轼来说并不困难，那些有固定格式、需要引经据典的文章，在苏轼的笔下，变得妥帖工整，极具美感。十几年后，一位姓洪的大臣来学士院中工作，他对自己的文才颇有自信，问侍候过苏轼的宫人："我的文章比苏东坡的如何？"宫人说："也许他的文章不如你的华丽，但我从没有看见过他查书。"

苏轼对这份工作尽心尽责，也非常开心能够为朝廷贡献自己的一份力量。唯一让他遗憾的是，自己没有太多时间写诗文了。有一次，一位好友请他写一篇《塔记》，他欣然应允，但一直找不到时间写。最后只能写信向朋友解释道："并不是我不愿意写，只是上任以后，事情繁杂。为了完成工作，我半夜才睡，五更又要起来，实在是没有时间啊。"

苏轼成为了所有文人的偶像。以前世人爱他，是爱他绝佳的文才和豁达开朗的性格。而现在，"翰林学士""国之肱骨"又让苏轼多了一层光环，让人们既崇拜他，又羡慕他。士大夫争相模仿苏轼，无论苏轼做什么，都能引起潮流。

禁军的副统领姚麟就是苏轼的仰慕者，他最爱苏轼的书画，到处收集苏轼的亲笔题字。同在京城任职，姚麟却没有机会和苏轼交往，更没有办法请苏轼为自己题字。姚麟有个朋友叫韩宗儒，韩宗儒经常出入苏轼家，也和苏轼有书信往来。

有一天，姚麟对韩宗儒说："要是能得到苏翰林的墨宝，哪怕只有三五个字，我也愿意付出千金！""这有何难。"韩宗儒说，"只要我给苏翰林写一封信即可。"姚麟将信将疑："真的吗？你别乱夸口啊。"韩宗儒得意地说："当然了，但是我不要千金。一封信换十斤羊肉就可以了。"

此后，韩宗儒经常借故给苏轼写信，以求得苏轼三五句的简短回函。收到回信，韩宗儒就拿到姚麟那里换羊肉。后来，苏轼的学生黄庭坚听说了这件事，对苏轼说："以前王羲之用自己的《黄庭经》换来了一群白鹅，被称为'换鹅字'；如今姚麟用您的回函换取羊肉，可以称为'换羊字'了！"苏轼听后哈哈大笑，说："我竟不知道背后还有这样的事。"

几天后，韩宗儒家的小厮又送来几封信，苏轼公务繁忙，一直没有时间回复。韩宗儒等得心焦，加上姚麟不停地催促，韩宗儒便派小厮去催促。苏轼无暇写信，口头回复了这件事。小厮说："我家少爷一定要您书面的答复。"苏轼突然想起了黄庭坚说的事情，笑道："回去告诉你家少爷，今天禁屠！"

这样的事情数不胜数。苏轼为人不拘小节，他出门拜访朋友的时候，常常穿着宽松舒适的长袍。不仅如此，他还设计了一种筒高檐短的高帽子。这种帽子后来被称为"子瞻帽"。苏轼成为翰林学士后，"子瞻帽"也一跃成为全国士大夫最喜欢戴的帽子。

有一天，苏轼陪宋哲宗去醴泉看戏，宫中的优伶就表演了一出滑稽小品。一个丑角戴着高高的子瞻帽走出来，昂着头说："我的文章盖世，谁都不敢和我比诗画。”另一个丑角说：“别吹牛了！明明是我的文章更好！”戴着子瞻帽的丑角指着自己的头，大声地说：“无知！你难道没有看见我头上的帽子吗？”原来，这些优伶在用滑稽扮丑的方式讽刺那些附庸风雅的士大夫。皇上看后微微一笑，还忍不住回头看了看坐在后面的苏轼。

苏轼的名声达到顶峰，不知有多少人千里迢迢来到京城，想要拜在苏轼的门下。有一次，一位文人请求拜见苏轼，并说希望苏轼能指点自己的诗文。来到苏轼面前，文人大声地念诵着自己写的诗词，结束后得意扬扬地问：“苏翰林，请问我的诗文怎么样？”苏轼说：“可得百分。”文人大喜，又听见苏轼说：“文章三十分，诵读七十分。”

短暂安宁

用世人的眼光来看，苏轼终于苦尽甘来，能够过上富贵日子了。但是在这位领悟了人生真意的文豪眼中，翰林学士的生活并不比黄州团练副使要舒心自在。苏轼曾说，若一味地畏苦慕乐，人很难得到真正的快乐：

乐事可慕，苦事可畏，此是未至时心耳。及苦乐既至，以身履之，求畏慕者初不可得。况既过之后，复有何物比之，寻声捕影，系风趁梦，此四者犹有彷佛也。如此推究，不免是病，且以此病对治彼病，彼此相密，安得乐处，当以至理语君，今则不可。元祐三年八月五日书。

——《乐苦说》

将这篇短文翻译成白话文：羡慕乐事，畏惧苦事，这是遇到苦乐之事前的心情。等到这些事情来到，我们亲身经历过了，就不会羡慕或畏惧了。事情过后，如何比喻自己的遭遇呢？如果一定要比喻，也是捕风捉影，无根无据，恍恍惚惚罢了。这样想来，这种心情也是一种毛病。姑且用这种毛病对付另一种毛病，彼此消磨，才能心安。想把这个道理告诉世人，不过现在还不行。元祐三年八月五日书。

对苏轼来说，真正的快乐是和家人一起闲逛。没有应酬的时候，苏轼便带着家人去相国寺附近买东西。相国寺附近最是繁华，珠宝店、绸缎店、古玩店都开在这里。在这里看字画、逗摊主养的画眉鸟、买一捧鲜花，时间就这样不知不觉地过去了。逛到傍晚，苏轼捧着鲜花，带着家人优哉游哉地往南边走去，不久后就看到林立的酒楼，楼外各色的幌子迎风飘扬。他们会选个小酒馆吃晚饭，苏轼免不了小酌几杯。酒足饭饱后，一家人慢慢地向家里走去。

苏辙也回到了京城。哲宗元祐元年（1086 年）正月下旬，苏辙就以秘书省校书郎的身份回到了汴京。和苏轼一样，苏辙不断升迁，最后被任命为门下侍郎（副宰相）。苏辙的府邸离苏轼家很近，每次处理完公务，苏辙都要来哥哥家拜访，和哥哥把酒言欢，和侄子一起玩耍。这是苏轼和苏辙兄弟俩最惬意的时光。但苏轼有时却觉得这种富贵生活不适合自己，甚至没有在徐州时两人联床夜话的乐趣多。

有一次，苏轼退朝比较早，回到家中，发现家中早已准备好了小火炉，热好了酒。苏轼一边看着窗外阴沉沉的天，一边等待弟弟的到来。他的思绪突然飞到了徐州的逍遥堂，想起兄弟两人诗歌唱和的日子，想起曾约定要一起归隐，过宁静自在的田园生活。如今谁都羡慕苏轼、苏辙两兄弟，羡慕他们富贵逼人，其实苏轼心中常有不安，担心自己会再次被政治的洪流卷走。苏轼多想和弟弟归隐田园，可叹身不由己。唯一安慰的是，自己不用到处漂泊，能常常和弟弟见面。想到此处，苏轼提笔写下：

急景归来早，浓阴化不开。

倾杯不能饮，待得卯君来。

——《出局偶书》

随后，苏轼又在诗下写道：

今日局中早出，阴晦欲雪，而子由在户部晚出，作此数句。忽记十年前在彭城时，王定国来相过，留十余日，还南都。时子由为宋幕，定国临去，求家书，仆醉不能作，独以一绝与之。云“王郎西去路漫漫，野店无人霜月寒。泪湿粉笺书不得，凭君送与卯君看。”卯君，子由小名也。今日情味虽差胜彭城，然不若同归林下，夜雨对床，乃为乐耳。元祐三年十月二十三日。

苏辙最了解自己的哥哥，他知道哥哥想念大儿子苏迈，就上书请求将苏迈调到离京城较近的地方。哲宗元祐元年（1086年）六月，皇上命苏迈回京述职。不久后，苏迈就带着家眷来到了京城。看到许久未见的大儿子，活泼可爱的孙子，苏轼心中熨帖。八月，苏迈被任命为酸枣县尉。酸枣县离汴京非常近，苏迈能够常常回家探望双亲。对此，时人称赞道：“翩翩苏公子，一官不远游。侍养两得意，人生复何求。”

看见自己的两个弟弟懂事有礼，苏迈非常高兴，但见二弟苏迨还没有娶亲，就问父亲：“二弟上进好学，如今承蒙皇帝和太后的恩典，在朝中担任承务郎，我心中开心。只是有一件事情，二弟年近弱冠，却还没有娶亲，不知父亲有何安排？”

苏轼说：“这一点你不需要担心，我早已和欧阳棐商量好，他家女儿与迨儿年纪相当，性格气质也有相似之处。再过一段日子，我就去欧阳府替迨儿提亲。”欧阳棐是欧阳修的儿子。苏迈说：“真好！父亲您与文忠公是师生，与欧阳棐是好友，如今又结为亲家，以后一定是一段佳话。”不久后，苏轼就去欧阳府向师母欧阳老夫人提亲，将婚事定了下来。

苏轼的小儿子苏过年纪尚小，正是读书的好年纪。苏辙见哥哥公务繁忙，没有时间亲自教导苏过，就让自己的女婿王适指导苏过。在三个孩子之中，苏过的天资最高，性格也最像苏轼。对这个聪明伶俐的孩子，苏轼自然偏爱几分，所以常常抽空指导苏过的诗文。后来，苏过回忆道："忆昔居大梁，共结慈明吕。晨窗惟六人，夜榻到三鼓。"（《冬夜怀诸兄弟》）晨起读书，和父亲、叔叔和哥哥们一起讨论诗词文章到深夜，成了苏过心中最难忘的童年回忆。

哲宗元祐二年（1087年）除夕之夜，苏轼要去学士院值班，不能陪伴家人。工作一结束，苏轼就往家里赶。孩子们看见苏轼回来了，都高兴得跳了起来。王闰之和朝云拿着一件衣裳对苏轼说："老爷，这是昨天送来的，您试试看合不合身。"

苏轼摘下插了御赐银幡的帽子，穿上新衣，刚刚走出门，就看见一个小厮跑进来，说："苏翰林，我们老爷请您过去吃饭呢！"原来，这个小厮是苏辙派来的。苏过说："胡说，定是我堂弟想让父亲陪他玩，才故意让你这么说的！"众人哈哈大笑，苏轼说："好，我们一起去过年！"苏轼在诗中描绘了这种其乐融融的场景：

江淮流落岂关天，禁省相望亦偶然。
等是新年未相见，此身应坐不归田。

白发苍颜五十三，家人强遣试春衫。
朝回两袖天香满，头上银幡笑阿咸。

当年踏月走东风，坐看春闱锁醉翁。
白发门生几人在，却将新句调儿童。

——《和子由除夜元日省宿致斋三首》

变法被废除，当年反对新法的旧臣也被一一召回京城，其中包括被苏轼牵连的王巩、王诜等人。很快，苏轼身边就又聚集了一大群朋友。苏轼的工作繁忙，但只要有闲暇时间，他就会和朋友相聚，互相打趣逗乐。

苏轼为起居舍人时，认识了时为中书舍人的钱勰。钱勰思维敏捷、公正廉洁，很快就与苏轼结为知己。苏轼升为翰林学士后，钱勰去向苏轼道贺，苏轼却告诉他，如今的日子并不是自己想要的，还说："我常常想起在黄州的日子，虽然那时饭桌上只有米饭、萝卜和一碗清淡的汤，但是我过得闲适宁静。"不过其实苏轼非常喜欢吃肉，即使生了病，必须要忌口，他也很难抵挡住烧猪肉的香味。如此说，不过是这位可爱的诗人又一次夸大罢了。

大概是不喜欢苏轼"身在福中不知福"，钱勰决定和苏轼开一个小玩笑。几天后，钱勰让小厮给苏轼送去请帖，请他来自家吃饭，并说"将以三白待客"。"三白"到底是什么东西？纵使苏轼学富五车，也从没听说过这种菜肴。当天，苏轼来到钱勰家中，只见桌上摆了三道菜：一碗米饭、一盘白萝卜和一碗没有油水的汤。钱勰说："请苏翰林品尝'三白'。"苏轼想起自己的夸大，才知道对方在揶揄自己。

几天后，苏轼派人给钱勰送去一张请帖，说请他吃"三毛餐"。钱勰欣然赴约，却发现饭桌上什么都没有。钱勰左等右等，都不见饭菜。最后，钱勰沉不住气了，问："苏翰林，请问你的'三毛餐'呢？"苏轼指着饭桌，说："就在这里啊：毛米饭、毛萝卜、毛菜汤。""毛"和"没"读音近似。看见钱勰傻了眼，苏轼哈哈大笑，说："请钱大人好好品尝。"

越来越多的文人来到京城拜访苏轼，以求拜入他门下。那些受过苏轼指点的文人也受到了世人的追捧。在苏轼的众多门生之中，最出名的是"苏门六君子"：黄庭坚、秦观、晁补之、张耒、陈师道和李廌。这些人或多或少地受到了苏轼文章、行事的影响，并在各自领域闪闪发光。

苏轼名声极盛，他说的每一个字、每一句话，都可能成为“真理”。但苏轼并不喜欢这样，他常常鼓励门生发挥出自己的特点，找到独属于自己的风格，而不是一味地模仿自己。在苏门师生之间，任何人都能表达自己的观点，甚至能揶揄这个名满天下的老师。

有一次，苏轼对黄庭坚说：“鲁直，你的字虽然清秀有力，但有时笔势太瘦，看上去就像一条小蛇挂在树梢。”黄庭坚立刻回答道：“我不敢轻易议论老师的字，但是总觉得有些地方下笔太浅，看上去就像一只蛤蟆被压在大石头下面。”说完，二人对视片刻，哈哈大笑。

很多优秀的文人拜入苏轼的门下。对于这些未来可期的后辈，苏轼总是极力地宣扬他们的才华，从不害怕对方的名声会超过自己。对苏轼来说，能够为朝廷推荐一个栋梁之才，就是最值得开心的事情。

宋哲宗元祐三年（1088 年），苏轼被任命为科举考试的主考官，张耒、李廌等人都参加了这次考试。为了防止作弊，考生们的试卷都是被密封好的，考官根本看不到考生的名字。有一天，苏轼回家后对妻子说：“李廌一定是这届状元！”妻子忙问：“为什么？试卷不是密封的吗？”苏轼说：“我今天看到一篇立意高远、文辞流畅的文章，立刻选为第一。我想，这篇文章一定是李廌写的。”妻子说：“你也别说的这么肯定，也许是他人写的呢？别忘了，当年文忠公还以为你的文章是曾巩所写呢。”

苏轼的确弄错了，那篇文章是一位叫章援的士子所写的，而李廌名落孙山。苏轼心中非常自责，想到自己与李廌相识已久，却没有认出对方的文章，让朝廷错失了这么优秀的人才，提笔写下：

与君相从非一日，笔势翩翩疑可识。
平生谩说古战场，过眼终迷日五色。
我惭不出君大笑，行止皆天子何责。

青袍白纻五千人，知子无怨亦无德。

买羊酤酒谢玉川，为我醉倒春风前。

归家但草凌云赋，我相夫子非癯仙。

——《余与李廌方叔相知久矣，领贡举事，而李不得第，愧甚，作诗送之》

苏轼在信中勉励李廌，让他回家认真读书，下一届科考一定榜上有名。然而，李廌在科考之路上屡屡碰壁，生活得非常清苦。苏轼知道后主动接济这位学生，比如将朋友送给自己用作安家费用的金银、丝绸转送给了李廌。宋哲宗元祐四年（1089 年），苏轼又送给李廌一匹宝马。考虑到李廌以后可能会卖掉这匹马换取粮食，苏轼还特意写了一张马券：

元祐元年，余初入玉堂，蒙恩赐玉鼻骍。今年出守杭州，复沾此赐。东南例乘肩舆，得一马足矣，而李方叔未有马，故以赠之。又恐方叔别获嘉马，不免卖此，故为出公据。四年四月十五日，轼书。

——《赠李方叔赐马券》

这段话的大致意思是：元祐元年，我刚刚抵达京城的时候，朝廷赐给我一匹宝马。如今我来到杭州，朝廷又赐了一匹。我平常出门都坐轿子，有一匹马足够了。想到李廌还没有马，所以将马转赠给他。以后李廌如果得到了更好的马，难免会将这匹马卖掉。所以我特意写了张公据说明这匹马的来源。

世人都知道苏轼不拘小节，却没想到他也有这么细心的一面。苏轼措辞如此婉转，不就是害怕伤害李廌的自尊心吗？有趣的是，半年以后，黄庭坚特意给李廌写了一封信：

翰林苏子瞻所得天厩马，其所从来甚宠，加以妙墨作券，此马价应十倍。方叔豆羹常不继，将不能有此马，御以富贵之家，辄曰非良马也，故不售。夫天厩虽饶马，其知名绝足亦时有之，岂可求锡马尽良也？或又责方叔受翰林公之惠，当乘之往来田间，安用汲汲索钱？此又不识蝉痛者从旁论砭疽尔。甚穷亦难忍哉！使有义士能捐二十万并券与马取之，不唯解方叔之倒悬，亦足以豪矣。众不可。盖遇人中磊磊者，试以余书示之。元祐四年十月甲寅黄庭坚书赠李方叔。

原来，不久前，李廌卖马失败。黄庭坚知道后特意写了一段长长的广告词：这是苏翰林心爱的天厩马，又有亲笔撰写的马券，应该卖十倍的价格！拜入苏门，得到这样的老师和同门，对李廌来说，是多么幸运的事情啊！

风波又起

有一天，苏轼吃完晚饭在院子里散步。他一边走，一边摸着自己圆滚滚的肚子，问家人：“你们猜，我的肚子里装着什么？”一个侍女说：“装着一肚子墨水。”苏轼摇摇头。有一个书童说：“翰林满腹经纶，装着一肚子漂亮文章。”苏轼还是摇摇头。这时，一旁的朝云说：“你是一肚子的不合时宜！”苏轼捧腹大笑，说：“还是朝云了解我。”

苏轼真是个不合时宜的人。王安石主持变法时，他不断地上书抨击，指出新政的漏洞。即使被新党陷害，不得不自请离京，他也没有低头。可是如今神宗去世，王安石失势，高太后决心彻底废除新法，苏轼又站出来说：“不行！”

司马光是苏轼的好友，苏轼曾无数次地与司马光讨论当下局势，也曾约定过一定要辅佐皇帝成为尧舜那样的君王。听到司马光被朝廷重新起用的消息，苏轼本来是非常高兴的。他希望这位老友能够找出并革除新法的弊端，减轻百姓身上的负担。但是很快，苏轼就发现自己将问题想得太简单了，他的这位老朋友并不愿意理性地看待新法，只想在最短的时间将其废除。

北宋初年，朝廷实施差役法，规定农民们轮流充当差役。几乎没有经过军事训练的民兵，怎么能抵挡训练有素的正规军呢？于是，每次邻国来侵犯宋朝时，朝廷基本都毫无还手之力。王安石敏锐地发现了这一问题，决定改差役法为免役法，即需要服役的百姓缴纳役钱，由州县政府统一招募士兵。这样一来，北宋就拥有了常备军，在面对西夏、大辽等国时也更有底气了。虽然免役法在一定程度上加重了农民的负担，但也增加了国家财政收入，利大于弊。如果取消免役法，那么北宋朝廷岌岌可危。

苏轼做事从来不以个人好恶为标准，只要是对百姓、对国家有利的，他都会支持。担任地方官多年，苏轼渐渐看清了差役法的弊端：不仅削弱了国力，还成了官吏剥削百姓的借口。而王安石提出的免役法，虽然不能解决所有问题，但是也不失为一个可行的办法。

因此，苏轼一抵达汴京，就拜访司马光，向他说明免役法的优点，并请他客观地看待新法，保留其中合理的制度。没想到司马光听后却不耐烦地说："你不必再说，我已经决定劝太后彻底废除免役法。""免役法不可废！"苏轼立刻说。可无论苏轼说什么，司马光都摆着脸，时不时摇头，一副听不下去的模样。

苏轼非常失望。他原以为司马光能够挑起重担，使混乱的朝廷回归正常，使百姓过上更好的日子。没想到司马光步上了王安石的后尘：固执己见，只按照自己的想法做事。回家后，苏轼立刻起草了《论给田募役状》一文，详细介绍了当年在密州推行免疫法，百姓因法便事的情景。

高太后罢免了多位变法派官员，又接连提拔反变法派大臣。事情发展到这个地步，所有人都知道废除免役法是不可避免的事情，再上书反驳只会触怒以司马光为首的当权派。可惜苏轼就是改变不了不合时宜的脾性，他将《论给田募役状》呈了上去，又在宰相府邸政事堂中和司马光争论。二人都是当世大儒，争论时引经据典，非常精彩。无论司马光说什么，苏轼都能想到应答之语。

司马光满脸通红，对苏轼说："你不愿意听我这个宰相说的话，是不是也不愿意听太后和皇上的话？"苏轼不卑不亢地说："大人，当年您当谏官的时候，不是也敢和宰相韩维争论朝政吗？虽然韩大人非常不高兴，但你仍勇敢地说完了自己的看法。如今你当了宰相，难道不准别人把话说完吗？"

司马光究竟是个风度翩翩的大学者，他立刻向苏轼表达了歉意，还请苏轼说出自己的见解。不过，无论苏轼说什么，司马光还摆出那副什么都不愿意接受的模样。临走时还对苏轼说："子瞻，你说得很好，但是免役法一定要废除。"苏轼回到家，气愤地把帽子扔到地上，躺在榻上，说："司马牛！司马牛！"司马牛是孔子的弟子，和司马光同姓。苏轼如此说，是为了讽刺司马光的牛脾气。

史学家推测，司马光之所以对新法抱有如此深的成见，可能与其在宋神宗年间不得志有关。但是司马光没有发现，曾经发生在王安石身上的事情，也在他身上重演了。当年王安石为了推行新法，不惜与自己的好友交恶，并想尽办法使反对变法的官员远离政治中心，只接纳愿意为新法唱赞歌的官员。谁料一批只会趋炎附势的小人得到升迁，最后王安石就败在这群小人之中，新法也尽毁于此。如今，司马光为了快速地废除新法，也提拔了一批只会媚上邀宠之人，其中最具代表性的人物就是开封府知府蔡京。

宋神宗驾崩后，蔡京攀附上当时炙手可热的蔡确，想要谋取权势。没想到不久后蔡确失势，司马光被高太后提拔，成为了宰相。蔡京知道司马光厌恶新法，便也做出一副对新法恨之入骨的模样。司马光宣布五天内恢复差役法，其他的官员担心这件事太急迫，会带来不好的影响，只有蔡京如约完成。司马光知道后称赞道："要是人人都像蔡京这样，还有什么政令行不通？"

司马光大概不会想到，他称赞的这位官吏以后会以恢复新法之名，大肆迫害元祐年间的臣子，并大兴土木，加重百姓的负担，间接导致北宋亡国。

苏轼的毫不退让，让其他支持废除变法的臣子所厌恶。其中最值得一提的就是程颐。

程颐是个老学究，为人古板、拘谨，希望天下每一个人都能依照古礼来做事。如果不能做到，就不是一个懂礼的人。程颐也被任命为小皇帝的讲师。对这个年仅十岁的孩子，程颐也拿出那套严肃、古板的教条，希望皇帝能够按照古人的训导行事。宋哲宗年纪小，正是贪玩的时候，可程颐偏偏不准他展现孩子那可爱单纯的天性，一定要将他教育成一个"小程颐"。

有一次，程颐为宋哲宗讲学。课间休息的时候，君臣二人便到殿外的小亭子里喝茶赏景。春色融融，鸟儿站在枝头高歌，柳叶随风摇晃。宋哲宗觉得有趣，随手折了一段柳枝，拿在手中当作刀剑。宋哲宗正玩得高兴，一个低沉的声音响起："陛下，这样做是不对的。"

哲宗疑惑地望着阴沉着脸的程颐，问："我做错什么事了？"程颐说："春天万物生长，陛下你怎么能无故摧折生命呢？"哲宗不在意地说："不就是一根柳枝吗？"程颐严肃地说："陛下如果想成为一个仁君，就要从爱惜万物这样的小事做起。"

没想到一个看似平常的举动也能引来这么多教导，哲宗将柳枝扔在地上，赌气道："那我不当仁君了！"听说这件事情后，司马光感叹："皇上不愿意接触儒生，不就是因为身边有太多像程颐这样的人吗？"

固执、死板的程颐和洒脱、不拘小节的苏轼完全不是一个世界的人，两人的关系原本就不好。后来因为一件小事，两人的关系又急剧恶化，甚至引发了“洛蜀党争”。

哲宗元祐元年（1086年）九月初一，司马光去世，程颐负责主持葬礼。举行葬礼的这一天，正好是哲宗率领文武百官到太庙祭祀天地，安放宋神宗灵位的日子。祭祀大典完成后，百官立刻更换衣裳，到司马家吊唁。谁知众人来到司马家，程颐却不让他们进去，说这样有违礼法。

程颐说：“难道大人们没有听过这样一句话：‘子于日哭，则不歌。’这是圣人孔子对我们的教诲，你我应该以礼行事。”程颐的意思是，早晨大家才参加过祭祀大典，唱过典歌，就不能再来司马光家参加丧礼。

程颐的话音刚落，就有臣子说：“孔子说的是参加完悲伤的活动后，不能参加喜庆的活动。并没有说参加完喜庆的活动后，就不能参加悲伤的活动啊。”程颐说：“大人何必咬文嚼字，我们应当……”程颐还没有说完，苏轼就大声地说：“大人们，我们进去吧！”随即领着众位臣子进了门。来到灵堂，苏轼见司马光的儿子竟然不在灵柩旁边——按照风俗，司马光的儿子应该在灵前向前来吊唁的宾客回礼。苏轼悄悄问司马家小厮，小厮回答：“程颐大人说，如果是真孝顺，应该悲痛得起不了床，怎么能出现在灵前呢？他禁止少爷来这里。”

苏轼心中厌恶，看见程颐还在说这样做有违礼法，忍不住说了一句：“此乃鏖糟陂里叔孙通所制礼也。”众人听后哈哈大笑，程颐气得满脸通红。叔孙通是秦汉时期的一个儒生，非常有名。刘邦夺取天下后，叔孙通为其制定了新的规矩。

将程颐比为汉高祖制礼作乐的叔孙通本是恭维，可苏轼在前面加上了一个“鏖糟陂里”，意思就完全变了。鏖糟陂里是开封府城外的一块沼泽，所谓“鏖糟陂里叔孙通”，就是指乡下来的冒牌叔孙通。程颐听后能不生气吗？苏轼口无遮拦的脾性依旧没改，一句话就将程颐得罪了。从此，苏程结怨。

因为苏轼来自蜀地，程颢、程颐两兄弟是洛阳人，所以他们之间的斗争被称为“洛蜀党争”。虽称“党争”，其实苏轼及其朋友、门生从未争斗过，只有程颐一党胡乱攻击罢了。

苏轼曾写过这样一句话：“今朝廷欲师仁祖之忠厚，而患百官有司不举其职，或至于始；欲法神考之励精，而恐监司守令不识其意，流入于刻。”大概的意思就是，希望宋哲宗不要像仁宗时期那样松懈，也不要像神宗时期那样紧张，应该取个折中的办法。

这句话只是对前朝政治的客观的总结，而程颐的门生、谏官朱光庭却断章取义，上书说苏轼恶意诽谤仁宗和神宗，理应严惩。高太后看到表章后轻笑道：“又是无稽之谈。”经过了英宗、神宗两朝的高太后早就看透了这件事情背后的真相：谏官从苏轼的文章中挑毛病，以排除异己。但是高太后没有申斥朱光庭，因为宋朝为广开言路，规定皇帝不能出面直接反驳谏官的奏章。她下诏对苏轼免罪，希望大事化小，小事化了。

苏轼不肯平白受冤，上书为自己辩白，指朱光庭为诬告。朱光庭则继续攻击苏轼，不久后，他又上了一封表章，说苏轼罪责难免。苏轼的好友吕陶知道这件事情后非常生气，他上书为苏轼辩白，并指出：“苏轼曾经戏弄过程颐，朱光庭是程颐的学生，这样做很明显在报复。”

吕陶一针见血，可洛党不肯罢休，继续攻击苏轼。这时，朝堂中出现了这样一个谣言：朱光庭得罪了苏轼，皇上要罢免他的官职。一石激起千层浪。要知道，当时苏轼竭力反对废除免役法，因此得罪了不少反变法派的官员。这些官员认为苏轼如此受皇上和太后的赏识，极有可能成为宰相，那他会不会成为第二个王安石呢？于是，这些人和洛党的官员一起攻击苏轼。苏轼的好友看不下去了，纷纷站出来为苏轼说话。朝堂上舆论沸然，似乎一场新的党争即将开始。

苏轼是有胜利的把握的，抛开高太后的赏识和信任，苏轼身边还有才华横溢的“苏门四学士”，而那些在“乌台诗案”中被贬谪出京的好友们如今也回到了京城，有些还身居要职。但是面对争论迭起的朝堂，苏轼心中只有疲惫和厌恶。看着一封封攻击自己的表章，苏轼越发想念荒凉的黄州，想念朴实善良的黄州百姓，想念东坡、雪堂：

《如梦令·为向东坡传语》

为向东坡传语。人在玉堂深处。别后有谁来，雪压小桥无路。归去，归去，江上一犁春雨。

《如梦令·春思》

手种堂前桃李。无限绿阴青子。帘外百舌儿，惊起五更春睡。居士，居士，莫忘小桥流水。

为了平息风波，也为了还自己一个平静安宁的生活，这位离宰相只有一步之遥的官员一连上了四道奏章，请求离京外任，但朝廷都没有批准。最后，苏轼只能直接指出当下形势有多么危急："臣若不早去，必致倾危。"终于，朝廷同意了苏轼的请求。宋哲宗元祐四年（1089年）三月十六，朝廷任苏轼以龙图阁学士出任浙西路兵马钤辖兼杭州太守。

百年苏堤

苏轼又回到了杭州，他的第二故乡。此次上任，苏轼可以算得上是"衣锦还乡"了。和协助上司处理公务的通判不一样，龙图阁学士兼杭州太守的苏轼有资本好好炫耀一番。来到富饶美丽的杭州，他终于能够尽情享乐了。

只是苏轼做官并不是为了享乐，而是想为国家、为百姓贡献出自己的一份力量。他当然喜欢风景秀丽的西湖，喜欢云雾笼罩的高山，喜欢飘着淡淡檀香味的古寺，但是他更喜欢让流离失所者归家，让贫困者找到生计，让哭泣的百姓重新展露笑颜。回到杭州，苏轼将自己所有的精力都放在了工作之中。

宋哲宗元祐四年（1089年）秋季，浙江地区突然暴雨不止，太湖泛滥，淹没了农田。农民们一年的辛苦就此白费。但这还不是最严重的，收成不好，城中米价飞速飙升，很多人因此吃不上饭。那时，苏轼才到杭州一个多月，连官舍都还没有修葺好。他立刻下令购入大米救济灾民，下属告诉他官府的钱不够，他就又拿出自己修葺官舍的钱来应急。

苏轼一边赈灾，一边上书请求朝廷减轻杭州的赋税，购入更多的常平仓米。苏轼多次上书，再三呼救，终于求得朝廷的恩泽：拨二十万石米赈灾，减免三分之一上贡米，并特赐三百道度牒。度牒是朝廷发给出家人的身份证，可免赋役。苏轼卖出了十八万石大米，终于使米价稳定了下来。到了哲宗元祐五年（1090年）春季，米价已经降到正常水平。

可笑的是，政敌竟用这件事攻击苏轼。在汴京某些高官的授意下，一位杭州的地方官上书说："今年杭州的收成很好，没有发生饥荒，苏轼谎报灾情，不知是何用意。望朝廷能彻查此事，并收回赈灾钱粮和度牒。"苏轼为官三十多年，所受的污蔑数不胜数，可这一次他尤为愤怒。他不是为自己，而是为百姓："所有人都知道去年杭州的灾情有多严重。即使今年秋天获得丰收，恐怕也不能弥补去年的损失。更何况如今正值春夏之交，没有人能肯定今年一定会丰收。不知道那些上书的官员，是如何判断出杭州今年一定会丰收的？"苏轼厌恶将百姓的安乐变成斗争的工具。

苏轼预料的没有错。老天爷似乎从来不顾及辛勤耕作的农民的心情，初春时风调雨顺，到五六月时却连降暴雨。苏轼披着蓑衣来到受灾最严重的乡镇，看见农民划着小船抢救露出水面的水稻，心中难过。一位小吏问苏轼："大人，他们在干什么？既然水稻已经被淹没，此时抢收也没有什么用处了。”苏轼长叹一声说：“没有被完全淹没的稻子能够烧干，稻草可以做家畜的饲料，这样多少能挽回一点儿损失。”做过农夫的苏轼太清楚当地农民的心情了。

苏轼决定立刻向朝廷上书。这位具有前瞻性眼光的官员早已敏锐地察觉到：与其在饥荒来临之时给灾民衣食，不如防患于未然，在粮价飞涨的时候卖出常平仓米，以稳定粮价。他上表请求朝廷拨给杭州赈灾的钱粮。他在表章中阐明了自己的理由：宋神宗熙宁八年的那次饥荒，朝廷拨发了一百多万石大米救济灾民，可还是有近五十万人死于饥饿。去年自己请求的赈灾粮不到熙宁八年的六分之一，可稳定了物价，救活了百姓。可见预防的重要性。

在其他大臣的眼中，苏轼有点儿小题大作。他们皱着眉头说：“苏轼前几个月还上表说杭州风调雨顺，怎么突然改了口？”那些小人也在一旁煽风点火：“浙江其他乡镇都没有类似表章，只有苏轼一人这样说。苏轼这样的人总是把小灾情夸大。”

苏轼真的把灾情夸大了吗？并没有，连续的暴雨给农民带来的损失已经非常严重，聪明的人都能看出来，明年一定会发生饥荒。但是除苏轼以外的地方官并不在意这件事，他们躺在温暖舒适的府邸中，自然听不到农民绝望的哭泣声。也许看着窗外的大雨，他们还会生出几分诗意呢。他们唯一愿意关注的，就是如何嘲笑苏轼，嘲笑这位心急的文人不懂官场之道，嘲笑他将这几场小雨也放在心上，嘲笑他不知道欣赏阴雨绵绵的江南美景。

苏轼不停地给朝廷上书，这位性格直率的官员甚至说，如果其他地方官都认为这几场暴雨不足为虑的话，那么请他们写下保证书，保证当年冬天不会发生饥荒。他希望凭一己之力改变浙江的吏治，但终究失败了，因为不是每个人都像他一样坦荡无私。

苏轼最开始只请求朝廷拨发二十万石大米，但是到了秋季，他不得不提高赈灾粮的数量，因为浙江又下起暴雨。朝廷拨发了十几万石大米，但苏轼知道这远远不够。朝廷不懂这位杭州太守到底在忧虑什么：除了赈灾米，不是还有赈灾款吗？这些已经足够了。但是朝廷没有发现，杭州的米价不停地上涨，有钱也买不了多少米。苏轼不得不上表，请求朝廷允许杭州保留部分上贡米，杭州愿意以同等价值的金银绸缎代替。

冬季到了，饥荒也来了。百姓家中存粮有限，市场上米价飞涨。所幸苏轼早有准备，他将储藏在官府粮仓中的大米分次投放到市场，再一次使米价稳定了下来。

自然灾害之后，杭州又出现了瘟疫。知道有些穷人请不起医生，苏轼便组织那些懂医术的和尚，上门为他们治病。此外，苏轼自费购买药材，派人在街头熬药，分发给过往行人。

苏轼给行人喝的是一种叫“圣散子”的药，这是苏轼从好友巢谷那里求得的。据说，这种药能够治愈多种疾病，普通人吃了也可以强身健体。更重要的是，圣散子所需的草药都很廉价，穷人也能买得起。巢谷将这一药方视为传家宝，连亲戚都不愿意告诉。苏轼求了多次才得到这张药方，而且被嘱咐：“千万不能泄露药方。”

苏轼又失言了，他将巢谷的“传家宝”告诉那些贫困的百姓，让他们赶紧去抓药。或许苏轼对好友抱有愧疚，但是他并不后悔。在苏轼看来，如果这张药方能够救很多人的性命，那就是有价值的，否则一文不值。苏轼在密州时就经常搜集行之有效的药方，然后公布在告示板上。

瘟疫终于被控制住了，但是苏轼没有放松。想到那些被瘟疫折磨的百姓，苏轼非常担心：“杭州地处交通要道，客商齐聚，疾病传播的速度极快。官府在街头施医赠药始终不是长久之计。”如何从根本上解决这个问题呢？苏轼的脑海中出现了一个伟大的构想。

苏轼从公款中拨出两千缗，自己又捐出五十两黄金，在杭州城中心建立了一家名为“安乐坊”的慈善药堂，由擅长医术的僧人坐堂，官府每年从地方财政中拨出少量资金来维持。每年立春到春夏之交，安乐坊就会配置圣散子，统一发放给民众。中国历史上第一个公立医院就此诞生，那些贫困的百姓终于找到了庇护之所。朝廷非常鼓励这样的行为，对于那些医术高超、在三年之内治愈上千名百姓的僧人，还特赐紫衣以示奖励。后来，安乐坊更名安济坊，迁至西子湖畔，苏轼去世之后还在运行。

其实，最让苏轼担心的还是杭州的水利问题。提到杭州，人人都会夸赞它绝佳的地理位置——城中的盐桥运河和茅山运河将钱塘江和大海连接起来，但是很少有人发现运河淤堵的问题。苏轼刚刚来杭州时，就发现运河上的船只航行速度极慢。苏轼向当地人打听情况，一位生活在运河旁的人抱怨道："运河中的淤泥实在太多了，而且每次疏浚运河的时候，官府都要把淤泥堆在我们门前，真是臭气熏天！"一位渔夫听后说："那也不能怪政府，疏浚运河是个大工程。河里淤泥不少，而一艘船要走三五天才能出城，所以只能先堆在岸边了。"

苏轼决心疏浚运河，他利用浙西路兵马钤辖之便，派遣军队疏通杭州运河，不到半年就疏浚运河长达十余里，运河的水深八尺，船只往来顺畅。当地的百姓纷纷称赞，这是从来都没有出现过的情况。

但是苏轼知道，这样做治标不治本。两条运河和大海相连，涨潮时大海裹挟泥沙倒灌，运河不出三年又会变得浑浊不堪。怎么办呢？一位叫苏坚的下属告诉苏轼，盐桥运河穿过繁华的城区，茅山运河流经郊区，两河在城北交汇。如果能在交汇处建一座水闸，潮涨时关闭闸门，让海水流往郊区的茅山运河。潮平时再打开闸门，让清水流进城中心的盐桥运河。这样一来，只需定期清理茅山运河，不用再费时间费精力疏浚盐桥运河了。这个办法果然有效，城中百姓不需要再为家门口的淤泥烦心了。

第一次来杭州任职时，苏轼和当时的太守陈襄一起疏浚六井，让百姓喝上了干净的水。但是十八年过去，六井再次淤堵。那些富贵人家还能花钱买西湖的水，但贫困百姓只能喝带咸味的水。苏轼派人去寻找当年疏浚六井的僧人，发现只有子圭尚在人世。这位七十岁的老者听说苏轼的来意以后，丝毫没有犹豫地说："好，我一定竭尽全力帮助苏太守。"

苏轼问："其实几十年前的工程已经非常完善了，只是用竹子做的水管不耐用，才会发生这样的情况。大师认为应该如何修缮？""将竹管换成陶瓦管子，上下以石板保护最好。只是……"子圭有点儿犹豫。苏轼笑着说："大师不必担心，既然陶瓦管子最好，那就全部换上陶瓦管子！"苏轼知道子圭在犹豫什么，相比竹管，陶瓦管子的造价高昂。不过苏轼已下定决心，即使同僚参他不懂管理地方财政，他也要为杭州百姓修好水管。

不久后，六井恢复了生机。苏轼还在北郊挖了两口大井，使难以取水的地方也有了水。此后，城中人人都能喝上西湖的甘泉了。

苏轼上任没多久，就为百姓们解决了用水的难题，百姓心中感激，对这位大才子也有了新的认识。宋哲宗元祐五年（1090年）四月的一天，一群父老来到太守府衙，他们带着杭州百姓的愿望来见太守。

这些人是来请求苏轼治理西湖的。在世人眼中，西湖是杭州的脸，一张明媚动人、妩媚多姿的脸。那一弯碧波，在岸边飘扬的垂柳，给人们带来无限遐想。但是在杭州百姓眼中，西湖不仅仅是风景，还是他们的"母亲"——日常饮水、灌溉农田都来自西湖。但是由于水草蔓延，西湖湖底淤积，湖水变浅，湖面被水草覆盖。他们痛心地说："不知道几十年后杭州还有西湖吗？请求苏太守为杭州百姓治理西湖！"

苏轼听后非常忧心，十八年前他担任西湖通判时，水草只遮盖了十分之二的湖面，如今已经遮盖了一大半。照此速度发展下去，几十年后，西湖就将完全被水草覆盖。到时候别说赏景，就连百姓日常饮水都会出现问题。

苏轼立刻上书朝廷说明问题的严重性，请求朝廷拨发钱款治理西湖。另一方面，苏轼也在思考治理方法。治理西湖，看上去很简单：清除水草和淤泥即可。但是挖出来的淤泥和水草堆积如山，到时候又该如何处理呢？苏轼一边在西湖旁踱步，一边思索这一难题。

突然，一栋精美的小别墅出现在苏轼面前，这位聪明绝顶的官员跳起来，高兴地喊："我知道应该怎么办了！"苏轼决定用湖底的淤泥和水草筑造一座长堤，连通南岸和北岸，这样不仅能解决难题，还能增加行人的便利和湖面的美丽。

如果水草蔓延怎么办？苏轼采纳了钱塘主簿的建议，命人将沿岸部分开垦出来，让农人种植菱角。农人在种植菱角前都会清理水草，这样就解决了水草滋生的难题。

不久后，苏轼收到了一个好消息：朝廷批准了他的提议，并下拨专用款项。苏轼立刻组织人开湖筑堤。湖底的淤泥发出阵阵恶臭，在那一段时间里，百姓都绕着西湖走，唯有苏轼每天都去，而且总是喜笑颜开的。

半年后，西湖焕然一新，湖水干净清澈，一道长堤连接南北两岸。苏轼又让人在长堤两岸种植杨柳、修建亭台，给西湖增添魅力。杭州不论男女老少都来长堤上观赏游玩，西湖岸边游人如织。苏轼在诗中描写了这种热闹的场景：

太山秋毫两无穷，巨细本出相形中。
大千起灭一尘里，未觉杭颍谁雌雄。
我在钱塘拓湖渌，大堤士女急昌丰。
六桥横绝天汉上，北山始与南屏通。
忽惊二十五万丈，老葑席卷苍云空。
朅来颍尾弄秋色，一水萦带昭灵宫。
坐思吴越不可到，借君月斧修朣胧。
二十四桥亦何有，换此十顷玻璃风。

雷塘水干禾黍满，宝钗耕出余鸾龙。

明年诗客来吊古，伴我霜夜号秋虫。

——《轼在颍州，与赵德麟同治西湖，未成，改扬州，三月十六日湖，成德麟有诗见怀，次韵》

为了纪念苏轼，百姓将这道美丽的长堤称为“苏堤”。苏轼不会想到，为了解决西湖淤积问题而修建的长堤，在几百年后竟然成为了“西湖十景”之一。

福泽百姓

政敌总时时刻刻拿眼睛盯着苏轼，他们实在惧怕这位备受高太后赏识的名臣又有新的动作。于是，苏轼上表请求朝廷下拨赈灾粮，他们很快就知晓了，并马上上表攻击，说苏轼夸大灾情。等苏轼治理西湖，修建长堤，他们又攻击苏轼花钱只是为了赏景。他们上完表章，等着苏轼反驳，等着用早就准备好的话攻击苏轼。但是让他们失望的是，除了为自己辩白，苏轼从未主动攻击过谁，他对口诛笔伐的斗争没有任何兴趣。

政敌永远都不了解苏轼，他们总以为苏轼和自己一样，为了得到权势而日日担忧，时时刻刻都在思考如何打败敌人。苏轼和他们是两个世界的人，他做官是为了百姓。而且他不喜欢高高在上，俯瞰在自己面前求救的百姓，他更愿意把自己当作百姓的朋友、亲人。能够多为他们解决一个问题，苏轼就非常开心了。他帮助百姓不是为了听别人的感谢之语，而是因为那颗仁爱之心。

苏轼在杭州任上时，曾处理过这样一件偷税的案子。有一天，负责税务的官吏将一个读书人带到苏轼面前，递给苏轼一个巨大的包裹，上面写着："翰林学士知制诰苏某封寄京师苏侍郎收。"官吏对苏轼说："小人已经查验过，里面是上好的绸缎。这人在包裹上写上您的名字，显然想借此偷税，然后拿到京城卖掉。"

苏轼看着眼前这位畏畏缩缩的读书人，只见他须发发白，衣裳上的补丁清晰可见。苏轼心中不忍，问："包裹里是你的东西吗？"那人回答："是的，大人。鄙人名吴味道，家中贫困。此次进京赶考，朋友送我上好的绸缎，让我带到京城变卖做盘缠。但是小人知道，沿途有税吏抽税，等到京城，恐怕只剩一半了。小人早就听说苏轼、苏辙二位大人宽厚仁善，乐于提携晚辈，如果发现后也不会追究，所以就斗胆使用了二位大人的名字。小人以后不敢了，请大人饶恕！"

苏轼笑着说："你难道不知道我现在不是翰林学士，而是杭州太守了吗？"吴味道惊讶地抬起头，才知道眼前这个笑眯眯的太守就是名扬天下的苏轼。吴味道羞愧地说："今日竟然在大人面前出这样的丑，小人任凭责罚。"

苏轼将包裹上的纸条撕下来，然后给住在京城的苏辙写了一封短信，让吴味道为自己带去。看着战战兢兢的吴味道，苏轼笑着说："老前辈，您不用担心，这次就算您被抓到皇帝面前，这封信也可保您平安。来年高中进士后可别忘了我啊！"

吴味道双手接过信件，心中感动不已。第二年，吴味道真的高中进士，特意写信去向苏轼表达谢意。苏轼十分开心，还邀请吴味道来杭州住了几天。

宋哲宗元祐六年（1091年）二月，苏轼在杭州任期已满，朝廷以翰林学士将其召还。苏轼不愿意返回京城，因为这里能够远离政治斗争，能够做些实事：他还计划开发江苏运河系统，在阜阳也开发一个西湖……苏轼收到旨意的当天就写了一封辞免状：

右臣今月二十八日奉敕，已除臣翰林学士承旨左朝奉郎知制诰，诏书到日，可依条交割公事讫，乘递马疾速发来赴阙。臣已于当日依条交割公事讫。伏念臣顷以两目昏暗，左臂不仁。坚辞禁林，得请便郡；庶缘静退，少养衰残。二年于兹，一事无补。才有限而难强，病不减而益增。但以东南连被灾伤，不敢陈乞，别求安便；敢谓仁圣尚赐恩怜，召还故官，复加新宠。不惟朝廷公议未允，实亦衰病勉强不前。兼窃睹邸报，臣弟辙已除尚书右丞。兄居禁林，弟为执政。在公朝既合回避，于私门实惧满盈。计此误恩，必难安处。伏望圣慈除臣一郡，以息多言。臣见起发前去，至宿、泗间听候指挥。谨录奏闻，伏候敕旨。

——《辞免翰林学士承旨第一状》

这大概是政敌们永远都想不通的：高太后如此信任赏识你，你的弟弟苏辙又身居高位，你回京后一定能得到高官厚禄，你为什么要拒绝回京？他们认为苏轼居心叵测，便又开始偷偷制定对付苏轼的方案。

远在杭州的苏轼自然不知道即将来临的风雨，看见朝廷没有批准自己的辞免状，他只好收拾行李回京。他此时不担心自己的前途，只担心杭州百姓。虽然大米市场已经趋于稳定，但是大米的价格还没有完全降下来。苏轼对此忧心忡忡，他再三叮嘱继任的林太守：“上个月，我给朝廷上书，请求保留五十万石上贡米。虽然现在朝廷还没有批示，但你完全可以以等待批复为由，暂时保留将那批上贡。若大米的价格突然出现浮动，你就用这匹大米来救急。等到六月，饥荒已过，你再凑齐米上贡。”林太守点点头，说：“放心，我一定保杭州百姓无虞。”

苏轼这才安心启程。在回京的途中，苏轼绕道洪水灾区查看灾情，并和各地官员商量探讨赈灾的方案。暴雨一直都在下，农民们用桶把田地里的水舀出去，可没过多久田中又积满了水。春天正是耕种的季节，可农夫只能忧愁地望着被洪水淹没的田地叹气，看上去比每日耕作还要疲惫。

收成不好，粮食的价格又高，穷人只能将平常喂猪的糠取来和青草煮成大锅菜，至少能填饱肚子。有些地区因为找不到干燥的柴火，只能生吃粮食，以至于患上了大肚病。肚子疼得在地上打滚，哭喊的声音让人听了难过。亲眼见到这样惨状的苏轼上书朝廷，希望朝廷能够重视这件事情，拨款赈灾。

远在汴京的大臣自然不知道浙江的灾情，他们听说了苏轼的表章，不以为然地说："看吧，苏轼又夸大灾情了。"汴京城中人人安居乐业，周围州县也都富饶宁静，哪里来的灾情？他们没有亲眼见过，无论如何都不肯相信苏轼的话。在这些人的眼中，苏轼只会给朝廷泼冷水，实在可恶。朝中又有人在指责苏轼，苏轼对此毫不知情，只是痛心地说："春夏之间，流殍疾疫必起。"

在回京的途中，苏轼又写了一封辞免状：

《辞免翰林学士承旨第二状》

右臣近蒙恩除翰林学士承旨。臣以衰病不才，难居禁近，兼以弟辙忝与执政，理合回避，奏乞除臣一郡。今奉诏书，未赐开允。恩威之重，霈若雷雨，岂臣孱陋所敢固违。伏念臣自去阙庭，日加衰白。故疾不愈，旧学已荒。更冒宠荣，必速颠踬。而况清要之地，众所奔趋；兄弟递居，势难安处。正使缘力辞而获谴，犹贤于忝冒而致灾。伏望圣慈察臣诚恳，特赐除臣知扬、越、陈、蔡一郡。臣今已到扬州，迤逦前去南京以来，听候指挥。干冒天威，臣无任战恐待罪之至。谨录奏闻，伏候敕旨。

《辞免翰林学士承旨第三状》

右臣近蒙恩除翰林学士承旨。臣以衰病不才，难居禁近。兼以弟辙备位执政，理合回避。寻两次奏乞除臣一郡，准尚书省札子，三省同奉圣旨，依前降诏书不允者。臣之愚虑，终以弟辙亲嫌，于义未安。窃见仁宗朝王洙为学士，以其从子尧臣参知政事，故罢。臣今来欲乞依王洙故事回避，仍乞检会前奏，除臣扬、越、陈、蔡一郡。屡犯天威，臣无任战恐待罪之至。谨录奏闻，伏候敕旨。

其中言辞切切，态度诚恳，但是朝廷始终都没有批准。想到京城中的风风雨雨，苏轼心中满是疲惫的厌倦。

哲宗元祐六年（1091）五月二十六日，苏轼抵达京城，迎接他的是一封封弹劾的奏章。有的弹劾他在杭州的政绩：建造苏堤被指责于公于私都没有任何益处；有的将那几封言辞恳切的辞免状一个字一个字地拆开来看，说苏轼居心不良；有的想重现乌台诗案，他们说苏轼在神宗去世后写“山寺归来闻好语”，指责他称神宗去世的消息为“好语”。其实，这首诗写于神宗去世两个月后，描写了苏轼听到樵夫夸奖宋哲宗后的愉悦心情。这首诗已在扬州刻石，写作日期非常清晰。

自然，这些莫须有的指控在老练聪明的高太后那里掀不起波澜。她赏识苏轼，不仅仅是因为他的才华，还因为他那颗赤子之心。她知道苏轼一心为民，不会因为小事而对朝廷产生怨怼之心。此外，高太后还需要苏轼为自己牵制朝堂中的各方势力：此时，以程颢、程颐两兄弟为首的洛党已成气候，正在和司马光的追随者组成的“朔党”展开斗争。苏轼、苏辙两兄弟为人正直，不偏向任何一党，放在朝堂中正好可以制衡各方面的势力。

苏轼不想成为棋子。他知道自己和弟弟都身居高位，一定会引起政敌的不安。到时候朝堂上只有权力斗争，没有人为百姓做实事，更没有人去关注南方的灾情。而且苏轼对政治斗争已经感到厌倦。比起在汴京写攻击政敌的文章，他宁愿在黄州种地。苏轼不停地上表请辞，却招致政敌更猛烈的攻击，他们将苏轼想象成一个心怀叵测的小人，一再请辞只是为了谋求相位。三个月后，苏轼被任命为颍州太守。政敌们欢欣鼓舞，以为自己终于赢了。苏轼也非常开心，因为他终于能为百姓做点儿实事了。

颍州是个小地方，没有什么大事，官吏们都过得很清闲。在欢迎苏轼的筵席上，一位官员说："内翰只消游湖中，便可了州郡事。"然而，苏轼知道，自己不是来颍州享乐的。

苏轼来到颍州时，朝廷正到处征询是否开挖八丈沟的意见。当时，开封一带经常发生水灾，当地官员未调查清楚情况就开沟挖渠，将水引入惠民河中。没想到这一举措加重了陈州的水患。于是，又有人提出，开挖八丈沟，将陈州的水引入颍水中，最后引入淮河。这一提议是否可行，朝廷也拿不定主意，便向各级官员征询意见。如果同意的人居多，那就召集工人开挖八丈沟。

苏轼将所有的意见都看了一遍，发现无论是同意的，还是反对的，都是妄加猜测，没有一个人提出了切实可行的方案。经过徐州、杭州两任，苏轼已然变成了一位水利专家，他知道，想要弄清楚八丈沟是否可行，必须实地调查，并结合当地民众的意见。

于是，苏轼派遣懂水利的官员在各乡镇实地勘测，并亲自来到乡下征询百姓的意见。最后，苏轼发现修建八丈沟有百害而无一利，便立刻向朝廷提交了《奏论八丈沟不可开状》。在文中，苏轼详细地阐述了挖八丈沟的危害，还提供了详实的数据。思维缜密、论述精妙，让人拍手叫绝。不久后，朝廷下令停止开挖八丈沟，这不仅为国家节省了财政开支，还消除了开沟后的水灾隐患。

很快，年关已至。这天，苏轼出城巡视，发现城外有很多逃荒的难民。苏轼上前询问缘由，一位老人难过地说："我们来自寿州，那里一直都在闹饥荒。像我们家这样的人家，能吃上一顿用榆树皮和糠煮的粥就很不错了！哎，眼看就是新年，谁愿意离开故乡呢？"说完，老人用脏兮兮的袖子擦了擦眼睛。

心情沉重的苏轼回到府衙，立刻向朝廷禀告了这一情况，并请朝廷赐度牒，以减轻百姓负担。做完了这件事情，苏轼还是无法安心，他的眼前总是浮现那个满脸泪痕的老人。第二天清晨，苏轼和同僚登上城楼，看着百姓在寒风中艰难地前进，难过地说：“我真想为他们做些什么！夫人昨晚提醒我，前些日子我们经过陈州时，曾听傅钦之说签判赵德麟赈灾有功，不如我们把他请过来商量？”同僚说：“好啊，现在就派人去！”苏轼立刻写了一封短信，派人去陈州请赵德麟。赵德麟很快就过来了，和苏轼商议了一个切实可行的方法。

哲宗元祐七年（1092年）二月，苏轼被调到扬州做太守。扬州是个风景秀丽的城市，但苏轼却发现此地人烟稀少，山中鸟雀之声大于人声。苏轼向百姓询问原因，一位农夫告诉他：“日子不好过啊！前几年饥荒和瘟疫爆发，我们苦不堪言。今年好不容易有了好的收成，官府又催着我们缴纳历年所欠的官债。要是拿不出钱，就把人带走，关进大狱。这几年收成一直不好，谁家有钱还清官债？因此，一到麦收季节，乡亲们就都躲到城外避难去了。”

苏轼听后长叹道：“遇上天灾，节衣缩食还能生存下去。遇上丰年，官府催收官债，枷棒在身，人求死而不得。这样看来，丰年不如凶年。”

其实，早在哲宗元祐五年（1090年）五月，苏轼就上表请求朝廷宽免百姓的官债。但是这封表章如石沉大海，久久没有得到批复。九月，苏轼给太后写了一封机密本章，询问批复何时能够下来。四个月后，朝廷终于回复苏轼，说第一封表章已经遗失，要他重新写一封呈上来。苏轼立刻重写了一封表章，可朝廷再也没有回复过。

这次来到扬州，亲眼看到百姓们的惨状，苏轼又一次提出了这个问题。他在表章中详细地描述了当地百姓的生活状况，还列出了翔实的解决办法。这封长达七千余字的表章终于打动了朝廷。哲宗元祐七年（1092年）七月，朝廷下令暂停催收，并宽免部分官债。百姓听后欢欣鼓舞，苏轼开心地写道：

民劳吏无德，岁美天有道。
暑雨避麦秋，温风送蚕老。

三咽初有闻，一溉未濡槁。
诏书宽积欠，父老颜色好。
再拜贺吾君，获此不贪宝。
颓然笑阮籍，醉几书谢表。

——《和陶饮酒二十首》其一

第八章　此心安处是吾乡

风云万变

宋哲宗元祐七年（1092 年）八月，苏轼奉诏回京，担任兵部尚书，负责扈从小皇帝第一次去郊外祭祀天地。祭祀典礼结束后，苏轼被任命为端明殿学士、翰林侍读学士、礼部尚书，这是苏轼这一生所得的最高官职。而早在元祐六年（1091 年）十一月，苏辙被任命为副宰相。

无论是高太后的信任和赏识，还是苏家兄弟的官位，都让政敌担心不已。更别说回到京城的苏轼并没有改变自己直言不讳的性格，他看到不合理的地方就会向朝廷上书，不在乎自己是否会得罪那些无能的官员。

有人在的地方就会有争斗，更何况在汴京——权力的中心呢？从哲宗元祐八年（1093 年）三月开始，御史黄庆基和董敦逸就上书弹劾苏轼，重提“洛蜀党争”旧事。他们无法在苏轼的政绩上挑毛病，就只能用老方法：曲解他的诗词文章。他们将苏轼任中书舍人时写的制诰翻出来，然后断章取义，说苏轼“对先帝不敬”。

对朝廷不敬、对皇帝不敬，这些指控苏轼已经听得厌烦，并不将其放在心中。不过对于这样存心不良的指控，连老好人吕大防都看不下去了。宰辅大臣廷议时，吕大防说：“真宗皇帝和仁宗皇帝即位后，都采取措施以弥补前朝的不足，当时没有人说这是对先帝不敬。可元祐以来，御史常常用这个理由攻击士大夫，使朝堂不稳，不知道是何居心？”

最终，黄庆基、董敦逸这两个想尽方法构陷苏轼的小人被贬出了京城，其他御史再也不敢信口开河了，朝中顿时清净了不少。苏轼胜利了，但是他完全感觉不到喜悦，心里只剩疲惫。苏轼想回到富饶美丽的江南，在那里寻找一处临水的宅子，开辟一座农场，白天拿着锄头去田地里干活，晚上坐在长廊里欣赏月色。可惜他身不由己：外放越州的请求没有得到批准。

如果苏轼能一直受到朝廷的信任和器重，一直和妻儿、弟弟生活在汴京，倒也能享受幸福的晚年生活。但是世事变幻，元祐八年（1093年）秋天，苏轼命运的转盘再次开始转动。

哲宗元祐八年（1093年）八月一日，苏轼的第二任夫人王闰之因病去世，享年四十六岁。这位陪伴苏轼25年的女子温柔贤淑、宅心仁厚，视堂姐王弗的孩子苏迈为己出，跟随丈夫辗转漂泊却没有一句怨言。

在贫瘠的密州，她不仅帮助照顾那些被苏轼捡回来的孩子，还时时安抚丈夫那颗焦躁的心。在荒芜的黄州，她和丈夫一起在东坡耕作，根本不在意自己是否是一个官太太。苏轼想喝酒，她马上就拿出一壶好酒：收藏已久，就是为了方便苏轼突然要喝。看到丈夫为城外的灾民忧心，她立刻提醒丈夫，陈州的签判赵德麟有赈灾的经验。她了解自己的丈夫，并深深地爱着这个天真、诚挚的文豪。她从不劝苏轼改掉直言不讳的脾性，也没有想过让苏轼学会官场里的人情往来，即使这样能让她们一家日子过得更好一些。

哲宗元祐七年（1092年），苏轼的学生晁补之问老师，如果辞官归隐，是不是会回到故乡眉山？苏轼回答："回常州还是回眉山，这都需要和闰之商量后才知道。"在苏轼的构想中，王闰之会和自己一起归隐田园，过安宁自在的日子。可惜这样的理想永远不会实现了。王闰之死后，苏轼悲痛地下写下：

维元祐八年，岁次癸酉，八月丙午朔，初二日丁未，具位苏轼，谨以家馔酒果，致奠于亡妻同安郡君王氏二十七娘之灵。呜呼！昔通义君，没不待年。嗣为兄弟，莫如君贤。妇职既修，母仪甚敦。三子如一，爱出于天。从我南行，菽水欣然。汤沐两郡，喜不见颜。我曰归哉，行返丘园。曾不少须，弃我而先。孰迎我门，孰馈我田。已矣奈何，泪尽目干。旅殡国门，我实少恩。惟有同穴，尚蹈此言。呜呼哀哉！

——《祭亡妻同安郡君》

苏轼说王闰之跟随自己一生，同享荣辱悲欢，希望自己死后能和她埋葬在同一个墓穴。王闰之死后百日，苏轼请画家李公麟画了十张罗汉像，献祭给亡妻。苏轼还请僧人做法事超度妻子的亡魂，希望她能顺利地进入西方极乐世界。王闰之的灵柩停放在汴京城西的一所寺院里，十年后，苏辙将他们夫妻俩合葬在一起。

哲宗元祐八年（1093 年）九月三日，高太后病逝，宋哲宗亲政，苏轼的命运也因此发生了翻天覆地的变化。高太后是个智慧通透的老人，在她垂帘听政的时期，宋朝的政治比较清明，经济得到了发展，百姓的生活质量也有所提高。高太后历经三朝，非常清楚朝中小人为争权夺利会使出什么样的手段，也知道那些一心为国的臣子可能受到什么样的迫害。在她的庇护下，苏轼一次又一次地从政治斗争的漩涡中抽身而出，并在杭州、颍州、扬州等地发挥了自己的才华。如今高太后离世，苏轼知道风雨将至。

宋哲宗刚刚即位时，苏轼对这个年仅十岁的孩子寄予厚望。后来高太后任苏轼为经筵侍读，苏轼更是竭尽全力教导小皇帝，希望他能明得失、辨忠奸，成为像尧、舜那样的千古名君。但是事情的发展往往不遂人意。如今，宋哲宗已经十八岁，还娶了温和善良的孟家女为后。但是他并没有变得成熟，反而越发放任骄纵。他成天和美貌的宫女厮混在一起，常常玩乐到深夜。

宋神宗去世后，神宗的弟弟们一直对皇位虎视眈眈，在高太后的支持下，宋哲宗才能成功登上帝位。哲宗却对自己的祖母抱有怨怼之心，成年后他常常感叹，说祖母在世时官员对自己一点儿都不尊敬。有些别有用心的小人告诉哲宗，说高太后一直想废掉他，立自己的儿子当皇帝，哲宗听后就更加怨恨高太后。

对于祖母信任重视的人，哲宗也非常排斥。哲宗非常讨厌儒臣，只是因为对方规劝他要远离女色。他还认为儒臣这样做是受了高太后的指示，他曾愤怒地说："我身边本有十个宫女伺候，可有一天她们突然不见了，换了一批新的过来。没过几天，这十个人又消失了。我去看那些宫女，她们个个儿都双眼通红，好像在祖母那里受了委屈。"

高太后非常清楚自己的孙子是什么性格的人，她知道自己一旦去世，那么朝堂一定会发生翻天覆地的变化。这位善良的长者痛心自己没有教育好孙儿，可她已经无法改变局面，只能诚心祈祷自己一手提拔上来的臣子能够全身而退。

高太后去世前十日，吕大防、范纯仁、苏辙等大臣前去探望。高太后躺在床上，气息奄奄，要用尽全力才能说一两句话。她对众位大臣说："希望你们能好好辅佐皇帝。"大臣们告别时，太后又示意吕大防和范纯仁留下，她对这两位忠心耿耿的臣子嘱咐道："我死后，你们最好辞官归隐，以便让皇帝任用新人。"这位缠绵病榻的老人死前还在为臣子们着想。

高太后去世后，宋哲宗立刻下令恢复刘瑗等内侍的官职，这些内侍和吕惠卿、章惇等人关系亲密。虽然在宰辅大臣的强烈反对下，这件事情暂时搁浅了，但是朝中人人都知道：政治风向要发生转变了。那些在元祐年间遭受贬谪的官员蠢蠢欲动，都在寻找一个合适的时机。

高太后去世前，苏轼已经获准调离出京，任定州太守。只因变故迭起，拖到九月中下旬才启程赴任。定州是军事重镇，按照章程，苏轼应该进宫向哲宗辞行，并和哲宗就定州诸事商量对策，没想到哲宗不愿意见他。苏轼心中担忧，他害怕哲宗会亲近那些只会玩弄权术的小人，并在对方的鼓动下重新实施新法。这种情形是非常有可能的，因为章惇等人正在竭尽全力地讨好皇帝，并想以新法之名排除异己。苏轼呈上一篇《朝辞赴定州论事状》，苦口婆心地劝告宋哲宗坚守“安稳万全之策”。不过以后的事情证明，宋哲宗并没有听苏轼的劝告。

定州是边陲重镇，但是这里的将兵懈怠、训练不良、纪律不严。苏轼抵达定州后，立刻采取措施整顿军纪。这位五十多岁的诗人身着戎装，和校副官一起检阅队伍。经过调查后，苏轼发现军中的上级士兵贪污军饷，下级士兵的生活条件非常差。苏轼毫不留情地惩治了那些贪污的士兵，还重新修建了军营，改善了下级士兵的生活。

苏轼还发现，定州的将兵懒散惯了，早已失去了浴血奋战、保卫家国的斗志，每次出城巡视，都要和家人抱头痛哭，而且行军不过十里就气喘如牛。苏轼认为这样的军队难以保卫百姓，又考虑到严加训练可能会使邻国产生疑心，从而引发一场大战，所以决定组织一支民兵，配合正规军活动。从此，定州多了一支约为三万人的民兵力量，他们平日保卫边境，抵御小贼，大战时就和正规军协同作战。

定州虽风平浪静，汴京却山雨欲来风满楼。苏轼的故友，新法的代表之一的章惇正准备掀起一场大风浪。我们先看宋哲宗，虽然他已经成年，但是心智尚不成熟，只会吃喝玩乐。不过人们常常难以发现自己的问题，并经常认为自己是天底下唯一的清醒者。这位年轻的皇帝也是如此，他没有多少执政经验，但固执地认为祖母做的都是错的。那么什么是正确的呢？他的父亲——宋神宗做的。在宋哲宗的心中，自己的父亲是英明的、睿智的，他重用的人也一定是忠臣。

章惇就这样进入了宋哲宗的视野中。当然，要获得小皇帝的信任，这样是远远不够的。其他的臣子都劝哲宗远离女色，章惇偏偏要鼓励哲宗，甚至讨好最受哲宗宠爱的刘美人。获得信任之后，章惇还要给哲宗营造一种“高太后身边的人都不效忠皇帝”的错觉。哲宗本就对高太后抱有偏见，再因几件莫须有的事情，如太后和臣子密谋废掉哲宗，就对太后更加怨恨了。

章惇和苏轼曾是朋友，很久之前发生过这样一件事。二人出门游玩，走到一悬崖深涧处，中间有个独木桥，桥下就是万丈深渊。章惇对苏轼说：“子瞻，你敢不敢到对面的石壁上题字？”苏轼拒绝。章惇哈哈大笑，说：“你怎么这样胆小？”说完就走过独木桥，在绝壁上写了一首诗，其间神色不变。章惇返回后得意扬扬地看着苏轼，苏轼笑道：“你这个人拿自己的性命不当回事，也不会拿别人的性命当回事的。我看，你将来会杀人不眨眼。”

苏轼一语成谶。如今章惇虽然没有手持刀刃砍杀政敌，但是结果差不多。元祐年间，章惇屡次遭遇贬谪，朝廷曾经想赦免他，也遭到了旧党的阻止。章惇对此怀恨在心，他曾发誓要让所有元祐期间的大臣都再无翻身之地。一两月间，元祐年间的重臣都遭到贬谪，后来很多人在流放途中死去，就连已经死亡的司马光也遭到了他的报复。章惇对宋哲宗说：“司马光这个人不忠不孝，陛下应该褫夺他所有的荣耀，并把他的棺木砸烂，鞭笞尸体。”宋哲宗并没有同意，但是高太后赐予司马光所有的荣衔、司马光一族的荣耀全部都被收回了，司马家的财产也都被朝廷没收了。

司马家族完全没落，但是章惇觉得这还不够，他建议皇帝惩罚司马光的后人，削去他们的官职。有人劝章惇：“凡事不要太过分，也许这样的事情会发生在你的子孙身上。”章惇愤怒地说：“现在别人都觉得朝廷对司马家太过严苛，但是拿掉一个死人的荣耀，甚至鞭笞他的尸体又有什么关系呢？反正他已经死了。”受儒家教育长大的章惇竟然说出这样的话，真叫人心惊。

苏家两兄弟也被席卷到了这场政治迫害中。早在哲宗元祐九年（1094 年）三月二十六日，苏辙就被贬谪到了汝州，而且贬谪的理由非常可笑：有人上书宋哲宗，说苏辙曾将宋神宗比作汉武帝，实在是大不敬。这位知识贫乏的皇帝以为苏辙果真诋毁了自己的父亲，就大笔一挥，将苏辙贬出了京城。

对苏轼的迫害还是老一套：指责苏轼诋毁先帝。到底是如何诋毁的？小人们也不知道，只能翻出苏轼起草的制诰，然后曲解文意，污蔑这位大文豪。不过以宋哲宗的智慧，自然难以分辨其中真伪。对苏轼的处罚很快就下来了：取消其端明殿学士和翰林院学士的称号，去遥远的英州当太守。

流放岭南

苏轼已经五十七岁了，早在当颍州太守的时候，他就已经决定任期满后辞官归隐，但是他一直没有找到好的时机。如今深陷政治漩涡之中，苏轼更加身不由己。

苏轼带着家眷启程，他决定先去汝州看望弟弟，毕竟这次一别，兄弟俩不知道什么时候才能再相见了。路途辛苦，又加上当时华北地区发生了严重的旱灾，饿殍千里，能够有一碗米粥就非常幸福。但是苏轼来不及感叹自己的不得志，他想要为那些饿得皮包骨的灾民们发声，想要使华北大地重新焕发生机。他写了一封又一封的奏章，请朝廷派遣官员来调查华北的灾情，并尽快拨发赈灾粮救济灾民。

有人劝苏轼："那些人正想方设法地污蔑贬低你，你为什么还要写这些奏章？这不是给他们送上把柄吗？"苏轼指着千里赤地、万里黄沙说："面对这样的情景，我怎么能无动于衷？"苏轼是不可能闭嘴的，只要世界上还有一个人在受苦。令人沮丧的是，那么多封言辞恳切的表章呈了上去，朝廷却没有任何反应。是啊，此时朝廷正忙着内斗，朝中大臣正想尽方法排除异己，谁会抽出时间和精力关注一位被贬谪的小官的表章？就算看到了这些表章，他们又怎么会为这些无关紧要的

“小事”忧心呢？

那些得势的小人没有时间关心华北的灾情，却有时间探讨怎么迫害苏轼。苏轼启程后不久，就收到了朝廷的第二封贬谪诏令：降为左充议郎，仍担任英州太守。过了十几天，又收到了第三封诏令：苏轼不能调级升官。

这些诏令没有摧毁苏轼的精神，但是连日奔波劳累使他的身体出现了问题。行至河南滑州时，苏轼的左手高高肿起，疼痛难忍。热毒上攻，以致两眼昏花，他只能勉强分辨道路。苏轼一向不擅长理财，积蓄非常少，没有足够的钱雇用马车。于是，苏轼写下《赴英州乞舟行状》，请求朝廷准予自己乘船去英州：

臣轼言。近准诰命，落两职，追一官，谪守岭南小郡。臣寻火急治装，星夜上道，今已行次滑州。而自闻命已来，忧悸成疾，两目昏障，仅分道路。左手不仁，右臂缓弱，六十之年，头童齿豁，疾病如此，理不久长。而所负罪名至重，上孤恩义，下愧平生，悸伤血气，忧隔饮食，所以疾病有加无瘳。加以素来不善治生，禄赐所得，随手耗尽，道路之费，囊橐已空。臣本作陆行，日夜奔驰，速于赴任，而疾病若此，资用不继，英州接人，卒未能至，定州送人，不肯前去，雇人买马之资，无所从出。道尽途穷，譬如中流失舟，抱一浮木，恃此为命，而木将沉，臣之衰危亦云极矣。窃伏思念得罪以来，三改谪命，圣恩保全，终付一郡。岂期圣主至仁至明，尚念八年经筵之旧臣，意欲全其性命乎？臣若强衰病之余生，犯三伏之毒暑，陆走炎荒四千余里，则僵仆中途，死于逆旅之下，理在不疑。虽罪累之重，不足多惜，而死非其道，则非仁圣不杀全育之意也。辄已分散骨肉，令长子带往近地，躬耕就食，臣只带家属数人，前去汴泗之间，乘舟泛江，倍道而行，至南康军出陆赴任。所贵医药粥食，不至大段失所。臣切揣自身，多病早衰，气息仅属，必无生还之道。然尚延晷刻于舟中，毕余生于治所，虽以瘴疠死于岭表，亦所甘心，比之陆行毙于中道，稿葬路隅，常为羁鬼，则犹有间矣。恭惟圣主之德，下及昆虫，以臣曾经亲近任使，必不欲置之死地，所以辄为舟行之计。敢望天慈，少加悯恻。臣无任。

或许是苏轼在这篇文章中展现出自己无助的一面，也或许是宋哲宗想起了苏翰林是如何费心地教导自己的。十几天后，苏轼接到了准予乘舟前往英州的诏书。

不久后，苏轼来到汝州，和弟弟苏辙相聚。苏辙最了解自己的哥哥，知道他身上不会有太多积蓄，便拿出七千缗，对苏轼说："哥哥，你拿着这些钱带着家人回宜兴，在那里苏家有田产，至少能维持生活。"苏轼紧紧地握住苏辙的手，说："子由懂我！"苏轼遭到贬谪，最担心的不是自己以后的处境，而是家人的安危。英州路途遥远，苏轼实在不愿意让家人再跟着自己漂泊。更何况，如今当权派大肆迫害元祐年间的臣子，苏轼也不知道自己能否再回到北方。将家人安置在宜兴，并给他们留下田产，至少能解除苏轼的后顾之忧。

行至雍邱时，苏轼将追随自己多年的马正卿托付给了在雍邱为官的米芾照顾。作为苏轼最忠实的倾慕者，马正卿不愿意就此和苏轼告别。他含着泪对苏轼说："苏先生，让我再跟随您几年吧！"苏轼笑着说："你在我身边这么久，却从来没有发过财，现在还不知悔改吗？"二人哈哈大笑。雍邱是马正卿的故乡，又有好友代为照顾，苏轼觉得这是最好的安排。

在前往英州的途中，苏轼想起亡妻王闰之的遗言："我死后，我将佩戴的金银首饰全都施舍出去，再画三幅阿弥陀佛像。"所以苏轼抵达南京时，特意将这三幅画送到清凉寺。将画像安放好后，苏迈带着妻子儿女和年老体弱的仆人返回宜兴。

十五天后，苏轼抵达安徽当涂，朝廷的诏令又追了过来：落左承议郎，责授建昌军司马，惠州安置，不得签署公事。苏轼终于知道，当权派不仅仅要将自己贬谪出京，还要让自己成为一个罪人，一个无法处理政事的犯官。虽然这次他没有被关进御史台，但是所受的惩罚比乌台诗案还要重：惠州比黄州更荒凉偏僻。看着这封诏令，苏轼叹了一口气，他知道，这场政治迫害还没有到头。他决定轻装上阵，不让家人跟着自己到遥远的岭南。

于是，他将二儿子苏迨叫了过来，说："惠州太远了，我不愿意让你们跟着我去受苦。我准备带着苏过、朝云和两个女佣去惠州，其他的家人和仆人就由你带回宜兴吧！"苏迨泪水涟涟，带着家眷返回了宜兴。

苏轼继续往南，途中发生了这样一件事。大概是八月初，苏轼乘船来到鄱阳湖，这时第五封贬谪诏令又来到，上面说要降苏轼的官阶。本路运发司的官员听说了这个消息，做出愤怒的表情，说："像这样有罪的官员，怎么能坐船去贬谪之地呢？"他派遣了五百名军士，准备收回朝廷提供给苏轼的船。

苏轼船上仅有六人，船也不大，根本不需要几百名军士来驱赶，可这位官员为了显示自己的"坦荡无私"，同时向当权者表达自己的忠心，便上演了这么一出滑稽戏。

军士们手持火把将苏轼的小船团团围住，一人在窗外大喊："快下船！"苏轼还以为遇上了水匪，出来一看才知是世态炎凉。苏轼对为首的官兵说："现在是深夜，你们没收了船只，我们要往哪儿走呢？请你允许我们坐船到最近的码头，那时我们就可以自费雇船了。"那位官兵傲慢地说："这样吧，我准许你们在船上住到明天中午。到时候，不管你在哪儿，都要给我下船！"

回到船舱里，苏轼问苏过："最近的码头离这里有多远？"苏过说："至少十二里，如果顺风顺水，是可以在明天中午之前赶到码头的。但是谁也不知道我们会不会遇上逆风。"苏轼立刻向龙王祈愿："我在江湖上漂泊三十多年，和您也算是故交。如今我流离失所，希望龙王垂怜于我。如果我明日午前能够顺风抵达豫章，则一切无虞。否则我将被赶下官差，露宿河边。”苏轼刚刚祷告完，江上就刮起了强风，船夫立刻扬帆起航，船飞快地向前驶去。清晨，船只就抵达了豫章。这个故事传开后，百姓们都将这个地方称为“分风浦”。

经过长途跋涉，宋哲宗绍圣元年（1094 年）十月二日，苏轼终于抵达惠州。岭南潮湿温暖、多生蚊虫、乔木高大、四季常青，和北方的风景完全不一样。北方的人来到岭南后常常出现水土不服，严重者甚至会失去性命，所以久而久之，岭南就被描述成了一个环境险恶的地方。苏轼来到这里后，发现完全不是这样。荔枝、香蕉、甘蔗、橘子等水果随处可见，空气中还飘着淡淡的桂花香。苏轼一来到这个地方，听见鸡鸣、狗叫，看见和善的惠州百姓，就开心地说：“我好像来过这个地方。”

苏轼对惠州有种难言的亲切感，虽然他是被贬谪到这里的，但是惠州的景致非常符合他的心意：孩子们在路边摘野果打鸟雀，树上的荔枝发出诱人的香味，乌鸦在不远处寻找食物。对这样四季如春、民风淳朴的地方，苏轼认为自己挑不出什么毛病。

官府不给他提供居所，苏轼便住进了嘉祐寺中。他仿佛回到了黄州，但是和刚到黄州时不同，他更加淡泊、平静。游览完嘉祐寺附近的松风亭后，他写了一篇清新隽永的游记，我们能从中看出他当时的心境：

余尝寓居惠州嘉祐寺，纵步松风亭下，足力疲乏，思欲就亭止息。望亭宇，尚在木末。意谓是如何得到。良久忽曰：“此间有甚么歇不得处？”由是如挂钩之鱼，忽得解脱。若人悟此，虽兵阵相接，鼓声如雷霆，进则死敌，退则死法，当恁么时，也不妨熟歇。

——《记游松风亭》

将这篇游记翻译成白话文：我曾经寄居在惠州的嘉祐寺中，常常在这里的松风亭下面散步。走累了，就想去亭子里休息。望着掩映在树木中的松风亭，心想怎么才能到上面休息呢？思索良久，突然自言自语道："山间哪里不能休息呢？"我就像那挂上钩的鱼，突然得到了解脱。如果人能领悟到这一点，那就算在战场上短兵相接，鼓声犹如雷霆，进一步可能会死在敌人手中，退一步可能会死于军法制裁，当下也可以好好地歇息一下。

到了惠州没多久，苏轼就结交了很多志同道合的朋友。朝廷曾下过诏令，不允许当地官员和贬谪的官员交好，而应当严厉地对待他们。但是那些正直善良的官吏怎么会被朝廷的一纸文书而捆住手脚呢？惠州各州、县的官吏经常给苏轼送衣食，邀请他参加筵席。惠州的太守詹范还经常让自家的厨师去苏家做菜，有时还会带去几壶好酒。苏轼和邻居的关系也非常好，虽然这些可爱淳朴的百姓不明白名满天下的文豪为什么要到偏僻的惠州，但是他们对苏轼展现了最大的善意。

苏轼常常和好友一起去山中游玩，天气晴朗的时候，就在山崖下面的清泉中洗澡。洗完澡也不梳理头发，直接披在肩上，然后一边放声高歌一边往前走去。有一次，苏轼不知不觉走到了一片荔枝林中，那一颗颗鲜红的荔枝散发出迷人的清香。果园的主人是一位 85 岁的老爷爷，他认出了苏轼，笑着说："苏先生，您能带一壶酒过来，和我一起品尝荔枝吗？"

朋友们都非常担心苏轼，写了很多信来询问他的近况，远在汉口的陈慥还提出要来看望他。苏轼回信道："我已经来惠州半年，适应了这里的风土食物，当地的百姓和官吏对我非常好。孔子说岭南是蛮荒之地，我认为这句话不真实。"乐天知命的苏轼已经学会了享受贬谪生活。

精神上已经获得安宁，物质上的贫乏就更不能使苏轼动摇了。苏轼买不起羊肉，就和屠夫商量，用很少的钱买下没有人要的羊脊骨。

羊脊骨上只有一点儿肉，肯定不够家人吃。苏轼便先将羊脊骨煮熟，捞出来沥干水后用米酒和盐腌制，最后用锅煎至焦黄。苏轼先啃咬骨头，然后剔出肉沫，那滋味胜过螃蟹。苏轼对此非常得意，还写信告诉苏辙烹饪的方法：

惠州市井寥落，然犹日杀一羊，不敢与仕者争。买时，嘱屠者买其脊骨耳。骨间亦有微肉，熟煮热漉出。不乘热出，则抱水不乾。渍酒中，点薄盐炙微燋食之。终日抉剔，得铢两于肯綮之间，意甚喜之，如食蟹螯。率数日辄一食，甚觉有补。子由三年食堂庖，所食刍豢，没齿而不得骨，岂复知此味乎？戏书此纸遗之，虽戏语，实可施用也。然此说行，则众狗不悦矣。

——《与子由书》

惠州虽然偏僻，生活虽然清苦，但苏轼仍能把日子过得有滋有味。政敌以为苏轼正在惠州感叹自己的不得志，或者日日借酒消愁，没想到苏轼却说："某到贬所半年，凡百粗遣，更不能细说，大略只似灵隐、天竺和尚退院后，却住一个小村院子，折足铛中，罨糙米饭便吃，便过一生也得。"（《与参寥子书》）

天女维摩

王朝云很美。秦观赞其"美如春园，目似晨曦"，担得起"朝云"这个名字。她比苏轼小二十六岁，浑身上下散发出青春活力，常常说些有趣的话来逗苏轼开心。

年轻貌美的女孩儿谁不喜欢呢？但是朝云不仅仅貌美，她还聪明通透，是苏轼的知己。苏轼位高权重时，众人都巴结、讨好这位大文豪的时候，朝云就看出了丈夫内心的苦闷，看出了他对蝇营狗苟的官场的厌倦。她笑着说：“你啊，真是不合时宜！”苏轼不仅不生气，反而感叹道：“只有朝云懂我！”

在苏轼的一生中，有三个女人很重要。第一任夫人王弗，既是苏轼的初恋，又是苏轼的得力帮手，能够在人情世故上给他有价值的建议；第二任夫人王闰之，是苏轼的贤内助，她将家中大小事务打理得井井有条，将堂姐的孩子苏迈当作自己的亲儿子，跟着苏轼四处漂泊却从没有任何怨言，第三个女人就是侍妾朝云，她既不能如王弗聪明能干，也没有王闰之的持家经验，但是她能凭借对艺术的了解进入苏轼的精神世界，和丈夫产生共鸣。

苏轼曾写过这样一首词：

花褪残红青杏小。燕子飞时，绿水人家绕。枝上柳绵吹又少。天涯何处无芳草。

墙里秋千墙外道。墙外行人，墙里佳人笑。笑渐不闻声渐悄。多情却被无情恼。

——《蝶恋花·春景》

朝云最爱唱这首词。有一次，苏轼闲坐在寓所之中，看窗外秋风萧瑟，树叶纷纷从枝头飘落，突然产生了一种难以言喻的悲愁。苏轼说：“朝云，请你给我唱那首《蝶恋花》吧。”朝云的歌声婉转，但她唱到一半就泪满衣襟，苏轼惊讶地询问缘由，朝云回答：“奴竟不能唱完‘枝上柳绵吹又少。天涯何处无芳草’二句。”苏轼笑道：“我正悲秋，你却伤起春来了。”

彼时，在政敌的打压下，苏轼被贬出京城。朝云一唱到这两句，就想起苏轼的一生，想到他在宦海中起起伏伏这么多年，一心为民却屡屡遭到贬谪，才高志雄却只能浪迹天涯，不由得泪如雨下。苏轼知道朝云的心，才笑着宽慰她。

苏轼的好友徐君猷的宠妾胜之，在丈夫离世后就立刻嫁人。苏轼知道后非常难过，还告诉友人："我常劝人不要轻易纳妾，胜之就是最好的例子。"但其实，这种事情在当时非常常见。不仅仅是身故，如果主家遭受了变故，或者生活条件没有之前好了，妾室也会离开主家，重新寻一门亲事。然而，当苏轼接到贬谪岭南的诏令时，朝云马上对苏轼说："请让我陪您一起去！"朝云心志坚定，她已经决定要永远陪伴苏轼。

来到惠州后，朝云和苏轼一起帮助穷人，行善布施。她不仅仅是苏轼的侍妾，还是和他有共同爱好和志向的朋友。早在徐州，朝云就跟着尼姑义冲学习《金刚经》，并在对方的引导下成了一名俗家弟子。后来，受苏轼的影响，朝云也对道教养生术产生了兴趣。惠州时期，苏轼开始炼丹，还实行晒太阳、喝泉水等养生之道，朝云都和他一起做。

《维摩经》中有这样一个故事：维摩居士的房间里有一位天女，她平常都是隐形的。有一天，维摩居士与门人讨论学问，天女突然在空中出现，将鲜花抛洒在他们身上。鲜花撒在众位菩萨身上，又马上落到地上，而那些弟子身上的鲜花却迟迟没有掉落下来。他们用尽方法，鲜花就是不掉。

天女问："为什么一定要摘下花瓣呢？"有人说："出家人不应该戴花。"天女说："你有分别心，才会觉得戴花犯戒。你们出家学习佛法，却还将世间万物分成三六九等，这才是违反戒律。没有分别心才算是守戒。众位菩萨已经消除了分别相，所以身上的花瓣立刻掉了下来。拿恐惧来说吧，如果心中不害怕，恐惧就无法侵扰你。如果你们贪生怕死，那么世间万物就都能使你们起心动念。如果心中不害怕，那么什么境界都无法动摇你们。"

苏轼很喜欢这个故事，还将朝云比喻成纯洁不染的天女，将自己比喻成维摩诘：

世谓乐天有鬻骆马放杨柳枝词，嘉其主老病，不忍去也。然梦得有诗云：春尽絮飞留不得，随风好去落谁家。乐天亦云：病与乐天相伴住，春随樊子一时归。则是樊素竟去也。予家有数妾，四五年相继辞去，独朝云者，随予南迁。因读乐天集，戏作此诗。朝云姓王氏，钱唐人，尝有子曰干儿，未期而夭云。

不似杨枝别乐天，恰如通德伴伶玄。
阿奴络秀不同老，天女维摩总解禅。
经卷药炉新活计，舞衫歌扇旧因缘。
丹成逐我三山去，不作巫阳云雨仙。

——《朝云诗并引》

白发苍颜，正是维摩境界。空方丈、散花何碍。朱唇箸点，更髻鬟生彩。这些个，千生万生只在。

好事心肠，著人情态。闲窗下、敛云凝黛。明朝端午，待学纫兰为佩。寻一首好诗，要书裙带。

——《殢人娇·赠朝云》

乐天知命的苏轼和温柔聪慧的朝云，的确像维摩诘和天女那样相得益彰。他们在偏僻遥远的惠州，过着高雅宁静的家庭生活。苏轼在《殢人娇·赠朝云》中说要再为朝云写一首好诗，所以不久后，他又写下了《浣溪沙·端午》：

轻汗微微透碧纨，明朝端午浴芳兰。流香涨腻满晴川。
彩线轻缠红玉臂，小符斜挂绿云鬟。佳人相见一千年。

在端午佳节，苏轼祈愿：和朝云天长地久，白头偕老。他是准备和朝云在惠州安享晚年的。

当时，苏轼不知道自己能否遇赦北归，也不知道能否回到故乡眉山，所以做好了在惠州长期居住的打算。他准备在河东的小山上盖一座小房子，邻居也是他喜爱的：一位姓翟的秀才和一位擅长酿酒的老太太。苏轼曾兴奋地对朝云说："以后买酒就方便了！"苏轼还准备在房子周围开辟一个果园，惠州太守听说后自告奋勇帮他物色树苗，苏轼嘱咐道："请不要买幼苗，因为我已年老，恐怕没有时间等小树长大了。"

虽然苏轼自嘲年老，但是当树苗采买过来后，他还是亲自种了两棵橘子树。种完树后，苏轼指着小山下的河流对朝云说："等房子建成，我们可以去河边钓鱼。"朝云笑着回答："好。"

可惜朝云并没有看到新居落成。宋哲宗绍圣三年（1096年）七月五日，朝云因病去世，年仅三十四岁。当时岭南地区爆发瘟疫，体弱的朝云不幸感染，没有支撑多久就去世了。临死前，这位聪明通透的女子念诵着《金刚经》上的偈子："一切有为法，如梦幻泡影，如露亦如电，应作如是观。"

朝云的离世对苏轼打击非常大，在苏轼的心中，朝云不仅仅是他的侍妾，还是他的妻子和知己。他悲痛地写下：

苗而不秀岂其天，不使童乌与我玄。
驻景恨无千岁药，赠行惟有小乘禅。
伤心一念偿前债，弹指三生断后缘。
归卧竹根无远近，夜灯勤礼塔中仙。

——《悼朝云》

当时苏过出门采买木材，两位女佣也病倒了，所以直到八月初三朝云才入土为安。根据朝云的遗愿，苏轼将其埋葬在了丰湖岸边的松树林中，此处有潺潺流水声，早晚还能听到栖禅院的钟声。朝云善良温和，在世时常常帮助别人。附近寺院的僧人感念她的善心，筹款在墓上盖了一座亭子，苏轼为其取名“六如亭”。在写给朝云的墓志铭中，苏轼给了这位善良聪慧的女子高度评价：

东坡先生侍妾曰朝云，字子霞，姓王氏，钱塘人。敏而好义，事先生二十有三年，忠敬若一。绍圣三年七月壬辰，卒于惠州，年三十四。八月庚申，葬之丰湖之上栖禅山寺之东南。生子遁，未期而夭。盖常从比丘尼义冲学佛法，亦粗识大意。且死，诵《金刚经》四句偈以绝。铭曰：

浮屠是瞻，伽蓝是依。如汝宿心，惟佛之归。

以前苏轼常常和友人去丰湖游览，但是如今朝云埋藏在这里，苏轼不忍心再去游览。失去朝云的悲痛或许会随着时间流逝而渐渐平息，但是对爱人的怀念却永远无法停止。朝云去世后，苏轼再也没读诵过《蝶恋花·春景》。

这年十月，惠州梅花盛放，暗香沁人。看着丰盈灵动的梅花，苏轼又想起了清幽脱俗、品格高贵的朝云。他睹花思人，写下：

玉骨那愁瘴雾，冰姿自有仙风。海仙时遣探芳丛，倒挂绿毛么凤。

素面常嫌粉涴，洗妆不褪唇红。高情已逐晓云空，不与梨花同梦。

——《西江月·梅花》

宋哲宗绍圣四年（1097年）二月，新居终于竣工，苏轼为其取名“白鹤居”，后人称之为“朝云堂”。不久后，苏轼的生活中终于出现了一件喜事：长子苏迈全家和苏过的家眷抵达惠州。三年未见，此次团聚苏轼自然喜不自胜。家中终于变得热闹起来，孙子们有时跟着苏轼去果园里照顾树苗，有时跟着苏轼去河边垂钓。苏迈在南雄附近做了一个小官，俸禄不高，但也在一定程度上提升了苏轼一家的生活质量。

苏轼觉得惠州是个可以安居的地方，但是他有时会担心：自己能在惠州住多久？朝廷会这样放过自己吗？他知道，自己的老朋友章惇是个心狠手辣的人，似乎要将政敌置于死地才肯罢休。苏轼刚到惠州时，就听到了一个让人不安的消息：朝廷任程之才为广南东路提刑，负责处理重大诉讼案件。

程之才虽是苏轼的表兄兼姐夫，但是早在四十多年前，程家和苏家就已经结怨。当时，苏轼的姐姐八娘嫁给程之才后过得非常不开心，生下一个婴儿后染上重病，程家却不给她医治。无奈，苏洵只好将八娘接回家治病。没想到程家派人责骂八娘，说她不是一个好妻子、好儿媳，还抢去了她的孩子。八娘最后旧病复发而亡，愤怒的苏洵因此宣布和程家断绝关系。从此，亲家变成了仇家。

苏轼和姐姐八娘只相差一岁，从小一起长大，感情自然非同一般。苏轼和程之才原本是好友，但这件事后两人就断绝了来往。章惇知道了这件事情后，立刻派遣程之才来广东，目的很简单：借刀杀人。即使不能将苏轼迫害致死，也能让他吃尽苦头。苏轼请朋友帮自己试探程之才的心意，没想到程之才却说自己此次来广东没有别的目的，还隐约表达出想与苏轼重归旧好的意愿。

苏轼年幼时经常和程之才一起玩耍，但这次在惠州重逢，苏轼差点儿认不出对方：程之才已经六十多岁，头发大部分变白，脸上满是皱纹，再也不是当年那个潇洒的才子。

苏轼心中感慨，想起当年和程之才一起游玩的情景，心中不胜唏嘘。其实，程之才早就想和自己这个才华横溢的表弟重归旧好，只是一直没有找到机会。程之才说："请你为我的曾祖父写一篇墓志铭。"程之才的曾祖父就是苏轼的外曾祖父。苏轼立刻说："这是我应该做的。"在嘉祐寺简陋的斋饭中，兄弟俩热切地聊天，关系终又变得亲热。

程之才在惠州待了十天。临别时，苏轼万分不舍，写道：

乐天双鬓如霜菅，始知谢遣素与蛮。
我兄绿发蔚如故，已了梦幻齐人间。
蛾眉劝酒聊尔耳，处仲太忍茂弘孱。
三杯径醉便归卧，海上知复几往还。
连娟六幺趁蹋鞠，杳眇三叠萦《阳关》。
酒醒梦断何所有，落花流水空青山。
忽惊铙鼓发半夜，明月不许幽人攀。
赠行无物惟一语，莫遣瘴雾侵云鬟。
罗浮道人一倾盖，欲系白日留君颜。
应知我是香案吏，他年许缀蓬莱班。

——《再用前韵赋》

程之才不仅没有迫害苏轼，还让当地官员将苏轼一家请到合江楼居住，并且因为和程之才关系亲密，苏轼的很多政治设想都在惠州得到了实现，不知道章惇知道这些事情后，会作何感想呢?

不过，章惇对苏轼的迫害并没有停止。苏轼曾写了一首诗，描写他在惠州的惬意生活：

白头萧散满霜风，小阁藤床寄病容。
报道先生春睡美，道人轻打五更钟。

——《纵笔》

这首诗传到了章惇的耳朵里，他不满地说：“看来苏子瞻在惠州过得很好嘛！”于是下诏令，将苏轼贬谪到了更加偏僻的海南儋州。

流落儋州

在宋朝，海南是真正的边陲蛮荒之地。自古以来，只有犯了重罪的臣子才会被贬谪于此。那些被贬到海南的臣子，只见沧海茫茫，进退无路，心中的凄凉和无助可想而知。

如今，苏轼也要享受这样的待遇了。接到朝廷的诏令后，苏家顿时陷入一片凄风冷雨之中。看着流泪的儿子们，苏轼说："古时候做父亲的能够把儿子舍出去，做儿子的怎么不能将父亲舍出去呢？"苏轼变得格外冷静，他将家人安置在白鹤新居中，只打算带小儿子苏过一个人去海南，他还写信给时任广州太守的王古，请对方帮忙让朝廷把三年所欠俸禄发给他。

苏轼已经六十二岁，他已经做好了老死海南的打算。出发前，他向苏迈交代了自己的后事。在给王古的信中，他说：

某垂老投荒，无复生还之望，昨与长子迈诀，已处置后事矣。今到海南，首当作棺，次便作墓，乃留手疏于诸子，死则葬于海外，庶几延陵季子嬴博之义，父既可施之子，子独不可施之父乎？生不挈棺，死不扶柩，此亦东坡之家风也。

——《与王敏仲书》

宋哲宗绍圣四年（1097年）四月十九日，苏轼启程前往海南，途中他听说王古因"妄赈饥民"而遭到贬谪，即将离开广州。这位太守曾根据苏轼的建议兴建过一所慈善医馆，救济过贫困的百姓。苏轼立刻赶到广州和老朋友话别。在广州，苏轼对孩子们说："你们就送到这里吧，到分离的时候了。"苏迈带着家人哭着和苏轼道别，苏过陪着父亲继续上路。

走到梧州的时候，苏轼听说弟弟苏辙再次被贬雷州，如今已经抵达藤州。藤州离梧州不过二百余里，苏轼大喜过望，他决定赶快赶到藤州，和弟弟相聚。同时，他写了一首诗，派快马送去：

九疑联绵属衡湘，苍梧独在天一方。
孤城吹角烟树里，落月未落江苍茫。
幽人拊枕坐叹息，我行忽至舜所藏。
江边父老能说子，白须红颊如君长。
莫嫌琼雷隔云海，圣恩尚许遥相望。
平生学道真实意，岂与穷达俱存亡。
天其以我为箕子，要使此意留要荒。
他年谁作舆地志，海南万里真吾乡。

——《吾谪海南，子由雷州，被命即行，了不相知，至梧乃闻其尚在藤也，旦夕当追及，作此诗，示之》

五月十一日，苏轼终于追上了弟弟。苏轼决定陪苏辙抵达雷州后再渡海，兄弟俩走得很慢，因为他们知道，到了雷州，就离分别之日不远了。据说，章惇之所以将苏辙贬到雷州，是因为"雷"字下面有个"由"。而苏轼字子瞻，所以被贬到海南儋州。黄庭坚字鲁直，取形近，所以贬谪到宜州。

六月五日，苏轼、苏辙两家人抵达雷州。雷州太守出城迎接，设宴款待这两位文豪，还将其请进行馆入住。不过不久后，雷州太守就遭人弹劾，被贬到其他地方。入住行馆的那一夜，苏轼痔病发作，疼得无法入睡，一直都在呻吟。苏辙一直陪在哥哥床前，等苏轼症状得到缓解，苏辙劝苏轼："哥哥，你还是戒酒吧，这对你的健康有好处。"看见苏轼不情愿的样子，苏辙便高声念诵陶渊明的《止酒》，还说："这是弟弟对你的临别赠言。”

苏轼在雷州住了三天，就带着苏过登船渡海去了。苏轼站在船头，看着岸边的苏辙慢慢消失在自己视线里，又见海水茫茫，心中突然涌现出一种悲愁，不由得叹道：“不知道何时才能再与子由团聚！”事实上，这是苏轼、苏辙兄弟俩的最后一次见面。

七月二日，苏轼抵达儋州。当地州官张中出来迎接苏轼，并让苏轼父子住进了官舍中。后来，张中成了苏家的常客，还与苏过结为莫逆。张中是一个围棋高手，苏过也特别喜欢钻研棋艺，二人常常在棋盘上厮杀，苏轼就在一旁观战。

苏轼父子住的官舍名为“伦江驿”，听上去别有一番意趣，但实际上只是一所年久失修的旧房子。有一天晚上，儋州下起大雨，正在房中睡觉的苏轼被雨水浇醒。苏轼抬头一看，发现房中四处都在漏雨。苏轼只能和苏过将床铺东挪西挪，以免被褥被雨水浇湿。后来雨势减小，苏轼父子才得以安歇。

第二天清晨，苏过指着枕头对苏轼说：“父亲，您看！”枕头旁边满是落叶。苏轼说：“原来这间房子既不遮风，也不避雨。”苏过难过地说：“父亲受苦了。”苏轼安慰儿子：“当年我们住在汴京豪华的宅子里，不也曾辗转难眠，怎么都睡不着吗？如今住在这座破旧的小房子里，却能安然入睡。”苏轼感叹自己比不上陶渊明，一直没有领悟这些道理，写道：

当欢有余乐，在戚亦颓然。
渊明得此理，安处故有年。
嗟我与先生，所赋良奇偏。
人间少宜适，惟有归耘田。
我昔堕轩冕，毫厘真市廛。
困来卧重裀，忧愧自不眠。

如今破茅屋，一夕或三迁。
风雨睡不知，黄叶满枕前。
宁当出怨句，惨惨如孤烟。
但恨不早悟，犹推渊明贤。

——《和陶怨诗示庞邓》

张中见官舍实在无法居住，便动用公款，派兵修葺这间旧房子。伦江驿本就是官舍，张中这样做也没有什么错，但是这件事传到汴京后，当权者非常生气：竟然用公款给苏轼修房子！虽然如今苏轼的处境已经非常艰难，但是他们似乎还不满足。当权者让董必去儋州视察，当然，视察是假，迫害苏轼才是真。在当权者眼中，董必一定能完成这个任务：他打算先将苏轼赶出官舍，使其不得不租民房，然后说苏轼恃强凌弱，抢占民房，直到苏轼拿出租房的契约后这件事情才结束。

和董必一同查访的彭子民不愿意如此逼迫苏轼，劝董必道："别忘了，你也有子孙。"董必听后沉默良久，最后取消了儋州之行，只派遣了一个下属将苏轼赶出官舍。

被逐出官舍后，苏轼用仅有的一点儿积蓄购买了城南的一片荒地，并准备在那里盖一座小房子。经常来向苏轼请教学问的读书人全都过来帮忙，他们比家仆还要用心，但没有向苏轼讨要过一分一厘。要是缺少了建房的物资，就立刻有邻居送过来。那位刚刚被朝廷斥责的州官张中也过来帮忙挖地，工地上非常热闹。

在大家的帮助下，苏轼搭建了一座拥有三间房的茅屋，因为四周都是桄榔林，所以苏轼为茅屋取名为"桄榔庵"，还写下了《桄榔庵铭》："东坡居士谪于儋州，无地可居，偃息于桄榔林中，摘叶书铭，以记其处。"

桄榔庵四周萧瑟，蚊虫滋生，苏轼还在床柱上发现了一大群白蚁的尸体。但是无论如何，苏轼父子总算有个住的地方了。

来到儋州后不久，苏轼就认识了很多可爱的当地人。苏轼经常到一位姓符的老秀才家里喝酒，这位符秀才虽然年纪非常大，但还保留着多情风流的心性。对此，苏轼作诗打趣道：

符老风情奈老何，朱颜减尽鬓丝多。
投梭每困东邻女，换扇惟逢春梦婆。
——《被酒独行，遍至子云、威、徽、先觉四黎之舍，三首》其三

儋州的屋子看上去都差不多，苏轼很难分辨，只能以牛栏作为认路的标记。有一次，苏轼喝得醉醺醺地往家里走，一位邻居担心地问："苏先生，你还记得自己的家吗？"苏轼回答道："当然，我的家就在牛栏西边嘛！"有一次，苏轼顶着朋友送的大西瓜回家，一边走一边大声唱歌。一位七十多岁的老奶奶问苏轼："苏先生，你以前在京城当大官，现在想来，是不是像一场梦？"苏轼大笑，以后就叫那位老奶奶为"春梦婆"。

苏轼常常去溪边散步，时而和路人聊天，时而和溪边玩耍的孩子逗趣。苏轼一点儿都没有大文豪的架子，所以孩子们都很喜欢和他玩儿，有些调皮的孩子还会拿他打趣。有一次，一个孩子指着苏轼大叫："苏先生，你返老还童了！"苏轼哈哈大笑，说："因为我喝了酒啊。"

还有一次，苏轼去探访黎子云兄弟，归来时下起了暴雨。苏轼向农妇借了斗笠蓑衣和木屐，冒着雨向家里跑去。当地人都第一次见苏轼穿这种衣服，觉得很新奇，纷纷冒出头来看。几只小狗被奔跑的苏轼吓到了，开始狂吠。孩子们见了这样的情景，更是拍手大笑。后来，有人根据这个故事画了一幅画，名为《东坡笠屐图》。

为什么苏轼总能在贫困潦倒的生活中发现乐趣？这篇写于儋州的短文或许能解答我们的疑惑：

吾始至南海，环视天水无际，凄然伤之，曰：”何时得出此岛耶？“已而思之，天地在积水之中，九州在大瀛海中，中国在少海中，有生孰不在岛者？覆盆水于地，芥浮于水，蚁附于芥，茫然不知所济。少焉水涸，蚁即径去，见其类，出涕曰：“几不复与子相见，岂知俯仰之间，有方轨八达之路乎？”念此可以一笑。

——《试笔自书》

将短文翻译成白话文：我刚刚来到海南岛的时候，看着无边无际的大海，悲伤地说：“我什么时候才能离开这座岛呢？”过了一会儿，我又想到：九州在大瀛海之中，中国在四海中，谁生下来不是在岛上呢？将一盆水倒在地上，蚂蚁赶紧爬到漂浮在水面的草叶上，茫茫然不知道自己要漂向何方。过了一会儿，水被太阳晒干了。蚂蚁从草叶上爬下来，见到同类后哭着说：“我差点儿再也见不到你了。”蚂蚁哪里知道会出现这样四通八达的大道呢？想到这里可以一笑。

老友参寥写信询问苏轼近况，苏轼回信道：“我很好，现将《谪居三适》寄给你。要不是被贬海南，我还无法发现这三种事情的乐趣呢。”苏轼说的“三适”是什么呢？就是晨起梳头、午睡和睡前泡脚。

苏轼一直都有梳头百遍的习惯。来到海南之后，每天清晨，露水还没有完全干，苏轼就起来了。他坐在窗边，一边享受着凉爽的晨风，一边洗脸梳头，心中无限畅快。苏轼觉得自己真正获得了解脱，以前在汴京任高官的时候，苏轼每天很早就要起床，匆匆忙忙地洗脸梳头，然后穿上官服，坐着马车去办公。马车摇晃，腰间的玉佩发出叮叮当当的响声，苏轼听来却像枷锁发出的声音。如今苏轼被贬海南，住在一间简陋的小茅屋里，却享受到了难得的闲适。

午后漫长，苏轼从外面逛一圈回来后，就躺在榻上悠闲地打个盹儿。微风吹过，桄榔树叶发出沙沙的响声。睡醒后，苏轼坐在蒲团上打坐，没过多久就进入了一种似梦非梦的状态。苏轼认为自己不算是真正的修行人，修的也不是“真禅”，但是这样做至少能去除心垢，让心灵得到宁静。

苏轼有沐浴的习惯，但是儋州条件简陋，苏轼家中既没有浴室，也没有浴盆，他便采取“干浴”的方法，即睡前用双手擦拭全身，这是他从道家养生术中学到的方法。让苏轼感到欣慰的是，儋州虽然荒凉，但是木柴和清水很充足。每天晚上，苏轼都要烧一大盆水来泡脚。苏轼还发现，用冷水和热水交替泡脚，能很好地预防脚肿病。苏轼一边听屋外的虫鸣声，一边交替往泡脚盆中加入冷水和热水。这样泡上半个时辰，然后在昏暗的灯光下剪脚趾甲，苏轼的心中畅快极了，觉得自己如同一只挣脱束缚的老鹰。这位可爱的文豪还把这些生活小事写进了诗中：

《谪居三适三首·旦起理发》

安眠海自运，浩浩潮黄宫。
日出露未晞，郁郁濛霜松。
老栉从我久，齿疏含清风。
一洗耳目明，习习万窍通。
少年苦嗜睡，朝谒常匆匆。
爬搔未云足，已困冠巾重。
何异服辕马，沙尘满风鬃。
琱鞍响珂月，实与杻械同。
解放不可期，枯柳岂易逢。
谁能书此乐，献与腰金翁。

《谪居三适三首·午窗坐睡》

蒲团蟠两膝，竹几阁双肘。
此间道路熟，径到无何有。

身心两不见，息息安且久。
睡蛇本亦无，何用钩与手。
神凝疑夜禅，体适剧卯酒。
我生有定数，禄尽空余寿。
枯杨不飞花，膏泽回衰朽。
谓我此为觉，物至了不受。
谓我今方梦，此心初不垢。
非梦亦非觉，请问希夷叟。

《谪居三适三首·夜卧濯足》

长安大雪年，束薪抱衾裯。
云安市无井，斗水宽百忧。
今我逃空谷，孤城啸鸺鹠。
得米如得珠，食菜不敢留。
况有松风声，釜鬲鸣飕飕。
瓦盎深及膝，时复冷暖投。
明灯一爪剪，快若鹰辞鞲。
天低瘴云重，地薄海气浮。
土无重腿药，独以薪水瘳。
谁能更包裹，冠履装沐猴。

爱人之心

苏轼一生交友甚多，很多朋友更是在他落魄的时候送来了关心和温暖。我们常常能在苏轼的作品中感受到作者对世界真挚的感情，和这些可爱善良的朋友不无关系。

苏轼的同乡巢谷，是一位有侠义之心的人。苏轼被贬黄州时，他千里迢迢去看望苏轼，帮他建造雪堂、开辟东坡，还自告奋勇地当孩子们的老师。后来苏轼奉召北归，一路升至翰林院学士，成为宰相的候选人时，巢谷却消失了。锦上添花易，雪中送炭难。这位侠客没有请朋友向朝廷推荐自己，反而一个人默默地回到了四川眉山。

后来，高太后去世，章惇等人大肆迫害元祐大臣，苏轼和苏辙两兄弟屡次被贬。这位七十多岁的老人听到消息后，又独自一人从西南赶到东南。他想去看望遭遇不幸的朋友。巢谷先见到了苏辙，苏辙见巢谷瘦弱多病，便劝他："儋州太远了，又要渡海，您还是别去了。"巢谷说："我虽然年老，但还没有到死的时候。"

巢谷执意要去，走到新会的时候被人偷了盘缠，听说小偷在新州落网，又匆忙赶到新州，想追回仅有的一点儿盘缠，不料旅途劳累，最后客死他乡。苏轼知道这件事情后非常难过，特意写信给好友杨济甫，请对方资助巢谷的儿子去新州取回尸骨，回乡安葬。

苏轼的小舅子王箴也是这样的人。听说苏轼被贬儋州的消息后，王箴立刻收拾行囊，准备去海南看望苏轼。有人劝他："如今苏轼屡次遭到贬谪，情况已经大不如前，很多给予他帮助的官员都受到了处罚，你又何必在这个时候去看望他呢？"王箴说："苏轼得意之时，如众星捧月，人人都围在他周围。如今他落难了，别人或许能够离开，但是我不能不去关心探望。"王箴一个人从四川出发，沿长江而下，最后不幸染病身亡。

参寥也准备去看望苏轼，他写信告诉苏轼，说自己准备带着徒弟从杭州坐船去儋州。苏轼听说后非常担心，因为海上多风浪，而参寥年岁已高，途中很容易发生意外。苏轼写信给参寥，说："从那么远的地方来海南，可算是一桩奇事。但是途中实在太危险，你千万不能萌生出这样的念头。"在苏轼的极力劝阻下，参寥才打消了念头。

有一个人没有写信告诉苏轼，就变卖家产，准备带着妻儿去海南陪伴苏轼。这个人就是苏轼的弟子杜舆。后来听说苏轼又要离开儋州，回到北方了，杜舆才取消了行程。

苏轼抵达儋州后，当地州官张中尽全力改善苏轼的生活条件。当苏轼父子被赶出官舍后，不得不自建房屋时，张中还过来运送泥土，完全忘记自己是一个州官。但是因为和苏轼的关系密切，张中遭到了当权者的迫害，被贬为雷州监司。张中舍不得和苏轼父子告别，他四月就接到了诏令，但延迟到十二月才赴任。

张中离开前一晚来向苏轼辞行，两位好友一直聊天到天明。虽然张中和苏轼才相处一年多，但像是多年的朋友一样默契。临行前，苏轼写了一首诗赠给张中：

胸中有佳处，海瘴不能腓。
三年无所愧，十口今同归。
汝去莫相怜，我生本无依。
相从大块中，几合几分违。
莫作往来相，而生爱见悲。
悠悠含山日，炯炯留清辉。
悬知冬夜长，不恨晨光迟。
梦中与汝别，作诗记忘遗。

——《和陶王抚军座送客再送张中》

在儋州，苏轼还遇到了很多不知道名字的好心人。有一次，苏轼去集市上买东西，看到一个进城买柴火的山民。这位山民容颜枯瘦，精神却非常好，苏轼觉得很神奇，便主动上前和对方攀谈。山民看到身穿中原服饰的苏轼也觉得很新奇，二人相视而笑。苏轼不懂黎族语言，山民也听不懂苏轼说的话，但这不影响他们俩交流。

知道苏轼的身份之后，山民一边叹息一边挥手，似乎在说苏轼身份贵重，如今却流落到儋州，真是落魄的凤凰不如鸡。分别前，山民送给了苏轼一块木棉布，说马上就要到冬天了，让他做件衣服御寒。

苏轼屡遭贬谪，离政治中心越来越远，但他总能苦中作乐，发现生活的乐趣，并写出大量优秀的诗文。这是为什么？除了苏轼心胸豁达，遇事积极乐观，还因为他认识了这么多温暖、善良的朋友。这些人在苏轼失意时送去一份真挚的温暖，使苏轼不至于对人性失去信心。

苏轼得到了很多爱和关心，也从不忘记给予。当时，儋州非常落后，很多生活用具和食物，如斧子、刀、盐、咸菜都由中原输入，连稻米也是来自中原。遇上天气不好、风高浪急的时候，百姓们只能吃芋头，勉强填饱肚子。

苏轼认为，只有发展农业才能解决这些问题。但是经过一段时间的调查，苏轼发现，当地人大多以打猎为生，大部分田地闲置，最后变成了荒地。而让苏轼更加痛心的是，当地居民非常迷信，生病后不去看大夫，反而找术士，让其帮忙向上天祷告，杀牛祭神。就这样，用处极大的耕牛遭到了屠杀。苏轼一边采集本地草药，制成药方后传授给当地百姓，一边写了一篇《书柳子厚牛赋后》，请朋友广为宣传，劝告当地人爱惜耕牛：

岭外俗皆恬杀牛，而海南为甚。客自高化载牛渡海，百尾一舟，遇风不顺，渴饥相倚以死者无数。牛登舟皆哀鸣出涕。既至海南，耕者与屠者常相半。病不饮药，但杀牛以祷，富者至杀十数牛。死者不复云，幸而不死，即归德于巫。以巫为医，以牛为药。间有饮药者，巫辄云："神怒，病不可复治。"亲戚皆为却药，禁医不得入门，人牛皆死而后已。地产沉水香，香必以牛易之黎。黎人得牛，皆以祭鬼，无脱者。中国人以沈水香供佛，燎帝求福，此皆烧牛肉也，何福之能得，哀哉！

予莫能救，故书柳子厚《牛赋》以遗琼州僧道赟，使以晓喻其乡人之有知者，庶几其少衰乎？庚辰三月十五日记。

苏轼还发现，当地有一个奇特的风俗：女人们出门进行繁重的劳动，男人们就在家里躺着睡觉，有些还聚在一起赌博。于是，苏轼经常高声读诵杜甫的《负薪行》，劝告当地人应该让男人出门干活儿，以改善当地女性的生存状况。此外，苏轼还经常劝告黎族人，不要忽视农业，应积极地进行农业生产。

苏轼在中原时就常常听人说，儋州的自然条件不好，到处都是瘴气，长期生活在那里容易生病。来到儋州后，苏轼发现当地人的确经常生病，但生病的源头并不是瘴气，而是不好的生活习惯。儋州人没有打井取水的习惯，他们平常喝的水大多取自河沟之中。而且取回来后往往不做任何处理，就直接饮用，这样自然很容易感染上疾病。此外，当地还有吃生肉的习俗。尤其是家中有亲人去世，要是不在葬礼上吃生牛肉，就是对逝者的不尊敬。

苏轼带领当地人打了一口井，泉水清冽，又非常干净。苏轼对当地人说："以后你们就在这口井里打水，更加安全。"后来，这口井被人称为"东坡井"。如今，儋州人还在从这口井中打水喝。苏轼还写诗劝告当地人不要吃生肉，以防感染上疾病。

那时，住在深山中的黎民和内地移民总是无法融洽相处。内地移民曾劝告苏轼："不要和黎民交往，他们都是不懂礼仪的粗鲁人。"苏轼细问之下才知道，当地黎民经常偷袭市镇，和内地移民发生争执后便马上退入深林。当地官兵不愿意进入深林，便对内地移民说："黎民凶横，你们要自己小心！"

经过一段时间的相处后，苏轼发现，黎民并不野蛮，反而都是规矩老实的百姓。黎民不会读书写字，也不会中原的语言，但因为所用生活器具和食品大多又来自中原，所以不得不和中原人做交易。然而在购买商品的过程中，这些淳朴的黎民难免会遇到狡诈的商贩，缺斤少两或以次充好的事情时有发生。起了冲突之后往往会闹到官府，可汉人官吏对黎民抱有偏见，大部分时候会选择站在汉人商贩一边。时间一长，黎民对官府失去了信心，所以如果产生矛盾，黎民就将奸诈的小贩捉住不放，直到对方归回钱款。

为此，苏轼写了一篇两千多字的文章，客观地分析了内地移民和本地黎民的矛盾。苏轼认为，黎民并非故意反抗官府，只是因为官府处事不公，黎民觉得自己的权利无法得到保障，不得已才和官府作对。苏轼建议，如果想让各民族和睦相处，官府就必须公正、客观地对待黎民，而不是一味地用武力使黎民屈服。此外，苏轼希望内地移民不要轻视、忽视本地黎民，大家同是宋朝的子民，都是平等的。当双方发生矛盾时，应多从自己身上找原因，而不是指责对方，或直接将“蛮横无理”的帽子扣子黎民头上。

苏轼号召内地移民平等对待黎民，同时不遗余力地向黎民传播中原文化。苏轼积极地和当地文人交往，吸引了一大批文人学子来自己身边。他还利用自己的影响力建造学堂，并亲自编写教材。渐渐地，越来越多的人来到苏轼开办的学堂读书。苏轼每次站在窗前，听见邻居家传来朗朗读书声，总能感到一种难以言喻的喜悦：

幽居乱蛙黾，生理半人禽。
跫然已可喜，况闻弦诵音。
儿声自圆美，谁家两青衿。
且欣习齐咻，未敢笑越吟。
九龄起韶石，姜子家日南。
吾道无南北，安知不生今。
海阔尚挂斗，天高欲横参。
荆榛短墙缺，灯火破屋深。
引书与相和，置酒仍独斟。
可以侑我醉，琅然如玉琴。

——《迁居之夕，闻邻舍儿诵书，欣然而作》

以前儋州被视为蛮荒之地，儋州人也被人视为野蛮人，但是自苏轼来到儋州以后，情况就发生了变化。那些不认识字的猎人开始拾起书本，读诵孔子的经典著作。每天在外面疯跑的孩子们，也都能念诵几句诗文。等到苏轼离开儋州的时候，州县各处都能听到读书声。因为苏轼在儋州，所以广州的读书人常乘坐小船来到他们心中的域外之地，和当地文人谈论诗词文章。

我们需要知道的是，在苏轼来到儋州之前，海南从来没有出过一个举人，但在这之后，各种优秀的人才从海南走出，海南文化也成了中华文化不可或缺的一部分。虽然海南教育事业的发展绝不是苏轼一个人的功劳，但是能得到这样的结果，苏轼的教化也非常重要。

最值得一提的是苏轼的学生姜唐佐，他是海南有史以来的第一位进士。姜唐佐从小聪慧好学，长大后成了当地小有名气的作家，但是因为没有受过系统的教育，加上缺乏名师指点，所以屡试不中。

有一天，姜唐佐的母亲告诉儿子："听说大文豪苏东坡要来儋州了！"姜唐佐高兴得跳了起来，又立刻怀疑道："东坡先生这样的文坛领袖会来儋州吗？"直到听到苏轼住进官舍的消息，姜唐佐才敢相信这是真的。姜唐佐想拜苏轼为师，但又害怕苏轼不会收自己这种落第的学子为师。姜唐佐的母亲说："我陪你一起去。听说苏先生温和仁厚，乐于提携后辈，应该不会拒绝你的。"姜唐佐带着母亲，跋山涉水来到儋州，苏轼被姜唐佐的诚意感动，说："有你这样的学生是我的荣幸啊！"

姜唐佐就在儋州住了下来，跟随苏轼长达八个月。宋哲宗元符三年（1100 年），姜唐佐去广州应考。苏轼非常看重这个聪明好学的学生，在他的扇子上写了两句诗："沧海何尝断地脉，朱涯端合破天荒。"写完后就放下了笔。姜唐佐疑惑地问："老师，为什么不继续写呢？"苏轼说："等你中举归来，我再补上后面的几句话。"

姜唐佐果然不负众望，成为海南的第一位举人。回到海南后，姜唐佐特意到儋州向老师道谢，但被告知苏轼已经奉旨北归。后来，姜唐佐金榜题名，成了海南的第一位进士，但遗憾的是此时苏轼已经去世了。姜唐佐去许州看望年迈的苏辙时，提起了这段陈年往事。想起那位具有仁爱之心的哥哥，苏辙长叹一声，说："请让我来补上后面几句诗吧。"苏辙提笔在扇子上写道："生长茅间有异芳，风流稷下古诸姜。适从琼管鱼龙窟，秀出羊城翰墨场。沧海何曾断地脉，白袍端合破天荒。锦衣今日千人看，始信东坡眼力长。"

不如归去

哲宗元符三年（1100 年），宋哲宗因病去世，年仅 24 岁。哲宗只有一个儿子，为刘美人所出，出生不久后就夭折了。哲宗去世后，向太后临朝听政，拥立哲宗的弟弟赵佶为帝，史称宋徽宗。向太后摄政六个月，还政于徽宗。

这短短的六个月，又改变了苏轼的人生轨迹。和她的婆婆一样，向太后对人性的善恶有敏锐的直觉。虽然章惇、蔡京等人长袖善舞，蒙蔽了头脑简单的宋哲宗，将朝中大臣都换成自己的人手，但向太后能够从那些讨好称颂的表章中发现这些臣子的本质。她的丈夫宋神宗最器重新法派，一直希望能够通过改革变法增加国家的综合实力，改变宋朝积贫积弱的局面，不过向太后很早就发现，哲宗身边的所谓变法派并不是真正为国家着想，他们只是以变法为名打击自己的政敌。

向太后想起了苏轼，想起了元祐党人，她决定尽力保护这些忠诚正直的大臣。在她摄政期间，元祐党人全部获得赦免。即使后来将朝政大权归回到宋徽宗手上，她也尽其所能庇佑这批大臣：就算不能使其重新回到朝堂，也要还他们以自由身，让他们能安心养老。

远在儋州的苏轼自然在赦免之列。哲宗元符三年（1100 年）五月，朝廷下诏，将苏轼调往廉州，不得签署公事。苏轼的好友吴复古知道这个消息后，立刻启程去儋州向老友报喜。吴复古来到儋州时，苏轼正坐在一棵巨大的槟榔树下和邻居聊天，身边跟着一条叫“乌嘴”的大狗。听完老友的话后，苏轼不以为然地说：“这件事不可信。”吴复古肯定地说：“我自是有把握才告诉你这件事。”一旁的苏过开心地说：“恭喜父亲了！”邻居惊讶地问：“苏先生要离开儋州吗？”路人听见也问：“这是真的吗？”或许是路人的声音太大，乌嘴开始狂吠。在一片狗叫声中，苏轼笑着说：“不可能，不可能。”

苏轼心情复杂，他从友人的来信中知道临朝听政的向太后对元祐党人格外宽宥，朋友们接连得到赦免，这自然是一件令人感到开心的事情。但是如今朝政不稳，新皇帝没有明确地表达过对元祐党人的态度，而且自己刚刚习惯潮湿炎热的儋州，却又要动身去一个新地方，不免有些犹豫。

几日后，秦观来信，信中又提及此事，苏轼才确信。又过了一些日子，朝堂的诏令传至儋州，这个平静的小镇立刻炸了锅。附近的读书人纷纷来向苏轼道贺，邻居们则给苏轼送来了各色特产，他们舍不得这位可爱的大文豪，但又非常清楚：这只雄鹰应该属于更广阔的天地，让更多人感受到他的魅力。面对这些淳朴的乡邻，苏轼感叹道：“我也舍不得这里，怕是以后都吃不到这么好吃的生蚝了。”这位天才美食家教当地百姓用炭火将生蚝烤着吃，鲜美异常。此外，他还发明了芋头粥、地瓜粥，这些做法都被当地人恭恭敬敬地写进了书中。

苏轼需要找一只渡海的船，但海面风浪很大，没有船家愿意出海。一直拖到六月，苏轼才离开海南岛。离去那日，当地的百姓挑着担子来海边送别苏轼。

苏轼以谪官的身份来到海南，但是没过多久，他就获得了当地百姓的喜爱。百姓们喜欢这位平易近人的文豪，也习惯了这位好酒的诗人喝得醉醺醺地从自家牛栏前走过。他们或许吟诵不出名流千古的诗篇，但是能敏锐地发现，自从苏轼来到儋州之后，当地的气氛越来越平和，那些在外乱跑的孩子们也能背诵出几句经典诗词了。他们喜欢苏轼爽朗的笑、不含杂质的问候，以及孩子般的天真。对于苏轼吟诵出的那些诗词，他们虽然不解其意，但能体会其中美感。他们还能从东坡井中打出清冽的井水，用苏轼提供的药方治病，可这位文豪却要和他们说再见了。

百姓们站在码头上，深情地说："苏先生慢走。""不要忘记我们。""如果有机会，一定要回来看看啊。"一声声"慢走"，让苏轼老泪纵横。他已经六十多岁，知道这次离开后就再也不会回到这个地方。政敌怀着最大的恶意将苏轼贬谪到儋州，但没想到苏轼在这里得到了最无私的帮助，他对吴复古感叹道："海南就是我的家乡。"他提笔写下：

我本海南民，寄生西蜀州。
忽然跨海去，譬如事远游。
平生生死梦，三者无劣优。
知君不再见，欲去且少留。

——《别海南黎民表》

苏轼一行人先抵达雷州，看望谪居在此的秦观。谈到当下时局时，秦观说："时局多变，恐怕我们今后的道路也不会如此平坦。老师，我为自己写了一首挽词，就当作是这次会面的见证吧。"此时秦观已经得到了赦免，但他对自己的人生之路抱着非常悲观的态度。在古代，为自己写挽词是一件非常不吉利的事情，但是豁达的苏轼不仅没有觉得不妥，反而称赞道："我常常担心你看不透生死，现在看来是我多虑了。我也曾为自己写过一篇墓志铭，还想抄录给你，只是害怕家人担心。"几日后，苏轼和秦观告别，吴复古也在此和老友告别，继续云游去。

七月四日，苏轼抵达廉州贬所。八月初，朝廷又下诏令，将他调往湖南永州。苏轼决定先去梧州，在那里和亲人相聚，然后走水路去湖南，他已经写信通知儿子这件事。启程几天后，一个噩耗传来：秦观在藤州病逝。

苏轼欣赏秦观，他们俩犹如夜空中两颗耀眼的星星互相辉映。苏轼曾说："像少游这样有才华的人，即使不能为朝廷重用，也能写出对世人影响至深的作品。"正值壮年的秦观猝然离世，这件事对苏轼打击极大，他悲痛地说："少游已矣，虽万人何赎！"

苏轼匆忙赶去藤州，想和那位才华横溢的学生做最后的告别。等他到藤州时，秦观的女婿和哥哥已经带着秦观的灵柩离开了。这位已经六十五岁的文人站在秦观住过的官舍前，临风洒泪，无限悲戚。

九月，苏轼抵达梧州，他的儿子和孙子还没有到。适逢大旱，江水干涸，船只纷纷搁浅，走水路去湖南已经不现实。苏轼决定先回广州，然后绕道去湖南。

十月，苏轼终于见到了分别多年的亲人。大儿子苏迈领着妻子和孩子向苏轼行礼，激动地说："父亲，迈儿终于见到你了！"苏轼忍不住流下泪来："我犹如置身梦中。"团聚的欢乐冲散了对前途的忧虑，苏轼又开始说起玩笑话了。在一个宴会上，朋友对他说："你去儋州的第二年，人人都说你死了，那时我还想去海南拜祭你。"苏轼回答道："是啊，我的确去过一次鬼门关，但是看到那里有章惇，我马上就返回人间了。"

章惇已经被朝廷厌弃，贬到雷州半岛。他很快就尝到了自己种下的苦涩的果实，因为官府没有安排住宿，所以章惇不得不在向老百姓们租房。可没有人愿意租给他，那些百姓嘲笑道："我们怎么敢租给你呢？当年我们租房子给苏辙，差点儿就惹祸上身！"

十一月，苏轼再次接到新的任命：提举成都玉局观，外军州任便居住。所谓成都玉局观，其实就是道观的管理人员，孩子们都劝他辞掉这个职位。不过诏令的后一句令苏轼开心不已：他终于可以自由居住了。

苏轼为选择何处为自己的终老之所而犹豫不决，无论从哪个方面考虑，常州都是最好的选择。那里富饶肥沃，有夏花秋月，是苏轼最爱的江南胜景。而且他还有田地，能够以此养老。但是在另一方面，苏轼十分想念分别多年的弟弟，而苏辙也不止一次邀请苏轼去颍昌和自己同住。不过弟弟被贬多年，生活清贫，自己是否要带着一大家子去加重他的负担？苏轼犹豫不决，最终决定先带家人北上。

苏轼一路北上，得到的都是英雄回归的待遇。那些认识的、不认识的人，都来向他祝贺，老百姓们纷纷感叹："您能回来真是太好了！"百姓们不知道苏轼如今在朝堂中具有何种位置，只是真诚地为他高兴。

一日，苏轼路过大庾岭，在一个小酒馆休息。酒馆里坐着一位白发苍苍的老者，好奇地问随行的仆从："这个当官的是谁？"仆从回答："苏尚书。"老者问："是苏子瞻吗？"仆从点点头。老者立刻站了起来，握住苏轼的手，激动地说："听说有人千方百计地陷害您，如今您平安北归，真是天佑善人啊！"苏轼非常感动，写了一首诗送给老者：

鹤骨霜髯心已灰，青松合抱手亲栽。
问翁大庾岭头住，曾见南迁几个回。

——《赠岭上老人》

很多人听说苏轼北归的消息，都立刻带着笔墨来请他的墨宝。苏轼一向不惜笔墨，拿起毛笔就写，到了天黑，他书案上还有厚厚的一沓宣纸。北归途中，苏轼还遇上了瘟疫，有六个仆人染病身亡。苏轼一家不得不暂作停留。没有事情的时候，苏轼就外出去给人看病。有时还会深入山林，去教山中的樵夫如何治病。

宋徽宗建中靖国元年（1101 年）五月，苏轼抵达南京，他已经作出了选择：去常州居住。当年正月，向太后病逝，这位善良的老人无法继续保护元祐党人。苏轼认为，从宋徽宗最近几个月的政策来看，这位新皇帝很可能效仿他的哥哥。后来的事实证明，苏轼的判断是正确的。颍昌虽好，但离汴京太近。经过反复斟酌，苏轼决定不再引起朝廷的注意，他写信给好友钱世雄，请对方帮自己在常州租一所房屋。他还写信给苏辙："大概是天意不让我们团聚。"

五月中旬，苏轼和友人同游金山寺，写下了这样一首富有深意的诗：

心似已灰之木，身如不系之舟。

问汝平生功业，黄州惠州儋州。

——《自题金山画像》

黄州、惠州、儋州本是政敌的得意之作，现在却成为了苏轼心中的功业所在。这种豁达和乐观是章惇等人永远都无法理解的。

苏轼如今决心归隐，和陶渊明一样过惬意的田园生活，但就在这个时候，他的身体却出了问题。苏轼自海南归来，就一直觉得不太舒服，常常对儿子们说："为什么会这么闷热呢？我快喘不过气来了。"事实上，内陆的气温远远不如海南高，这是苏轼在海南染上了瘴毒，加上连日奔波、体质虚弱所致。

六月初三，苏轼白天贪凉喝了很多冷饮，晚上就患上了痢疾。第二天，苏轼叫仆人去买黄芪回来煮粥。苏轼认为黄芪能补气固表，吃下后能使疾病痊愈。但几天后，苏轼病情加重，腹泻不止，什么都吃不下。他写信给米芾："我吃下就胃胀，不吃就没有力气。昨天晚上整夜都没有合眼，只是坐在船舱里喂蚊子。哎，今夜不知道要如何度过！"

六月十五，苏轼乘船抵达常州，常州的百姓听说苏轼归来的消息，纷纷都来河边迎接他。岸边摩肩接踵，有人甚至爬到了树上。苏轼已经病得非常重，但依旧强撑着精神，走出船舱向岸边人的打招呼。他感动地说：“我受不起，受不起啊。”

人们纷纷来拜访，但苏轼都不接见了。因为此时他缠绵病榻，实在没有工夫应付这些事情了。章惇的儿子章援也寄来一封长信，信中说自己这些年没有来拜访老师实在是迫不得已，希望苏轼能见自己一面或回一封信。当时有谣言说皇帝准备重用苏轼，而章援害怕苏轼一旦得势，会将以前所受种种加诸于父亲身上。

苏轼曾亲点章援为状元，可这位状元郎却一点儿都不了解苏轼。不久后，苏轼回信：“前不久我得到你父亲被贬岭南的消息，心中很是感慨。那些事情已经过去，再说又有什么意义？我现在身体很不好，也不知道还能活多久。写到这里，我实在没有力气了，只余一声叹息。”

钱世雄每天都去看望苏轼，后来他回忆到，当时苏轼虽然在生病，但其眉宇间依旧有一股英气。苏轼的病越来越严重，有一天，钱世雄来到苏府，发现苏轼已经无法坐起来。

苏轼对钱世雄说：“我千里迢迢从海南归来，本来非常高兴，没想到现在要交托后事。最让我遗憾的是，归来后没有机会和子由团聚。”苏轼停下来休息了一下，如今他说话都很费劲。钱世雄心中难过，说：“你有什么事情，都放心交给我。”

苏轼说：“我在海南期间，写完了《论语》《尚书》和《易传》。这几本著作对我很重要，现将它转交给你。你现在不要给别人看，三十年后再公布于世，那时候自然有人看得懂。”钱世雄紧紧地攥住老友的手，回答道：“好的，你放心！”

苏轼勉强起身，想打开箱子，却找不到钥匙。钱世雄说：“不要着急，你一定会康复的，不用着急安排这些。”说完，钱世雄的泪水却流了下来。

七月十二日，苏轼感觉自己的精神好了很多，他在屋子里走了好几圈，没有感到任何不适。苏轼非常开心，写了很多札记和诗，其中有一篇名为《桂酒颂》，苏轼将其送给了钱世雄。钱世雄收到后兴奋地说："我就知道他一定会康复的！"

钱世雄的愿望落了空，苏轼大概只是回光返照。三天后，苏轼的病情急速恶化。他开始发高烧，虽然能够保持清醒，但身体像是被抽干了一样，一点儿力气都没有。钱世雄赶到苏府，将自己到处寻访得来的偏方交给苏迈，说："传说这种药有奇效，快给你们的父亲吃吧！"苏迈说："父亲已经给自己诊断过了，要我们按照他的药方抓药。"倚在床头的苏轼点了点头，如今他已经不吃饭，只喝药汤。

七月十八日，苏轼把儿子们叫过来，说："我死后要和闰之合葬在嵩山山麓，墓志铭就由子由写。"看儿子们难过的样子，苏轼安慰道："我生前没有做过恶事，自信死后不会堕入地狱。"

七月二十五日，好友维琳方丈赶来探望，苏轼根据他赠诵偈语的原韵写下：

与君皆丙子，各已三万日。
一日一千偈，电往那容诘。
大患缘有身，无身则无疾。
平生笑罗什，神咒真浪出。

——《答径山琳长老》

维琳方丈问："'平生笑罗什'这一句是出自什么典故呢？老僧不懂其意。"苏轼提笔写下："昔鸠摩罗什病亟，出西域神咒三番，令弟子诵以免难，不及事而终。"这是苏轼一生的绝笔。

七月二十八日，苏轼的气息已经非常微弱，但神志还很清晰。弥留之际，维琳方丈在他的耳边大声说："想想西方极乐世界！"苏轼轻声回答："极乐世界也许有，但我现在使不上劲儿。"钱世雄说："先生，勉强想一想也好啊！”苏轼喃喃道：“勉强想就没用了。”

房间里一片寂静，苏迈走上前，将一块棉花放在父亲鼻尖，棉花再没有动过。宋徽宗建中靖国元年（1101 年）七月二十八日，苏轼去世，享年六十六岁。

在《水调歌头·黄州快哉亭赠张偓佺》中，苏轼写道：“一点浩然气，千里快哉风。”一个人只要有浩然之气，那在任何境遇中都能泰然处之，享受到千里清风。这就是苏轼一生的写照。苏轼已死，但他的豁达、乐观、真挚、善良、机智幽默、洒脱飘逸还在丰富世人的精神世界。千百年来，这位大文豪的诗词文章和传奇故事一直给人们带来无尽感慨。